凝煉知識品味閱讀

圖解

中國文學史（上）

——詩歌・倚聲・戲曲大觀園

簡彥姈／著

圖解讓
中國文學史
更簡單

五南圖書出版公司 印行

自序

中國文學博大精深，文學歷史源遠流長。據推測早在遠古時代，先民自能透過語言傳達情意伊始，便有文學存在；那應是一些口頭流傳的歌謠，但礙於時空限制，無法被保留下來。直到文字發明以後，初民表情達意的詩歌、記言敘事的散文因而得以保存，故我們可從殷商文獻中想像商代文學的雛形。其後，《詩經》為中國文學史揭開了序幕，〈風〉〈雅〉精神、比興傳統使之成為我國北方文學的代表、歷代韻文的始祖。《楚辭》繼而興起，成為南方文學之典型、後世辭賦之初祖。隨著文明的進步，春秋戰國時代一方面禮崩樂壞，政局動盪，一方面教育普及，百家爭鳴，是學術思想的黃金期，因此，無論記錄歷史大事的史傳散文、記載策士遊說的策論散文或闡述各家哲理的諸子散文皆蓬勃發展。雖然先秦散文還不是真正的「純文學」創作，但《左傳》、《戰國策》、《莊子》等篇章卻是中國古典散文的源頭。

賦體在《楚辭》、《荀賦》的基礎上繼以發揚光大，一躍成為漢代文學主流。兩漢詩歌成就在於五言詩的成熟、七言詩的萌芽；而散文方面，以司馬遷《史記》、班固《漢書》為史傳散文之雙璧，另有單篇的政論散文、書信、墓碑等文章仍非「純文學」創作，但在古典散文發展史上地位重要。魏晉南北朝，包括北六朝、南六朝：前者即曹魏、西晉、北魏（後分為東魏、西魏）、北齊、北周、隋（統一以前）；後者為東吳（和蜀漢）、東晉、宋、齊、梁、陳，故又統稱為「六朝」。六朝政治黑暗、戰爭頻仍，民不聊生之餘，在文學上卻隨著駢偶技巧、聲律說、純文學觀念的興起，出現綺靡雕琢的文學風氣，無論太康詩、山水詩、「永明體」、宮體詩、駢文、俳賦等，皆以華美靡麗著稱。唯有陶淵明「繁華落盡見真淳」的田園詩，和文士恣意炫奇的志怪、志人筆記小說，始別樹一幟，為當代文壇注入一股清新活力。

在文學史上，由於隋代（581~619）歷時不到四十年，很難發展出獨特的文學風貌，故列入唐代討論，一般習慣稱為「隋唐文學」；一如秦代（221B.C.~207 B.C.）國祚不到二十年，更難在文學上有所建樹，因此併入兩漢之中，是為「秦漢文學」。隋唐以降，詩歌發展已臻登峰造極之境。在形式上，至唐人手中近體詩（絕句、律詩）逐漸成熟，與兩漢、六朝古體詩（樂府、古詩）相互輝映，可謂諸體畢備；在內容上，自然詩、浪漫詩、邊塞詩、社會詩等，百花齊放，繽紛絢麗，展現出詩歌的多元面貌。此外，隋唐科舉取士之風盛行，加上格律詩（近體詩）勃興，直接影響到律賦的崛起。在文章方面，駢文為唐人文章之大宗，中唐古文運動算是異軍突起，終如曇花一現般，隨著韓、柳辭世而告沉寂。儘管如此，唐代古文後繼乏力，卻間接提供傳奇小說記事、議論等的文體，造成唐傳奇方興未艾的盛況。所謂「古文」，是將古代記歷史、載遊說、述哲理的實用散文拿來從事文學創作；至此，將先秦的散文發展出「純文學」之作，而與駢文並稱，成為古典文章之二體。隋唐民間詞興起，中唐文士偶爾染指填詞之列，至晚唐、五代形成所謂「花間詞風」，經南唐詞人的努力，終於促成宋詞的蔚為奇觀。唐代佛教鼎盛，寺廟僧侶以講唱方式向群眾宣揚佛法，此講唱佛經的底本，即「變文」。民間「講唱文學」發展至宋代，成為以說故事為專業的「說話」（或稱「說書」）；而「變文」亦發展成說話人說故事的底本，即「話本」。由此可見，宋代以來民間文學的繁榮，實濫觴於唐代。

詞，為兩宋文學的代表。婉約之作為詞家正宗，蘇、辛豪放詞為宋詞別開生面，但終究屬別調，故李清照提出詞「別是一家」之說，對東坡詞頗有非議。辛棄疾詞風多元，豪放、婉約之作兼而有之，堪稱宋詞之集大成者。歐陽修、蘇軾先後主盟文壇，倡導北宋詩文革新，在詩歌方面，經黃庭堅及江西諸子的發揚，於焉形成「以文字為詩，以議論為詩，以才學為詩」的宋詩新風貌；在文章方面，經曾鞏、王安石、蘇洵、蘇轍等響應，古文終於取代了駢文，從此躍居歷代文章之主流。受唐宋古文影響，加上歐、蘇大力提倡，散賦成為宋代辭賦的代表作。此外，宋代文言小說，承六朝筆記、唐傳奇之餘緒繼續發展，屬於士大夫文學；白話小說受唐代講唱佛經之啟迪，為了因應市井娛樂而興，故發展出活潑生動的話本小說，是道地的民間通俗文學。

曲，是元代文學的主流。元曲包括散曲和戲曲：元人散曲前期較注重本色，無論清麗派或豪放派，皆多自然質樸之作；後期因寫作技巧的精進，逐漸趨於騷雅典麗一途。由於元代散曲豪放派以馬致遠為代表，清麗派以張可久為代表，因此二人並稱為「曲中雙絕」。我國真正的戲曲始於元雜劇，而關漢卿為公認的雜劇之首創者。元雜劇發展，前期作家輩出，作品豐富，無論質與量上均較後期略勝一籌；後期發展重心南移，劇作家多為南方人，或流寓南方的北地人，他們大多注重采藻，鮮少展現本色。放眼元代文壇，除了散曲、雜劇枝繁葉茂之外，詩、詞、文、賦相對顯得枯寂，真是一個曲的時代！

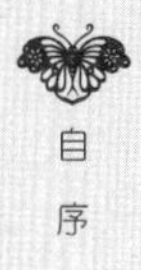

有明文壇最特殊的景象是通俗與復古並行不悖。一方面小說、戲曲發達，通俗文學大行其道，「四大奇書」（《水滸傳》、《三國演義》、《西遊記》、《金瓶梅》）為長篇章回小說的瑰寶，《三言》（《喻世明言》、《警世通言》、《醒世恆言》）、《二拍》（《初刻拍案驚奇》、《二刻拍案驚奇》）是擬話本小說的奇葩，而「五大傳奇」（《琵琶記》、《荊釵記》、《白兔記》、《拜月亭》、《殺狗記》）繼元人雜劇之後登上劇壇盟主的寶座，至魏良輔改良崑山腔，傳奇從此盛況空前，成為明、清戲曲的主旋律。一方面卻有文士提出詩、文復古之論，其中以前、後七子的「文必秦漢，詩必盛唐」口號喊得最響亮，強調亦步亦趨模擬古人，如習字臨帖般，久而久之，自成名家。當然，有人提倡擬古，必定有人站出來高揭反對的旗幟，如公安三袁主張「獨抒性靈，不拘格套」、竟陵派鍾惺又試圖以「幽深孤峭」的風格拯救公安詩文過於輕率之弊，總之，由於這一股反擬古、重性靈風潮，間接帶動了晚明小品文的蓬勃發展。

清代是中國古典文學的復興期，小說、戲曲、詩詞、文章等燦然並出，再現榮景。長篇章回小說承明代遺緒，出現如吳敬梓《儒林外史》、曹雪芹《紅樓夢》諸名著，成就斐然；短篇文言筆記小說，則以蒲松齡《聊齋志異》為代表作。另康熙年間，洪昇《長生殿》、孔尚任《桃花扇》為崑曲復興之契機；至乾隆以後花部諸腔興起，逐漸扭轉崑曲獨霸劇壇二百多年的局面。道光、咸豐年間，皮黃劇（又名京劇）盛行；之後此劇以二黃、西皮為主調，再融合眾家之長，終於躍居領導地位。清初詩歌，不外尊唐、宗宋二流派；至中葉以後，龔自珍等關心民瘼、揭發時弊的作品，始開展出清詩的時代風貌。清末，梁啟超、譚嗣同等提出「詩界革命」口號，試圖透過詩歌達成政治改革、救國救民的目的。清詞復興，無論陽羨派尊蘇、辛，浙西詞派宗姜、張，納蘭性德取法李後主，常州詞派主張比興寄託，或王國維提出「境界說」等，可說理論與創作並出，是繼宋詞之後又掀起另一波高潮；綜觀清詞發展，詞學理論上的成就凌駕於倚聲創作之上，應是毋庸置疑的。「天下文章在桐城」，桐城派及其支流陽湖派、湘鄉派的古文，遙承韓、柳、歐、蘇古文，繼續支配清代文壇二百餘年；直到清末西學傳入，一些古文家仍以古文翻譯西洋典籍，試圖力挽狂瀾，但古文終究不敵語體文的衝擊，而被淹沒在時代洪流之中。

我自幼鍾情於中國文學，依稀記得從前準備碩士班、博士班考試時，有感於中國文學內容廣博、卷帙浩繁，便悄悄許下宏願：將來若能學有所成，定要擷取眾家之長，闡述師說，訂以己意，撰寫一部精彩、生動又好讀的中國文學史，以嘉惠廣大學子。兩年前，承蒙 五南圖書出版公司黃文瓊主編的邀約，讓我得以一償夙願；七百多個日子以來，課餘閒暇，案前燈下，埋首寫作，總算不負所託完成《圖解中國文學史》上、下二冊。

寫作期間，腦中不時浮現當年老師們的精言妙語、耳提面命，讓我文思泉湧，下筆無礙。而今自己也身為老師，終於能深刻體會昔日師長們的用心良苦，春風化雨的大公無私。我雖不敏，願仿野人獻曝之精神，一本愚誠，不計粗鄙，將自己多年學習、研讀、教學心得公諸於世，一則與同好分享，一則就教於博雅方家。最後，感謝 五南圖書出版公司玉成，感謝 邱師燮友的提攜照顧， 嚴師紀華的關懷鼓勵，及王珍華學姐、學生莊琦如等人的鼎力相助，謝謝您們的支持與愛護，讓我一路走來，文學的夢想依舊，寫作的熱情未減。

2018.3.21

INDEX 目錄

【上冊】

第 1 章　緒　論

1-1 八卦結繩到書契 002
1-2 殷商文學之蠡測 004
1-3 先秦文壇三洪流 006
1-4 辭賦詩歌秦漢文 008
1-5 六朝靡麗成習性 010
1-6 隋唐五代最繽紛 012
1-7 多姿多采宋文苑 014
1-8 一枝獨秀是元曲 016
1-9 明人通俗與復古 018
1-10 文學中興在清代 020

第 2 章　詩　歌

2-1 情動於中形於言 024
2-2 詩經六義三百篇 026
2-3 溫柔敦厚思無邪 028
2-4 鼓吹相和雜曲歌 030
2-5 五七言詩之興起 032
2-6 五言冠冕十九首 034
2-7 慷慨任氣建安詩 036
2-8 正始明道雜仙心 038
2-9 晉世群才入輕綺 040
2-10 繁華落盡見真淳 042
2-11 模山範水始劉宋 044
2-12 巧構形似齊梁詩 046
2-13 王褒庾信羈旅情 048
2-14 吳歌西曲纏綿意 050
2-15 風吹草低見牛羊 052
2-16 齊梁餘風尚唯美 054
2-17 王楊盧駱當時體 056
2-18 漢魏風骨重興寄 058
2-19 天上謫仙李太白 060
2-20 襄陽摩詰詠自然 062
2-21 邊塞建功逞豪情 064
2-22 致君堯舜憂生民 066
2-23 王孟餘音歌山水 068
2-24 裨補時闕新樂府 070
2-25 郊寒島瘦尚奇險 072
2-26 典麗綺靡小李杜 074
2-27 唐詩尾聲返現實 076
2-28 雕鏤華麗西崑體 078
2-29 宋詩革新歐公起 080
2-30 發揚光大在東坡 082
2-31 奪胎換骨成金句 084
2-32 陸范楊尤號中興 086
2-33 永嘉四靈江湖詩 088
2-34 孤臣遺老悲家國 090
2-35 遺山鐵崖承詩脈 092
2-36 剽竊模擬明人詩 094
2-37 抒發性靈反擬古 096
2-38 漁洋歸愚尊唐詩 098
2-39 牧齋初白宗宋人 100
2-40 詩界革命推公度 102

第 3 章　詞　曲

3-1 詞曲之別與轉變 106
3-2 詩莊詞媚曲俚俗 108
3-3 詞之別名和體製 110
3-4 隋唐宴樂敦煌詞 112
3-5 中唐小令文人詞 114
3-6 花間鼻祖溫飛卿 116
3-7 西蜀詞人韋端己 118
3-8 堂廡特大正中詞 120
3-9 亡國血淚傳千古 122
3-10 晏歐小詞詠相思 124

3-11 淺斟低唱愛柳七 126
3-12 大江東去豪放調 128
3-13 審音調律周美成 130
3-14 別是一家易安體 132
3-15 關河夢斷訴衷情 134
3-16 別立一宗辛稼軒 136
3-17 白石玉田善詠物 138
3-18 黍離之悲思故國 140
3-19 慘淡經營金元詞 142
3-20 陽羨詞派法蘇辛 144
3-21 浙西詞派宗姜張 146
3-22 婉麗清淒納蘭詞 148
3-23 常州詞派尊北宋 150
3-24 晚清詞壇現迴光 152
3-25 曲之由來與體製 154
3-26 瓊筵醉客關已齋 156
3-27 鵬摶九霄白仁甫 158
3-28 朝陽鳴鳳馬東籬 160
3-29 瑤天笙鶴張小山 162
3-30 灰容土貌鍾醜齋 164
3-31 明人散曲承元代 166
3-32 清代散曲漸衰竭 168

第 4 章　戲　曲

4-1 戲曲淵源及演進 172
4-2 樂曲戲文興於宋 174
4-3 元人雜劇真戲曲 176
4-4 本色當行竇娥冤 178
4-5 元劇之冠西廂記 180
4-6 清麗動人梧桐雨 182
4-7 辭采俊美漢宮秋 184
4-8 倩女離魂亦佳作 186
4-9 強弩之末明雜劇 188
4-10 南戲源流及特徵 190
4-11 高明改編琵琶記 192
4-12 荊釵白兔極質樸 194
4-13 拜月殺狗尚本色 196
4-14 明人傳奇與崑曲 198
4-15 浣紗紅拂二名劇 200
4-16 吳江臨川各專擅 202
4-17 南洪北孔享盛名 204
4-18 花部諸腔曰亂彈 206

附錄：

歷代重要文學家生平簡表 208
主要參考書目 217

【下冊】

第 5 章　辭　賦

5-1 風雅變體稱辭賦 002
5-2 受命不遷生南國 004
5-3 香草美人靈均恨 006
5-4 屈賦諸騷曰楚辭 008
5-5 短賦之作始荀卿 010
5-6 鋪采摛文漢朝賦 012
5-7 賈生枚叔興於前 014
5-8 司馬長卿達頂巔 016
5-9 子雲孟堅好模擬 018
5-10 平子元叔求轉變 020
5-11 洛神登樓抒憂懷 022
5-12 士衡文賦闢新局 024
5-13 洛陽紙貴賦三都 026
5-14 淵明辭賦傳不朽 028
5-15 子山羈留哀江南 030
5-16 唐代律賦擅科場 032
5-17 唐人辭賦盛一時 034

5-18 秋聲赤壁散文化 036
5-19 金元賦壇漸枯寂 038
5-20 明清辭賦已僵化 040

第6章 文章

6-1 駢散文章一家親 044
6-2 史傳策論流芳澤 046
6-3 諸子散文綻異彩 048
6-4 論政言事秦漢文 050
6-5 子長發憤著史記 052
6-6 班氏父子成漢書 054
6-7 兩漢駢儷初萌芽 056
6-8 駢散盡出魏晉文 058
6-9 駢風鼎盛南北朝 060
6-10 南北散文相頡頏 062
6-11 四傑燕許霸駢體 064
6-12 宣公奏議趨平易 066
6-13 古文運動呼聲起 068
6-14 退之古文起八代 070
6-15 子厚妙筆記永州 072
6-16 後繼乏力翱與湜 074
6-17 三十六體極瑰麗 076
6-18 宋初四六氣象新 078
6-19 古文再興風雲湧 080
6-20 一代文宗歐陽修 082
6-21 曾王古文相輝映 084
6-22 蘇氏父子三文豪 086
6-23 古文駢文一把罩 088
6-24 明道致用的散文 090
6-25 獨步一時陸放翁 092
6-26 南宋駢體成風尚 094
6-27 元代散文承唐宋 096
6-28 明初文壇勢再起 098
6-29 前後七子倡擬古 100
6-30 一往情深歸震川 102
6-31 公安竟陵主性靈 104
6-32 晚明小品競芳華 106
6-33 開科取士八股文 108
6-34 四六爭勝在清初 110
6-35 清初散文三大家 112
6-36 雲蒸霞蔚乾嘉文 114
6-37 天下文章在桐城 116
6-38 陽湖湘鄉繼而起 118
6-39 駢體殿軍王闓運 120
6-40 清末古文異國風 122

第7章 小說

7-1 叢殘小語不入流 126
7-2 神話傳說與野史 128
7-3 諸子寓言述哲理 130
7-4 搜奇志怪記鬼神 132
7-5 品藻人物有世說 134
7-6 干投行卷唐傳奇 136
7-7 六朝志怪的延續 138
7-8 富貴榮華一夢中 140
7-9 佳人才子情意濃 142
7-10 歷史小說戒世人 144
7-11 行俠仗義愛英雄 146
7-12 敦煌出土俗文學 148
7-13 勾欄瓦舍聽說書 150
7-14 章回小說的始祖 152
7-15 錯斬崔寧拗相公 154
7-16 文言小說宋筆記 156
7-17 元明短篇襲前代 158
7-18 三言二拍擬話本 160
7-19 落草為寇上梁山 162
7-20 三分天下話興亡 164
7-21 西天取經歷劫難 166

7-22 第一淫書金瓶梅 168
7-23 愛聽秋墳鬼唱詩 170
7-24 潑婦悍妻惡姻緣 172
7-25 儒林百態全都錄 174
7-26 紅樓好夢竟成空 176
7-27 奇人異事鏡花緣 178
7-28 長篇平話俠義傳 180
7-29 蛇鼠一窩怪現象 182
7-30 棋局已殘人將老 184

第 8 章 結 論

8-1 文評詩話說梗概 188
8-2 中華詩歌耀百代 190
8-3 倚聲而今形貌改 192
8-4 品讀散曲心感慨 194
8-5 戲曲風靡海內外 196
8-6 辭賦風華已不再 198
8-7 千古文章同一脈 200
8-8 筆記章回久不衰 202
8-9 中國文學輝煌史 204
8-10 成果驗收趁現在 206

附錄：
歷代重要文學家生平簡表 208
主要參考書目 217

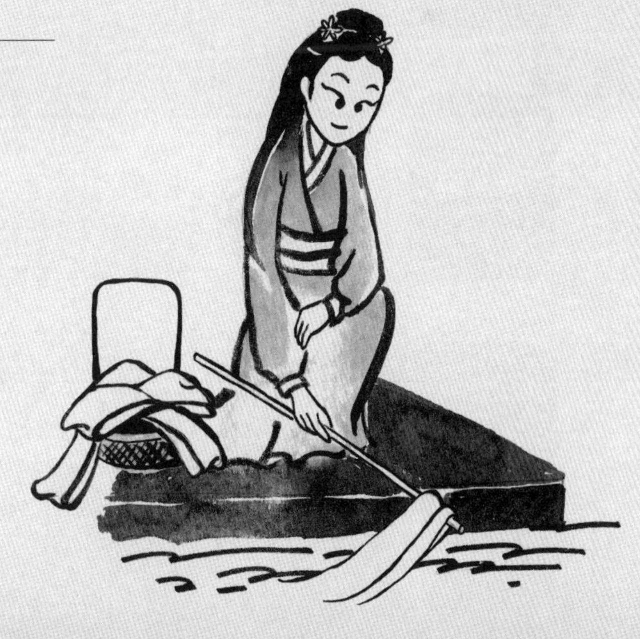

給我 20 天，帶您掌握中國文學史

上冊

20 天	講授內容		文學花絮	
第 1 講		中國文學概述		**羅敷：** 姐已「死會」，使君請回！
第 2 講		《詩經》		**孔子：** 憑你，也想暗算我？
第 3 講		六朝詩歌		**阮籍：** 哥「三哭」留名，厲害吧！
第 4 講		唐詩		**李白：** 高力士，為我脫靴來
第 5 講		宋詩		**蘇軾：** 我被一「屁」打過江

20 天	講授內容		文學花絮	
		隋、唐詞		**李煜：** 觀音佛祖，救朕來！
第 7 講		宋詞		**柳永：** 只有青樓姐妹瞭解我
第 8 講		元人散曲		**鍾嗣成：** 叫我天下第一醜男
第 9 講		雜劇		**李亞仙：** 元和「秀秀」，姐挺你！
第 10 講		傳奇		**紅拂女：** 靖哥哥，咱們私奔吧！

第1章 緒　論

1-1 八卦結繩到書契
1-2 殷商文學之蠡測
1-3 先秦文壇三洪流
1-4 辭賦詩歌秦漢文
1-5 六朝靡麗成習性
1-6 隋唐五代最繽紛
1-7 多姿多采宋文苑
1-8 一枝獨秀是元曲
1-9 明人通俗與復古
1-10 文學中興在清代

UNIT 1-1 八卦結繩到書契

自有生民以來，即有文學的存在；那些透過口耳相傳以表情達意的遠古歌謠為一切文學之源頭。不過，直到文字發明以後，文學才正式步入歷史階段。中國文學博大精深，文學的歷史源遠流長，因此探討中國文學史，必須從文字的起源談起。根據許慎《說文解字・序》記載：

> 古者庖（伏）羲氏之王天下也，仰則觀象於天，俯則觀法於地，視鳥獸之文，與地之宜，近取諸身，遠取諸物，於是始作《易》八卦，以垂憲象。及神農氏結繩為治，而統其事。庶業其繁，飾偽萌生。黃帝之史倉頡，見鳥獸蹏迒之跡，知分理之可相別異也，初造書契。

八卦、結繩和書契（即文字）為中國文字草創期的三種樣貌。由於八卦、結繩記事簡略，隨著文明發展，先民的人際關係日益複雜，其功能已不敷使用，文字便應運而生。

文字起源

然而，《說文解字・序》說伏羲氏觀察天地萬物、周遭環境，開始畫八卦；接著，神農氏為了方便管理，於是結繩以記事；直到黃帝時，史官倉頡藉由觀摩鳥獸的足跡，因而創造了書契。如此一來，只能說明文字出現在八卦、結繩之後而已。

絕不能如宋代鄭樵以降一些學者過度解讀，認為文字從八卦、結繩中產生，造成極大的錯誤。如劉師培《中國文學教科書》說：「上古之時未有字形，先有圖畫，故八卦為文字之鼻祖。」又說：「字形雖起於伏羲畫卦，然漸備於神農之結繩。」此類文字「起源於八卦，漸備於結繩」之說，當然禁不起考驗。

我們不得不提出反駁：一、文字與八卦，孰先孰後？代遠年湮，無法確定。二、文字出於結繩，如《中國文學教科書》云：「觀一二三諸字，古文則作弌弍弎，蓋田獵時代以獲禽記數，故古文之一二三三字咸附列弋字於其旁，所以表田獵所得之物數也。」如此說來，既有文字，何勞結繩？或說文字的線條取法乎結繩，此種說法未免失之武斷。因為如許慎所云：「近取諸身，遠取諸物」，造字之初，先民觀看天文地理，取法身邊事物，又何必一定要從結繩才能悟出文字之道？

可見文字起源於八卦、結繩之說是不正確的，我們只能說八卦、結繩與書契三者都是中國文字的根源。

倉頡造字

那麼，我國最早的文字是怎麼來的呢？《易經・繫辭傳》云：「後世聖人易之以書契。」只知道文字為古聖人所創。而大家耳熟能詳的「倉頡造字」說，始於戰國時代。如《韓非子・五蠹》云：「古者倉頡之作書也。」《呂氏春秋・君守》云：「倉頡作書。」至漢代，《淮南子・本經訓》亦云：「昔者倉頡作書，而天雨粟，鬼夜哭。」

然倉頡何許人也？或謂黃帝之史官，或云古代之帝王，莫衷一是。既是如此，倉頡造字之說大有問題。因為創造文字是件極龐雜且艱鉅的工作，非一時、一地、一人所能勝任，中國文字應該是先民長期以來集體創作，日積月累而成。倉頡頂多只是統一、整理文字的人，絕非最早的造字者！

中國文學的源頭

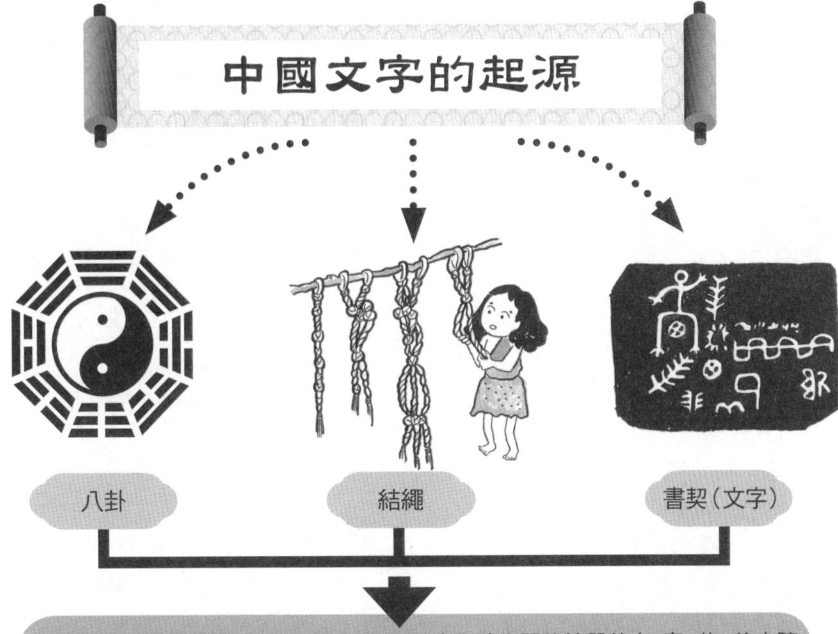

由於八卦、結繩和書契的功用相當，但前二者只適合記錄簡單的人、事、物，後來隨著人與人、國與國之間發展出錯綜複雜的關係，八卦、結繩已不敷使用，因此出現一種更便於表情、記事的工具——文字。

倉頡造字

倉頡造字

創造文字是一件龐雜而艱鉅的工作，不是一時、一地、一人所能勝任。所以文字應該是上古先民集體創作，長久以來累積而成。倉頡應該只是統一、整理文字的人，絕非文字的原創者！

中國文學的源頭

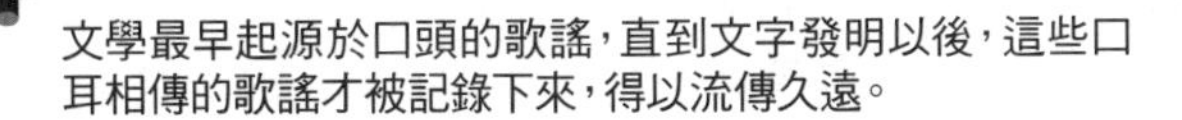

文學最早起源於口頭的歌謠，直到文字發明以後，這些口耳相傳的歌謠才被記錄下來，得以流傳久遠。

UNIT 1-2

殷商文學之蠡測

清光緒二十五年（1899）河南安陽小屯村甲骨卜辭出土，足以證明我國信史時代始於殷商。除了這些甲骨文，從殷墟發現的白陶上也保留不少文字的痕跡；如此一來，可見殷商時文字已十分發達。

而殷商文學的發展情形如何呢？由於文獻闕如，我們只能從極有限的資料中，推知一二。

詩歌初萌芽

中國文學的出現，首推詩歌。而歌謠最初的形式，與音樂、舞蹈密不可分。如《呂氏春秋 · 古樂》載：「昔葛天氏之樂，三人操牛尾，投足以歌八闋。」這種載歌載舞的情景在先民日常生活中想必不陌生。他們無論祭祀、娛樂、工作等，無不透過此方式，以達成溝通情意、宣洩情緒的目的。

《禮記・檀弓下》云：「人喜則斯陶，陶斯詠，詠斯猶，猶斯舞。」同書〈樂記〉亦云：「詩，言其志也；歌，詠其聲也；舞，動其容也。三者本於心，然後樂器從之。」是知當時歌、樂、舞原為三位一體，後來隨著文字發展、樂器演進，詩歌逐漸脫離音樂與舞蹈，成為一種獨立的文學體裁。

殷商時詩歌初萌芽，大部分應該還在口頭流傳的階段，即使少數付諸文字記載，然年代久遠，如今已無法一窺其貌。雖說《詩經》有〈商頌〉五篇，但此乃春秋宋襄公時的作品，是殷商遺民宋人祭祀之樂歌，創作時間為春秋時代，而非商代。之所以名為「商頌」，不過為了表示尊古而已。

據《史記・伯夷列傳》載：商亡，伯夷、叔齊義不食周粟，餓死於首陽山，臨終，賦〈采薇之歌〉。《尚書大傳》亦載：微子路過殷墟，見宮室之傾圮，景象荒涼，作〈麥秀歌〉。看似殷商遺民為悲悼故國而作，實則出於後人追記、潤飾，絕非詩歌原貌。

此外，相傳甲骨文中有一首葬歌，內容已佚；否則，可能成為文獻記載最早的一首詩歌。今舉一則卜辭為例；當然卜辭不是詩歌，但可從中窺知一點端倪。文云：「癸卯卜，今日雨。其自西來雨？其自東來雨？其自北來雨？其自南來雨？」與漢樂府〈江南〉（江南可採蓮）頗有異曲同工之妙。因此，我們推測商代已具詩歌雛形，可惜未被保存下來。

散文始扎根

提到商代散文，不禁想起《尚書》中〈湯誓〉、〈盤庚〉、〈高宗肜日〉、〈西伯戡黎〉及〈微子〉，但據屈萬里《尚書今註今譯》考證，此五篇皆為後人述古之作，不是殷商作品。故想瞭解殷商散文的概況，只能從卜辭、金文（鐘鼎彝器上的文字）兩方面著手。

羅振玉《殷虛書契考釋》收錄〈殷商貞卜文字考〉一卷，把所搜集到的甲骨文分為八類，「六曰卜辭，……今甲與骨之刻辭，即在兆側。……卜辭至簡，字多不可識。」羅氏《殷墟書契精華》所載殘餘刻辭，已有長達百餘字者，如能合看全文，卜辭之規模，可想而知。

又從羅振玉《殷文存》、王辰《續殷文存》各二卷中，不難看出商代銘辭的特色，文字簡短而質樸，為我國散文之濫觴。

殷商文學的雛形

殷商文學

詩歌初萌芽

先民經常藉由載歌載舞的方式，溝通彼此間情意。

詩歌最初與音樂、舞蹈密不可分。後來隨著文字發展、樂器演進，終於擺脫音樂與舞蹈束縛，成為一種獨立的文學體裁。

殷商時詩歌初萌芽，大多仍在口頭流傳階段，僅有少數付諸文字記載，然代遠年湮，如今無法一窺其貌。

不是殷商詩歌作品

★《詩經・商頌》5篇，是殷商遺民宋人祭祀時的樂歌，創作於春秋時代。

★伯夷、叔齊〈采薇之歌〉，微子〈麥秀歌〉，亦出於後人追記，非詩歌原貌。

散文始扎根

從卜辭、金文兩方面，可瞭解殷商散文的概況：

羅振玉《殷虛書契精華》所載甲骨卜辭殘餘刻辭，已有長達百餘字者，殷商散文的規模，可想而知。

從羅振玉《殷文存》、王辰《續殷文存》各 2 卷中，可看出商代銘辭的特色，文字簡短而質樸，為我國散文之濫觴。

不是殷商散文作品

★《尚書》中〈湯誓〉、〈盤庚〉、〈高宗肜日〉、〈西伯戡黎〉及〈微子〉5 篇，據屈萬里《尚書今註今譯》考證，皆後人述古之作，非殷商作品。

UNIT 1-3

先秦文壇三洪流

先秦文壇三股洪流：一是詩歌，《詩經》是北方文學代表，也是我國韻文之母；一是辭賦，《楚辭》是南方文學代表，也是歷代辭賦之祖；一是散文，無論史傳、策論或諸子散文皆大放異彩，照耀百世。

詩經

《詩經》「六義」之說深植人心，成為後世韻文鑑賞、創作的不二法門。辭賦一體，即源於其中之「賦」：「鋪采摛文，體物寫志也」。陳子昂力倡詩歌復古，提出「觀齊梁間詩，彩麗競繁，而興寄都絕，……〈風〉〈雅〉不作，以耿耿也。」李白〈古風〉之一亦云：「〈大雅〉久不作，吾衰竟誰陳？」可見後世詩人皆以《詩經》比興寄託，〈國風〉、〈二雅〉為依歸。

清代詩歌不管尊唐或宗宋，詞（又稱「詩餘」）無論婉約或豪放風格，無不受《詩經》之啟發與影響。至於元人散曲，又名「詞餘」，與詩、詞同屬韻文，自然也與「六義」關係密切。

楚辭

《楚辭》承《詩經》而來，醞釀出與〈風〉、〈雅〉不同的風味，由於北方山高水深，謀生不易，故人民多重實際；而南方氣候溫和，物產富庶，百姓天生浪漫，多崇尚虛無。因此，《詩經》是寫實文學，而《楚辭》為浪漫文學。《楚辭》與《荀賦》又開展出辭賦一體，鋪張揚厲，雕章鏤句，極盡歌功頌德、粉飾太平之能事，成為漢代文學的主流。而後有六朝俳賦、唐人律賦、兩宋散賦及明清股賦，均祖述屈〈騷〉，故《楚辭》為歷代辭賦之源頭。

又劉勰《文心雕龍 · 章句》云：「七言，雜出《詩》〈騷〉。」可見漢代七言詩初興，多少還受到《楚辭》之啟迪，如張衡〈四愁詩〉：「我所思兮在太山，欲往從之梁父艱，側身東望涕霑翰。」首句帶有「兮」字，仍保留楚歌形式，為七言詩過渡期。

此外，辛棄疾曾作〈水龍吟〉仿〈招魂〉體、填〈木蘭花慢〉仿〈天問〉體，元人有《屈原投江》劇本、明清有《汨羅記》、《讀離騷》等戲曲。足見《楚辭》的影響力不僅止於詩、賦，甚至澤被詞、曲，不可謂不深遠！

散文

《左傳》、《戰國策》、《孟子》、《莊子》、《荀子》、《韓非子》等先秦散文，成為後世文家寫作的範本。如韓愈〈進學解〉云：「上規姚姒，渾渾無涯；周誥殷盤，佶屈聱牙；《春秋》謹嚴，《左氏》浮誇；《易》奇而法，《詩》正而葩。下逮《莊》、〈騷〉，太史所錄，子雲、相如，同工異曲。」可見韓文汲取諸家之長，尤以先秦散文居多，始能創作出「閎其中而肆其外」的佳作。

蘇軾曾感嘆：「吾昔有見，口未能言；今見《莊子》，得吾心矣！」東坡文源於《莊子》，故如行雲流水般自然瀟灑。至明代，前、後七子主張「文必秦漢」，即以先秦、兩漢文為模擬對象，亦步亦趨，一味學古人，毫無思想情感，內容空洞至極。雖說擬古之文成就不高，但問題出在模擬，而非古文。乃至清代桐城、陽湖、湘鄉派古文，無不以先秦散文為依歸。然而，先秦散文言之有物，質樸無華，的確是對抗靡麗駢風的最佳利器。

先秦文學的代表

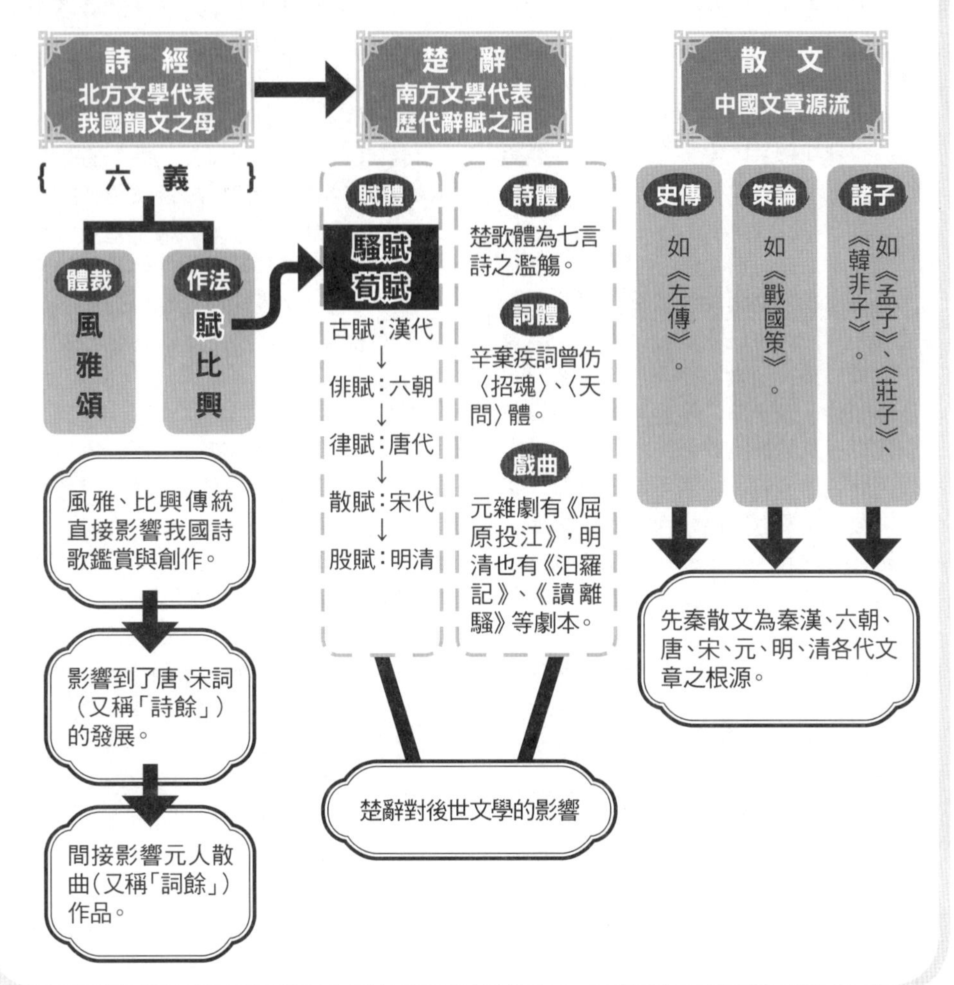

文學歇腳亭

舉凡中國文學可概分為韻文、非韻文兩大類，「辭賦」恰介於其間，要用韻但不似詩歌嚴謹，行文自由卻受押韻之限，總之，辭賦為中國文學特有之一體。

韻文之下，含有「詩」、「詞」、「曲」3體，為廣義的詩歌；非韻文下，則有「文章」（含散文、駢文、語體文）與「小說」2體；加上「辭賦」，即中國文學基本的6種體裁。

UNIT 1-4 辭賦詩歌秦漢文

先秦《詩經》、《楚辭》為文壇兩顆閃亮的明星，而散文仍有其實用目的，故不被視為文學創作。兩漢承之，辭賦躍居主流地位，詩歌次之；散文亦頗有可觀，雖未擺脫論政、言事、纂史等功能，卻受到辭賦影響，已出現駢偶華美的傾向。

辭賦

漢代辭賦初興期，以賈誼、枚乘為代表，其作句中仍用「兮」字，未脫離楚歌體形式。至漢武帝時，名家輩出，佳作如林，於是進入隆盛期；而司馬相如代表漢賦的最高成就。繼司馬相如之後，辭賦的形式、格調等趨於定形，使得後輩作家難以突破，而進入模擬期。揚雄、班固等，爭相以司馬相如賦為模擬範本。

東漢中葉以後，受到宦官、外戚爭權，帝王、貴族奢靡，政治、社會動盪等因素影響，辭賦發展邁入轉變期。此期漢賦出現四大轉變：一、從長篇鉅製，轉為篇幅短小之作。二、從描寫宮殿、畋獵之盛，變成抒發個人情懷的題材。三、從專務歌功頌德，趨向反映現實人生。四、從致力堆砌故實、浮誇藻飾，轉而追求清新自然的風格。代表賦家有張衡、趙壹。

詩歌

郭茂倩《樂府詩集》中，漢樂府僅剩鼓吹曲辭、相和歌辭和雜曲歌辭三種。由於音樂失傳，從歌辭上難以做出區別。

五言詩草創於西漢，成熟於東漢，如班固〈詠史〉詩開五言風氣之先，在文學史上占有一定地位。此後，五言詩紛紛湧現，蔚為奇觀。代表作首推東漢末年〈古詩十九首〉，是一群無名作家反映出時代苦悶的心聲。

《史記》中〈垓下歌〉、〈大風歌〉、〈秋風辭〉等楚歌體詩作，可視為漢代七言詩之濫觴。至張衡〈四愁詩〉為七言詩之過渡；直到曹丕〈燕歌行〉，七言之作始真正純熟，通篇用七言，不雜有任何楚聲，是為道地的七言詩歌。然而，同時代文人卻沒有類似的作品；直到南北朝，七言詩才逐漸發展起來。

散文

先秦散文，李斯〈諫逐客書〉鋪陳排比、氣勢奔放，不但是散文極品，亦漢賦發展之先聲。《呂氏春秋》語言簡明，組織嚴密，且言之有物，雖被歸為「雜家」，仍具有一定的文學價值。

兩漢史傳散文之雙璧：司馬遷《史記》、班固《漢書》。前者行文簡潔明暢，平易近人；後者受漢賦影響，文字漸趨排偶化，崇尚藻飾，喜用古字，風格典麗，入於艱深。故范曄《後漢書》評云：「遷文直而事覈，固文贍而事詳。」明揭二書風格不同，一生動，一詳贍，各具特色。

漢代政論文，針對政治、經濟提供建言。如賈誼〈過秦論〉、〈治安策〉，鼂錯〈論貴粟疏〉，王符《潛夫論》，仲長統《昌言》等，皆為揭露現實、批評時局而作，語言樸實，內容豐厚。

兩漢散文漸趨駢儷化，除了班固《漢書》之外，尚可從鄒陽〈獄中上梁王書〉、揚雄〈劇秦美新〉等單篇散文，窺知漢代文章由散體至排偶、從質樸到典麗的傾向。而蔡邕〈郭有道林宗碑〉更是六朝駢儷文之津梁。

秦漢文學的發展

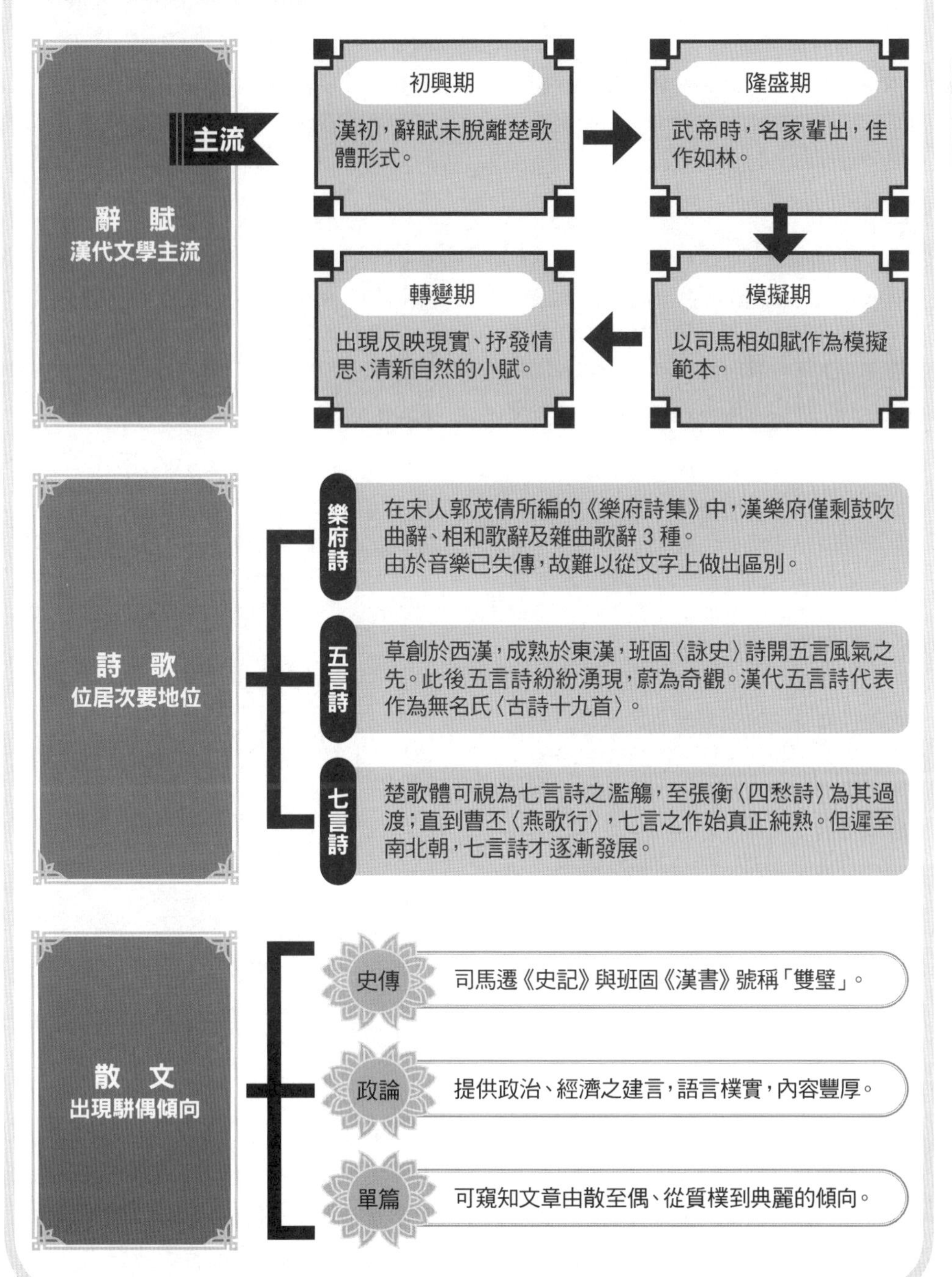

辭 賦
漢代文學主流
主流
初興期
漢初，辭賦未脫離楚歌體形式。
隆盛期
武帝時，名家輩出，佳作如林。
模擬期
以司馬相如賦作為模擬範本。
轉變期
出現反映現實、抒發情思、清新自然的小賦。
詩 歌
位居次要地位
樂府詩
在宋人郭茂倩所編的《樂府詩集》中，漢樂府僅剩鼓吹曲辭、相和歌辭及雜曲歌辭 3 種。
由於音樂已失傳，故難以從文字上做出區別。
五言詩
草創於西漢，成熟於東漢，班固〈詠史〉詩開五言風氣之先。此後五言詩紛紛湧現，蔚為奇觀。漢代五言詩代表作為無名氏〈古詩十九首〉。
七言詩
楚歌體可視為七言詩之濫觴，至張衡〈四愁詩〉為其過渡；直到曹丕〈燕歌行〉，七言之作始真正純熟。但遲至南北朝，七言詩才逐漸發展。
散 文
出現駢偶傾向
史傳
司馬遷《史記》與班固《漢書》號稱「雙璧」。
政論
提供政治、經濟之建言，語言樸實，內容豐厚。
單篇
可窺知文章由散至偶、從質樸到典麗的傾向。

UNIT 1-5 六朝靡麗成習性

魏晉南北朝隨著駢偶、聲律及純文學觀念的成熟，文學逐漸步上重技巧、尚雕琢的唯美路線，因而創作出太康詩、駢儷文及俳賦等綺靡之作。然而，肆恣炫奇的筆記小說出現，為靡麗的六朝文壇注入一股清新活力。

詩歌

建安詩歌「志深而筆長」,「梗概而多氣」。正始詩歌，受老莊玄學薰染，多崇尚虛無，只有阮籍、嵇康仍能繼承建安詩反映現實的精神。晉初詩人已偏重形式、技巧，至太康時期，陸機、潘岳詩發展到極致；只有左思等獨樹一格，而有傑出成就。西晉末至東晉百餘年間，玄言詩風瀰漫；直到田園詩人陶淵明出現，才稍有改觀。

南朝宋山水詩勃興，以謝靈運為代表；但成就最高的卻是以古樂府聞名的鮑照。南朝齊沈約等結合聲律與對偶技巧，創造出「永明體」詩歌，成為我國從古體詩過渡到近體詩之間重要的橋梁。而後南朝齊、梁宮體詩躍居詩壇主流，發展至梁、陳時，思想內容卻愈來愈顯空洞。

「北朝三才」的詩歌，雖享有盛名，卻了無新意。在樂府民歌方面，南朝以「吳歌」、「西曲」為主，都是一些篇幅短小、熱情浪漫的戀歌；北朝則多胡人騎在馬背上所唱的牧歌，歌詞質樸，具慷慨悲涼的格調。

文章

魏晉文章未有駢、散之別，因此呈現駢散盡出的盛況。建安末，駢儷之風盛行，佳作如潮，蔚為大觀。至陸機〈豪士賦序〉堪稱晉文之冠，下開四六之體。另有諸葛亮前、後〈出師表〉，李密〈陳情表〉等，都是極出色的散文作品。

南北朝之際，駢文成為文章正宗，無論形式、技巧均較魏晉時期精進，正式步入鼎盛期。如丘遲〈與陳伯之書〉、吳均〈與宋元思書〉、徐陵〈玉臺新詠序〉等，都是首屈一指的名篇；庾信更集南北朝駢文之大成，享譽古今。南北朝散文略顯沉寂，如范曄《後漢書》、酈道元《水經注》、楊衒之《洛陽伽藍記》等，都是內容充實、質樸無華的好作品。

辭賦

俳賦為魏晉南北朝辭賦的主流，無論內容、形式都與漢賦不同。六朝賦以篇幅短小、題材寬廣、風格華麗及獨具個性為特色。如曹植〈洛神賦〉、王粲〈登樓賦〉都是抒情的佳作。西晉陸機、潘岳賦風華美，講聲律、尚雕琢，足以代表太康文學的精神。東晉賦不乏探究玄理之作，至陶淵明〈歸去來兮辭〉等，善以素樸的文字描寫真實情感，始擺脫此歪風。

南北朝以鮑照〈蕪城賦〉、江淹〈恨賦〉、〈別賦〉為代表作。庾信早年仕南朝，好作小賦，內容略顯空洞；滯留北朝後，賦中寄寓家國之憂、身世之嘆，流露出一股蒼茫剛健的情調。〈哀江南賦〉象徵庾信賦的最高成就，也是六朝辭賦的集大成之作。

小說

六朝筆記小說，篇幅短小，言簡意賅，內容不出志怪、志人二大範疇。雖然當時作者不是有意識地從事小說創作，但中國小說至此已粗具規模。

六朝文學的概況

詩歌

1. 建安詩：志深而筆長，梗概而多氣。
2. 正始詩：受玄學薰染，多崇尚虛無。
3. 太康詩：尚華美，重形式，講技巧。
4. 玄言詩：瀰漫晉代詩壇長達百餘年。
5. 田園詩：陶淵明為隱逸詩人之宗。

主流

- 北朝：「北朝三才」的詩歌雖享有盛名，卻了無新意。整體成就無法與南朝相比。
- 南朝：山水詩（以謝靈運為代表。）→永明體（結合聲律與對偶。）→宮體詩（以女子宮怨為主。）

民歌

- 北朝：格調慷慨悲涼。
- 南朝：含吳歌、西曲。

文章

魏晉文章未有駢、散之別，因此呈現駢散盡出的盛況。建安末，駢儷之風盛行；〈豪士賦序〉為晉文之冠。另有〈出師表〉、〈陳情表〉，都是極出色的散文作品。

- 駢文：南北朝之文章正宗。無論形式或技巧，均較魏晉時精進，步入鼎盛期。庾信為南北朝駢文集大成者，享譽古今。
- 散文：在南北朝文壇，略顯沉寂。如范曄《後漢書》、酈道元《水經注》、楊衒之《洛陽伽藍記》等，都是內容充實、質樸無華的好作品。

辭賦

六朝賦具有篇幅短小、題材寬廣、風格華麗，及獨具個性等特色。

1. 建安賦：以曹植賦的成就為最高。
2. 太康賦：講聲律、雕琢，風格華美。
3. 玄理賦：東晉時，不乏談玄說理之作。
4. 陶淵明賦：擺脫東晉探討玄理之歪風。
5. 南北朝賦：以鮑照、江淹之作為代表。
6. 庾信賦：集魏晉南北朝辭賦之大成。

小說

- 志怪：搜奇志怪之風盛行，以干寶《搜神記》為代表作。
- 志人：喜好品評人物，以劉義慶《世說新語》為代表作。

★ 六朝筆記小說為文言體，篇幅短小，言簡意賅。

★ 雖然作者不是有意識地從事小說創作，但中國小說至此已粗具規模。

UNIT 1-6 隋唐五代最繽紛

李唐是詩歌的黃金時代，初唐、盛唐、中唐、晚唐詩，如四季綻開的花朵，爭妍競麗，美不勝收。唐人文章，駢體穠豔，散體淳樸，依序遞嬗，各展風華。隋唐取士，律賦擅場，音律諧協，對偶精切。科場溫卷，傳奇小說，史才詩筆，議論風發。隋唐宴樂，俚曲胡歌，秦樓楚館，淺斟低唱；晚唐、五代，溫韋歌詞，花間情調。要言之，李杜詩、韓柳文、後主詞等點綴了隋唐、五代文苑，光彩奪目，繽紛耀眼。

詩歌

嚴羽《滄浪詩話》分唐詩為五體：一曰「唐初體」，即唐初猶襲陳、隋之體；二曰「盛唐體」，即開元、天寶諸公之詩；三曰「大曆體」，即大曆十才子之作；四曰「元和體」，即元白諸君詩作；五曰「晚唐體」，即小李杜綺靡詩歌。高棅《唐詩品彙》併「大曆體」、「元和體」為中唐詩。於是，將唐詩劃分為「初唐」、「盛唐」、「中唐」與「晚唐」四個時期。誠如清聖祖〈御製全唐詩序〉云：「詩至唐而眾體悉備，亦諸法畢該，故稱詩者，必視唐人為標準。」可見唐代詩歌諸體該備，已臻登峰造極之境。

文章

吾人以為，唐代文章歷經四次變革：從六朝徐庾體至初唐四傑的清雅駢儷文，一變也；再至「燕許大手筆」雍和華貴之四六文，二變也；到韓柳所倡散體、載道的古文，三變也；終至晚唐穠麗之「三十六體」駢文，四變也。古文運動如曇花一現，隨著韓、柳謝世，暫告凋零。唐代文壇終究回歸駢文的天下，駢四儷六，雕文鏤句，仍是唐人文章之大宗。

辭賦

隋唐律賦，起於沈約聲律說、駢文隔句作對及科舉考試限韻的要求。一味追求音律和諧，對偶精工，毫無思想情感可言。唐人律賦的演變，亦可分為四期：初唐，沉鬱古拙，多應制之作；盛唐，規矩不嚴，講究自然渾成；中唐，清新典雅，是為全盛期；晚唐，綺麗新巧，漸流於靡弱。

小說

唐人科舉「溫卷」之風盛行，士子往往於考前向主考官投刺詩文，作為晉身仕途的敲門磚。由於受到古文運動、俗文學興起的鼓舞，考生便用散文來寫作傳奇故事，務求「作意好奇」，以引起主考官閱讀的興趣，達成干投行卷之目的。又「此等文備眾體，可見史才、詩筆、議論」，於是文士紛紛投身創作之列。可見唐代傳奇是文人有意識創作小說的開端。

歌詞

《雲謠集》是現存最早的民間詞集，出土於敦煌莫高窟，因此「敦煌曲子詞」成為隋唐民間詞的代稱，亦即詞發展之源頭。中唐文人白居易、劉禹錫等，逐漸加入倚聲填詞之列；不過都是偶爾染指，並未形成風尚。晚唐、五代是詞的成熟期，溫庭筠、韋莊被視為後代婉約與豪放詞之初祖。南唐詞跳脫花間穠麗詞風，而以詞人本身的生命、情感直接撼動人心，尤以李後主的亡國血淚最具代表性。詞至此始不再只是宴會娛賓的歌詞，而成為讀書人抒發懷抱的文體，又開拓新境界。

隋唐文學的繁榮

主流

詩歌

初唐詩	盛唐詩	中唐詩	晚唐詩	
襲南朝陳、隋代之遺風。	即開元、天寶諸公之詩。	即「大曆體」、「元和體」。	即小李杜的綺靡詩歌。	詩至唐代，眾體悉備，諸法畢該。

文章

初唐文	盛唐文	中唐文	晚唐文	
以四傑的駢儷文為代表。	燕許四六文，堪稱大手筆。	韓柳倡散體、載道的古文。	「三十六體」駢風大盛行。	古文隨韓、柳謝世而凋零，唐代文章以駢文為大宗。

律賦

初唐賦	盛唐賦	中唐賦	晚唐賦	
沉鬱古拙，多應制之作。	規矩不嚴，講究自然渾成。	清新典雅，是為全盛期。	綺麗新巧，漸流於靡弱。	隋唐律賦起於沈約聲律說、駢文隔句作對及科舉考試限韻的要求。

傳奇

〈古鏡記〉是現存最早的作品，為六朝志怪小說之延續。 → 受古文、俗文學興起鼓舞，中唐傳奇小說蓬勃發展，蔚為奇觀。 → 傳奇小說依舊興盛；藩鎮割據嚴重，俠義題材大行其道。 — 唐傳奇是文言筆記小說，為中國讀書人有意識創作小說的開端，小說至此取得應有的地位。

曲子詞

「敦煌曲子詞」成為隋唐民間詞的代稱，亦即後世詞之源頭。 → 中唐文人逐漸加入倚聲填詞之列，然僅偶爾染指，未成風尚。 → 晚唐、五代，溫庭筠、韋莊被視為後世婉約與豪放詞之初祖。 → 南唐詞以李後主為代表，詞成為讀書人抒發懷抱的文體。 — ★《雲謠集》為現存第1本民間詞集。★《花間集》為現存第1本文人詞集。

UNIT 1-7 多姿多采宋文苑

兩宋之世，文運興隆。加以承沿大唐文化，絢麗繽紛，宋代文壇自然呈現出多姿多采、花團錦簇的盛況。

歌詞

詞，為兩宋文學主流。北宋初，晏歐小令作為宴會娛賓之用。至柳永，開始大量創作長調，以行役見聞、市井生活為主題，開蘇軾豪放詞之先聲。蘇軾以詩為詞，將詞的內容、境界與手法推向另一個高度，開創豪放詞風。北宋末，周邦彥專務審音調律，創新曲調，形成格律詞興盛的局面。

南宋詞分兩派：一派近於蘇軾，如辛棄疾、陸游等，詞風豪邁，流露濃烈的愛國思想；一派近於周邦彥，如姜夔、王沂孫等，寄興深微，寫下不少精緻的詠物之作。而辛棄疾詞，出現詩、詞、散文合流的現象，無論手法、題材等，均較蘇軾豪放詞更上層樓；然辛詞風格多元，豪放、婉約之作兼而有之，故為宋詞之集大成者。

詩歌

自梅堯臣、蘇舜欽、歐陽修等提倡詩歌革新，始一掃西崑體華靡之風。蘇軾繼以發揚光大，確立宋詩「以文字為詩」、「以議論為詩」之特色。黃庭堅則提出「奪胎換骨」、「點鐵成金」、「無一字無來歷」等詩法，創立江西詩派，形成「以才學為詩」的宋詩風格。

南渡後，陸游、范成大、楊萬里、尤袤，號稱「中興四大詩人」；陸、范、楊三人皆受江西詩派影響，足見其一脈相承。尚有朱熹、葉適等理學家詩作，有別於「永嘉四靈」與「江湖詩人」之格調。南宋末，文天祥、謝翱、林景熙等以沉痛之筆，抒發國仇家恨。

文章

宋初，駢文蔚然稱盛。至歐陽修於嘉祐二年（1057）知禮部貢舉，以「平淡典要」為選文標準，拔擢蘇軾、蘇轍、曾鞏、王安石等，自此文風丕變。宋代古文運動，終於使散文成為文章正宗。而歐、蘇之世，駢文出現散文化傾向，古文家同時也是四六文高手。

宋代理學興盛，故道學家之文亦有可觀。南宋文章，首推陸游，駢文雍容典雅，散文俊逸清新，獨步一時。南宋四六文，前五十年間，多抒發山河易色之悲，不假雕琢，猶帶慷慨悲壯之音；後期約一百年間，文士莫不醉心追逐聲律藻采，駢儷之風又大盛。

辭賦

散賦純以散文筆法為之，摻雜韻語，但不拘泥於字句、格律。晚唐杜牧〈阿房宮賦〉已開其契機，至歐、蘇大力提倡，散賦成為宋賦之主流。辭賦發展至宋代，一切形式無不畢備。

小說

宋代小說分為文言與白話二系統：前者承六朝筆記、唐傳奇之餘緒，屬於士大夫文學；後者出於當時說話人講故事的底本，即「話本」，是為民間文學。由於話本小說因應市井娛樂而興起，內容生動活潑，成就也較高。

戲曲

直到宋、金以後，才出現搬演故事的戲曲。南宋時，戲曲規模已漸次完備。「樂曲」與「戲文」為宋代戲曲之產物：前者屬北曲，為元雜劇之前身；後者則屬南曲，為明傳奇之先聲。

兩宋文學的多元

主流

歌詞

北宋初，晏歐小令，作為宴會娛賓之用。→ 至柳永，描寫行役見聞，開豪放詞先聲。→ 蘇軾承柳永，開創豪放詞風，為詞之別調。→ 北宋末周邦彥善審音調律，形成格律詞。→

南宋詞
★辛棄疾、陸游等詞風豪邁，近於蘇軾。
★姜夔等詠物詞寄興深微，近於周邦彥。

稼軒豪放詞、婉約詞兼具，集宋詞之大成。

詩歌

歐陽修等提倡革新，一掃宋初華靡詩風。→ 蘇軾以文字、議論為詩，確立宋詩的特色。→ 黃庭堅主張以才學為詩，並創立江西詩派。→

南宋詩
★陸、范、楊、尤號稱「中興四大詩人」；尚有朱熹等理學家詩及永嘉四靈、江湖詩人之作。
★亡國前後，文天祥等多以沉痛之筆，抒發國仇家恨，字字血淚。

文章

宋初，駢文蔚然稱盛。→ ★歐、蘇提倡古文運動，終於使散文成為文章正宗。★歐、蘇之世，駢文出現散文化的傾向，古文家同時也是四六文高手。→ 道學家之文亦頗有可觀。→

南宋文章
★前 50 年間四六文猶帶慷慨悲壯之音。
★後期約 100 年間，駢儷之風又大盛。

陸游駢文雍容典雅，散文俊逸清新，文章獨步於南宋。

散賦

散賦純以散文筆法為之，摻雜韻語，但不拘泥於字句、格律。— 晚唐杜牧〈阿房宮賦〉已開散賦之契機。→ 至歐、蘇等人大力提倡，散賦已成為宋賦之主流。— 辭賦發展至宋代，一切形式皆已完備。

小說

文言系統：承六朝筆記、唐人傳奇小說之餘緒，屬於士大夫文學。
優 白話系統：出於說話人講故事的底本，即「話本」，故為民間文學。

戲曲

直到宋、金以後，才出現搬演故事的戲曲。→ 時至南宋戲曲的規模已漸次完備。
- 樂曲：屬北曲，為元雜劇之前身。
- 戲文：屬南曲，為明傳奇之先聲。

UNIT 1-8 一枝獨秀是元曲

由於宋詞衰落、胡樂輸入，使曲蛻變成一種能適應新時代的文體。元曲在語言、音樂方面，受北方民族文化入侵影響，形成顯著的南北差異，故有南、北之分。大抵南曲的內容、風格較接近宋詞，北曲則具有鮮明的時代色彩，更足以代表元代文學。放眼有元文壇，除了曲（雜劇、散曲）一枝獨秀之外，詩、詞、文、賦相對顯得沉寂，不愧是元曲獨霸的時代！

戲曲

真正的戲曲，始於元雜劇。雜劇來源極為複雜，包括：宋代歌舞戲之大曲、曲破，講唱戲之諸宮調、賺詞，及宋戲文、傀儡話本、影戲話本等。雜劇最早約出現在金末，劇作家活動範圍應不出大都（今河北北京）一帶。因此，公認關漢卿為雜劇的首創者。

元代雜劇發展分為前、後二期：一、前期作家輩出，作品豐富，除了關、王、馬、白外，尚有石君寶、高文秀、紀君祥等，無論質與量上均較後期略勝一籌。二、後期雜劇發展重心南移，從大都轉移到繁華的杭州。劇作家多為南方人，如楊梓、金仁傑、范康等，也有部分是流寓南方的北地人，如鄭光祖、喬吉、宮天挺等，他們大多注重采藻，鮮少展現本色。

此外，戲文至元末明初受元雜劇影響，逐漸發展成長篇鉅製、組織嚴密、情節曲折的傳奇。可見宋、元南曲戲文原為明傳奇之前身。

散曲

元人散曲亦分為前、後兩期：一、從金末至元大德年間，前期散曲充滿通俗性、口語化，展現北方文學樸實、直率的自然美。曲家分為清麗、豪放二派，前者曲風清麗雋美，以關漢卿、王實甫、白樸為代表；後者則以豪放奔逸為特色，代表作家如馬致遠、張養浩。二、從大德年間至元末，後期散曲受南方文學影響，以及技巧上的精進，逐漸步上騷雅典麗一途。曲家只有楊朝英、鍾嗣成、劉庭信三人為豪放派，其餘均屬清麗派。他們多為南方人，作散曲已成為文士的專業，加上曲評、曲律的出現，於是開始修飾辭藻，考究格律，如張可久、喬吉、周德清等曲作，皆以騷雅蘊藉為主，走上唯美之路。

詩、詞

金、元詩歌可分為三期：一、金朝遺民之作，以元好問為代表。二、元代前期，初為宋、金遺民的慷慨悲歌，後多宗唐人。三、元代後期，則學晚唐穠豔之體。元好問也是金詞成就最高的作家。元詞雖較散曲遜色不少，但仍有相當不錯的作品，如白樸詞清雋婉逸，意愜韻諧；散曲家姚燧、盧摯、貫雲石等，也都填了一手好詞。

文、賦

元代散文承襲唐宋古文。元初作家多師從宋、金理學家或文學家，文章根柢深厚。元中葉作家仍承沿元初文風。中葉以後，諸文家在繼承之餘，又能有所開創。由於金、元兩代受到外族統治，經濟、文化衰退，思想備受箝制，造成文學不發達；辭賦隨之沒落，僅少數賦家有作品傳世。

金元文學的沉寂

主流

元曲（韻文）

雜劇

來源複雜

★宋代歌舞戲之大曲、曲破。
★講唱戲之諸宮調、賺詞。
★宋戲文、傀儡與影戲話本。

元雜劇前期，作家輩出，作品豐富，無論質與量上均較後期略勝一籌。

元雜劇後期，發展重心南移，劇作家多注重采藻與雕琢，鮮少展現戲曲本色。

散曲

前期散曲

從金末至元大德年間。作品充滿通俗性、口語化，展現出北方文學樸實、直率的自然美。

- 清麗派：關漢卿、王實甫、白樸等為代表。
- 豪放派：馬致遠、張養浩、貫雲石等為代表。

後期散曲

從大德年間至元末。作品受到南方文學影響，以及技巧上的精進，逐漸步上騷雅典麗一途。

- 清麗派：張可久、喬吉、周德清等為代表。
- 豪放派：楊朝英、鍾嗣成、劉庭信三人屬於此派。

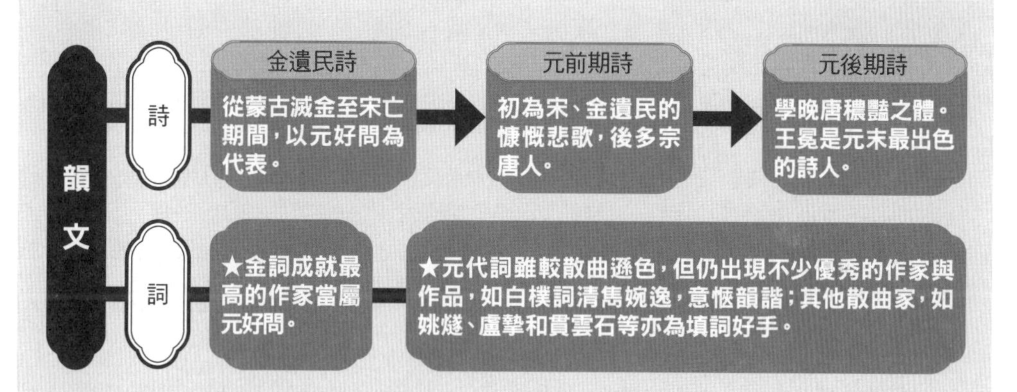

韻文

詩

金遺民詩：從蒙古滅金至宋亡期間，以元好問為代表。

元前期詩：初為宋、金遺民的慷慨悲歌，後多宗唐人。

元後期詩：學晚唐穠豔之體。王冕是元末最出色的詩人。

詞

★金詞成就最高的作家當屬元好問。

★元代詞雖較散曲遜色，但仍出現不少優秀的作家與作品，如白樸詞清雋婉逸，意愜韻諧；其他散曲家，如姚燧、盧摯和貫雲石等亦為填詞好手。

非韻文

文

元代文章承襲唐宋古文。

元初文士師從宋、金理學家或文學家之作，故文章根柢深厚。

元中葉作家承沿元初文風。

中葉以後文家繼承之餘，亦有開創。

賦

金、元兩代受外族統治，經濟、文化呈現衰退，加以思想箝制，文學極不發達，僅少數賦家有作品傳世。

金朝趙秉文賦作頗多，居諸家之冠；然元好問賦，堪稱金賦中的上乘之作。

入元後，理學家劉因、詩人楊維楨等，都有辭賦佳篇流傳於世。

UNIT 1-9 明人通俗與復古

明代文學史上，在小說、戲曲追求通俗化的過程中，卻有文士力倡詩、文復古之論，通俗與復古並行不悖，成為當時文壇的特殊現象。

小說

明代小說繁榮一時，長篇章回小說中，以「四大奇書」成就最高；短篇小說，可分為兩個系統：一是受講史、說書影響的白話小說，以《三言》、《二拍》享譽古今；一是承六朝筆記、唐人傳奇而來的文言小說，如瞿佑《剪燈新話》，也廣為流傳。

戲曲

繼「五大傳奇」之後，雜劇一度復興，傳奇出現中衰之勢。成化以後，傳奇再度興盛；至魏良輔改良崑山腔，傳奇於是大盛，躍居明、清戲曲主流。從此，消弭了南、北曲的對立；而傳奇、雜劇之名，成為篇幅長短之別，長篇的傳奇更是明、清戲曲正宗。萬曆以後，無論傳奇或雜劇，皆改用崑腔演唱。當時劇壇出現二大曲家：吳江沈璟、臨川湯顯祖，前者推崇格律，後者專尚文辭，他們各有擁護者，形成壁壘分明的兩派。

詩歌

明初詩歌，脫去元末以來的浮豔之習。永樂至成化年間，詩壇出現以三楊為代表的「臺閣體」。李東陽繼之以宰臣領導文壇，形成「茶陵詩派」。「前七子」試圖挽救此浮華文風，主張「詩必盛唐」，強調作詩須從模擬古人著手，一字一句如習字臨帖，自成名家。嘉靖年間，又有「後七子」繼續發揮前七子的復古主張，聲勢更為浩大。

萬曆年間，三袁提出「獨抒性靈，不拘格套」，大揭反擬古旗幟，即所謂「公安派」。公安派對清代袁枚的詩歌、詩論具有一定影響力。約與公安派同時，還有以鍾、譚為首的「竟陵派」。鍾惺試圖以「幽深孤峭」的風格，拯救公安詩文過於輕率之弊。明末詩人在抗清過程中，表現出崇高的民族氣節，驚心動魄，詩風為之一變。

文章

明代士子幼習八股文，仕宦後，又作臺閣體文章，未免流於嘽緩冗沓，空洞無物。成化年間，文壇出現前七子，提出「文必秦漢」的擬古主張。嘉靖年間，王慎中、唐順之、歸有光等，提倡學歐、曾古文，以矯前七子之弊，時稱「唐宋派」。至嘉靖末年，又出現後七子重提擬古論調，風靡天下。直到公安派及稍後的竟陵派標榜性靈，明代文章才擺脫復古的魔咒。由於三袁、鍾譚反對擬古，重視性靈，因而帶動晚明小品文的蓬勃發展。

詞曲

明詞承宋詞之餘緒，毫無建樹可言。明代散曲，前期豪放派遙承元人馬致遠，至馮惟敏達於頂峰；清麗派則遠宗張可久，至沈仕臻於絢爛。後期曲家可分為三派：一、梁辰魚等的辭藻派；二、沈璟等的格律派；三、獨樹一幟的施紹莘。

辭賦

明開國以後，應八股文取士之需，形成「股賦」。股賦形式僵化，內容空洞，向來不為文學史家所重。

明代文學的蓬勃

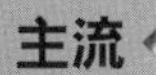

小說

長篇章回小說

施耐庵《水滸傳》、羅貫中《三國演義》、吳承恩《西遊記》及舊題蘭陵笑笑生《金瓶梅》，號稱「四大奇書」，為明人章回小說成就最高之作。

★小說題材，出自民間流傳的故事，後經文人整理、潤飾。

短篇小說

- **白話小說**：受講史、說書影響，《三言》、《二拍》為代表。
- **文言小說**：承六朝筆記、唐傳奇，瞿佑《剪燈新話》為代表。

傳奇

五大傳奇出現，南戲正式邁向傳奇的時代。→ 之後，雜劇復興；傳奇一度中衰，成化後，又興盛起來。→ 魏良輔改良崑山腔後，傳奇大盛，躍居戲曲之主流。→ 自從萬曆以後，無論傳奇或雜劇，皆改用崑腔演唱。

- → 吳江派重格律
- → 臨川派尚文辭

詩歌

明初詩風脫去元末之浮豔。→ 永樂至成化間臺閣體當道。→ 李東陽領導茶陵詩派繼之。→ 前七子倡「詩必盛唐」說。→ 嘉靖間，後七子再倡復古。→ 萬曆間，公安派主「獨抒性靈」，反擬古。→ 竟陵派試圖以「幽深孤峭」拯救公安詩文之弊。→ 明末詩歌，表現崇高的民族氣節。

文章

明人幼習八股文，仕宦後作臺閣體文章，內容極為空洞。→ **成化間**，前七子提出「文必秦漢」的擬古主張。→ **嘉靖間**，唐宋派倡學歐、曾古文，以矯前七子之弊。→ **嘉靖末**，又出現後七子重提為文擬古論，風靡天下。→ 公安、竟陵派標榜性靈，明代文章才擺脫復古魔咒。→ 公安、竟陵派反擬古，帶動晚明小品文的蓬勃發展。

詞曲

明詞承宋詞之餘緒，但毫無建樹。

前期散曲

★豪放派遙承馬致遠，至馮惟敏達於頂峰。
★清麗派遠宗張可久，至沈仕而臻於絢爛。

→

後期散曲

★梁辰魚等的辭藻派。 ★沈璟等的格律派。 ★獨樹一幟的施紹莘。

股賦

★明代應八股取士之需而形成股賦。
★股賦由律賦、散賦二體，雜揉而成。於對偶中摻入八股文句法，寓駢於散，善用排偶句法，內容空洞無物。

UNIT 1-10 文學中興在清代

清代是中國古典文學的復興期，小說、戲曲、詩歌、文章、詞曲、辭賦燦然並出，再現榮景，但如同迴光返照一般，一切繁華終將歸於寂滅。

小說

清代長篇章回小說，承明代遺緒，成就斐然，出現如《儒林外史》、《紅樓夢》等名著。短篇以文言筆記小說較出色，《聊齋志異》為其代表作；白話短篇小說則一蹶不振。晚清小說異常繁榮，無論言情小說、譴責小說等，如雨後春筍般紛紛湧現。

戲曲

明末清初，崑曲日漸式微。至康熙年間，洪昇《長生殿》、孔尚任《桃花扇》出現，始露復興的契機。但乾隆年間以後，隨著花部諸腔興起，崑曲不得不讓出獨占二百多年的寶座。各地方聲腔當時統稱為「花部」或「亂彈」；花部諸腔多演節義故事，曲文俚質，雅俗共賞。道光、咸豐年間，形成盛極一時的皮黃劇（又名京劇），即以二黃、西皮為主要腔調，吸收崑曲、秦腔的曲調、劇目和表演方法及各種民間曲調，逐漸融合、演變而成；由於深受觀眾喜愛，因而取得領導地位。

詩歌

清代詩歌，不外尊唐、宗宋二流派：前者主神韻，講法度，倡格調，又有初、盛、中、晚唐之分；後者尚奇崛，好議論，用典故，又有蘇、黃、放翁之別。另有獨抒性靈者，自立於唐、宋之外，卓然成家。中葉以後，龔自珍等寫出關心民瘼、揭發時弊的作品，成為清詩轉變的關鍵。至戊戌變法前，梁啟超、譚嗣同等提出「詩界革命」口號，要求詩歌必須為政治服務；其中以黃遵憲表現最傑出。

文章

侯方域、魏禧、汪琬為清初散文三大家。乾、嘉以降，駢文勃興，以袁枚、汪中、洪亮吉三家最著名。繼方苞、劉大櫆、姚鼐之後，桐城派聲勢浩大，支配清代文壇二百餘年。桐城派二支流：一是乾、嘉年間的陽湖派；一是道、咸年間的湘鄉派。清代駢文至乾、嘉時代，臻於鼎盛；道、咸以後，則逐漸沒落。王闓運實為清季駢文之殿軍。清末西風東漸以後，一些古文家改用古文翻譯西洋典籍；不過，古文仍欲振乏力，終於結束了自韓、歐以來千餘年獨領風騷的局面。

詞曲

清代詞壇宗派不少，如陳維崧等尊蘇、辛，風格豪放，人稱「陽羨派」。朱彝尊等尊姜（夔）、張（炎），以清空為宗，衍為「浙西詞派」。陳、朱齊名，清初詞壇莫不受其影響。納蘭性德異軍突起，頗有李後主之風，以小令見勝。嘉慶以降，清空詞風漸為人所厭，張惠言、周濟等出，倡言寄託，陳義較高，而成為「常州詞派」。繼起詞家，多承其學，因此常州遺韻，延續至清末。清末詞人以蔣春霖成就較高。至於清人散曲，作者不少，但多模擬之作，注重文采，故成就不如元、明。

辭賦

儘管清賦題材多元，作品甚夥，但難以有所突破。不過，清人在辭賦評論、賦作搜集上的貢獻，功不可沒。

清代文學的復興

主流

小說

- 長篇章回小說：清代章回小說，承明人之遺緒，成就斐然，出現了如吳敬梓《儒林外史》、曹雪芹《紅樓夢》等文學名著。
- 短篇小說：★以文言筆記小說較出色，蒲松齡《聊齋志異》為代表作。★白話短篇小說則一蹶不振。

→ 晚清小說異常繁榮，無論言情小說、譴責小說等，如雨後春筍紛紛湧現。

戲曲

明末清初崑曲日漸式微。→ 康熙年間，南洪北孔出現，崑曲始露復興的契機。→ 乾隆以後，花部諸腔興起，崑曲讓出獨占 200 多年的寶座。→ 道光、咸豐年間，皮黃劇盛行；後以二黃、西皮為主調，融合眾家之長，遂躍居領導地位。

詩歌

清代詩歌，不外尊唐、宗宋 2 派；另有獨抒性靈者，獨樹一格，卓然成家。→ 中葉以後，龔自珍等關心民瘼之作，成為清詩轉變的關鍵。→ 戊戌變法以前，梁啟超等提倡「詩界革命」，要求詩歌為政治服務，以黃遵憲詩最為傑出。

文章

- 散文：清初三大家侯、魏、汪。→ 桐城派獨霸 200餘年。→ 陽湖派、湘鄉派。
- 駢文：乾、嘉以降，駢文勃興。→ 道、咸以後逐漸沒落。→ 清季殿軍王闓運。

詞曲

- 詞：清初詞壇 ★陽羨派倡蘇辛豪放詞。★浙西詞派尊南宋姜張。★納蘭詞有李後主之風。→ 自嘉慶以降，常州詞派倡言寄託，陳義較高。常州之遺韻，延續至清末。→ 清末詞人以蔣春霖成就較高。
- 曲：清代散曲多為模擬之作，注重文采，故成就遠不如元、明二代。

辭賦

儘管題材多元，作品甚夥，但難有突破。不過，清人在辭賦評論及賦作搜集上，可謂功不可沒。

文學歇腳亭

清光緒廿五年（1899）敦煌出土的俗賦，如〈韓朋賦〉、〈晏子賦〉、〈燕子賦〉等，雖名為「賦」卻不是辭賦作品，而是唐代通俗文學的寓言故事。以〈燕子賦〉為例，寫黃雀霸占燕巢，燕子向鳳凰告狀；後由鳳凰出面主持公道，黃雀遭到判刑的故事。

第2章
詩　歌

2-1 情動於中形於言
2-2 詩經六義三百篇
2-3 溫柔敦厚思無邪
2-4 鼓吹相和雜曲歌
2-5 五七言詩之興起
2-6 五言冠冕十九首
2-7 慷慨任氣建安詩
2-8 正始明道雜仙心
2-9 晉世群才入輕綺
2-10 繁華落盡見真淳
2-11 模山範水始劉宋
2-12 巧構形似齊梁詩
2-13 王褒庾信羈旅情
2-14 吳歌西曲纏綿意
2-15 風吹草低見牛羊
2-16 齊梁餘風尚唯美
2-17 王楊盧駱當時體
2-18 漢魏風骨重興寄
2-19 天上謫仙李太白
2-20 襄陽摩詰詠自然
2-21 邊塞建功逞豪情
2-22 致君堯舜憂生民
2-23 王孟餘音歌山水
2-24 裨補時闕新樂府
2-25 郊寒島瘦尚奇險
2-26 典麗綺靡小李杜
2-27 唐詩尾聲返現實
2-28 雕鏤華麗西崑體
2-29 宋詩革新歐公起
2-30 發揚光大在東坡
2-31 奪胎換骨成金句
2-32 陸范楊尤號中興
2-33 永嘉四靈江湖詩
2-34 孤臣遺老悲家國
2-35 遺山鐵崖承詩脈
2-36 剽竊模擬明人詩
2-37 抒發性靈反擬古
2-38 漁洋歸愚尊唐詩
2-39 牧齋初白宗宋人
2-40 詩界革命推公度

UNIT 2-1 情動於中形於言

詩歌的意義

《尚書・舜典》云：「詩言志，歌永言，聲依永，律和聲。」是說詩用來表達情志，歌用來唱出詩的意義，樂聲要依曲辭長短為節奏，而律呂的高低又須與樂聲相協和。《禮記・樂記》亦云：「詩，言其志也；歌，詠其聲也。」

白居易〈與元九書〉指出：「詩者，根情，苗言，華聲，實義。」認為情感是詩歌的根本，語言文字為其禾苗，樂聲是花朵，內容意義則為果實。可見「情」、「言」、「聲」、「義」為詩歌組成之四要素，缺一不可。

詩歌之起源

自從有人類以來，就有詩歌的存在。據推測早在文字發明以前，甚至語言未形成之初，先民能發出簡單的聲音藉以傳達情意，就產生了詩歌，只是當時人無法記錄下來而已。

因此，一切文學的源頭，非詩歌莫屬。上古人們為了宣洩內心情感，形諸於外，便有詩歌出現。如班固《漢書・藝文志》云：「哀樂之心感，而歌詠之聲發。」〈詩大序〉亦云：「情動於中而形於言，言之不足，故嗟嘆之，嗟嘆之不足，故詠歌之，詠歌之不足，不知手之舞之足之蹈之也。」

語言文字逐漸成熟之後，詩歌或透過口耳相傳，或見諸文獻載籍，而得以保存千古。

詩歌的雛形

《史記・伯夷列傳》載殷商滅亡後，伯夷、叔齊恥食周粟，隱居首陽山；臨終前，賦歌云：

> 登彼西山兮，采其薇矣。以暴易暴兮，不知其非矣。……于嗟徂兮，命之衰矣！

此歌雖為後人所追記，但出於（周）武王伐（商）紂之時，流傳必然甚早。又《尚書大傳》載商代滅亡，微子路過殷墟，看見到處長滿了麥子與禾黍，不覺悲從中來，而作〈麥秀歌〉：「麥秀蔪兮，禾黍蠅蠅。彼狡童兮，不我好仇。」也是一首上古的歌謠。

此外，在《易經》卦爻辭中，亦保留不少近似歌謠的作品。如〈歸妹・上六〉：「女承筐，無實；士刲羊，無血。」謂男子剪羊毛，女子用竹筐來盛接，是一首極寫實的牧歌。又〈大過・九五〉：

> 枯楊生華，老婦得其士夫。

藉「枯楊生華」，比喻熟女嫁個年輕丈夫。又〈大過・九二〉：「枯楊生稊，老夫得其女妻。」藉「枯楊生稊」，以喻老翁娶得少妻。〈明夷・初九〉：「明夷于飛，垂其翼。君子于行，三日不食。」因見到天空倦鳥垂翼，聯想到自己旅途奔波、三餐不濟之苦。這些都是我國詩歌的雛形。

詩歌之演進

舉凡詩歌的興起，大多盛行於民間，後因音樂優美而得以流傳。再則騷人墨客加入創作之列，始達於巔峰。終因發展日久，文字與音樂分流，舊詩體漸趨沒落，而另一種新詩體又悄悄醞釀於市井之中。

綜觀我國詩歌之演進，當以《詩經》為芽苞，漢魏樂府、古詩為花卉，唐代至清季之古體詩、近體詩為果實，欣欣向榮，蔚為大觀。

以《詩經》為芽苞

國風
各地諸侯國的風土民謠。

各地民間百姓的歌謠，內容活潑生動，具有濃厚的文學性。

雅、頌
貴族之樂

★大雅為朝會之樂歌，小雅為宴饗之歌曲。
★頌為朝廷祭祀之樂章。

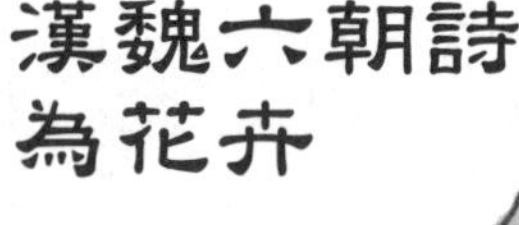

樂府詩

★原指「樂府」所採集、記錄之民間歌謠。
★後來文人仿作，亦稱樂府詩。

古詩

多出於文士之手，抒發一己之情志，用韻自由，不合樂，只可徒誦的詩歌。

唐至清季詩為果實

樂府詩
唐代以降，民間樂府、文人樂府均繼續創作，至中唐新樂府運動後，文人樂府成為大宗。

古詩
一直到清末，古詩仍持續被創作；時至今日，寫作古詩者，始終大有人在。

絕句
草創於南朝小詩，成熟於初唐之際，直至清末，甚或今日，絕句詩始終令人感到餘韻無窮。

律詩
武后時，沈佺期、宋之問使之定形。講平仄、對偶，一韻到底的律詩，象徵古典詩歌藝術之極致。

樂府詩、古詩：**古體詩**

絕句、律詩：**近體詩**

詩歌發展至唐代，諸體畢備。

UNIT 2-2 詩經六義三百篇

《詩經》非一時、一地、一人之作，大約著成於西周武王初年（1122B.C.）至東周春秋中葉（約 570 B.C.），歷時五百年間，為北方黃河流域文學代表，我國最古老的詩歌總集。

何謂「詩三百」？

《詩經》，在古代稱《詩》、《詩三百》。如《論語・季氏》云：「不學《詩》，無以言。」〈子路〉則云：「誦《詩三百》，授之以政，不達；使於四方，不能專對；雖多，亦奚以為？」可見古人可從《詩經》中獲得從政、外交等實用知識，是儒家重要典籍之一。

由於《詩經》收錄三百一十一篇詩歌，其中〈南陔〉、〈白華〉、〈華黍〉、〈由庚〉、〈崇丘〉、〈由儀〉六篇，有目無辭，實際上只有三百零五篇，故舉其成數，統稱為「詩三百」。

戰國末，《詩三百》被稱為「經」；首見於《莊子・天運》：「孔子謂老聃曰：『丘治《詩》、《書》、《禮》、《樂》、《易》、《春秋》六經，自以為久矣。』」西漢初，始有《詩經》之專名。

〈毛詩序〉云：「《詩》有六義焉，一曰風，二曰賦，三曰比，四曰興，五曰雅，六曰頌。」

體裁：風、雅、頌

風、雅、頌為《詩經》之體裁。

風，即國風，各地風謠。〈毛詩序〉將之解釋為「風（諷）刺」、「風（諷）諫」，恐非本義。朱熹《詩集傳》云：「凡《詩》之所謂風者，多出於里巷歌謠之作，所謂男女相與詠歌，各言其情者也。」可見風為民間里巷歌謠。《詩經》有十五國風：〈周南〉、〈召南〉、〈邶〉、〈鄘〉、〈衛〉、〈王〉、〈鄭〉、〈齊〉、〈魏〉、〈唐〉、〈秦〉、〈陳〉、〈鄶〉、〈曹〉、〈豳〉。

雅，廟堂宴饗的樂歌，出自士大夫之手。〈毛詩序〉云：「雅者，正也，言王政之所由廢興也。」雅，通「正」、「政」，亦通「夏」，除了說明政治興廢之緣由，也代表中夏（黃河流域）一帶的正聲。《詩經》有〈大雅〉與〈小雅〉。《詩集傳》云：「正小雅，燕（宴）饗之樂也；正大雅，會朝之樂，受釐陳戒之辭也。」可見〈大雅〉是貴族朝會的樂章，而〈小雅〉是宴會之樂。

頌，宗廟祭祀的舞詩。〈毛詩序〉云：「頌者，美盛德之形容，以其成功告於神明者也。」頌，通「容」，解為讚美恐為餘義，訓為形容方是本義；即祭祀時載歌載舞的樣子。《詩經》有〈周頌〉、〈魯頌〉及〈商頌〉。

作法：賦、比、興

賦、比、興為《詩經》之作法。

賦，布也，直陳鋪述。《詩集傳》云：「賦者，敷陳其事而直言之者也。」即直述法。如《鄭風・狡童》女子言心上人不在身邊，吃不下，也睡不著，就是「賦」法。

比，譬也，比方譬喻。《詩集傳》云：「比者，以彼物比此物也。」即譬喻法。如《魏風・碩鼠》藉貪婪的大老鼠比喻為政者之剝削，為「比」法。

興，起也，引起觸發。《詩集傳》云：「興者，先言他物以引起所詠之詞也。」即聯想法。如《周南・關雎》藉「關關雎鳩」起興，道出「窈窕淑女，君子好逑」的心聲，為「興」法。

詩經六義說從頭

一曰風	二曰賦	三曰比	四曰興	五曰雅	六曰頌
即國風，**各地風謠**。多半出於平民之手。	布也， 直陳鋪述。	譬也， 比方譬喻。	起也， 引起觸發。	**廟堂宴饗的樂歌**，出自士大夫之手。	**宗廟祭祀時的舞詩**。
據《詩集傳》云：「風者，多出於里巷歌謠之作，所謂男女相與詠歌，各言其情者也。」	《詩集傳》云：「賦者，敷陳其事而直言之者也。」亦即**直述法**。	《詩集傳》云：「比者，以彼物比此物也。」亦即**譬喻法**。	《詩集傳》云：「興者，先言他物以引起所詠之詞也。」亦即**聯想法**。 ★興，當讀去聲，猶「高興」之「興」。	據〈毛詩序〉云：「雅者，正也，言王政之所由廢興也。」雅通正、政，亦通夏，除了說明政治興廢之緣由，也代表黃河流域一帶的正聲。	據〈毛詩序〉云：「頌者，美盛德之形容，以其成功告於神明者也。」頌通容，解為讚美恐為餘義，訓為形容方是本義；即祭祀時載歌載舞的樣子。

★風、雅、頌：《詩經》之體裁。
★賦、比、興：《詩經》之作法。

一曰風	二曰賦	三曰比	四曰興	五曰雅	六曰頌
15國風：〈周南〉、〈召南〉、〈邶〉、〈鄘〉、〈衛〉、〈王〉、〈鄭〉、〈齊〉、〈魏〉、〈唐〉、〈秦〉、〈陳〉、〈鄶〉、〈曹〉、〈豳〉。	〈鄭風・狡童〉：「彼狡童兮，不與我言兮。維子之故，使我不能餐兮。」白描女子與情人鬧彆扭而不思飲食，為直述法。	〈魏風・碩鼠〉：「碩鼠碩鼠，無食我黍！三歲貫女，莫我肯顧。逝將去女，適彼樂土。」把剝削者比喻成貪婪的大老鼠。	〈周南・關雎〉：「關關雎鳩，在河之洲。窈窕淑女，君子好逑。」看到和鳴的水鳥，使君子聯想到要與淑女成雙成對。	《詩經》有**〈大雅〉與〈小雅〉**。據《詩集傳》云：「正小雅，燕（宴）饗之樂也；正大雅，會朝之樂，受釐陳戒之辭也。」	《詩經》有**〈周頌〉、〈魯頌〉及〈商頌〉**，其中只有〈周頌〉、〈商頌〉為名副其實的祭歌。

文學歇腳亭

〈國風〉主要以黃河流域為背景，王是周的首都王畿，豳是周先祖公劉之故地。邶、鄘、衛在河北、山西一帶。鄭在河南。齊在山東。魏、唐在山西。秦在陝西。陳、鄶在河南。曹在河北、山東一帶。只有周南、召南擴及長江流域的汝水、漢水。

3〈頌〉中，〈周頌〉為周王室祭祀之樂歌。〈魯頌〉體兼〈風〉、〈雅〉，而異乎〈頌〉，是周公的後裔封在魯國，故稱；實則魯詩也。〈商頌〉為殷商遺民（周時封在宋）祭祀之樂章，實為宋國祭祀之樂。

UNIT 2-3 溫柔敦厚思無邪

《詩經》的編輯

《漢書・食貨志》云:「孟春之月，群居者將散，行人振木鐸徇於路以采詩，獻之太師，比其音律，以聞於天子。」可見《詩經》之產生，乃行人之官自民間採詩，經太師整理後獻於天子，作為施政之參考。或樂官本身偶有製作，以應朝廷宴饗、祭祀之需。

《史記・孔子世家》云:「古者詩三千餘篇，及至孔子去其重，取可施於禮義，……三百五篇，孔子皆弦歌之，以求合韶武雅頌之音。」是說這部詩歌總集原有三千餘篇，經孔子刪詩，而成為今日《詩三百》之面貌。然刪詩之說，頗有疑義；今據王靜芝《詩經通釋》歸納出五點:

一、未見孔子自言曾刪詩之語。

二、孔子謂鄭聲淫，而鄭詩今仍存而未刪，可見孔子未刪。

三、季札觀樂……所歌之詩，皆在今《詩經》之內。可見孔子前後之詩內容相同，並未刪減。

四、佚詩……毫不悖於禮義，何以孔子刪去……，而留鄭之淫詩？可見非孔子所刪。

五、諸子言詩，皆舉三百之數，可見《詩》原為三百。

足證孔子並未刪詩。《論語・子罕》云:「吾自衛返魯，然後樂正，〈雅〉、〈頌〉各得其所。」孔子只說整理過《詩經》，不曾說過有刪詩之舉。

《詩經》的內容

《詩經》中，〈頌〉、〈雅〉的文學價值不高；只有十五國風，凡一百六十篇，多半出於平民之手，反映了先民思想情感、社會生活等，內容豐富。

在愛情與婚姻方面，如〈召南・摽有梅〉，藉樹上梅子逐漸成熟，比喻青春將逝，女子急於出嫁的心情。〈鄭風・女曰雞鳴〉，以男女對話方式，寫出兩情繾綣，盼「與子偕老」的心願。

在戰爭與徭役方面，如〈衛風・伯兮〉，是妻子思念征夫的詩，她一方面替「為王前驅」的丈夫感到自豪，一方面寧為相思所苦，也毫無怨尤。〈魏風・陟岵〉，透過征夫想像親人的叮囑，表現出徭役、戰爭帶給人民的痛苦。

在政治與社會方面，如〈魏風・伐檀〉，是伐木工人對剝削者的責問：為什麼我們整天辛苦勞動卻無衣無食，你們「不稼不穡」、「不狩不獵」，反而坐享其成？〈豳風・七月〉同樣反映這種不公平現象，農村百姓一年到頭努力工作，卻得不到溫飽；女子甚至隨時可能被貴族帶走，占為己有。

《詩經》的價值

《論語・陽貨》云:「《詩》可以興，可以觀，可以群，可以怨。邇之事父，遠之事君，多識於鳥獸草木之名。」闡明《詩經》具有引起共鳴、觀察施政、溝通人群、抒發情感，及事奉君父、增廣見聞等價值與作用。

就今日眼光來看，《詩經》之價值在於：一、「賦」、「比」、「興」傳統為歷代詩歌所承襲，源遠流長。二、《論語・為政》云:「《詩三百》，一言以蔽之，曰思無邪。」詩教溫柔敦厚，成為傳統文化的特質。三、《詩經》內容涉及歷史、政治、社會、風俗、自然等，包羅萬象，堪稱學術研究的寶庫。

詩經國風真性情

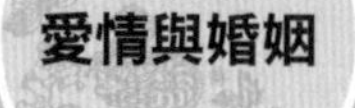

愛情與婚姻

〈摽有梅〉

「摽有梅，頃筐塈之。求我庶士，迨其謂之。」

藉梅子全部落到地上，比喻女子隨著年齡漸長，期盼有心人開口，只要開口告白，她便允婚了。

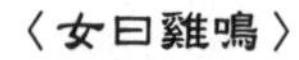

〈女曰雞鳴〉

「弋言加之，與子宜之。宜言飲酒，與子偕老。琴瑟在御，莫不靜好！」

用直述法，描寫琴瑟和鳴，歲月靜好，兩人長相廝守，直到終老，道出普天下男女共同的願望。

戰爭與徭役

〈陟岵〉

「陟彼岵兮，瞻望父兮。父曰嗟予子，行役夙夜無已，上慎旃哉！猶來無止！」

征夫登上高山瞻望父母、兄弟，想起家人的殷殷叮囑：行役艱苦，千萬珍重，平安歸來！

〈伯兮〉

「自伯之東，首如飛蓬。豈無膏沐？誰適為容？」

自從良人東征後，她便疏於妝扮，難道家中缺乏脂粉？非也！只因良人不在身邊，打扮又有何用？

政治與社會

〈伐檀〉

「不稼不穡，胡取禾三百廛兮？不狩不獵，胡瞻爾庭有縣貆兮？」

你們不耕種、不狩獵，為何平白無故坐享其成？這些尸位素餐的在上位者啊！——句句血淚的控訴。

〈七月〉

「七月流火，九月授衣。一之日觱發，二之日栗烈。無衣無褐，何以卒歲！」

男耕女織，一刻不得閒，但終年辛苦所得全被剝削殆盡，農民們竟落得冬來衣食堪虞的窘境。

UNIT 2-4 鼓吹相和雜曲歌

樂府的定義

秦時，樂府是少府的屬官；至漢武帝成立樂府署，採集民間歌謠，以供祭祀、宴饗之用，或間接觀察民心向背。《漢書・藝文志》云：「自孝武立樂府而采歌謠，於是有代、趙之謳，秦、楚之風，皆感於哀樂，緣事而發，亦可以觀風俗，知厚薄云。」久而久之，樂府署採集之民間歌謠，亦稱為「樂府」或「樂府詩」。

然而，樂府詩之特質，包括：一、出自民間大眾，集體創作而成，不知作者是誰。二、內容多反映市井小民的心聲，風格質樸率真。三、形式相當自由，押韻與否、字數長短均不受限，且不必講平仄、對仗等。四、在當時皆合樂可歌，但六朝以後音樂逐漸失傳，如今剩下歌辭而已。

漢代樂府詩

今日所見樂府詩，以宋人郭茂倩《樂府詩集》收錄最完整。他將漢代以來所有樂府詩分為十二類，其中屬於漢樂府民歌者，只有鼓吹曲辭、橫吹曲辭、相和歌辭、清商曲辭、雜曲歌辭五種。而橫吹曲辭全亡佚，清商曲辭中沒有漢代作品，因此漢代樂府詩僅剩鼓吹曲辭、相和歌辭和雜曲歌辭三種。

鼓吹曲辭，即用短簫、鐃鼓所奏之軍樂。如〈戰城南〉假託陣亡者的口吻，道出「戰城南，死北郭」、「梟騎戰鬥死，駑馬徘徊鳴」、「願為忠臣安可得？」自訴暴屍荒野，猶思報國之壯懷。〈有所思〉，描寫女主角得知情郎已變心，不惜將精心準備的禮物，「拉雜摧燒之」，還要「當風揚其灰」，毅然決然地與他分手。

相和歌辭，《宋書・樂志》云：「漢舊歌也，絲竹更相和，執節者歌。」所謂相和，是一種演唱方式，即音樂伴奏，樂聲與歌聲相和之意。漢樂府中，相和歌尤多。如〈江南〉：

> 江南可採蓮，蓮葉何田田！魚戲蓮葉間：魚戲蓮葉東，魚戲蓮葉西，魚戲蓮葉南，魚戲蓮葉北。

是一首純樸自然的民歌，歌辭簡單明白，如果配合音樂演唱，一定非常動聽。〈陌上桑〉，又名〈豔歌羅敷行〉，是現存最早的一首五言長篇敘事詩。先從羅敷的妝扮寫起，「頭上倭墮髻，耳中明月珠。緗綺為下裙，紫綺為上襦。」再藉路人看得忘我，側寫她的美麗；後從她盛讚夫婿人品出眾，以婉拒使君的追求，刻劃其貞潔與機智。

雜曲歌辭，專錄一些聲調失傳的雜牌曲子。如〈孔雀東南飛〉，又名〈焦仲卿妻〉，是一首五言長篇敘事詩。描寫劉蘭芝不得婆婆歡心，被遣回娘家，又被迫改嫁，最後與其夫焦仲卿雙雙殉情身亡。據詩前小序云：「漢末建安中，廬江府小吏焦仲卿妻劉氏，為仲卿母所遣，自誓不嫁。其家逼之，乃沒水而死。仲卿聞之，亦自縊於庭樹。時人傷之而為此辭也。」可見該詩初創於漢末；但一般認為後經魏晉文士改寫、潤飾，始成今日之面貌。

由於音樂失傳，後世只剩歌辭，所以這三種樂府詩，很難從文字上加以區別。因此，我們閱讀時，直接欣賞內容即可。

兩漢樂府出民間

鼓吹曲辭
用短簫、鐃鼓所奏之軍樂。

〈戰城南〉
假託陣亡者口吻，自訴暴屍荒野，猶思報國之壯懷。

〈有所思〉
描寫女主角得知情郎已經變心，毅然決然與之分手。

相和歌辭
有音樂伴奏，即樂聲、歌聲相和。

〈江南〉
描寫江南可採蓮，蓮葉何田田；魚兒嬉戲於蓮葉之間。

〈陌上桑〉
羅敷採桑城南隅，使君向她示好；羅敷巧妙地婉拒追求。

雜曲歌辭
專錄一些聲調失傳的雜牌曲子。

〈孔雀東南飛〉
寫劉蘭芝與焦仲卿的婚姻悲劇，「非為織作遲，君家婦難為。」點出婆媳問題為悲劇之關鍵。

文學歇腳亭

〈陌上桑〉云：「日出東南隅，照我秦氏樓。秦氏有好女，自名為羅敷。」詩中秦羅敷是一位內外具美、德貌兼備的好女子，採桑途中遇到「無禮」搭訕的使君。她從容以對，盛讚自己的夫婿：「為人潔白晳，鬑鬑頗有鬚。盈盈公府步，冉冉府中趨。」藉由丈夫俊逸超凡的形象，令使君自嘆弗如，黯然離去。而羅敷的美慧與品格，隨之躍然紙上。

爾後，「使君有婦」、「羅敷有夫」成為有婦之夫、有夫之婦的代名詞，典故即出於此。

UNIT 2-5 五七言詩之興起

五言詩當道

關於五言詩起源，歷來有二說：劉勰《文心雕龍》主張起於枚乘「古詩」（指古詩十九首），蕭統《文選》則認為源於李陵、蘇武贈答詩。然而，〈古詩十九首〉非出自枚乘，蘇、李贈答恐為後人擬作，故此二說皆不可信。

一般以為西漢為五言詩之草創期，如《漢書・外戚傳》載〈戚夫人歌〉:「子為王，母為虜。終日舂薄暮，相與死為伍。相離三千里，當誰使告汝？」又錄李延年〈李夫人歌〉：

> 北方有佳人，絕世而獨立，一顧傾人城，再顧傾人國。寧不知傾城與傾國，佳人難再得！

是知西漢五言詩尚不純粹，時有雜言句式，且內容平鋪直述，缺乏韻味。

五言詩發展至東漢始漸趨於成熟，如班固〈詠史〉:「三王德彌薄，唯後用肉刑。大倉令有罪，就逮長安城。……百男何憒憒，不如一緹縈！」歌詠緹縈救父之史事。鍾嶸《詩品》評云:「質木無文。」許學夷《詩源辨體》亦云：「班固〈詠史〉，質木無文，當為五言之始。蓋先質木，後完美。」足見其藝術成就雖不高，但開風氣之先，在文學史上仍具有一定的地位。

班固以後，五言詩創作逐漸盛行，如張衡〈同聲歌〉、秦嘉〈留郡贈婦詩〉、蔡邕〈翠鳥〉、蔡琰〈悲憤詩〉等，如雨後春筍般出現，蔚為風尚。我們可以確定的是五言詩成熟於東漢末年，代表作首推〈古詩十九首〉。此外，如前述樂府詩〈陌上桑〉、〈孔雀東南飛〉等，亦屬五言之作。故知五言詩已成為當時詩歌之主流。

七言詩初興

《文心雕龍・章句》云：「七言，雜出《詩》〈騷〉。」《詩經》中，只見七言句，而無通篇七言之作。後世七言詩的形成，不得不歸功於《楚辭》，如〈山鬼〉、〈國殤〉等，只要把「兮」換成實字，便是一首成功的七言詩。又《史記》中，項羽〈垓下歌〉云：

> 力拔山兮氣蓋世，時不利兮騅不逝。騅不逝兮可奈何，虞兮虞兮奈若何！

是為項王兵敗受困垓下，與愛馬、寵姬道別時所唱，訴說英雄末路的悲歌，格外慷慨激昂。另如漢高祖〈大風歌〉、漢武帝〈秋風辭〉等「楚歌體」，皆可視為漢代七言詩之濫觴。時至唐代，李白〈夢遊天姥吟留別〉仍用此體，足見楚聲對七言詩影響之深遠。

七言詩至東漢張衡〈四愁詩〉，始正式成形。如第一章：

> 我所思兮在太山，欲往從之梁父艱，側身東望涕霑翰。美人贈我金錯刀，何以報之英瓊瑤？路遠莫致倚逍遙，何為懷憂心煩勞！

全詩共分四章，每章七句，每句七言，如此句式整齊之七言詩，在當時實屬罕見。不過，首句仍保留楚歌體形式，帶有「兮」字，故不能算是真正成熟的七言詩作品。

七言詩的純熟，要到曹丕〈燕歌行〉二首，通篇七言，不雜有任何楚聲，始為道地的七言之作。然而，同時代文人卻沒有類似的作品；直到南北朝，七言詩才逐漸發展起來。

漢魏古詩初蓬勃

五言詩當道

五言詩的起源

(1)起於枚乘「古詩」。
(2)源於李陵、蘇武贈答詩。

五言詩之草創

從〈戚夫人歌〉、〈李夫人歌〉等，可知西漢五言詩尚不純粹，時有雜言句，且平鋪直述，缺乏韻味。

五言詩之成熟

東漢班固〈詠史〉代表五言詩的成熟，歌詠緹縈救父的故事，雖「質木無文」，卻開風氣之先。

班固以後，五言詩逐漸盛行

七言詩初興

七言詩的源頭

(1)《詩經》中，只見七言句，而無通篇七言之作。
(2)《楚辭》中〈山鬼〉、〈國殤〉等，只要把「兮」字換成實字，便是一首成功的七言詩。

七言詩之濫觴

如項羽〈垓下歌〉、漢高祖〈大風歌〉、漢武帝〈秋風辭〉等「楚歌體」，可視為漢代七言詩之濫觴。

七言詩之成形

東漢張衡〈四愁詩〉，共分 4 章，每章 7 句，每句七言；但首句仍帶有「兮」字，故仍不夠成熟。

七言詩純熟：曹丕〈燕歌行〉

文學歇腳亭

蔡琰（177 ？ ~249 ？），字昭姬，後世因避晉文帝司馬昭名諱，而作「文姬」，陳留圉（今河南杞縣）人。大儒蔡邕之女。精通音律，博學有辯才。初適衛仲道，夫亡無子，歸家。適逢天下大亂，為亂兵所擄，輾轉入南匈奴，後為左賢王側妃。她在胡地 12 年，生下 2 子。曹操痛惜蔡邕無嗣，以金璧贖之，並安排她嫁董祀為妻。董祀曾犯法當死，文姬蓬首徒行，叩頭請罪。曹操感其言，遂寬宥其夫罪行。她追懷悲憤，作〈悲憤詩〉2 章，一為五言體，一為楚歌體；然此 2 首，皆有人懷疑為偽作。

UNIT 2-6

五言冠冕十九首

漢代五言詩中，以《昭明文選》卷二十九所錄〈古詩十九首〉最受矚目。劉勰《文心雕龍・明詩》云：「觀其結體散文，直而不野，婉轉附物，怊悵切情，實五言之冠冕也。」鍾嶸《詩品》亦云：「文溫以麗，意悲而遠，驚心動魄，可謂幾乎一字千金。」皆認為〈古詩十九首〉文字樸實、情感淳厚，達到一種純樸自然的藝術造境。

其創作年代，一般公認應該出自東漢末葉。沈德潛《說詩晬語》云：「〈古詩十九首〉，不必一人之辭、一時之作。大率逐臣棄婦、朋友闊絕、遊子他鄉、死生新故之感。或寓言，或顯言，或反覆言。初無奇闢之思、驚險之句，而西京古詩，皆在其下。」就內容言，這組詩反映時代苦悶的心聲，出自東漢末一群無名作家之手，大致可分成二類：

敘亂離現象

由於時局動盪不安，連年饑饉，兵禍相尋，詩人眼見老百姓妻離子散，到處屍橫遍野，故有描寫社會亂離現象之作。如：

> 行行重行行，與君生別離。相去萬餘里，各在天一涯。道路阻且長，會面安可知？胡馬依北風，越鳥巢南枝。相去日已遠，衣帶日已緩。浮雲蔽白日，遊子不顧返。思君令人老，歲月忽已晚。棄捐勿復道，努力加餐飯。

道出夫婦相隔兩地，路遠難相見，以傾訴相思之苦。既然「生別離」已成事實，篇末更以「努力加餐飯」，自我寬慰。此詩含情卻不見其情，蓄意而不知其意，具含蓄淳厚之美感。又如：

> 青青河畔草，鬱鬱園中柳。盈盈樓上女，皎皎當窗牖。娥娥紅粉妝，纖纖出素手。昔為倡家女，今為蕩子婦。蕩子行不歸，空床難獨守。

託思婦口吻，訴說空閨寂寞的哀怨。詩中六組疊字，寫盡春景、少婦之美，色彩鮮明，形象生動，如狀目前。

嘆人世無常

生處亂世中，天災人禍，民不聊生，故而發出人世無常之嘆。如：

> 驅車上東門，遙望郭北墓。白楊何蕭蕭？松柏夾廣路。下有陳死人，杳杳即長暮。潛寐黃泉下，千載永不寤。浩浩陰陽移，年命如朝露。人生忽如寄，壽無金石固。萬歲更相送，聖賢莫能度。服食求神仙，多為藥所誤。不如飲美酒，被服紈與素。

詩中感慨人生苦短，聖賢亦不免於一死，而服丹求仙徒勞無功，不如飲美酒，服紈素，貪圖眼前的快活。又如：

> 生年不滿百，常懷千歲憂。晝短苦夜長，何不秉燭遊？為樂當及時，何能待來茲？愚者愛惜費，但為後世嗤。仙人王子喬，難可與等期。

由於當時佛教尚未傳入，古人還沒有來生的觀念。他們有感於人生短暫、現實無奈，只好轉而追求及時行樂，或羽化登仙的境界。此一風氣，甚至帶動六朝遊仙詩的崛起。

五言古詩十九首

敘亂離現象

兩地相思之苦

「行行重行行，與君生別離。相去萬餘里，各在天一涯。……思君令人老，歲月忽已晚。棄捐勿復道，努力加餐飯。」

分隔兩地，難以相見。既然「生別離」已成既定事實，則以「努力加餐飯」，自我寬慰。

空閨寂寞之怨

「青青河畔草，鬱鬱園中柳。盈盈樓上女，皎皎當窗牖。……昔為倡家女，今為蕩子婦。蕩子行不歸，空床難獨守。」

託思婦口吻，訴說獨守空閨的哀怨。寫盡春景、少婦之美，形象生動，如牀目前。

嘆人世無常

及時行樂之悟

「驅車上東門，遙望郭北墓。……人生忽如寄，壽無金石固。……不如飲美酒，被服紈與素。」

感慨人生苦短，不如及時行樂，錦衣玉食，貪圖眼前的快活、安逸。

羽化登仙之盼

「生年不滿百，常懷千歲憂。晝短苦夜長，何不秉燭遊？……仙人王子喬，難可與等期。」

人生短暫、現實無奈，轉而追求羽化登仙的境界。此風氣帶動六朝遊仙詩的崛起。

UNIT 2-7 慷慨任氣建安詩

鍾嶸《詩品》云：「曹公父子篤好斯文，平原（曹植封平原侯）兄弟鬱為文棟，劉楨、王粲為其羽翼。次有攀龍托鳳，自致於屬車者，蓋將百計。彬彬之盛，大備於時矣。」當時上有曹氏父子的提倡，下有建安七子的響應，終於締造出建安文學極盛的時代。

建安文學以詩歌為代表，劉勰《文心雕龍‧時序》云：「觀其時文，雅好慷慨，良由世積亂離，風衰俗怨，並志深而筆長，故梗概而多氣也。」可見反映現實，抒發懷抱，情文並茂，慷慨悲涼，正是建安詩之特色，亦即所謂的「建安風骨」。此一傳統，對後世詩歌發展有極深遠的影響。

曹氏父子

曹操、曹丕、曹植，世稱「三曹」。

曹操（155~220），字孟德，沛國譙（今安徽亳縣）人。其詩今存二十餘首，全為樂府歌辭，四言最多，五言居次。〈蒿里行〉、〈苦寒行〉等，描寫動亂中的軍旅生活，為漢末社會之實錄。〈短歌行〉沉鬱古樸，蒼涼悲壯，最膾炙人口。其詩極為本色，直言暢論，不假雕琢，而沉雄蒼涼之氣，貫通全篇。

曹丕（187~226），字子桓，曹操次子。其詩現存約四十首，四、五、六、七、雜言均有，包括樂府二十三首，餘為古詩。就內容論，以描寫遊子思婦之作為佳，如〈雜詩〉、〈燕歌行〉等。就體裁言，以五、七言詩成就較高。風格則為婉約多姿，纏綿悱惻。

曹植（192~232），字子建，曹丕同母弟。其詩有八十多首，可分前、後兩期：前期如〈白馬篇〉、〈名都篇〉等，揭示立功報國的雄心壯志；後期如〈贈白馬王彪〉、〈吁嗟篇〉等，傳達自身飄泊無依、骨肉離散的悲哀。曹植開始注意辭藻、對偶等藝術表現，詩風趨於華美，故《詩品》云：「骨氣奇高，詞采華茂。」明揭其詩歌特色。除了詩歌，他尚有辭賦、散文作品，是建安文學成就最高的作家，被鍾嶸譽為「建安之傑」，誠然當之無愧！

建安七子

孔融、陳琳、王粲、徐幹、阮瑀、應瑒、劉楨七人，並稱為「建安七子」。其詩作皆反映現實動盪，展現出建功立業精神，具有建安文學的共同特徵。

陳琳（？~217），字孔璋，廣陵（今江蘇揚州）人。其詩僅存四首，以〈飲馬長城窟行〉最具價值。該詩藉秦代修築長城之史事，披露當時徭役繁重造成人民妻離子散的痛苦。

王粲（177~217），字仲宣，高平（今山東鄒縣）人。存詩二十六首，四、五、雜言都有，其中五言最多，亦最優。其詩可分為兩類：一類即《詩品》所謂「文秀而質羸」者，多宴樂歌頌之作；另一類則情調悲涼，沉鬱頓挫，或敘亂離景象，或寫人生感慨，如〈七哀詩〉三首，逼真深切，為其詩歌上乘之作。王粲在七人中最為出色，素有「七子之冠冕」的美稱。其詩風蒼涼悲慨，在講究辭采、對偶方面，與曹植有相同傾向，已開兩晉、南朝雕琢華彩之風氣。

劉楨（？~217），字公幹，山東東平人。其詩今存十五首，五言之作，妙絕當時。詩風挺拔清健，注重氣勢，不事雕琢。〈贈從弟〉三首為代表作。

建安詩歌重現實

曹氏父子

建安七子

指孔融、陳琳、王粲、徐幹、阮瑀、應瑒、劉楨七人。

曹操〈短歌行〉

「月明星稀，烏鵲南飛。繞樹三匝，何枝可依？山不厭高，海不厭深。周公吐哺，天下歸心。」寫出延攬賢才，完成統一大業的雄心壯志。

陳琳〈飲馬長城窟行〉

「飲馬長城窟，水寒傷馬骨。……長城何連連，連連三千里。邊城多健少，內舍多寡婦。」描寫秦代修築長城，老百姓妻離子散的痛苦。

曹丕〈燕歌行〉之一

「秋風蕭瑟天氣涼，草木搖落露為霜。群燕辭歸鵠南翔，念君客遊思斷腸。」藉思婦口吻，道出秋夜懷人的主題，語言淺白，而情感真摯。

王粲〈七哀詩〉之一

「西京亂無象，豺虎方遘患。……出門無所見，白骨蔽平原。路有飢婦人，抱子棄草間。」寫關中戰火蔓延，白骨橫陳，飢婦棄子的慘狀。

曹植〈贈白馬王彪〉第3章

「鴟梟鳴衡軛，豺狼當路衢。蒼蠅間白黑，讒巧令親疏。」指責朝中奸佞離間他們君臣之義、兄弟之情，滿懷悲憤，無限心酸。

劉楨〈贈從弟〉之三

「鳳凰集南嶽，徘徊孤竹根。……豈不常勤苦？羞與黃雀群。何時當來儀？將須聖明君。」藉鳳凰之遠大抱負，勉勵其堂弟，亦用以自勉。

文學歇腳亭

相傳曹操辭世後，曹丕對於才高八斗的胞弟曹植很是忌憚，甚至處心積慮想除掉他。有一回，已經稱帝的曹丕接見曹植，對他說：「聽說你文思敏捷，令你在七步之內作出一首詩來，否則浪得虛名，就接受懲處吧！」

曹植於是應聲賦道：「煮豆持作羹，漉菽以為汁。萁在釜下燃，豆在釜中泣。本是同根生，相煎何太急？」果然七步成詩，曹植這才逃過一劫。關於七步詩的記載，首見於劉義慶所編《世說新語》，正史並未提及，因此是否真有其事，仍待考證。

UNIT 2-8 正始明道雜仙心

曹魏末年，政局混亂，儒學衰微，文士為求明哲保身，轉為清談，消極避世。正始文學就是這樣時代背景下的產物，多數作品受到老莊玄學影響，崇尚虛無，不如建安時期那般富有現實精神。劉勰《文心雕龍・明詩》云：「正始明道，詩雜仙心。何晏之徒，率多浮淺。唯嵇志清峻，阮旨遙深，故能標焉。」所謂「明道」、「仙心」，指詩歌傾向道家思想，內容多清心寡欲、虛靜無為之言。傑出詩人如阮籍、嵇康，雖然受時代風氣之薰染，卻能繼承建安詩歌反映現實的傳統。

阮旨遙深

阮籍（210~263），字嗣宗，陳留尉氏（今河南開封）人。《晉書》本傳說他「本有濟世志，屬魏晉之際，天下多故，名士少有全者，籍由是不與世事，遂酣飲為常。」可見他不問世事，借酒澆愁，但求全身遠禍而已。

其主要成就在詩歌，以八十二首〈詠懷詩〉為代表作。這些全是五言詩，雖非一時之作，卻如實反映出詩人一生中複雜的思想情感。如第一首：

> 夜中不能寐，起坐彈鳴琴。薄帷鑑明月，清風吹我襟。孤鴻號外野，翔鳥鳴北林。徘徊將何見？憂思獨傷心。

他有感於現實黑暗，內心苦悶，故中夜不寐，徘徊獨憂思。第十五首：「昔年十四、五，志尚好《詩》《書》。被褐懷珠玉，顏閔相與期。」是說他原為儒者，喜愛《詩》《書》，也曾有過一番理想抱負。第三首：「一身不自保，何況戀妻子？」則道出生處亂世惶恐不安的心情。第三十一首：

> 駕言發魏都，南向望吹臺。簫管有遺音，梁王安在哉？戰士食糟糠，賢者處蒿萊。歌舞曲未終，秦兵已復來。夾林非吾有，朱宮生塵埃。軍敗華陽下，身竟為土灰。

通篇借古諷今，具有現實意義。揭露王室酣歌醉舞，士兵食糠，賢者不用，無疑是自取滅亡的徵兆。

其〈詠懷詩〉多用比興手法，隱約其意，歸趣難求，故有「阮旨遙深」之說。但不刻意雕琢，作品自然壯麗，使五言詩之藝術技巧至此更臻成熟。

嵇志清峻

嵇康（223~263），字叔夜，譙國銍（今安徽宿縣）人。他一方面崇尚老莊，恬靜寡欲；一方面離經叛道，嫉惡如仇。平生痛恨司馬氏之殘暴統治，最終因不見容於當權者，而遭誣陷處死。

存詩五十餘首，含四、五、六言及樂府。以四言最著，他是繼曹操之後公認的四言詩健將。所謂「嵇志清峻」，指其詩可分為兩類，或境界清遠，或風格峻切。如〈酒會詩〉之一：

> 淡淡流水，淪胥而逝。汎汎柏舟，載浮載滯。微嘯清風，鼓楫容裔。放櫂投竿，優游卒歲。

屬於詩境清逸的一類。又其獄中所作〈幽憤詩〉：「嗟我憤歎，曾莫能儔。事與願違，遘茲淹留。窮達有命，亦又何求？」直抒襟抱，無限憤慨，則歸為情感峻切的另一類。故鍾嶸《詩品》評云：「嵇詩……過為峻切，……然託喻清遠，良有鑑裁，亦未失高流矣！」

正始詩歌之英傑

阮籍

阮旨遙深 82首〈詠懷詩〉

代表作全是五言詩，雖非一時之作，卻如實反映出阮籍一生複雜的思想情感。

〈詠懷詩〉第1首

「夜中不能寐，起坐彈鳴琴。……孤鴻號外野，翔鳥鳴北林。徘徊將何見？憂思獨傷心。」道出世衰道微，內心苦悶，故而中夜徘徊不能寐。

〈詠懷詩〉第31首

「戰士食糟糠，賢者處蒿萊。歌舞曲未終，秦兵已復來。」揭露士兵食糠，賢者見棄，王室仍沉迷於笙歌宴舞之樂，實乃自取滅亡也。

嵇康

嵇志清峻 其詩風格可分為2類

以四言詩著名，嵇康是繼曹操之後公認的四言健將。

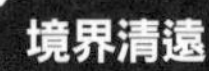

〈酒會詩〉之一

「微嘯清風，鼓楫容裔。放櫂投竿，優游卒歲。」描寫泛舟水面上，放竿垂釣的悠然自在。

風格峻切

〈幽憤詩〉

「事與願違，遘茲淹留。窮達有命，亦又何求？」通篇直抒襟抱，自怨自艾，流露出滿腔的憤慨。

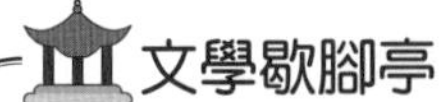

據說阮籍善為「青白眼」，見禮俗之士，不合他的意，便翻白眼給人看；如遇志同道合者，他一時欣喜，才會以青眼示人（即翻出黑眼珠，正眼看人）。

UNIT 2-9 晉世群才入輕綺

西晉詩歌由於缺乏思想、情感，轉而偏重形式與技巧，晉初詩人傅玄、張華已有此傾向；至太康時期，陸機、潘岳更發展到極致。只有左思、劉琨、郭璞等少數作家獨樹一格，而有傑出成就。西晉末清談之風盛行，「理過其辭，淡乎寡味」的玄言詩瀰漫於詩壇。玄言詩人如孫綽、許詢等作品皆「平典似道德論」，枯燥乏味。

晉初詩歌

傅玄（217~278），字休奕，北地泥陽（今陝西耀縣）人。作品多為樂府詩，如〈秋胡行〉：「烈烈貞女忿，言辭厲秋霜。……引身赴長流，果哉潔婦腸！」詠秋胡戲妻故事，正面歌頌婦女高貴的品德。他雖有一些模擬詩作，助長形式之風，但大致上其詩善用比興，不力求華豔，格調較為雄健。

張華（232~300），字茂先，范陽方城（今河北固安）人。其詩今存三十二首，講排偶，重典故與藻飾，故鍾嶸《詩品》評云：「其體華豔」，「巧用文字，務為妍冶」。其樂府詩如〈遊獵篇〉、〈輕薄篇〉等，揭露王公貴族的放蕩與驕奢，卻有雕琢太甚之弊。〈情詩〉五首，描寫夫婦離別相思之情，真切動人，而無繁縟、堆砌之病。綜觀張華詩，如鍾嶸所云：「兒女情多，風雲氣少。」

太康詩歌

陸機（261~303），字士衡，吳郡（今江蘇蘇州）人。存詩一百零四首，半數為模擬之作，缺乏深刻的內容。其詩特色：一是專務排偶，尚雕琢，反流於堆砌呆板。如〈赴洛〉辭藻華美，對偶工整，但內容空洞。二是喜模擬前人，如〈擬古詩十二首〉仿〈古詩十九首〉，雖曾名重一時，卻乏善可陳。

潘岳（247~300），字安仁，河南中牟人。其詩特點：一曰辭采華茂，孫綽評云：「潘文爛若披錦。」二曰鋪敘過多，而有平緩繁冗之弊。其〈悼亡詩〉三首，深情流注，真摯動人，後世追悼亡妻之作，皆以「悼亡」為題，影響力可見一斑。

左思（250？~305），字太沖，山東臨淄人。存詩十四首，多為五言，〈詠史詩〉八首為其代表作。如第二首：「世冑躡高位，英俊沉下僚。地勢使之然，由來非一朝。」吐露出身寒微，報國無門的憤慨與無奈。第五首：「振衣千仞岡，濯足萬里流。」塑造出一個不阿附權貴的隱者形象。左思情深才大，雖有雕飾，卻無刻鏤之痕，為太康詩人中成就最卓著者。

永嘉詩歌

劉琨（270~317），字越石，中山魏昌（今河北無極）人。出身士族，早年生活放蕩，西晉末在家國危難中成為愛國志士。存詩不多，皆後期之作，表達出強烈的愛國思想，格調悲壯。如〈答盧諶〉：「彼黍離離，彼稷育育。哀我皇晉，痛心在目。」劉勰《文心雕龍・才略》評云：「劉琨雅壯而多風。」

郭璞（276~324），字景純，山西聞喜人。存詩二十二首，以十四首〈遊仙詩〉為代表作，或專寫仙山靈域，或藉遊仙以詠懷，兼而有之。其詩辭采高華，形象生動，劉勰評云：「景純豔逸，足冠中興。」是說他拋棄平淡的玄言詩，轉而注重藻繪，故藝術性遠高於當時的玄言之作。

晉代詩歌主華美

晉初詩歌

傅玄

如〈秋胡行〉：「清濁自異源，鳧鳳不並翔。引身赴長流，果哉潔婦腸！彼夫既不淑，此婦亦太剛。」謂秋胡妻發現那登徒子竟是自己朝夕思念的夫君，憤而投水自盡。

張華

如〈情詩〉之一：「北方有佳人，端坐鼓鳴琴。終晨撫管弦，日夕不成音。……君子尋時役，幽妾懷苦心。」寫閨婦對征夫的思念，深情款款，哀豔動人。

太康詩歌

潘、陸為太康詩人之代表

陸機

如〈赴洛〉：「南望泣玄渚，北邁涉長林。谷風拂修薄，油雲翳高岑。亹亹孤獸騁，嚶嚶思鳥吟。」寫赴洛途中所見所聞，辭采華美，對偶工整，卻缺乏思想情感。

潘岳

如〈悼亡詩〉之一：「望廬思其人，入室想所歷。幃屏無髣髴，翰墨有餘跡。流芳未及歇，遺掛猶在壁。」寫亡妻不在了，儘管家中一切如昔，而今睹物思人，格外淒涼。

成就最高

左思

如〈詠史詩〉之五：「峨峨高門內，藹藹皆王侯。自非攀龍客，何為欻來遊？被褐出閶闔，高步追許由。振衣千仞岡，濯足萬里流。」明揭自己不屑攀龍附鳳以求仕的情操。

永嘉詩歌

成就較高

劉琨

如〈答盧諶〉：「彼黍離離，彼稷育育。哀我皇晉，痛心在目。」寫他兵敗，父母遇害，國仇家恨，血淚交織成篇。故沈德潛《古詩源》評云：「英雄末路，萬緒悲涼。」

玄言詩

從西晉末至東晉期間，玄言詩瀰漫長達百年，甚至躍居詩壇的主流。

成就較高

郭璞

如〈遊仙詩〉之一：「京華遊俠窟，山林隱遁棲。朱門何足榮？未若託蓬萊。……高蹈風塵外，長揖謝夷齊。」表達出對豪門貴族的輕鄙，而嚮往退隱高蹈的生活。

UNIT 2-10 繁華落盡見真淳

從西晉末葉起，玄言詩流行達百年之久，幾乎霸占了東晉文壇，直到田園詩人陶淵明出現，才稍有改觀。

此中有真意

陶淵明（365~427），一名潛，字元亮，潯陽柴桑（今江西九江）人。家世顯赫，曾祖父陶侃為大司馬、外祖父孟嘉亦名士，到他時已家道中落，貧困無以為生。

他少時讀儒經，曾胸懷壯志，如〈雜詩〉其五：「憶我少壯時，無樂自欣豫。猛志逸四海，騫翮思遠翥。」生平四度出仕：第一次約二十九歲，親老家貧，故出任江州祭酒；因不堪官場束縛，不久便辭職。約三十六歲時，第二次做官，任職於荊州刺史桓玄帳下；隔年冬，喪母，旋即辭歸。四十歲時第三度出仕，任鎮軍將軍參軍，後改為建威將軍參軍，隔年又離職。四十一歲八月第四度入仕，為彭澤縣令，據〈歸去來兮辭・序〉：

> 及少日，眷然有歸歟之情。何則？質性自然，非矯勵所得；飢凍雖切，違己交病；常從人事，皆口腹自役。於是悵然慷慨，深媿平生之志。

掙扎八十多天後，據本傳中記載他因不屑向鄉里小兒折腰，故而辭官歸隱。從此不再踏上官場，隱居終老。〈讀山海經〉之一：「既耕亦已種，時還讀我書。」歸回田園後，晴耕雨讀成為他生活的主要內容。

然而，耕讀歲月非如想像中愜意：他四十四歲時，一場大火，居室全毀，暫時搬到門前的船上棲身。四十六歲，舉家遷往南村，與詩友顏延之、龐通之等為鄰，過著「奇文共欣賞，疑義相與析」的日子。不久，又遭蟲災、風災、雨災，農作物歉收，生活困難。晚年更是貧病交迫，不得不向親友「乞食」。最後，身患瘧疾，他不吃藥、不求神，安然離開人世。

奇文共欣賞

其詩今存一百三十六首，含四言十九首，五言一百一十七首。其中名篇，如〈歸園田居〉之三：

> 種豆南山下，草盛豆苗稀。晨興理荒穢，帶月荷鋤歸。道狹草木長，夕露沾我衣。衣沾不足惜，但使願無違。

描繪出荷鋤躬耕辛苦的一面，不過，與違背平生志向相比，勞動之苦顯得微不足道。又〈飲酒〉之五：

> 結廬在人境，而無車馬喧。問君何能爾？心遠地自偏。採菊東籬下，悠然見南山。山氣日夕佳，飛鳥相與還。此中有真意，欲辯已忘言。

此詩體現了天人合一的「無我」之境。由於「心遠」，所以車馬喧囂，充耳不聞，菊花、南山、山氣、飛鳥等自然景物一一映入眼簾，填滿腦海、心扉，悠然韻味，由此而生。

陶詩之特色：一曰任真自然，陳繹曾《詩譜》云：「情真、景真、事真、意真。」字字出於肺腑，絕無造作。二曰平實樸素，甚少雕琢，淡而有味。三曰渾然天成，通篇渾厚，不斤斤追求一、二名句。四曰言簡意賅，含蓄蘊藉，具「言有盡而意無窮」之效果。

田園詩人陶淵明

陶淵明（365~427），一名潛，字元亮，潯陽柴桑（今江西九江）人。鍾嶸《詩品》評為「古今隱逸詩人之宗」。

出仕	年代	年齡	事蹟
	東晉 **哀帝興寧三年（365）**	**1歲**	**陶淵明出生於柴桑。陶氏家世顯赫，然至此時已家道中落。**
	武帝太元八年（383）	19歲	淝水之戰，謝安兄弟、叔侄大敗前秦苻堅所率百萬大軍。
第1次出仕	**武帝太元十八年（393）**	**29歲**	**陶淵明「是時向立年」，因親老家貧，出任為江州祭酒。**
	安帝隆安二年（398）	34歲	朝政大權逐漸落入桓溫之子桓玄及王恭的部將劉牢之手中。
第2次出仕	**安帝隆安四年（400）**	**36歲**	**陶淵明再度任職於荊州刺史桓玄帳下，奉命出使京都建康。**
	安帝元興二年（403）	39歲	桓玄自立為帝，國號楚，貶安帝為平固王。次年，劉裕大敗桓玄，安帝復位，大權又落到劉裕手上。
第3次出仕	**安帝元興三年（404）**	**40歲**	**陶淵明任鎮軍將軍劉裕的參軍，後為建威將軍劉敬宣參軍。**
第4次出仕	安帝義熙元年（405）	41歲	陶淵明出任80多天彭澤令，後辭官歸隱，賦〈歸去來兮辭〉。
	安帝義熙四年（408）	**44歲**	**陶淵明家中遭遇火災，居室全毀，舉家棲身於門前的船上。**
	安帝義熙六年（410）	46歲	陶淵明遷居至南村，與顏延之、龐通之等為鄰，閒來共賞奇文。
	安帝義熙十六年（420）	**56歲**	**劉裕自立為帝，是為宋武帝，建立劉宋王朝。東晉滅亡。**
	南朝宋 文帝元嘉四年（427）	63歲	陶淵明身患瘧疾，安然辭世。友人私諡靖節徵士，世稱靖節先生。

UNIT 2-11 模山範水始劉宋

南朝宋初年山水詩勃興之因，在於：一、魏晉以來，遊仙詩、玄言詩盛行，其中不乏摹寫景物，久而久之，從遊仙、談玄轉為描山狀水，山水詩應運而生。二、魏晉文士為求自保，歸隱山水之間，或喜談禪，尋訪名山古剎，於是山水美景盡入詩篇。三、江南山明水秀，風光綺麗，詩人登高臨遠之際，自然大作山水詩。

山水大家謝康樂

謝靈運（385~433），祖籍陳郡陽夏（今河南太康），世居會稽（今浙江紹興）。出身東晉大族，十八歲襲封康樂公。劉宋時，出任永嘉太守，不久歸隱會稽。後為臨川內史，元嘉十年（433）因謀反被殺。

其山水詩多為出任永嘉太守以後所寫，用富麗精工的語言，描繪永嘉、會稽等地的自然美景。如〈石壁精舍還湖中作〉，寫他從石壁精舍回來，傍晚途經巫湖泛舟的景色。又〈石門巖上宿〉：

> 朝搴苑中蘭，畏彼霜下歇。暝還雲際宿，弄此石上月。鳥鳴識夜棲，木落知風發。異音同至聽，殊響俱清越。妙物莫為賞，芳醑誰與伐？美人竟不來，陽阿徒晞髮。

寫他夜宿石門，月下鳥鳴，木落風發的景致，及期待知音到來的心情。全詩由景及情，情景交融，自然生動，為謝詩中罕見之佳構。

謝靈運善用客觀手法描摹自然景物，形容刻劃力求工巧神似，如劉勰《文心雕龍・明詩》云：「儷采百字之偶，爭價一句之奇，情必極貌以寫物，辭必窮力而追新。」然而，過於追求精工的結果，不免失之雕琢，只得山水形貌，缺乏高遠的意境。因此，謝詩常有佳句而少佳篇，為人所詬病。

文甚遒麗鮑明遠

鮑照（414 ？ ~466），字明遠，東海（今江蘇漣水）人，家居建康（今南京）。鍾嶸《詩品》云：「嗟其才秀人微，故取湮當代。」由於出身寒庶，頗受壓抑，一生不得志。曾任國侍郎，遷中書舍人；後為臨海王子頊參軍，子頊謀反被賜死，他亦死於亂軍之中。

鮑照與謝靈運、顏延之同時，皆以詩著稱，合稱為「元嘉三大家」。然他的詩歌成就遠在顏、謝之上，是元嘉時期最出色的詩人。

鮑詩今存二百餘首，樂府詩就占八十多首，他以「文甚遒麗」的古樂府聞名於詩壇；尤其七言、雜言樂府，最為人稱道。如〈擬行路難〉十八首，不專詠一事，非為一時之作，表現出強烈不滿於現實的情緒。其六：

> 對案不能食，拔劍擊柱長嘆息。丈夫生世會幾時，安能蹀躞垂羽翼？棄置罷官去，還家自休息。朝出與親辭，暮還在親側。弄兒床前戲，看婦機中織。自古聖賢盡貧賤，何況我輩孤且直！

他寧可棄置罷官，也不願蹀躞垂翼，受人打壓，一股悲憤不平之氣，從對案不食、拔劍擊柱中爆發而出。總之，這一組詩思想深刻，情感濃烈，表現手法靈活多變，是難得一見的佳作。

元嘉詩歌詠山水

南朝宋詩歌（嚴羽《滄浪詩話》稱之為「元嘉體」）

★「元嘉體」，指南朝宋文帝元嘉年間（424~453）形成的一種詩風。

★「元嘉體」詩歌的特色：
1. 講究排偶，
2. 雕琢辭藻，
3. 好用典故。

★劉勰《文心雕龍・明詩》云：「宋初文詠，體有因革，莊老告退，而山水方滋。儷采百字之偶，爭價一句之奇，情必極貌以寫物，辭必窮力而追新，此近世之所競也。」

元嘉三大家

「顏謝」為元嘉詩人之代表

謝靈運

其山水詩善用富麗精工的語言，描繪自然景物。如此一來，不免失之雕琢，只得山水形貌，缺乏高遠的意境。

顏延之

其詩多為侍宴或應制之作。典雅而凝鍊，但雕琢過甚，用典過多，即使寫景之句，亦有「雕績滿眼」之弊。

鮑　照（成就最高）

其樂府詩多反映社會現實層面，成就遠在顏、謝之上。其餘詩作較重辭藻，以奇險取勝，風格與顏、謝相近。

影響後世

★《南齊書・文學傳論》談到齊、梁詩，曾指出3個流派：一派學謝靈運，一派學鮑照，另一派則講究對偶與用典，顯然是學顏延之者流。可見元嘉三大家對南朝詩歌確實影響甚鉅。

★元嘉詩歌改變了東晉以來平淡無味的玄言詩風，形成講雕琢、好對偶、尚用典的華美詩風。

★鮑照七言樂府成就最高，對後世七言詩影響頗大，故明末清初之際被譽為「七言之祖」。

UNIT 2-12 巧構形似齊梁詩

永明體

沈約等人根據漢語聲調、雙聲、疊韻等，歸納出「四聲」、「八病」之說。這種聲律觀念，與晉、宋以來的對偶形式結合，便形成「永明體」的詩歌。永明體詩歌是我國從「古體詩」過渡到「近體詩」之間重要的橋梁。

本來注重詩歌音律，可視為文學藝術的進步，但一味追求形式，推敲聲律，雕章琢句，必然忽略作品的思想內容，這也是永明體詩歌為人非議之處。其中只有謝朓表現較為亮眼。

謝朓（464~499），字玄暉，陳郡陽夏（今河南太康）人，人稱「小謝」。他以山水詩、小詩見稱於世：其山水詩一面運用新聲律觀，一面繼承謝靈運（大謝）之作，具清新秀麗的特色。如〈晚登三山還望京邑〉等，描摹春景，栩栩如繪。其小詩如〈銅雀悲〉、〈王孫遊〉等，造語自然，情味雋永，音韻和諧。小詩在民間醞釀二百年之後，終於在謝朓手中正式成立，至唐人絕句繼以發揚光大。

宮體詩

齊、梁間，宮體詩勃興，取代了山水詩的主流地位。《梁書 ・ 簡文帝本紀》載：「傷於輕豔，當時號曰『宮體』。」宮體詩以描寫婦女的容貌、姿態、物品、居所等為主，務求辭句豔麗、音律和諧，刻劃精工。從宋、齊山水詩到齊、梁宮體詩，題材上雖有美景與美人之別，但注重客觀摹寫，「巧構形似」的表現手法卻是一致的。

早在沈約、王融作品中，已有專寫女子情態、姿色的豔詩。到梁代蕭氏父子手裡，宮體詩發展至極盛。簡文帝蕭綱不但帶頭寫豔情詩，還提出「立身先須謹重，文章且須放蕩」的主張。所作宮體詩，無論數量之多、作風之大膽，皆遠過於其父蕭衍（武帝）、其弟蕭繹（元帝）。如〈詠內人晝眠〉、〈美人晨妝〉等，雖然內容淫靡，但描摹細緻，情辭婉麗，音韻和美，藝術技巧極高。

梁陳詩

詩歌發展至梁、陳時代，詩人和作品數量愈來愈多，但思想內容卻愈寫愈空洞。當時較優秀的詩人，有江淹、吳均、何遜和陰鏗。

江淹（444~505），字文通，河南考城人。少貧好學，歷仕南朝宋、齊、梁三代。他善於模擬前人詩作，並下過一番功夫，有時幾可亂真。如〈雜體三十首〉分別模擬古代三十位詩人代表作，能體現出不同詩人的風格和特色。

吳均（469~520），字叔庠，吳興故鄣（今浙江安吉）人。他擅長創作自永明以來提倡的新體詩，無論形式、音調等方面，均較謝朓技高一籌。如〈贈王桂陽〉藉松之「負霜骨」，傳達出寒士的雄心與傲骨，以格調清新見稱。

何遜（?~518），字仲言，山東郯城人。作品不多，但詩句秀美，意境清新，尤長於刻劃山水、摹寫離情。某些山水詩、抒情小詩，頗有謝朓風致，故梁元帝將他與小謝並論。

陰鏗（?~?），字子堅，武陵姑藏（今甘肅武威）人。他是陳朝著名詩人。工於五言，風格近似何遜，亦善寫新體詩。如〈五州夜發〉、〈晚出新亭〉等，皆以寫景見長。

宋齊梁陳綺靡詩

南朝宋元嘉年間
元嘉體

特色為講究排偶、雕琢辭藻、好用典故。模山範水，力求工巧神似，難免得其貌而失其神。

以元嘉三大家為代表

★謝靈運尤善用富麗精工的語言，描繪自然山水景物。

南朝齊永明年間
永明體

聲律觀念與對偶形式結合，便形成永明體詩歌，是古體詩過渡到近體詩之間重要的橋梁。

以謝朓為代表

★謝朓山水詩承沿謝靈運，清新秀麗；小詩造語自然，情味雋永，音韻和諧，遂趨於純熟。

南朝齊、梁年間
宮　體

宮體詩以描寫婦女容貌、姿態、物品、居所等為主，務求辭句豔麗、音律和諧，刻劃精工。

以沈約、王融、蕭衍、蕭綱、蕭繹為代表

★蕭綱所作雖然淫靡，但描摹細緻，情辭婉麗，音韻和美，藝術性極高。

南朝梁、陳
其　他

詩歌發展到了梁、陳，詩人和作品數量愈來愈多，思想內容卻是愈寫愈空洞。

★江淹善於模擬，幾可亂真。
★吳均擅長新體詩，且較謝朓技高一籌。
★何遜尤長於刻劃山水、摹寫離情。
★陰鏗亦善寫新體詩。

文學歇腳亭

模山範水：巧構形似

「巧構形似」的摹寫手法，是南朝詩歌慣用技巧。在山水詩，如謝靈運〈登池上樓〉：「池塘生春草，園柳變鳴禽。」謝朓〈晚登三山還望京邑〉：「餘霞散成綺，澄江靜如練。」是刻劃神似，寫景入微的名句。至宮體詩，如蕭綱〈詠內人晝眠〉：「簟文生玉腕，香汗浸紅紗。」〈美人晨妝〉：「散黛隨眉廣，燕（胭）脂逐臉生。」描寫的對象變成香閨美人，仍力求形似，刻劃入微。足見此表現手法，從山水詩至宮體詩實則一脈相承也。

摹狀美人：巧構形似

UNIT 2-13 王褒庾信羈旅情

西晉末五胡亂華，中原陷入一片混戰，文人士子紛紛南渡；直到北魏統一前，北方甚少文學作品流傳下來。北魏孝文帝遷都洛陽後，積極推行漢化，禁胡語、胡服，興辦太學，提倡儒家思想，從此留在北地的讀書人才逐漸受到重視。

北魏至北齊時期，文壇出現三位較具代表性的詩人：溫子昇（495~547）、邢邵（496~？）、魏收（507~572），號稱「北朝三才」。據《顏氏家訓・文章》云：「邢子才（邵）、魏收俱有重名，時俗準的，以為師匠。邢賞服沈約而輕任昉，魏愛慕任昉而毀沈約，每於談讌，辭色以之，鄴下紛紜，各有朋黨。」可見他們大多學習南朝作家，了無新意。如邢邵〈思公子〉：「綺羅日減帶，桃李無顏色。思君君未歸，歸來豈相識？」詩風綺靡華豔，顯然受梁、陳宮體詩之影響。

子淵羈北思故里

王褒（513?~576），字子淵，山東臨沂人。原為南朝梁宮廷詩人，西魏破江陵，被俘至長安，從此羈留北朝，終生未得返。由於文學才華，頗受西魏、北周倚重，優禮有加。

其詩今存四十餘首，以樂府詩見長，多作於滯留北地期間，內容不外乎描寫羈旅、家國之愁懷。如〈關山月〉：「關山夜月明，秋色照孤城。影虧同漢陣，輪滿逐胡兵。天寒光轉白，風多暈欲生。寄言亭上吏，遊客解雞鳴。」抒發對國勢衰微的感慨。又〈渡河北〉敘北渡黃河之見聞與感觸。他入北朝後，詩風丕變，轉為雄健蒼涼。

子山賦詩動江關

庾信（513~581），字子山，河南新野人。與其父庾肩吾同為梁代宮廷詩人。侯景之亂，他任建康令，兵敗，潛奔至江陵。後奉命出使西魏，不久，西魏攻陷江陵，遂不得南返，屈仕敵國。其後西魏亡於北周，他又仕北周，累官大將軍開府儀同三司。官位雖高，但南朝梁已禪於陳，國破家亡，羈旅異地，心情沉痛萬分。

其詩可分為前、後兩期：早年在南朝多為宮體詩，詩風綺靡柔弱，內容狹隘；只有少數寫景詩，意境清新，較有價值。晚年流落異鄉，卑躬事敵，故詩歌多抒發身世之慨、鄉關之思，風格轉為沉鬱蒼勁、慷慨悲涼。故杜甫〈戲為六絕句〉之一：「庾信文章老更成，凌雲健筆意縱橫。」〈詠懷古跡〉之一：「庾信平生最蕭瑟，暮年詩賦動江關。」皆稱頌其後期的詩作。

〈擬詠懷〉二十七首為庾信後期詩歌之代表作，內容豐富而深刻。如第三首：「不言班定遠，應為萬里侯。燕客思遼水，秦人望隴頭。……自憐才智盡，空傷年鬢秋。」感嘆不能像班超立功異域，反遭羈留，身陷敵境，空嘆年華老去。此外，他的小詩亦佳，如〈重別周尚書〉之二：

> 陽關萬里道，不見一人歸。唯有河邊雁，秋來南向飛。

藉秋雁南飛，點出思歸之情，形象生動，音節和諧。劉熙載《藝概》評云：「庾子山〈燕歌行〉開唐初七古，〈烏夜啼〉開唐七律。其他體為唐五絕、五律、五排所本者，尤不可勝舉。」肯定他在詩歌形式、格律發展上的貢獻，實開唐人風氣之先。

北朝詩歌尚南風

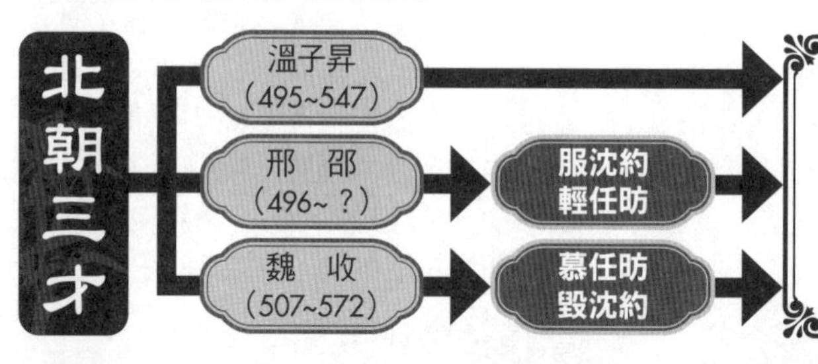

★北魏至北齊時期，3位具代表性的詩人，他們名重一時，成為北朝詩歌的典範。

★他們大多學南朝梁、陳宮體詩，詩風綺靡華豔，卻了無新意。

南人仕北

	前期詩作	後期詩作	
王褒（513？~576）	早年仕梁，多作宮體詩，專詠美女、閨情等，風格柔靡，內容較為狹隘。	滯留北地期間，其詩歌內容主要以描寫羈旅、家國之愁懷為主。詩風隨之丕變，轉為雄健蒼涼。	如〈渡河北〉：「心悲異方樂，腸斷〈隴頭歌〉。薄暮臨征馬，失道北山阿。」道盡羈旅異鄉，思念故土之悲情。
庾信（513~581）	多宮體詩，詩風靡弱，內容狹隘。唯少數寫景之作，意境清新，較具價值。	他晚年身陷北朝，卑躬事敵，故詩歌多抒發身世之慨、鄉關之思，風格轉為沉鬱蒼勁、慷慨悲涼。	如〈擬詠懷〉之三：「不言班定遠，應為萬里侯。……自憐才智盡，空傷年鬢秋。」感嘆年華老去，而平生功業無成。

庾信詩歌成就

後期為高

其後期詩歌以〈擬詠懷〉27首為代表作。故杜甫〈戲為六絕句〉之一：「庾信文章老更成，淩雲健筆意縱橫。」〈詠懷古跡〉之一：「庾信平生最蕭瑟，暮年詩賦動江關。」

啟迪唐人

劉熙載《藝概》云：「庾子山〈燕歌行〉開唐初七古，〈烏夜啼〉開唐七律。其他體為唐五絕、五律、五排所本者，尤不可勝舉。」肯定他在詩歌形式、格律發展上的貢獻，實開唐人風氣之先。

UNIT 2-14 吳歌西曲纏綿意

南朝樂府民歌，以郭茂倩《樂府詩集・清商曲辭》所收「吳歌」、「西曲」為主，前者三百五十五首，後者一百七十六首。就題材、內容言，皆屬於浪漫的情歌。就藝術形式言，具有五項共同特徵：一、篇幅短小，多為五言四句形式，只有絕少數例外。二、語言清新，音韻流麗，善用比喻、想像手法。三、大量使用雙關語，如〈子夜歌〉:「霧露隱芙蓉，見蓮不分明。」暗指「夫容」遭隱蔽，「見憐」不分明；夫君不在身邊，自然感受不到他的憐愛了。四、誇飾技巧的運用，如〈華山畿〉:「啼著曙，淚落枕將浮，身沉被流去。」哭到讓枕頭飄浮，身體也被流走，想像力太豐富了！五、多男女贈答之作，尤其是吳歌。

你儂我儂唱吳歌

吳歌，即吳地的民歌，流行於長江下游、五湖之間，以建業為中心，六朝人稱為「吳聲歌曲」。起源於三國東吳，至兩晉及南朝宋、齊間大盛。

大抵吳歌多為纏綿悱惻的戀歌，萬般柔情，如泣如訴，彷彿出於天籟。如〈子夜歌〉：

> 宿昔不梳頭，絲髮披兩肩。婉伸郎膝上，何處不可憐？

寫男女相悅，兩情繾綣，長髮披兩肩，婉伸情郎膝上，內容大膽而香豔。又〈讀曲歌〉：

> 自從別郎後，臥宿頭不舉。飛龍落藥店，骨出只為汝。

是說與郎君分別，鬱鬱寡歡，為情消瘦。此處藉藥材「龍骨」為諧讔，暗示「瘦骨」如柴只為你。而〈華山畿〉：

> 華山畿，君既為儂死，獨生為誰施？歡若見憐時，棺木為儂開。

當郎君為情而死，我又豈能獨活？「歡」是江南對情人的稱呼。情郎啊，如你對我還有一絲憐愛，棺木就請為我而開吧！痴情女欲殉情，生死相隨。

離情依依聽西曲

西曲，是長江中游、漢水之間的民歌，以江陵、襄陽為中心，又稱為「西曲歌」。發生在晉代，盛行於南朝宋、齊、梁之間。

西曲中，則隱藏濃烈的商業氛圍。他們也唱戀歌，但大多描寫舞榭妓聲，尋歡作樂的場景，或楚山夏水，江頭送客的離愁。如〈襄陽樂〉：

> 朝發襄陽城，暮至大堤宿。大堤諸女兒，花豔驚郎目。

寫商旅從襄陽至大堤，夜宿當地，歡場女子個個花枝招展，看得令人眼花撩亂。又〈莫愁樂〉：

> 聞歡下揚州，相送楚山頭。探手抱腰看，江水斷不流。

女子送心上人下揚州，在楚山頭話別，臨行前抱住情郎腰際，由衷盼望江水為她的離情依依而中斷不流。一派天真，嬌憨可愛！〈烏夜啼〉：

> 遠望千里煙，隱當在歡家。欲飛無兩翅，當奈獨思何！

情郎離開了，她遠望思君，認定千里煙霧瀰漫處便是那人的家。恨不得兩脅生翅，立刻飛往相會；奈何只能在此獨自相思！總之，西曲也有不少動人的情歌，但不像吳歌那麼纏綿哀苦。

南朝民歌最浪漫

數量

郭茂倩《樂府詩集・清商曲辭》所收吳歌，計 355 首。

地區

吳歌，即吳地的民歌，流行於長江下游、五湖之間，以建業為中心，六朝人稱為「吳聲歌曲」。

時間

起源於東吳，至兩晉及南朝宋、齊間大盛。

多為纏綿悱惻的戀歌，萬般柔情，如泣如訴，彷彿出於天籟。如〈子夜歌〉：「宿昔不梳頭，絲髮披兩肩。婉伸郎膝上，何處不可憐？」描寫女子與情郎相依偎，充滿無限濃情蜜意。

數量

郭茂倩《樂府詩集・清商曲辭》所收西曲，計 176 首。

地區

西曲，是長江中游、漢水之間的民歌，以江陵、襄陽為中心，又稱為「西曲歌」。

時間

發生在晉代，盛行於南朝宋、齊、梁之間。

隱藏濃烈的商業氛圍，即使是戀歌，也多描寫舞榭妓聲，尋歡作樂的場景。如〈襄陽樂〉：「朝發襄陽城，暮至大堤宿。大堤諸女兒，花豔驚郎目。」敘商賈、妓女間的情事。

★就【題材&內容】言，皆屬熱情浪漫的戀歌。

★就【藝術&形式】言，則具有 5 項共同特徵：1. 篇幅短小，多五言 4 句形式，只有少數例外。2. 語言清新，音韻流麗，善用比喻、想像手法。3. 大量使用雙關語，如以「芙蓉」喻「夫容」。4. 採誇飾技巧，如〈華山畿〉：「淚落枕將浮」。5. 多男女贈答，歌詠兒女情長，尤其是吳歌。

UNIT 2-15

風吹草低見牛羊

北朝樂府民歌，以郭茂倩《樂府詩集》所載〈梁鼓角橫吹曲〉為主，另有一些在〈雜曲歌辭〉、〈雜歌謠辭〉中。〈梁鼓角橫吹曲〉被視為「北歌」，與號稱「南音」的吳歌、西曲不同。它是五胡亂華後，流行於燕趙、河渭間的民歌，多為胡人騎在馬背上所唱的牧歌。歌辭質樸，具慷慨悲涼的格調。〈梁鼓角橫吹曲〉屬「橫吹曲」，即軍中馬上所奏之樂歌。由於這些北歌曾被保存在南朝梁樂府署中，故冠上「梁」字。

〈梁鼓角橫吹曲〉現存六十多首，除了〈木蘭詩〉為雜言長篇敘事詩外，五言四句者凡四十五首，其餘為四、七、雜言的小詩。

北歌豪放調

同樣描寫兒女私情，北歌直爽明朗，如〈地驅歌〉:「驅羊入谷，白羊在前。老女不嫁，蹋地喚天。」寫活了熟女急於嫁人的心情。又一首:「側側力力，念君無極。枕郎左臂，隨郎轉側。」女子大膽示愛，用語直白，北方人純樸率真的個性，展露無遺。

而詠嘆北國大漠風光，最膾炙人口者，如〈敕勒歌〉:

> 敕勒川，陰山下，天似穹廬，籠蓋四野。天蒼蒼，野茫茫，風吹草低見牛羊。

高山壯水，天大地大，牧草豐美，牛羊成群，描繪出大草原遼闊蒼茫的景象。此首收在〈雜歌謠辭〉，郭茂倩注:「其歌本鮮卑語，易為齊言，故其句長短不齊。」可見原為一首鮮卑語小詩。

另有歌頌北人尚武精神者，如〈折楊柳歌〉:

> 健兒須快馬，快馬須健兒。跸跋黃塵下，然後別雄雌。

健兒騎快馬，馳騁於黃沙廣漠之中，然後一別雌雄，真是豪情萬丈！

揭露戰爭殘酷者，如〈隔谷歌〉:

> 兄在城中弟在外，弓無弦，箭無栝，食糧乏盡若為活？救我來！救我來！

在那兵荒馬亂的年代，兄弟手足，被迫處於敵對陣營，自相殘殺，其中一方已彈盡糧絕，「救我來！」——多麼沉痛的吶喊！

其他反映民生疾苦者，如〈雀勞利歌〉:「雨雪霏霏，雀勞利；長嘴飽滿，短嘴飢。」藉禽鳥託諷，「長嘴」與「短嘴」暗指有錢有勢者、貧賤無依者，取譬貼切，形象十分生動。〈幽州馬客吟〉:

> 快馬常苦瘦，剿兒常苦貧。黃禾起羸馬，有錢始作人。

「有錢始作人」，點出社會的現實、人生的無奈，一針見血。千百年後讀之，仍覺心有戚戚焉。

木蘭從軍征

〈木蘭詩〉與漢樂府〈孔雀東南飛〉為我國長篇敘事詩之雙璧，胡應麟《詩藪》評云:「五言之贍，極於〈焦仲卿妻〉；雜言之贍，極於〈木蘭〉。」〈木蘭詩〉敘述木蘭女扮男裝，代父從軍，轉戰沙場十二載，立下汗馬功勞。凱旋後，向天子請求解甲還鄉，同行夥伴這才發現她是女兒郎。詩中「萬里赴戎機」以下六句，頗具唐詩風味，可能經隋唐文士加工潤飾而成。

北朝民歌豪放調

★以《樂府詩集》所載〈梁鼓角橫吹曲〉為主，另有一些在〈雜曲歌辭〉、〈雜歌謠辭〉中。
（按：〈梁鼓角橫吹曲〉屬「橫吹曲」，即軍中馬上所奏之樂歌。由於這些北歌曾被南朝梁樂府署所保存，故冠上「梁」字。）

★北朝樂府民歌乃五胡亂華後，流行於燕趙、河渭間的民歌，多為胡人在馬背上所唱的牧歌。歌辭質樸，格調慷慨悲涼。

北歌豪放調

短篇的小詩

詠兒女私情，如〈地驅歌〉，寫活了熟女急於嫁人的心情。

「驅羊入谷，白羊在前。老女不嫁，蹋地喚天。」

詠大漠風光，如〈敕勒歌〉，描繪大草原遼闊蒼茫的景象。

「……天蒼蒼，野茫茫，風吹草低見牛羊。」

詠尚武精神，如〈折楊柳歌〉，寫快馬馳騁的豪情萬丈。

「健兒須快馬……，跸跋黃塵下，然後別雄雌。」

嘆戰爭殘酷，如〈隔谷歌〉，寫出手足相殘的沉痛吶喊。

「兄在城中弟在外，……食糧乏盡若為活？救我來！」

反映民生疾苦，如〈雀勞利歌〉，寫出貧富懸殊的對立。

「雨雪霏霏，雀勞利；長嘴飽滿，短嘴飢。」

木蘭從軍征

長篇敘事詩

〈木蘭詩〉為雜言長篇敘事詩。寫木蘭女扮男裝，代父從軍，轉戰沙場 12 年，立下戰功，同行的夥伴居然沒人發現她是女兒郎。「萬里赴戎機」以下 6 句，可能經隋唐文士加工潤飾而成。

「可汗問所欲，木蘭不用尚書郎。願借明駝千里足，送兒還故鄉。……脫我戰時袍，著我舊時裳。當窗理雲鬢，對鏡貼花黃。出門見夥伴，夥伴皆驚惶。同行十二年，不知木蘭是女郎！」

UNIT 2-16 齊梁餘風尚唯美

隋代、唐初詩歌發展大致可分為兩大類：一是宮廷詩人的作品，承續齊、梁餘風，追求辭藻與格律。如隋朝遺臣虞世南、李百藥等，詩風華靡；後又流行「上官體」、「沈宋體」，講究聲律、對仗，使近體詩格律得以完成。一是隱逸詩人之作，如王績、王梵志、寒山子等，不重格律，一反華彩，而以純樸本性、山水清音見稱，開展出初唐自然詩的新途徑。

宮廷詩人

虞世南（558~638），字伯施，浙江餘姚人。在隋任祕書郎。入唐後，累官弘文館學士。其詩多侍宴、奉和、應詔之作，如〈怨歌行〉：「香銷翠羽帳，弦斷鳳凰琴。」帶有六朝綺色。

李百藥（565~648），字重規，定州安平（今河北深縣）人。隋時，為太子舍人。入唐，拜中書舍人。長於五言詩，如〈詠蟬〉：「清心自飲露，哀響乍吟風。未上華冠側，先驚翳葉中。」詩風婉麗，為六朝詩之餘緒。

上官儀（608~665），字游韶，陝州（今河南陝縣）人。《舊唐書》說他：「工於五言詩，好以綺錯婉媚為本。儀既貴顯，故當時多有效其體者，時人謂為『上官體』。」是知上官儀及同好所作詩歌，即「上官體」。該體詩作重對偶，有「六對」之說，對律詩的形成頗有貢獻。而上官儀詩多應制、奉和之作，如〈八詠應制〉二首，純然是歌詠美人新妝、清歌妙舞的宮體詩。

武后時的宮廷詩人，有「文章四友」：李嶠、蘇味道、崔融、杜審言。以杜審言（？~708）成就最高。他長於五言，多和答應制詩，尤以遊宦間所作，如〈渡湘江〉等較具特色。

當時以寫宮廷詩著稱者，還有沈佺期（656？~714）、宋之問（656？~712），他們在齊梁聲律、小詩的基礎上，「回忌聲病，約句準篇」，使律詩平仄、用韻、篇句等從此定形。兩人所作「如錦繡成文」的詩歌，號稱「沈宋體」。由於他倆媚附武后男寵張易之，且善作應制詩，深得武后賞識，世人譏其有才無行。沈、宋詩不減齊梁浮豔色彩，但在詩歌技巧上，已較六朝人更進一步。

隱逸詩人

王績（585?~644），字無功，絳州龍門（今山西河津）人。曾仕隋，為六和縣丞，以嗜酒劾去。唐初待詔門下省，日給良酒三升，後加到一斗，人稱「斗酒學士」。其詩語言質樸，一洗宮體詩的脂粉氣息。如〈過酒家〉之二：

> 此日長昏飲，非關養性靈。眼看人盡醉，何忍獨為醒？

寫出個人的生活與情感，真實自然，不刻意雕琢。

王梵志（？~ 670？），為一詩僧。其詩多為說理的格言，有些像佛經中的偈語，也有少數作品自然生動，頗具特色。如〈吾有十畝田〉：「吾有十畝田，種在南山坡。……遨遊自取足，誰能奈我何？」善用白描法，樸拙淺顯，與唐初華靡風格迥異。

寒山子，亦為一詩僧。其詩多為通俗的語體，偏於說理，且雜揉儒、釋、道思想而成。如〈閒自訪高僧〉：「閒自訪高僧，煙山萬萬層。師親指歸路，月掛一輪燈。」風格清新自然。

隋代唐初唯美風

宮廷詩人

★承續齊、梁餘風，追求辭藻與格律。如虞世南、李百藥等，詩風華靡。
★後又有「上官體」、「沈宋體」，講究聲律、對仗，完成近體詩之格律。

上官體	文章四友	沈宋體
即上官儀及其同好所作綺錯婉媚的詩歌。	李嶠、蘇味道、崔融、杜審言，武后時宮廷詩人。	沈佺期、宋之問所作「如錦繡成文」的詩歌。
★尤重對偶，有「六對」之說，對唐代律詩形成，頗有貢獻。	★如杜審言〈渡湘江〉：「獨憐京國人南竄，不似湘江水北流。」寫其遊宦生涯。	★他們在齊梁聲律、小詩基礎上，使律詩的平仄、用韻、篇句等從此定形。

隱逸詩人

其詩作不重格律，一反華彩，以純樸本性、山水清音見稱，開展出初唐自然詩的新途徑。

王績詩	王梵志詩	寒山子詩
語言質樸，一洗宮體詩的脂粉氣息。如〈過酒家〉寫眾人盡醉，不忍獨醒的個人感受，情感真實、自然，不刻意雕琢。	多為說理的格言，或像佛經偈語，也有少數作品自然生動，頗具特色。如〈吾有十畝田〉採白描法，摹寫恬適之心境。	多為通俗的語體，偏於說理，且摻雜儒、釋、道思想而成。如〈閒自訪高僧〉自然清新，為唐代自然詩之先聲。
「此日長昏飲，非關養性靈。眼看人盡醉，何忍獨為醒？」	「吾有十畝田，種在南山坡。……遨遊自取足，誰能奈我何？」	「閒自訪高僧，煙山萬萬層。師親指歸路，月掛一輪燈。」

文學歇腳亭

上官婉兒，上官儀之孫女，敏慧多才，為武后所重用；她掌管宮中制誥多年，素有「巾幗宰相」之譽。中宗時，封為昭容，權勢日隆，其「上官體」詩風綺錯婉媚，成為宮廷詩人、朝中文士創作的方向，一時間蔚為風尚。中宗復位後，每賜宴賦詩，皆由她品評群臣詩作，儼然成為天下詞宗。

UNIT 2-17

王楊盧駱當時體

王勃、楊炯、盧照鄰、駱賓王，合稱「初唐四傑」。他們繼宮廷詩人之後，承襲六朝唯美詩風，而成為初唐詩歌的主流。綜觀四傑詩作，已擺脫宮體詩的限制，從宮廷閨閣走向街陌邊塞，為唐詩開闢新境，故陸時雍《詩鏡總論》云：「王勃高華，楊炯雄厚，照鄰清藻，賓王坦易，子安（王勃）其最傑乎？調入初唐，時帶六朝錦色。」

王勃

王勃（650~676），字子安，絳州龍門（今山西河津）人。未滿二十，對策高第，授朝散郎。作〈檄英王雞文〉諷刺諸王，遭廢職；於是遠遊江漢。後因往交趾（今越南北部）省親，溺水致病而卒。著有《王子安集》十六卷。

其詩清綺中帶有剛健之氣，比起初唐其他浮華之作，已無脂粉味。如〈山中〉：「長江悲已滯，萬里念將歸。況復高風晚，山山黃葉飛。」詩境壯麗。又其名篇〈送杜少府之任蜀州〉：

> 城闕輔三秦，烽煙望五津。與君離別意，同是宦遊人。海內存知己，天涯若比鄰。無為在歧路，兒女共霑巾。

意境開闊，表現出不凡的胸襟。此為五言律詩，首聯對仗，次聯不對仗，是為「偷春格」。此外，如〈採蓮曲〉、〈滕王閣詩〉等，對雜言、七言詩的創作亦有所貢獻。

楊炯

楊炯（650~693），陝西華陰人。曾官盈川縣令。其人恃才傲物，聽聞自己名列「四傑」，便道：「吾愧在盧前，恥居王後。」其實他在初唐四傑中成就並不高，只有幾首邊塞詩和五言律詩較為出色。如〈從軍行〉：

> 烽火照西京，心中自不平。牙璋辭鳳闕，鐵騎繞龍城。雪暗凋旗畫，風多雜鼓聲。寧為百夫長，勝作一書生！

雖然未完全擺脫華美習氣，但在內容上已較齊、梁宮體詩具有思想性。

盧照鄰

盧照鄰（634?~689），字昇之，幽州范陽（今河北涿州）人。一生不得志，只做過幾任小官。曾服丹藥中毒；晚年臥病十餘年，後自沉潁水身亡。他工於五、七言歌行體，辭情奔放，尤以〈行路難〉、〈長安古意〉二首為代表作。後者描寫長安道上七香車、主第侯家、碧樹銀臺，而自己乃一介窮書生，「寂寂寥寥揚子居，年年歲歲一床書。獨有南山桂花發，飛來飛去襲人裾。」繁華與落寞的強烈對比，令人不勝唏噓！可見其詩具有深刻的思想內容，非輕豔浮華的宮體所能相比。

駱賓王

駱賓王（640~?），字觀光，浙江義烏人。曾任長安縣主簿。武后稱制時，他參與徐敬業起兵，撰〈討武曌檄〉，呼籲各郡縣共討武氏。兵敗後，亡命他鄉，不知所終。中宗立，詔求其詩文，得數百篇，今有《駱臨海集》十卷傳世。他擅長七言歌行體，名作〈帝京篇〉：「劍履南宮入，簪纓北闕來。聲名冠寰宇，文物象昭回。……誰惜長沙傳？獨負洛陽才。」堪與盧照鄰〈長安古意〉並駕。又〈在獄詠蟬〉，託物言志，寄寓己身品行高潔之意。

初唐四傑新氣象

初唐四傑

王勃 四傑之冠 詩風高華

其詩以五言律詩、五言絕句為多，清綺中帶有剛健之氣，比起初唐其他浮華之作，已無脂粉味。

〈送杜少府之任蜀州〉：「……海內存知己，天涯若比鄰。無為在歧路，兒女共霑巾。」寫送別場面，不見哀戚，意境十分開闊。

楊炯 詩風雄厚

其文多詩少，文章尚可與王勃比肩，然詩歌成就不高，只有幾首邊塞詩和五言律詩較為出色。

〈從軍行〉：「……雪暗凋旗畫，風多雜鼓聲。寧為百夫長，勝作一書生！」格調慷慨激昂，已略具唐人邊塞詩風味。

盧照鄰 詩風清藻

他一生貧病交迫，卻才情煥發。工於五、七言歌行體，內容別具深意，迥異於浮華宮體詩。

★〈長安古意〉：「長安大道連狹斜，青牛白馬七香車。……寂寂寥寥揚子居，年年歲歲一床書。」以長安道上繁華景象對比出自身的落寞。

★其中「得成比目何辭死，願作鴛鴦不羨仙。」仍具宮體色彩，未完全洗脫六朝華靡詩風。

駱賓王 詩風坦易

擅長七言歌行體，其〈帝京篇〉、〈疇昔篇〉均為誇示才學之作；堪與盧照鄰諸詩相互媲美。

〈在獄詠蟬〉：「露重飛難進，風多響易沉。無人信高潔，誰為表予心？」藉詠蟬，道出自身含冤受囚之處境。

★「初唐四傑」繼宮廷詩人之後，承襲六朝唯美詩風，成為初唐詩歌的主流。

★四傑詩作已擺脫宮體詩限制，從宮廷閨閣走向街陌邊塞，為唐詩開闢新境。

★陸時雍《詩鏡總論》云：「王勃高華，楊炯雄厚，照鄰清藻，賓王坦易，子安（王勃）其最傑乎？調入初唐，時帶六朝錦色。」點出四傑詩歌的風格，並以王勃詩居四傑之冠。

UNIT 2-18 漢魏風骨重興寄

陳子昂（661~702），字伯玉，四川射洪人。幼年家境富裕，好任俠使氣，後閉門讀書，立下遠大的志向。他初到長安，沒沒無聞，先以千金購得名琴，相約明日彈奏。第二天，當眾毀琴，並傳發其詩文稿，一夕之間，聲名大噪。

二十四歲及進士第，上書論政，為武后所重，擢麟臺正字，遷右拾遺。後曾兩度出塞：二十六歲那年，到過西北；三十六歲，從武攸宜伐契丹，到過燕京一帶。終因父親老邁，解官歸侍，為故鄉縣令段簡所害，冤死獄中。著有《陳伯玉文集》。

漢魏風骨

初唐詩壇，浮華的宮體詩、格律詩當道，陳子昂卻獨倡復古。他提出「漢魏風骨」，主張詩歌要合乎古人寫實、諷諭的精神，要求改革華靡詩風。其〈修竹篇序〉云：

> 文章道弊，五百年矣，漢魏風骨，晉宋莫傳，……觀齊梁間詩，彩麗競繁，而興寄都絕，每以詠嘆，思古人，常恐逶迤頹靡，〈風〉〈雅〉不作，以耿耿也。……見明公詠〈孤桐篇〉，骨氣端翔，音情頓挫，光明朗練，有金石聲。遂用洗心飾視，發揮幽鬱，不圖正始之音，復睹於茲，可使建安作者，相視而笑。

由於東方虬〈孤桐篇〉、陳子昂〈修竹篇〉都是詠物託諷的古體詩，與輕浮靡麗的宮體詩迥異。故陳子昂於序中闡明其詩歌改革理念：強調齊、梁以降詩作過於穠豔，缺乏「興寄」，希望恢復「漢魏風骨」，鼓勵創作出「骨氣端翔，音情頓挫」的好作品。所謂「興寄」，指詩歌要有比興寄託，要發揮批判現實的傳統。所謂「風骨」，即詩歌須具備高尚的思想情意。可見他重視詩歌的諷諭性和寫實性，故標榜「漢魏風骨」，作為反對六朝華美風氣的號召。《新唐書》本傳云：「唐興，文章承徐、庾餘風，天下祖尚，子昂始變雅正。」肯定他對唐代詩風具有扭轉乾坤的影響力。

子昂詩歌

其詩以〈感遇詩〉三十八首、〈薊丘覽古〉七首和〈登幽州臺歌〉等最為出色。

〈感遇詩〉是一組寫實性很強的詩歌，非一時、一地之作。內容無論詠史、詠物、抒懷等，都對現實有所批判，極具諷刺意味，顯然受阮籍〈詠懷詩〉、左思〈詠史詩〉的影響。

〈薊丘覽古〉七首中，詠燕昭王建黃金臺納賢，使樂毅等人得以施展所學，為國效力。同時感傷自身懷才不遇，以古寓今，具有諷諭意義。

〈登幽州臺歌〉不愧是其代表作，是他隨武攸宜征伐契丹時所寫。據盧藏用〈陳氏別傳〉云：「子昂……常欲奮身以答國士，……不合，……因登薊北樓，感昔樂生、燕昭之事，賦詩數首。乃泫然流涕而歌曰：『前不見古人，後不見來者。念天地之悠悠，獨愴然而涕下！』時人莫不知也。」他有感於燕昭王、樂毅君臣之遇合，自嘆生不逢時，有志難伸，故陷入如此孤絕之境。

唐詩改革始子昂

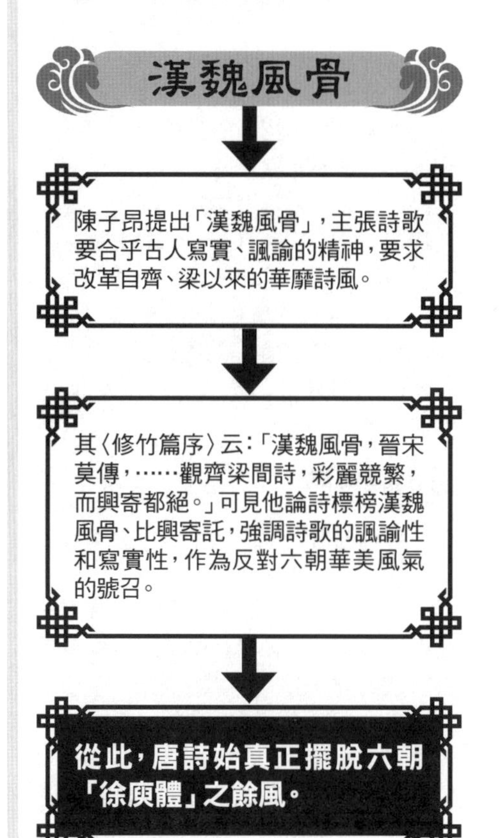

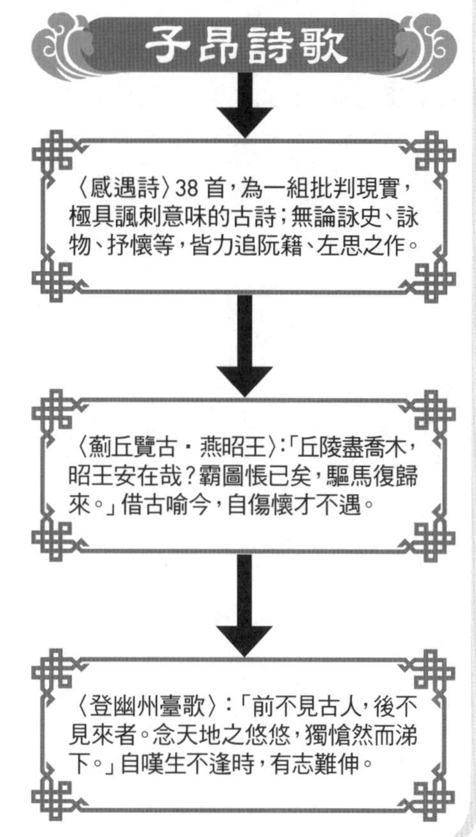

文學歇腳亭

陳子昂身為富家子弟，早年沉湎於博弈、畋獵等，18 歲以後，才發憤向學。然其天資穎悟，初作〈感遇詩〉38 首，便深得王適讚賞：「是必為海內文宗！」至武后稱帝時，他曾上〈周受命頌〉媚附之，其人格操守頗受非議。

但他首揭詩歌改革旗幟，為唐詩開創新局，在文學史上可謂功不可沒。故《新唐書》云：「唐興，文章承徐、庾餘風，天下祖尚，子昂始變雅正。」古文運動首腦人物韓愈〈薦士詩〉：「國朝盛文章，子昂始高蹈。」稱許他提倡詩歌復古的貢獻。金人元好問〈論詩絕句〉之八：「沈、宋橫馳翰墨場，風流初不廢齊、梁。論功若準平吳例，合著黃金鑄子昂。」推崇他一掃華美詩風，重現建安、正始風力之功勞。

UNIT 2-19

天上謫仙李太白

盛唐是詩歌的黃金時代。初唐綺靡詩風，進入盛唐，逐漸轉變成浪漫風氣，賀知章、張若虛等，繼承宮體詩之餘緒；直到李白，發展出狂放不羈的浪漫詩。

盛唐浪漫詩始於「吳中四士」：賀知章、包融、張旭、張若虛，皆出自江、浙一帶，古稱吳中地區。由於四人才華洋溢，卻不獲重用，因而輕蔑禮法，使氣任俠，飲酒狎妓，修道訪仙，過著疏狂放誕的生活。他們的詩作追求人生的至美、心靈的自由，故蒙上一股瑰麗的浪漫色彩。

賀知章（659~744），會稽（今浙江紹興）人。與李白、張旭等飲酒賦詩，善談論笑謔。〈回鄉偶書〉二首，或寫「兒童相見不相識，笑問客從何處來？」或謂「唯有門前鏡湖水，春風不改舊時波。」道盡年老返鄉，景物依舊、人事已非的惆悵心情，堪稱千古絕唱。

張若虛（660？~720？），江蘇揚州人。七言古詩〈春江花月夜〉為其代表作，描寫春夜懷人。詩末：「斜月沉沉藏海霧，碣石瀟湘無限路。不知乘月幾人歸？落月搖情滿江樹。」辭采綺美，情致纏綿，具六朝金粉之遺風。

天上謫仙人

李白（701~762），字太白，祖籍隴西成紀（今甘肅天水）。先世因罪流徙西域碎葉，五歲時，隨父遷居四川綿州青蓮鄉。二十六歲離開四川，至湖北安陸，後入贅故相許圉師家。天寶元年（742），因道士吳筠推薦，玄宗任為翰林供奉。為官三年，終因讒毀交加，黯然離去。他又展開浪跡天涯的生活，再度入贅前宰相山東宗楚客家，因此《舊唐書》說他是山東人。

天寶十四載（755），安祿山造反，永王李璘起兵，招李白為幕僚。永王兵敗，李白獲罪當誅，幸得郭子儀相救，始保住性命。晚年投靠族叔李陽冰，最後病卒於當塗。病篤時，曾將畢生詩文，請託李陽冰整理成帙，即《李太白集》（舊稱《草堂集》），僅十卷。

李白才情縱橫，詩文高妙清逸，飄然不群，故賀知章譽為「天上謫仙」，世稱「詩仙」。

白也詩無敵

李白詩作，北宋樂史增收為二十卷；今有《分類補註李太白詩》二十五卷；《全唐詩》計收錄一千零一首。李白天才橫溢，不願受格律拘束，故多作古詩或樂府。如〈古風〉之一：「自從建安來，綺麗不足珍。聖代復元古，垂衣貴清真。」他倡言復古，主張恢復〈大雅〉、〈王風〉，而批評魏晉以來詩歌過於綺靡，不足珍視。因此集六朝詩之大成，開拓盛唐浪漫詩的蹊徑。

其樂府詩，如〈將進酒〉：「君不見、黃河之水天上來，奔流到海不復回？」〈蜀道難〉：「噫吁戲，危乎高哉！蜀道之難難於上青天。」詩中帶有俠情和仙氣，富於創造力，善用神話、想像、誇飾等手法，營造出神祕浪漫的氛圍。其古詩，如〈月下獨酌〉：「花間一壺酒，獨酌無相親。舉杯邀明月，對飲成三人。」由一人獨飲，對影、邀月卻成三人，寂靜之境，寫來如此熱鬧，滿紙醉語，卻又十分清醒。

李白詩多姿多采，風格穠豔、淡雅、悲頽等，無奇不有；內容上，詠史、遊仙、登高、懷古等，包羅萬象。

盛唐李白浪漫詩

初唐宮體詩 → 盛唐浪漫詩之先聲 → 吳中四士

吳中四士

賀知章

〈回鄉偶書〉2首，或寫「兒童相見不相識，笑問客從何處來?」或謂「唯有門前鏡湖水，春風不改舊時波。」道盡年老返鄉，景物依舊、人事已非的惆悵心情。

包融

生卒年不詳，潤州延陵(今江蘇丹陽)人。存詩8首，見諸《全唐詩》。

張旭

字伯高，蘇州吳人。書法家兼詩人。大醉，以頭髮蘸墨而書，人稱「張癲」。

張若虛

〈春江花月夜〉是一首描寫春夜懷人的作品，詩末：「斜月沉沉藏海霧，碣石瀟湘無限路。不知乘月幾人歸?落月搖情滿江樹。」辭采綺美，情致纏綿，具六朝金粉之遺風。

盛唐浪漫詩

天上謫仙人

★李白才情縱橫，詩文高妙清逸，飄然不群，賀知章譽為「天上謫仙」，世稱「詩仙」。

★他天才橫溢，不願受格律拘束，故多作古詩或樂府詩。

★〈古風〉之一：「自從建安來，綺麗不足珍。聖代復元古，垂衣貴清真。」倡言復古，主張恢復〈大雅〉、〈王風〉，而批評魏晉以來詩歌過於綺靡，不足珍視。

★集六朝詩之大成，開拓盛唐浪漫詩的蹊徑。

白也詩無敵

★其樂府詩如〈將進酒〉寫「黃河之水天上來」、〈蜀道難〉謂「蜀道之難難於上青天」，充滿俠情和仙氣，且善用神話、想像、誇飾等手法，營造出神祕浪漫的氛圍。

★其古詩，如〈月下獨酌〉，一人獨飲，對影、邀月卻成三人，寂靜之境，寫來如此熱鬧，滿紙醉語。

★李白詩多姿多采，風格穠豔、淡雅、悲頹等，無奇不有；內容上，詠史、遊仙、登高、懷古等，包羅萬象。

文學歇腳亭

李白之死，據王定保《唐摭言》載：「著宮錦袍，遊采石江中，傲然自得，旁若無人，因醉入水中捉月而死。」但《舊唐書》云：「以飲酒過度，醉死於宣城。」范傳正〈李白新墓碑〉云：「晚歲，渡牛渚磯，至姑熟，悅謝家青山，有終焉之志，盤桓利居，竟卒於此。」不過李陽冰說李白是病死的，應該比較可靠。

李白此生二度入贅相府為孫女婿。第1次婚姻是他27歲時，入贅於前「左相」許圉師家。後許氏夫人卒，李白先後與劉氏同居、納妾；50歲左右再婚，入贅於前相山東宗楚客之門。因此《舊唐書》說他是山東人；非也，其實是他第2段婚姻的緣故。

UNIT 2-20 襄陽摩詰詠自然

我國自然詩，肇始於《詩經・豳風・七月》、屈原〈涉江〉及〈悲回風〉，開創於陶淵明田園詩、謝靈運等山水詩，其後受到宮體詩衝擊，田園山水之作幾成絕響。唐初，隱逸詩人王績等才又接軌陶謝詩，使沉寂已久的山水清音，得以繼續發展。時至盛唐，隱逸之風盛行，自然詩隨之興起，代表作家如王維、孟浩然、儲光羲、劉長卿，其次尚有常建、劉慎虛、裴迪、祖詠等人。

孟襄陽氣象清遠

孟浩然（689~740），名浩，字浩然，湖北襄陽人。早年隱居鹿門山，四十歲到長安應試，落第而歸。曾在祕書省和諸名士聯句，以「微雲淡河漢，疏雨滴梧桐」一聯，驚豔四座。嘗擔任張九齡幕僚。開元二十八年（740），他病疽初癒，適王昌齡來訪，因飲酒食鮮過度，疾發身亡。

其詩工五言，以四十歲為界，可分為前、後兩期：前期雖隱居鄉里，卻有強烈的濟世情懷，如五言律詩〈望洞庭湖贈張丞相〉:「欲濟無舟楫，端居恥聖明。坐觀垂釣者，空有羨魚情。」投贈張丞相，表達急於用世的心願。後期則多描寫襄陽附近景色，如〈秋登萬山寄張五〉、〈與諸子登峴山〉等，語出自然，平淡有味，氣象清遠，充滿與世無爭的隱者襟抱。

傳世名篇，如〈歲暮歸南山〉，其中「不才明主棄，多病故人疏」句，據說得罪了唐玄宗，因此斷送仕途；堪稱其平生最失意之時，卻是千古最得意之詩。而〈過故人莊〉:「故人具雞黍，邀我至田家。……開軒面場圃，把酒話桑麻。待到重陽日，還來就菊花。」描述田家風光與老友情誼，情真意切，句句自然，絕無斧鑿刻劃之跡。又〈春曉〉:

> 春眠不覺曉，處處聞啼鳥。夜來風雨聲，花落知多少？

從聽覺上勾勒出一幅群鳥鳴春圖，神韻飛動，生氣勃勃，令人百讀不厭！

王摩詰詩中有畫

王維（699~759），字摩詰，山西太原祁人。開元九年（721）進士及第。天寶末，安祿山造反，他來不及逃出，只好裝啞，被囚於寺中。後因一首〈凝碧詩〉，而獲減刑。乾元二年（759），轉為尚書右丞，卒於官。王維一生頗好佛、道，詩中充滿禪意，空靈脫俗，閒淡幽靜，以臻天人合一之境，素有「詩佛」之譽。

其詩亦以四十歲為分期：前期多為送別詩與邊塞詩，如〈送孟六歸襄陽〉，勸孟浩然歸隱舊廬，「醉歌田舍酒，笑讀古人書。」真摯、灑脫，好友情誼，躍然紙上。他三十二至三十七歲嘗出塞，寫下一些豪氣干雲的邊塞詩。如〈隴頭吟〉、〈從軍行〉等，流露出立功沙塞的報國赤忱。

四十歲後，他先後隱居於終南山、藍田輞川，過著半仕半隱的生活，所作多自然詩。如〈渭川田家〉，寫黃昏時，牛羊、牧童、田父紛紛返家，勾勒出一幅鮮活的農村暮景圖。又〈鳥鳴澗〉:

> 人閒桂花落，夜靜春山空。月出驚山鳥，時鳴春澗中。

春山空寂，山中人悠閒，連桂花落地之聲，也了然於心。瞬間明月一出，皎潔月光驚動了林中群鳥，時時爭鳴於空山春澗之中。不但詩中有畫，且兼具禪趣，物我合一，自然渾成。

盛唐王孟自然詩

《詩經・豳風・七月》

〈七月〉：「春日載陽，有鳴倉庚。女執懿筐，遵彼微行，爰求柔桑。春日遲遲，采蘩祁祁。」描繪女子春日採桑的情景。

↓

屈原〈涉江〉、〈悲回風〉

〈涉江〉：「入溆浦余儃佪兮，迷不知吾所如。深林杳以冥冥兮，乃猿狖之所居。山峻高以蔽日兮，下幽晦以多雨。霰雪紛其無垠兮，雲霏霏而承宇。」寫獨入深山後所見的景致。

↓

陶淵明田園詩、謝靈運等山水詩

★陶淵明〈歸園田居〉之一：「……羈鳥戀舊林，池魚思故淵。開荒南野際，守拙歸園田。」描寫他回家種田，開墾荒地的情景。

★謝靈運〈石壁精舍還湖中作〉：「林壑斂暝色，雲霞收夕霏。芰荷迭映蔚，蒲稗相因依。」描摹傍晚泛舟的景色。

↓

受到宮體詩衝擊，田園、山水詩幾成絕響。

↓

唐初，隱逸詩人王績等，又接軌六朝之陶謝詩，使山水詩得以繼續發展。

盛唐自然詩

按：王維、孟浩然並稱「王孟」，但若依年紀論，孟較王大 10 歲。

40 歲以前

★送別詩：以情真意摯見稱。

★邊塞詩：如〈從軍行〉：「笳悲馬嘶亂，爭渡金河水。……盡繫名王頸，歸來獻天子。」道出獻身沙場的豪情壯志。

40 歲以後

★多作自然詩。如〈渭川田家〉：「斜光照墟落，窮巷牛羊歸。野老念牧童，倚杖候荊扉。……田夫荷鋤立，相見語依依。」勾勒出一幅鮮活的農村暮景圖。

40 歲以前

雖然隱居鄉里，卻有強烈的濟世情懷，如〈望洞庭湖贈張丞相〉：「欲濟無舟楫，端居恥聖明。坐觀垂釣者，空有羨魚情。」投贈張丞相，表達出急於用世的心願。

40 歲以後

多描寫襄陽附近景色，充滿與世無爭的隱逸情懷，如〈秋登萬山寄張五〉：「何當載酒來？共醉重陽節。」敘秋日登高之景、思念好友之情，情景交融無間，渾然天成。

UNIT 2-21 邊塞建功逞豪情

盛唐邊塞詩，充滿建功立業、以身許國的豪情壯志，展現出唐人的博大胸襟。不像前朝舊題樂府，如〈飲馬長城窟行〉、〈隴西行〉等那般淒苦悲涼。主要詩人，有高適、岑參、王昌齡、王之渙、李頎、崔顥、王翰等。他們除了歌詠邊塞之作，也有不少其他題材的優秀詩篇。

高適

高適（702~765），字達夫，滄州渤海（今河北滄縣）人。他善以七言歌行體寫作邊塞詩，深受南朝詩人鮑照影響。代表作〈燕歌行〉，諷刺邊將輕敵，致使兵士或陷入苦戰，或無辜犧牲，筆力雄健，氣象恢宏。其中「戰士軍前半死生，美人帳下猶歌舞。」更是劇力萬鈞，憤慨之情，溢於言表。

高適曾兩度出塞，對邊地生活有深刻的體會。其邊塞詩經常描述安定邊防的理想，對戰爭抱以樂觀態度，慷慨激昂，豪情萬丈，殷璠《河嶽英靈集》評云：「多胸臆語，兼有氣骨，故朝野通賞其文。」

岑參

岑參（715~770），河南南陽人。善用樂府歌行體，來描寫異域的黃沙、白草、旌旗、烽火、胡笳等景物，抒發征戰沙場、將士懷歸的邊情。如〈走馬川行奉送封大夫出師西征〉：「將軍金甲夜不脫，半夜軍行戈相撥，風頭如刀面如割。」寫沙漠中雪夜行軍的情景。通篇用字奇絕，又真實入理，可謂「奇才奇氣」之作。

其詩特色，在於造意奇逸、峭峻，又能表現悲壯之境。如〈逢入京使〉：

> 故園東望路漫漫，雙袖龍鍾淚不乾。馬上相逢無紙筆，憑君傳語報平安。

西行途中，偶遇入京使者，因而勾起無限的思鄉之情。敘事真切，未加雕琢，允為客中絕唱！總言之，岑參開拓盛唐邊塞詩的境界，使之沾染了雄奇瑰麗的浪漫色彩。

王昌齡

王昌齡（698~757），字少伯，京兆（今陝西西安）人。以七言絕句、樂府詩見長，內容多表現戰士立功的壯志、思歸的鄉情，寄寓遙深。代表作為數首〈從軍行〉，如「黃沙百戰穿金甲，不破樓蘭終不還。」道盡將士效忠疆埸的決心，詩境壯闊。又〈出塞〉不愧是七言絕句的壓卷之作：

> 秦時明月漢時關，萬里長征人未還。但使龍城飛將在，不教胡馬度陰山。

描寫塞外風光之餘，同時揭露邊帥無能、民心厭戰的窘境。此外，其閨怨詩亦佳，如〈長信怨〉等，向來深受好評。

王之渙

王之渙（688~742），并州（今山西太原）人。由於不屑功名，生平無從稽考。《全唐詩》僅收錄絕句六首，卻篇篇堪傳。如〈登鸛雀樓〉、〈涼州詞〉等，描寫白日、黃河、孤城、萬仞山、玉門關等邊鎮景色，意境開闊，用語警策，成為家喻戶曉的名作。

此外，李頎〈古意〉、〈古從軍行〉，崔顥〈贈王威古〉，王翰〈涼州詞〉等，也是傳誦一時的邊塞詩。

盛唐諸家邊塞詩

高適

★多為七言歌行體。

★〈燕歌行〉：「漢家煙塵在東北，漢將辭家破殘賊。……君不見沙場征戰苦？至今猶憶李將軍。」風格雄健、遒勁。

★他的邊塞詩對戰爭抱以樂觀態度，豪情萬丈。

岑參

★善用樂府歌行體，描寫異域景色，抒發征戰沙場、將士懷歸的邊情。

★如〈走馬川行奉送封大夫出師西征〉，寫雪夜中軍隊在沙漠行軍，儘管環境惡劣，士兵們依舊鬥志昂揚。

〈燕歌行〉

「戰士軍前半死生，美人帳下猶歌舞。」

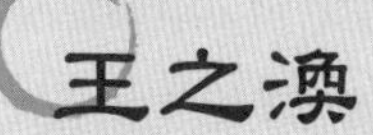

〈逢入京使〉

「馬上相逢無紙筆，憑君傳語報平安。」

王昌齡

★以七言絕句、樂府詩見長。

★〈從軍行〉七首之四：「青海長雲暗雪山，孤城遙望玉門關。黃沙百戰穿金甲，不破樓蘭終不還。」道盡效忠疆場的決心。

★〈出塞〉為七言絕句的壓卷之作。

王之渙

★沒有功名，故生平無從稽考。

★《全唐詩》收錄絕句6首，篇篇堪傳。如〈涼州詞〉（又名〈出塞〉）：「羌笛何須怨楊柳？春風不度玉門關。」含蓄雋永，意味深長，令人一唱三嘆。

〈出塞〉

「但使龍城飛將在，不教胡馬度陰山。」

〈登鸛雀樓〉

「欲窮千里目，更上一層樓。」

文學歇腳亭

相傳高適、王昌齡、王之渙曾在旗亭飲酒，巧遇一群唱詩作樂的伶人。王昌齡提議，以3人詩作被唱到的多寡來定高下。一伶人首先唱：「寒雨連江夜入吳，平明送客楚山孤。洛陽親友如相問，一片冰心在玉壺。」王昌齡便在牆上留下記號。又一伶人唱：「開篋淚沾臆，見君前日書。夜臺何寂寞？猶是子雲居。」高適也畫一橫。接著，一伶人唱：「奉帚平明金殿開，暫將團扇共徘徊。玉顏不及寒鴉色，猶帶昭陽日影來。」王昌齡又得分。王之渙急了，指著最美麗的伶人說：「她一定唱我的詩！」當那伶人一開口，果然唱王之渙的〈涼州詞〉：「黃河遠上白雲間，一片孤城萬仞山。羌笛何須怨楊柳？春風不度玉門關。」3人遂大笑不已。

UNIT 2-22

致君堯舜憂生民

盛唐名相，如張九齡、姚崇、宋璟、張說等，身處太平盛世，雖以儒家寫實傳統來寫詩，但不免流於應制或歌頌，缺乏動人的情感。

天寶末葉，前有安史之亂，後有吐蕃入寇，時局動盪，生靈塗炭，於是出現元結、沈千運、孟雲卿等詩人憂時傷世，寫下反映現實、關心民瘼的寫實詩作，繼而杜甫集其大成。

悲天憫人的詩作

杜甫（712~770），字子美，祖籍湖北襄陽。開元二十三年（735）應試不第，開始漫遊齊、趙。天寶十載（751）獻〈三大禮賦〉，玄宗命待制集賢院。安祿山攻陷長安，他往謁初即位的肅宗，拜左拾遺。史思明變亂，入四川，定居於成都浣花溪畔；後入嚴武幕府，任工部員外郎，世稱「杜工部」。大曆五年（770），到耒陽途中，遇洪水，斷糧；縣令遣舟接濟。是年冬季，病逝於洞庭湖畔舟中。著有《杜工部集》。

杜甫二十九歲時，到兗州省親，途經泰山，而賦〈望嶽〉：「會當凌絕頂，一覽眾山小。」展現出不凡的氣魄。天寶中在長安，見楊貴妃兄妹驕奢淫亂、民間百姓飽受戰禍荼毒，作〈麗人行〉、〈兵車行〉以諷之。天寶十四載（755），自長安返回陝西奉先家中，抵家時，幼兒已餓死。故有〈自京赴奉先縣詠懷五百字〉：「朱門酒肉臭，路有凍死骨。」描寫所見亂離景象。

安史之亂後，他寫下著名的〈三吏〉（〈新安吏〉、〈潼關吏〉、〈石壕吏〉）、〈三別〉（〈新婚別〉、〈垂老別〉、〈無家別〉），皆以時代動亂為背景，揭發戰火蔓延下民不聊生的實況。晚年，流落巴蜀，浪跡湖北、湖南，所作〈茅屋為秋風所破歌〉、〈聞官軍收河南河北〉、〈秋興〉八首等，詩歌技巧已然純熟。這些揭露「已訴徵求貧到骨，正思戎馬淚盈巾」、盼望「安得廣廈千萬間？大庇天下寒士俱歡顏」的憂國憂民之作，贏得「詩史」的美譽。

千垂百鍊的詩藝

杜甫除了寫所謂「即事名篇」的樂府歌行體，如〈麗人行〉、〈茅屋為秋風所破歌〉等，以反映現實。更長於七言律詩，如〈詠懷古跡〉五首、〈聞官軍收河南河北〉等，都是千垂百鍊的佳作。今舉〈秋興〉之一為例：

> 玉露凋傷楓樹林，巫山巫峽氣蕭森。江間波浪兼天湧，塞上風雲接地陰。叢菊兩開他日淚，孤舟一繫故園心。寒衣處處催刀尺，白帝城高急暮砧。

一如〈奉贈韋左丞丈二十二韻〉：「讀書破萬卷，下筆如有神。……致君堯舜上，再使風俗淳。」道出他的儒者襟懷，及對寫作技巧的重視。又〈江上值水如海勢聊短述〉：「為人性僻耽佳句，語不驚人死不休。」由於杜甫才大思深，雖斧削雕琢，卻不露痕跡。其〈遣悶戲呈路十九曹長〉謂「晚節漸於詩律細」，道出晚年尤工律詩，格律之完整，辭藻之優美，已臻爐火純青之境，故後世譽之為「律聖」。

杜詩上溯〈風〉、〈騷〉，近接陳子昂「漢魏風骨」，開創寫實詩的新紀元；下啟元白新樂府運動、宋代江西詩派。可說歷代寫實詩皆以杜甫為宗，並尊他為「詩聖」，在我國詩歌史上的影響力，可見一斑。

中唐杜甫社會詩

代表詩作

他 29 歲時，到兗州省親，途經泰山，賦〈望嶽〉：「會當凌絕頂，一覽眾山小。」藉由登泰山，展現出他的凌雲壯志。

天寶年間，他自長安返家，幼兒已餓死。故賦詩：「朱門酒肉臭，路有凍死骨。」描寫途中所見社會亂離景象。

其〈三吏〉、〈三別〉皆以安史之亂為背景，揭發戰火蔓延下民不聊生的實況。此憂國憂民之作，贏得「詩史」的美譽。

即事名篇樂府詩，如〈茅屋為秋風所破歌〉：「安得廣廈千萬間？大庇天下寒士俱歡顏。」充滿悲天憫人的情懷。

詩歌理論

1. 作詩主張雕琢，卻不露痕跡。如云：「讀書破萬卷，下筆如有神。」又云：「為人性僻耽佳句，語不驚人死不休。」
2. 「晚節漸於詩律細」，他晚年尤工於律詩，格律之完整，辭藻之優美，已臻爐火純青之境，故後世譽之為「律聖」！
3. 杜詩上溯〈風〉〈騷〉，近接陳子昂「漢魏風骨」，下啟元白新樂府運動、宋代江西詩派，為歷代寫實詩之宗祖。

文學歇腳亭

天寶 12 載（753）春天，杜甫人在長安，曾賦〈麗人行〉諷刺楊貴妃兄妹。詩歌開端先寫上巳日天氣晴和，長安水邊聚集了許多出門踏青的名媛貴婦，楊氏姐妹就身在其中。她們個個氣質嫻雅、衣著考究，一看便知絕非等閒之輩。接著，從飲食、音樂、侍者、貴賓等排場之奢華隆盛，白描宴會實況。最後丞相楊國忠騎著馬大搖大擺而來。看他在車帷旁下馬，直接步入錦毯鋪地的帳篷裡。「楊花雪落覆白蘋，青鳥飛去銜紅巾」句，巧用 2 典故：一為北魏胡太后私通楊白花事，影射楊國忠與虢國夫人間亂倫的醜聞；一為西王母使者「青鳥傳書」之典，借指任他倆差遣、使喚的人。此聯揭露楊氏兄妹的淫蕩與無恥。然而，他們聲勢如日中天，小心別靠近！別冒犯了皇上身邊的大紅人！

UNIT 2-23 王孟餘音歌山水

詩至中唐，可分為：一、韋應物、柳宗元等自然詩，繼軌王、孟，謳歌山水，詩中帶有些許感傷情調。二、元白新樂府，學步杜甫，描寫社會現實，開展平易近人的詩風。三、韓愈、孟郊等奇險詩，另闢蹊徑，以散文入詩，開拓怪奇險僻新風格。

中唐自然詩人，當推劉長卿、韋應物及柳宗元為代表。

「五言長城」劉隨州

劉長卿（709？~780），字文房，河北河間人。開元二十一年（733）進士。曾任監察御史，但仕途坎坷，屢遭貶謫，後為潘州南巴尉、睦州司馬，終至隨州刺史，人稱「劉隨州」。著有《劉隨州集》。他擅長五言近體詩，幾乎占全部詩作的五分之四，故自稱「五言長城」。劉長卿有寫實詩、邊塞詩，但成就較高者為自然詩，如〈尋南溪常山道人隱居〉：

> 一路經行處，莓苔見屐痕。白雲依靜渚，春草閉閒門。過雨看松色，隨山到水源。溪花與禪意，相對亦忘言。

全詩著眼於一個「尋」字，履痕、白雲、洲渚、春草、松色、青山、水源、溪花，春意盎然，化解了尋友不遇的惆悵。其詩塑景優美，格律縝密，字斟句酌，然高仲武《中興間氣集》評云：「大抵十首以上，語意稍同，於落句尤甚。」直指其缺失。

「高雅閒淡」韋蘇州

韋應物（737？~790），京兆長安（今陝西西安）人。年少尚俠，後始悔悟，折節讀書。其人生性高潔，平居每焚香掃地而坐，超然於物外。嘗為洛陽丞，遷京兆功曹。又任江州、滁州、蘇州等地刺史，故有「韋江州」、「韋蘇州」之稱。其詩善於描摹自然景物，如〈滁州西澗〉：

> 獨憐幽草澗邊生，上有黃鸝深樹鳴。春潮帶雨晚來急，野渡無人舟自橫。

澗邊幽草，深樹鸝鳴，春晚潮雨，野渡舟橫，通篇造景極美，意境自出。又〈秋郊作〉、〈淮上喜會梁川故人〉、〈寄全椒山中道士〉等，堪與王維〈渭川田家〉、孟浩然〈過故人莊〉相比美。故白居易〈與元九書〉評云：「高雅閒淡，自成一家之體。」

「清夷淡泊」柳柳州

柳宗元（773~819），字子厚，河東解縣（今山西永濟）人，世稱「柳河東」。憲宗時，因永貞革新失敗，被貶為永州司馬。元和十年（815），出任柳州刺史，政績卓著；後卒於柳州任上，人稱「柳柳州」。

其詩清新峭拔，多寫永州、柳州山水，他謫居當地，寄情於山巔水涯，吟詠賦詩，以此自娛。由於屢遭貶謫，內心鬱悶，加以所見皆奇山異水，故營造出孤絕冷峭之詩境。如〈江雪〉：

> 千山鳥飛絕，萬徑人蹤滅。孤舟蓑笠翁，獨釣寒江雪。

勾勒出一幅寒江垂釣圖，造境巧妙，淒清孤絕。另如〈溪居〉，描寫溪居生活，沈德潛《唐詩別裁》評云：「愚溪諸詠，處連蹇困厄之境，發清夷淡泊之音，不怨而怨，怨而不怨，行間言外，時或遇之。」揭示其自然詩中，隱藏慨世嘆俗的感傷情調。

中唐各家自然詩

劉長卿

★擅長五言近體詩，幾乎占其詩作 4/5，故自稱「五言長城」。

★有寫實詩、邊塞詩等，但以自然詩成就較高。

★其詩缺點，如高仲武《中興間氣集》云：「大抵十首以上，語意稍同，於落句尤甚。」

代表作

〈尋南溪常山道人隱居〉：「一路經行處，莓苔見屐痕。……溪花與禪意，相對亦忘言。」著眼於1個「尋」字，春意盎然，化解尋友不遇的惆悵。

韋應物

★其〈滁州西澗〉、〈秋郊作〉等，善於描摹自然景物，頗有意境，堪與王維〈渭川田家〉、孟浩然〈過故人莊〉相比美。

★白居易〈與元九書〉評云：「高雅閒淡，自成一家之體。」

代表作

〈滁州西澗〉：「獨憐幽草澗邊生，上有黃鸝深樹鳴。春潮帶雨晚來急，野渡無人舟自橫。」造景優美，如詩似畫，曾為宋徽宗時畫院考試之題目。

柳宗元

★謫居永、柳，寄情於山水，賦詩自娛，故其詩清新峭拔。

★屢遭貶謫，內心鬱悶，加以所見皆奇山異水，故營造出孤絕冷峭之詩境。

★其自然詩，隱藏慨世嘆俗的感傷情調。

代表作

〈江雪〉：「千山鳥飛絕，萬徑人蹤滅。孤舟蓑笠翁，獨釣寒江雪。」以「絕」、「滅」2字，突顯寒江垂釣之孤絕，「千山」、「萬徑」勾勒出雪地的遼闊。

UNIT 2-24 裨補時闕新樂府

元和四年（809），李紳作〈新樂府〉二十首，元稹和〈新樂府〉十二首，白居易又作〈新樂府〉五十首，揭開新樂府運動的序幕。所謂「新樂府」，即新題樂府之簡稱，與舊題樂府不同，是針對時事而發的歌行體。新題樂府的特色：一、不受樂府古題之限，可「即事名篇」，自創新題。二、主張「歌詩合為事而作」，以寫時事為主，恢復樂府詩的諷諭傳統。三、強調詩歌內容，已不能合樂，只可隨口徒誦。

新樂府的精神，承沿《詩經》之寫實與美刺、漢樂府「緣事而發」、陳子昂「漢魏風骨」，至杜甫「即事名篇」的樂府詩；到元、白，終於形成新樂府運動的浪潮。

老嫗能解樂天詩

白居易（772~846），字樂天，下邽（今陝西渭南）人。強調詩歌的功用在於上以「補察時政」，下以「洩導人情」，並提出「文章合為時而著，歌詩合為事而作」的主張。以諷諭詩最為重要，如〈秦中吟〉十首、〈新樂府〉五十首等，藉風謠以裨補時闕，深具諷刺之意。又〈買花〉：「一叢深色花，十戶中人賦。」直揭貧富懸殊，難怪權貴聞其詩而色變。〈上陽白髮人〉：

> 未容君王得見面，已被楊妃遙側目。妒令潛配上陽宮，一生遂向空房宿。……上陽人，苦最多。少亦苦，老亦苦。

寫美人幽居冷宮，虛度青春的悲哀。又〈賣炭翁〉：「一車炭，千餘斤，宮使驅將惜不得。半匹紅紗一丈綾，繫向牛頭充炭值。」揭發宦官巧取豪奪，百姓敢怒不敢言的真相。此外，白居易與元稹於元和年間所寫平易近人、老嫗能解的長篇樂府詩，如〈琵琶行〉、〈長恨歌〉等，及這些揭露時弊的諷諭詩，使天下士子群起仿效，形成一股新風潮，時稱「元和體」。

美刺見事微之句

元稹（779~831），字微之，河南洛陽人。其詩以新樂府運動為界，可分為豔情詩、諷諭詩：前者如〈離思〉五首，之四：「曾經滄海難為水，除卻巫山不是雲。」寫刻骨銘心的愛情；〈遣悲懷〉三首，悼念亡妻，道出「誠知此恨人人有，貧賤夫妻百事哀」的椎心之痛。後者即反對「沿襲古題」，主張「美刺見事」的新樂府，亦詩風淺近之「元和體」；如〈田家詞〉：

> 姑舂婦擔去輸官，輸官不足歸賣屋。願官早勝仇早復，農死有兒牛有犢，誓不遣官軍糧不足！

諷刺官兵勝敵不足，害民有餘。用語俚俗，如話家常，寫來格外活潑生動。

竹枝新聲夢得詞

劉禹錫（772~842），字夢得，彭城（今江蘇徐州）人。永貞革新失敗後，被貶為朗州司馬。後奉詔還京，先後作〈戲贈看花諸君子〉、〈再遊玄都觀〉二詩譏諷權貴，兩度獲貶離京。其〈金陵五題〉中，尤以〈石頭城〉，備受白居易稱賞；〈烏衣巷〉：「舊時王謝堂前燕，飛入尋常百姓家。」藉燕鳥築巢代指人事滄桑，託興玄妙，深婉有致。劉禹錫畢生最大的成就，在於吸收民間歌謠，譜以新詞，如〈竹枝詞〉、〈楊柳枝詞〉等，摻雜俚語，質樸生動，充滿濃厚的地方色彩。

元白提倡新樂府

★元和四年（809），李紳作〈新樂府〉20首，元稹和〈新樂府〉12首，白居易又作〈新樂府〉50首，揭開了新樂府運動的序幕。

★「新樂府」即新題樂府之簡稱，與舊題樂府不同，是針對時事而發的歌行體。

★新題樂府的特色：1. 不受舊題之限，可即事名篇。2. 主張恢復樂府詩的諷諭傳統。3. 強調內容，不合樂，可徒誦。

★元白新樂府運動，承沿《詩經》美刺傳統、漢樂府「緣事而發」、陳子昂「漢魏風骨」及杜甫「即事名篇」樂府而來。

白居易

★以諷諭詩最為重要，如〈秦中吟〉10首、〈新樂府〉50首等，藉風謠以裨補時闕，深具諷刺之意。

★如〈買花〉：「一叢深色花，十戶中人賦。」直揭社會上貧富懸殊，形成強烈對比，令權貴聞之色變。

元稹

★以新樂府運動為界，前期多豔情詩，後期則以諷諭詩為主。

★如〈田家詞〉：「姑舂婦擔去輸官，輸官不足歸賣屋。……農死有兒牛有犢，誓不遣官軍糧不足！」諷刺官兵只會搜括民脂民膏，卻無克敵制勝的本事。

劉禹錫

★其成就在於改寫民間歌謠，如〈竹枝詞〉、〈楊柳枝詞〉等，質樸生動，充滿地方色彩。

★如〈烏衣巷〉：「舊時王謝堂前燕，飛入尋常百姓家。」道盡歷史變遷，滄海桑田，今非昔比，令人不勝唏噓！

文學歇腳亭

武宗會昌六年（846），白居易75歲，病逝於洛陽，葬在龍門西山琵琶峰。相傳經過此地的行人都會來灑酒祭奠，以致他的墳前總是一片泥濘。

後宣宗曾以詩弔唁：「綴玉聯珠六十年，誰教冥路作詩仙？浮雲不繫名居易，造化無為字樂天。童子解吟〈長恨〉曲，胡兒能唱〈琵琶〉篇。文章已滿行人耳，一度思卿一愴然。」可見其〈長恨歌〉、〈琵琶行〉之通俗易懂，家喻戶曉。

UNIT 2-25 郊寒島瘦尚奇險

盛唐詩人已將詩歌的抒情傳統發揮到極致；至中唐，不得不另闢新徑，韓愈首倡以散文入詩，為宋人所繼承，因而開創出宋詩主議論的新風格。加上孟郊、賈島等強調鍊句，苦吟成篇，遂形成重推敲、尚怪誕的奇險詩。

以文入詩韓退之

韓愈（768~824），字退之，河陽（今河南孟縣）人。他曾領導中唐古文運動，主張「文以載道」，其詩亦受古文影響，重視載道精神。如〈送靈師〉：「佛法入中國，爾來六百年。齊民逃賦役，高士著幽禪。官吏不之制，紛紛聽其然。耕桑日失隸，朝署時遺賢。」充滿排佛思想。又〈謝自然詩〉：「果州南充縣，寒女謝自然。童騃無所識，但聞有神仙。輕生學其術，乃在金泉山。繁華榮慕絕，父母慈愛捐。凝心感魑魅，恍惚難具言。」則反對道教迷信。另如〈汴州亂〉、〈歸彭城〉等詩，反映當時藩鎮割據、叛兵亂將的現實。可見他有意用詩歌匡救時政，展現出儒家載道的文學觀。

元和以後，韓愈與孟郊等竭力探索詩歌的新風格、新形式，於是寫出長篇聯句詩近十首，並在詩中爭奇鬥險。如以辭賦筆調，寫下〈南山詩〉，用排比句法，描寫南山四時景象及山勢之奇崛。又〈山石〉，寫與友人同遊洛陽惠林寺的情景，以古文手法寫作，彷彿一篇遊記文，但其中並無深意。韓詩開啟好講理、尚奇險、重雕琢的新途徑，使中唐詩歌漸趨艱澀。再觀其影響，實開宋詩主義理之先河。

思奇苦澀孟東野

孟郊（751~814），字東野，浙江武康人。年近五十，始登進士第，歷任小官，平生不得意。如〈秋懷〉之四：「秋至老更貧，破屋無門扉。一片月落床，四壁風入衣。」是他貧困生活的寫照。其詩大多苦思推敲而成，流於艱澀冷僻，與盧仝、劉義、韓愈、賈島諸人唱和，詩風亦相近，而有「郊寒島瘦」之謂。另〈遊子吟〉：

> 慈母手中線，遊子身上衣。臨行密密縫，意恐遲遲歸。誰言寸草心，報得三春暉？

頌揚母愛的偉大，真情流露，比起他那些淒冷枯寒的詩，更為動人，不愧是曠世名作！胡震亨《唐音癸籤》評云：「孟郊詩思苦奇澀，有理致。……東野（孟郊）五言琢削，不暇苦吟而成觀。」足見孟郊雖為苦吟詩人，也有一些真摯自然，不流於僻澀的佳篇。

推敲得句賈浪仙

賈島（779~843），字浪仙，范陽（今河北涿州）人。早年家貧，曾出家為僧，法名無本。嘗任長江主簿，世稱「賈長沙」。一生清貧，身無長物，死後僅留下一頭病驢、一張古琴而已。他是名副其實的「推敲」詩人：進京應考時，在驢上吟道：「鳥宿池邊樹，僧推月下門。」為了用「推」或「敲」字，一時拿不定主意。他還絞盡腦汁，得兩佳句：「獨行潭底影，數息樹邊身。」其下自注：「二句三年得，一吟雙淚流。知音如不賞，歸臥故山丘。」後將此二句拼湊成五言律詩〈送無可上人〉，既是苦吟成句、拼湊成詩，不免失之渾成。故司空圖〈與李生論詩書〉評云：「誠有警句，視其全篇，意思殊餒。」

中唐韓孟奇險詩

韓愈

其詩開啟好講理、尚奇險、重雕琢的新途徑，使中唐詩漸趨艱澀。影響所及，開宋詩主義理之先河。

代表作

如〈山石〉：「山石犖确行徑微，黃昏到寺蝙蝠飛。……僧言古壁佛畫好，以火來照所見稀。……嗟哉吾黨二三子，安得至老不更歸？」以古文手法寫與友人遊惠林寺，彷彿一篇遊記文，內容了無新意。

孟郊

其詩大多苦思推敲而成，流於艱澀冷僻，與韓愈、賈島諸人唱和，詩風亦相近，而有「郊寒島瘦」之謂。

代表作

〈遊子吟〉：「慈母手中線，遊子身上衣。臨行密密縫，意恐遲遲歸。誰言寸草心，報得三春暉？」自注：「迎母溧上作。」頌揚母愛的溫暖與偉大，真情流露，故為曠世名作，傳誦千古。

賈島

他一生清貧，身無長物，是一位名副其實的「推敲」詩人。既是苦吟成句、拼湊成詩，不免失之渾成。

代表作

如〈劍客〉：「十年磨一劍，霜刃未曾試。今日把示君，誰有不平事？」他雖長於苦吟、推敲，但也有一些生動自然的佳作。如該詩表面上寫劍客，其實何嘗不是詩人自身的寫照？

UNIT 2-26

典麗綺靡小李杜

從中唐李賀發端，經晚唐杜牧，到李商隱、溫庭筠、段成式「三十六體」的發展，綺靡詩風又盛極一時。

李賀（790~816），字長吉，河南福昌人。素有「詩鬼」之稱。他作詩「嘔心瀝血」，苦吟成章，如〈梁公子〉、〈少年樂〉等寫貴遊生活，風格綺豔，極重視寫作技巧。〈將進酒〉名句：「桃花亂落如紅雨」，亦其穠麗頹廢詩風之象徵。胡震亨《唐音癸籤》云：「天才奇曠，又深南北朝樂府古辭，得其怨鬱博豔之趣，故能鏤剔異藻，成此變聲。」杜牧〈李長吉詩序〉、李商隱〈李賀小傳〉皆對其詩深表推崇。

高華綺靡牧之詩

杜牧（803~852），字牧之，京兆萬年（今陝西西安）人。出身官宦之家，為一風流才子。早年流連於青樓酒館，留下不少描寫都市生活的詩篇，如〈贈別〉：「娉娉嫋嫋十三餘，豆蔻梢頭二月初。春風十里揚州路，捲上珠簾總不如。」〈遣懷〉：「落魄江湖載酒行，楚腰纖細掌中輕。十年一覺揚州夢，贏得青樓薄倖名。」是他落魄江湖，縱情聲色的獨白。

其憂國愛民之作，如〈河湟〉：「元載相公曾借箸，憲宗皇帝亦留神。……唯有涼州歌舞曲，流傳天下樂閒人。」寫回紇入侵，憂心朝廷無力收復失土，官員只知耽溺於逸樂。〈過華清宮絕句〉之一：「一騎紅塵妃子笑，無人知是荔枝來。」藉楊貴妃故事，以諷刺晚唐權貴的奢靡生活。此類詠史詩，頗具特色。又〈題烏江亭〉寫項羽：「江東子弟多才俊，捲土重來未可知。」〈赤壁〉寫周瑜：「東風不與周郎便，銅雀春深鎖二喬。」對歷史興亡的關鍵，有其獨到見解。故葉慶炳《中國文學史》云：「杜牧華美詩風，並不藉堆砌麗辭佳字，但由於高度藝術技巧，自有高華綺麗之致。」

典麗精工義山詩

李商隱（813~858?），字義山，號玉谿生，懷州河內（今河南沁陽）人。曾受牛黨令狐楚父子賞識，後娶李黨王茂元之女為妻，故陷入牛李黨爭中，一生仕途坎坷。其〈安定城樓〉：「不知腐鼠成滋味，猜意鵷雛竟未休。」運用莊子典故，以鵷雛自比，道出自身視名位為腐鼠，而世人對他的猜忌，真是「燕雀安知鴻鵠之志哉」？

由於處境尷尬，其詩不得不委婉隱曲，借史託諷。如〈賈生〉：「宣室求賢訪逐臣，賈生才調更無倫。可憐夜半虛前席，不問蒼生問鬼神。」暗諷君主迷信。又〈隋宮〉：「地下若逢陳後主，豈宜重問〈後庭花〉？」譏刺上位者荒淫奢侈。〈登樂遊原〉：

> 向晚意不適，驅車登古原。夕陽無限好，只是近黃昏。

此詩具多義性，「夕陽」一詞，既影射個人步入晚年，亦象徵大唐國勢之衰頹。此外，他更以「無題」詩著稱，如：「春蠶到死絲方盡，蠟炬成灰淚始乾。」「春心莫共花爭發，一寸相思一寸灰。」「錦長書鄭重，眉細恨分明。」無論五、七言律詩，這類作品穠豔多情，纏綿悱惻，十分耐人尋味。另如〈錦瑟〉一類詩作，好用典故，流於晦澀難解，故元好問〈論詩絕句〉之十二云：「詩家總愛西崑好，獨恨無人作鄭箋。」明揭其詩隱晦難懂之特色。

綺靡穠豔晚唐體

中唐

李賀

★他作詩「嘔心瀝血」，苦吟成章，如〈梁公子〉、〈少年樂〉等，多寫貴遊生活，詩風綺豔，重視寫作技巧。其名句「桃花亂落如紅雨」，亦其穠麗頹廢詩風之象徵。

★其詩受晚唐人喜愛，杜牧、李商隱皆對之推崇有加。

如〈感諷詩〉之三：「南山何其悲，鬼雨灑空草。長安夜半秋，風前幾人老？……漆炬迎新人，幽壙螢擾擾。」極其淒豔迷離，新意險語，可謂空前絕後。

〈將進酒〉：「琉璃鐘，琥珀濃，小槽酒滴真珠紅。……況是青春日將暮，桃花亂落如紅雨。勸君終日酩酊醉，酒不到劉伶墳上土。」風格穠麗而頹廢。

晚唐

杜牧

葉慶炳《中國文學史》云：「杜牧華美詩風，並不藉堆砌麗辭佳字，但由於高度藝術技巧，自有高華綺麗之致。」

李商隱

其詩以「無題」著稱，無論五、七言律詩，皆穠豔多情，纏綿悱惻，十分耐人尋味。

他早年流連歡場，留下不少描寫都市生活的詩篇，如〈贈別〉：「娉娉嫋嫋十三餘，豆蔻梢頭二月初。」以含苞待放的豆蔻花比喻妙齡歌女，形象鮮明。

〈安定城樓〉：「不知腐鼠成滋味，猜意鵷雛竟未休。」用《莊子》中典故，以鵷雛自比，道出他視名位為腐鼠，而世人如燕雀，安知其凌雲壯志？

其憂國愛民之作，如〈河湟〉：「牧羊驅馬雖戎服，白髮丹心盡漢臣。唯有涼州歌舞曲，流傳天下樂閒人。」諷刺將士無力收復河湟諸地，官員只知笙歌宴舞，貪圖享樂。

由於處境尷尬，其詩不得不委婉隱曲，借史託諷。如〈賈生〉：「可憐夜半虛前席，不問蒼生問鬼神。」暗諷君王寧可迷信鬼神，也不重用賢才，誤國至深。

UNIT 2-27 唐詩尾聲返現實

晚唐綺美詩風瀰漫下，尚有一批詩人繼承元白新樂府運動傳統，創作「唯歌生民病」的寫實詩，儘管辭句淺俗，卻也別具意義。其中主要作家，有皮日休、聶夷中、杜荀鶴、陸龜蒙、羅隱、韋莊、司空圖等。而這類社會寫實之作，被視為唐詩的尾聲。

皮日休

皮日休（834?~883），字逸少，後字襲美，湖北襄陽人。出身寒微，咸通八年（867）進士，後為蘇州刺史從事。其貌不揚，性情傲慢，詼諧好謔。與陸龜蒙往來唱和，詩名相當。晚年，身陷黃巢賊中，為翰林學士。他是否參與黃巢叛亂，眾說紛紜；其死因亦成謎。有《皮子文藪》傳世。

其《正樂府・序》云：「樂府蓋古聖王採天下之詩，欲以知國之利病、民之休戚者也。……詩之美也，聞之足以觀乎功；詩之刺也，聞之足以戒乎政。……故嘗有可悲可懼者，時宣於詠歌總十篇，故命曰《正樂府詩》。」是知其「正樂府」，乃承新樂府路線，強調詩歌裨補時闕、羽翼教化之功能。如〈橡媼嘆〉：

> 山前有熟稻，紫穗襲人香。細穫又精舂，粒粒如玉璫。持之納於官，私室無倉廂。如何一石餘，只作五斗量？狡吏不畏刑，貪官不避贓。農時作私債，農畢歸官倉。自冬及於春，橡實誑飢腸。

透過荒山拾橡子的老婦，感嘆貪官橫行，農家無存糧，只好拾此充飢腸。又〈貪官怨〉、〈哀隴民〉等都是反映民生疾苦的寫實詩。

另採雙關語言情者，如〈魯望風人詩〉之一：「刻石書離恨，因成別後悲。莫言春繭薄，猶且萬重思。」用刻石成「碑」，以諧離別之「悲」；春蠶吐「絲」，諧萬重相「思」。雖已寫出隱喻字，仍屬一語雙關，饒富趣味。

杜荀鶴

杜荀鶴（846~904），字彥之，池州石埭（今安徽石台）人。出身微賤，屢試不第，終因朱溫相助始及第。後每仗勢凌人，為有才無行之輩。其詩在揭露社會黑暗方面，一針見血，如〈山中寡婦〉：「任是深山更深處，也應無計避征徭。」〈再經胡城縣〉：「去歲曾經此縣城，縣民無口不冤聲。今來縣宰加朱紱，便是生靈血染成。」〈題所居村舍〉：「如此數州誰會得？殺民將盡更邀勳。」具有諷諭、寫實的精神。

司空圖

司空圖（837~908），字表聖，河中郡虞鄉（今山西永濟）人。咸通十年（869）進士，後累官至中書舍人。黃巢之亂，隱居山中；唐亡，絕食而死。其山水詩似王維，淡泊恬靜。如〈山中〉：「凡鳥愛喧人靜處，閒雲似妒月明時。世間萬事非吾事，只愧秋來未有詩。」又有訴說亡國血淚者，如〈河湟有感〉：

> 一自蕭關起戰塵，河湟隔斷異鄉春。漢兒盡作胡兒語，卻向城頭罵漢人。

道盡國破家亡的悲哀，字字心酸，是為寫實之作。然而，其畢生成就在於《二十四詩品》，提出「味外之旨」、「韻外之致」的詩歌創作和批評原則。

晚唐社會寫實詩

初唐：陳子昂「漢魏風骨」 → 盛唐：杜甫社會寫實詩 → 中唐：元白新樂府運動 → 晚唐：社會寫實詩

聶夷中

如〈傷田家〉：

二月賣新絲，五月糶新穀。
醫得眼前瘡，剜卻心頭肉。
我願君王心，化作光明燭。
不照綺羅筵，只照逃亡屋。

道盡晚唐社會動盪，農民流離失所的亂象。因此，詩人沉痛地呼籲高高在上的君王，請您給那些走投無路的流亡者多一點關愛的眼神吧！

異軍突起

皮日休

1. 承襲「新樂府」路線。
2. 其詩強調美刺的功能，務求反映民生疾苦。
3. 另有一些雙關語情歌。

如〈橡嫗嘆〉：「自冬及於春，橡實誑飢腸。」寫農民心血被貪官剝削殆盡，老婦人只好拾橡子充飢。

杜荀鶴

1. 其人為有才無行之輩。
2. 其詩善於揭露社會黑暗，反映民生疾苦，極具諷諭、寫實精神。

如〈再經胡城縣〉：「今來縣宰加朱紱，便是生靈血染成。」寫去年經過胡城縣，民不聊生；今年再經此地，縣宰卻升官加爵。

司空圖

1. 著有《二十四詩品》，提出「味外之旨」、「韻外之致」的詩歌創作和批評原則。
2. 其山水詩淡泊恬靜。
3. 又有訴說亡國血淚的詩歌，字字心酸。

如〈河湟有感〉：「漢兒盡作胡兒語，卻向城頭罵漢人。」寫漢人被胡人統治，反用胡語罵自己的同胞。

文學歇腳亭

韋莊〈秦婦吟〉凡 1666 字，是現存唐詩中篇幅最長的 1 首。內容描寫他從長安到洛陽途中所見社會亂離景象：「內庫燒為錦繡灰，天街踏盡公卿骨。」明揭黃巢亂軍之暴行，間接反映出朝廷的腐敗與無能。後人將之與〈孔雀東南飛〉、〈木蘭詩〉，並稱為「樂府三絕」。

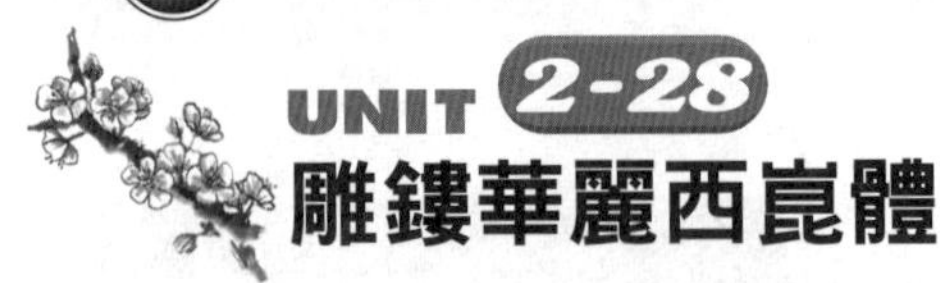

UNIT 2-28 雕鏤華麗西崑體

宋初詩歌承晚唐李商隱之餘緒，尤其西崑諸人，雕鏤華麗之風，縱横詩壇四十多年。

「西崑體」

所謂「西崑」，指上古帝王在西方崑崙山的藏書府庫。北宋初年，楊億編一本《西崑酬唱集》，收錄他和劉筠、錢惟演、李宗諤等十多人相互應和唱答的作品。他們的詩歌，上承晚唐李商隱，辭求豔麗，句工對仗，專尚用典，由於楊億、劉筠、錢惟演三人皆任職於翰林院，在當代頗具影響力，因此「西崑體」詩文盛行一時。

當時仿效西崑體的人雖多，但才學能和楊億、劉筠諸人相比者極少，所以形成一股只重技巧，不重內容的風氣。這些作品既缺乏思想情感，更不具個性，徒然堆砌辭藻、搬弄典故，遂為人所詬病。「西崑」一詞，逐漸成為那些華而不實的詩文的代稱。

其實，雕琢辭藻，運用典故，重視文學技巧本身並無可厚非；令人生厭的是辭藻生硬、典故艱澀，作品缺乏真情實感，而流於形式模擬一途。歐陽修《六一詩話》云：「自《西崑集》出，時人爭效之，詩體一變。而先生老輩患其多用故事，至於語僻難曉。殊不知自是學者之弊。如子儀（劉筠）〈新蟬〉云：『風來玉宇烏先轉，露下金莖鶴未知。』雖用故事，何害為佳句也。又如『峭帆横渡官橋柳，疊鼓驚飛海岸鷗。』其不用故事，又豈不佳乎？」可見詩歌好壞的關鍵在於思想情意，與用典與否無涉。

西崑四大家

提到西崑體，以楊億、劉筠、錢惟演、李宗諤四人為代表，合稱「西崑四大家」。

楊億（974~1020），字大年，福建浦城人。頗受宋太宗賞識，賜進士第，遷光祿寺丞。又受真宗重用，命修《冊府元龜》。《宋史》本傳云：「億天性穎悟，……文格雄健，才思敏捷，略不凝滯。……當時學者，翕然宗之。」其詩好用典故，亦不乏寓意深遠之作，如〈漢武〉，藉漢武帝求仙不成，徒然耗費國庫，又不能重用賢才東方朔的典故，來諷刺宋朝皇帝迷信神仙之術。

劉筠（971~1031），字子儀，河北大名人。《宋史》本傳云：「其文辭善對偶，尤工為詩。初為楊億所識拔，後遂與齊名，時號『楊劉』。」他有些詩雕琢精工，用典深僻，如〈直夜〉：「雞人肅唱發章溝，漢殿重重虎戟稠。……萬國表章頻奏瑞，手披天語思如流。」刻劃出宮廷的華美，及萬國來朝的太平景象。但雕鏤過甚，缺乏思想內容，故毫無意境可言。

錢惟演（977~1034），字希聖，臨安（今浙江杭州）人。為吳越王錢俶之子。《宋史》本傳云：「文辭清麗，……於書無所不讀，家儲文籍侔祕府，尤喜獎勵後進。」其詩雖喜堆砌、華靡，但也有一些別具深意的作品，如〈淚〉之二：「江南滿目新亭宴，旗鼓傷心故國春。」寫吳越滅亡的故國之慨。

要之，西崑四大家皆學問博贍，功名顯達，發而為詩，無不雍容華貴，應該還是頗有可觀。至於其末流，那些虛有其表、內容空洞的作品，始為後世抨擊的對象。

宋初詩歌仿西崑

★西崑，原指上古帝王在西方崑崙山的藏書府庫。
★北宋初，楊億編 1 本《西崑酬唱集》，收錄他和劉筠、錢惟演、李宗諤等 10 多人應和唱答的詩文。
★西崑體詩歌，上承晚唐李商隱，辭求豔麗，句工對仗，專尚用典。
★楊、劉、錢 3 人皆任職於翰林院，影響力頗大，文士群起仿效，故盛極一時。

西崑四大家

楊億

如〈漢武〉：「力通青海求龍種，死諱文成食馬肝。待詔先生齒編貝，忍令索米向長安？」旨在諷刺宋朝皇帝迷信仙術。

劉筠

如〈直夜〉：「雞人肅唱發章溝，漢殿重重虎戟稠。……萬國表章頻奏瑞，手披天語思如流。」描寫萬國來朝的景象。

錢惟演

如〈淚〉之二：「江南滿目新亭宴，旗鼓傷心故國春。仙掌倚天頻滴露，方諸待月自涵津。」寫吳越滅亡的故國之慨。

李宗諤

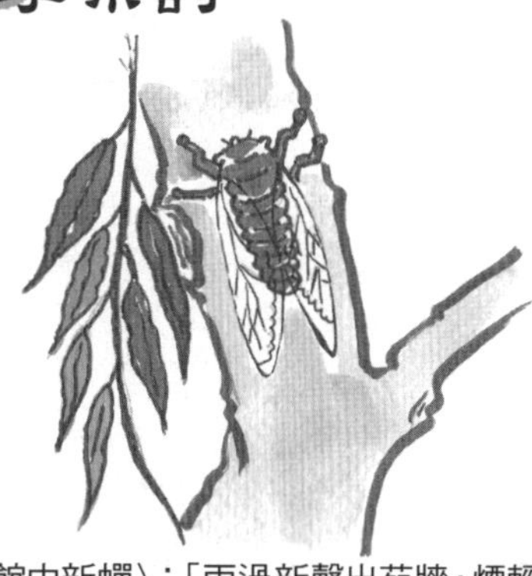

如〈館中新蟬〉：「雨過新聲出苑牆，煙輕餘韻度回塘。短亭疏柳臨官道，平野西風更夕陽。」摹寫新蟬形象，栩栩如生。

UNIT 2-29 宋詩革新歐公起

當西崑體興盛之際，雖有林逋、王禹偁等少數詩人，不同流俗，自成一格，但尚未形成一股足以扭轉詩風的力量。宋詩所以能一掃西崑華靡之風，卓然自立，要從梅堯臣、蘇舜欽、歐陽修等推動詩歌革新運動開始。

梅堯臣

梅堯臣（1002~1060），字聖俞，安徽宣城人。葉慶炳《中國文學史》將其詩風分為前、後兩期：與歐公論交前，其詩平淡閒雅，有陶淵明、王維、韋應物之風。及與歐公唱和，間接效法昌黎體，故後期部分作品古健奇秀，別是一番氣象。然以其個性與筆調，究竟不宜學韓愈，故成功之作仍為平淡閒雅的詩歌。如〈舟中聞蛩〉：

> 秋月滿行舟，秋蟲響孤岸。豈獨居者愁？當令客心亂。……誰復過江南？哀鴻為我伴。

詩風平淡自然，狀景寫物，形象鮮明，含意極為深遠。故歐陽修《六一詩話》云：「聖俞（梅堯臣）覃思精微，以深遠閒淡為意。」明揭其詩之特色。

蘇舜欽

蘇舜欽（1008~1049），字子美，原籍梓州銅山（今四川中江），生於河南開封。晚年隱居蘇州，時而抒發憤懣於詩歌之中。其詩之遣辭、造句、氣勢等，酷似韓愈，風格豪放。歐陽修〈水谷夜行寄子美聖俞〉云：「子美（蘇舜欽）氣尤雄，萬竅號一噫。……譬如千里馬，已發不可殺。」梅堯臣〈偶書寄蘇子美〉亦云：「君詩壯且奇，……體逸思益峭。」如〈哭曼卿〉：

> 今年慟哭來致奠，忍欲出送攀魂車。……歸來悲痛不能食，壁上遺墨如棲鴉。嗚呼死生遂相隔，使我雙淚風中斜。

詩風豪邁，意境開闊，情感直率自然。故《六一詩話》云：「子美筆力豪雋，以超邁橫絕為奇。」

歐陽修

歐陽修（1007~1072），字永叔，廬陵（今江西吉安）人。雖與梅、蘇二人約略同年，但在詩歌創作上，卻受到他們的啟發。如〈感事四首〉之一：

> 老者覺時速，閒人知日長。日月本無情，人心有閒忙。……長生既無藥，濁酒且盈觴。

此詩雖嫌枯淡，但帶有「理趣」。歐公這類詩，開啟了宋詩重說理的新風氣。他還擅長在敘事、寫景、抒情之餘，寓理趣於其中。如〈愁牛嶺〉：「邦人盡說畏愁牛，不獨牛愁我亦愁。終日下山行百轉，卻從山腳望山頭。」點出走過山路千迴百轉後，「卻從山腳望山頭」的豁然心境。又其詠物詩，亦簡潔可愛，如〈鷺鷥〉：

> 風格孤高塵外物，性情閒暇水邊身。盡日獨行溪淺處，青苔白石見纖鱗。

把鷺鷥的習性融入詩中，也算是一種理趣。總言之，他提倡韓愈詩，以矯西崑靡習，不但拈出宋詩重理趣的特質，也揭示說理、敘事、詠物等詩歌體裁。因此，葉慶炳評云：「宋詩從此步入新境界。主氣格，賤麗藻，一也；重鍊意，輕修辭，二也；以詩議論，三也；以詩記事，四也。故歐公對宋詩之貢獻，在於除舊布新。」

詩歌革新法昌黎

梅堯臣

前期詩歌

其詩平淡閒雅，有陶淵明、王維、韋應物之風。

後期詩歌

部分作品學韓愈，古健奇秀，別具氣象。然其成功之作，仍為平淡閒雅的詩歌。

如〈舟中聞蛩〉：「秋月滿行舟，秋蟲響孤岸。」描寫秋夜舟中所見所聞，風格深遠閒淡。

蘇舜欽

其詩之遣辭、造句、氣勢等，酷似韓愈，風格豪放。詩歌風格，梅堯臣評云：「壯且奇。」歐陽修亦云：「筆力豪雋，以超邁橫絕為奇。」

如〈哭曼卿〉：「今年慟哭來致奠，忍欲出送攀魂車。」寫與好友生離死別之哀慟，情感直率，筆力豪邁。

歐陽修

1. 雖與梅、蘇約略同年，但在詩歌創作上，卻受 2 人啟發。
2. 其詩大多寓理趣於敘事、寫景、抒情之中，開啟宋詩重說理的風氣。
3. 提倡韓愈詩，以矯西崑靡習，不但拈出宋詩重理趣特質，也揭示說理、敘事、詠物等詩歌體裁。

如〈鷺鷥〉：「風格孤高塵外物，性情閒暇水邊身。」把鷺鷥寫得像一位隱逸的高士，此即「理趣」所在。

歐陽修對宋詩的貢獻

1. 主氣格，賤麗藻。
2. 重鍊意，輕修辭。
3. 以詩議論。
4. 以詩記事。

使宋詩發展出與唐詩截然不同的風格。可見其功勞在於除舊布新，使向來重情韻的唐詩，發展成講理趣的宋詩。

UNIT 2-30 發揚光大在東坡

嚴羽《滄浪詩話》明揭宋詩之特質：「以文字為詩，以才學為詩，以議論為詩。」宋詩經歐陽修等革新，發展至蘇軾時，如日中天，光芒萬丈，蔚為一代奇觀。

蘇軾（1036~1101），字子瞻，四川眉山人。謫居黃州時，築室東坡，自號東坡居士。繼歐公之後，主掌文壇，以其才學和聲望，將宋代詩文革新運動推向巔峰。葉慶炳《中國文學史》謂其詩之特色有二：一曰氣象宏闊，意趣超妙；二曰取材選辭，不分雅俗。

意趣超妙

東坡才情奔放，所作詩歌不但題材廣泛，且寓意深遠，能引起讀者共鳴，因此得以千古流傳。但他「以文為詩」、「以議論為詩」及不守格律等作風，雖然別開生面，為宋詩開創新局，卻也備受爭議。有人認為他將散文的句式、風格帶入詩中，便破壞了詩歌的本來風貌。如〈和子由澠池懷舊〉詩：

> 人生到處知何似？應似飛鴻踏雪泥。泥上偶然留指爪，鴻飛那復計東西？老僧已死成新塔，壞壁無由見舊題。往日崎嶇還記否？路長人困蹇驢嘶。

前四句為說理，點出對於人世無常的感慨。後四句則敘事，記他舊地重遊，老僧已死，寺壁已壞，景物、人事全非。全詩半說理、半敘事，句法風格近似散文，這便是「以文為詩」、「以議論為詩」的寫法。

東坡有時寫景詩，也採此種手法，如〈題西林壁〉：「橫看成嶺側成峰，遠近高低各不同。不識廬山真面目，只緣身在此山中。」前二句寫景，後二句說理。表面寫身在廬山中，故不識其真面目；其實寄寓「當局者迷，旁觀者清」的哲理。

雅俗共賞

葉慶炳以為：「蘇軾縱才氣為詩，凡目之所見，耳之所聞，一經點染，即成詩句。詩料之精粗，詞語之雅俗，常不暇計及。」據趙翼《甌北詩話》載：

> 劉監倉家作餅，坡曰：「為甚酥？」潘邠老家釀酒甚薄，坡曰：「莫錯著水否？」因集成句曰：「已傾潘子錯著水，更覓君家為甚酥。」則一時戲笑，村俚之言，亦並入詩。

足見東坡取材多元，雅俗不計，嬉笑怒罵，皆可入詩。又〈於潛僧綠筠軒〉：「寧可食無肉，不可居無竹。無肉令人瘦，無竹令人俗。人瘦尚可肥，士俗不可醫。」這是他為於潛僧慧覺禪師在寂照寺內清修之所——綠筠軒，寫下的一首詩，將啖肉、觀竹相提並論，淺白俚俗，不免流於粗豪。如嚴羽〈答吳景仙書〉所云：「雖筆力勁健，終有子路事夫子時氣象。」

當然，東坡也有屬於傳統風格的詩作，如〈書李世南所畫秋景〉之一：

> 野水參差落漲痕，疏林欹倒出霜根。扁舟一棹歸何處？家在江南黃葉村。

此詩用語典雅，造境優美，符合唐人一唱三嘆的詩歌情韻。以其才高，故能兼善眾體，抒情、寫景、詠物、敘事、說理皆信手拈來，無論唐音、宋調，雅言、俗語，無不專精。因此，東坡詩代表北宋詩歌的最高成就。

奠立宋詩新風貌

歐陽修等倡詩歌革新運動 → **蘇軾繼以發揚光大**

蘇軾確立宋詩「以文字為詩」、「以議論為詩」之特質。至其弟子黃庭堅倡「以才學為詩」，終於為宋詩開創新局。

蘇軾詩之特色

氣象宏闊，意趣超妙

他才情奔放，所作詩歌題材廣泛，寓意深遠，能引起讀者的共鳴，故得以千古流傳。但「以文為詩」、「以議論為詩」及不守格律等作風，雖然別開生面，為宋詩開創新局，卻也備受爭議。

如〈題西林壁〉表面寫身在廬山中，故不識其真面目；其實寄寓「當局者迷，旁觀者清」的哲理。

取材選辭，不分雅俗

他取材多元，雅俗不計，嬉笑怒罵，皆可入詩。

俚俗者

如〈於潛僧綠筠軒〉：「若對此君仍大嚼，世間那有揚州鶴?」如能對著竹子大口吃肉，就太完美了!粗豪中別具一種野趣。

典雅者

如〈書李世南所畫秋景〉之一：「扁舟一棹歸何處？家在江南黃葉村。」摹景優美、生動，如詩似畫，令人一唱三嘆。

UNIT 2-31 奪胎換骨成金句

黃庭堅所創詩法，有奪胎法、換骨法與拗體。首先，用自己的話改寫前人的詩意，為換骨法。其次，稍加點染前人詩句而成為自己的作品，即奪胎法。此二法能點鐵成金，被江西詩派奉為圭臬，但終非獨創，有人頗不以為然。王若虛《滹南詩話》云：「以予觀之，特剽竊之黠者耳。」至於拗體，指平仄不合格律、句法有違常規的詩。此種作法始於杜甫，韓愈承之，黃庭堅大量運用，而成為其詩之一大特色，江西諸子群起仿效。

他主張「奪胎換骨」，重鍊字、用典，甚至到「無一字無來歷」的境地，此即嚴羽所謂「以才學為詩」。當時陳師道、陳與義等二、三十名追隨者，均用此法作詩；由於其中有不少江西人，故後世稱之為「江西詩派」。此一詩派正式成立，當在南宋呂本中〈江西詩社宗派圖〉問世之時。從此，黃庭堅的宗主地位亦告確定。葉慶炳《中國文學史》云：「蓋此派詩人，雖不盡出江西，雖不盡出黃庭堅之門，而其為詩之琢鍊字句，務去陳言，講究詩法，好奇尚硬，則酷似庭堅，故取其籍貫以名宗派。」

黃庭堅

黃庭堅（1045~1105），字魯直，號山谷，洪州分寧（今江西修水）人。葉慶炳以為：其詩專工鍛鍊，講究詩法，雖隻字半語不輕出，故鉤掘精至，使詩境深刻。元祐詩壇，蘇、黃並峙；其後則黃詩逐漸形成宗派，成為一枝獨秀。嚴羽《滄浪詩話》云：「國初之詩尚沿襲唐人，……歐陽公學韓退之古詩，梅聖俞學唐人平澹處。至東坡、山谷，始自出己意以為詩，唐人之風變矣。」可見從此之後，宋詩大致定形，發展出與唐詩截然不同的新風貌。

黃庭堅用換骨法之例，如〈池口風雨留三日〉：「孤城三日風吹雨，小市人家只菜蔬。」乃從杜甫「小市常爭米，孤城早閉門」句變化而來。詩意不變，改寫言辭而已。又採奪胎法，如〈謫居黔南〉之一：「相望六千里，天地隔江山。十書九不到，何用一開顏？」據白居易「相去六千里，地絕天邈然。十書九不達，何以開憂顏？」略加點竄字句而成。至於拗體，如七言律詩〈寄黃幾復〉頷、頸二聯：

> 桃李春風一杯酒，江湖夜雨十年燈。持家但有四立壁，治病不蘄三折肱。

「杯」、「年」皆平聲，「立」、「折」皆仄聲，不符合詩律第二、四、六字平仄相反之原則，故為拗體。

陳師道

陳師道（1053~1101），字履常，一字無己，號後山，彭城（今江蘇徐州）人。據葉夢得《石林詩話》載：「每登覽得句，即急歸臥一榻，以被蒙首，謂之『吟榻』，……徐待其起就筆硯，即詩已成，乃敢復常。」徐度《卻掃編》亦載：「揭之壁間，坐臥哦詠，有竄易至月十日乃定。有終不如意者，則棄去之。」足見陳師道作詩之苦吟成篇。葉慶炳以為：其詩遠祖杜甫，近師黃庭堅，雖亦主奇僻，仍循杜詩正格，故為拗折以求氣格古峻，究屬別徑。如〈除夜〉：「髮短愁催白，顏衰酒借紅。我歌君起舞，潦倒略相同。」詩風簡古，不流於生硬折拗，誠屬佳作！

江西詩派講詩法

換骨法
用自己的話改寫前人的詩意

奪胎法
點染前人詩句成為自己作品

拗體
平仄不合格律、句法有違常規。

★嚴羽所謂「以才學為詩」。重鍊字、用典，無一字無來歷。

★「換骨法」、「奪胎法」能點鐵成金，江西詩派奉為圭臬；但難逃剽竊之嫌。

拗體作法始於杜甫，經韓愈，至黃庭堅力倡，成為江西詩派之特色。

如黃庭堅〈池口風雨留三日〉：「孤城三日風吹雨，小市人家只菜蔬。」從杜甫〈題忠州龍興寺所居院壁〉：「小市常爭米，孤城早閉門。」句變化而來。

如黃庭堅〈謫居黔南〉之一：「相望六千里，天地隔江山。十書九不到，何用一開顏？」據白居易〈寄行簡〉：「相去六千里，地絕天邈然。十書九不達，何以開憂顏？」點竄而成。

如黃庭堅〈寄黃幾復〉頷、頸2聯：「桃李春風一杯酒，江湖夜雨十年燈。持家但有四立壁，治病不蘄三折肱。」「杯」、「年」皆平聲，「立」、「折」皆仄聲，不符合律詩第2、4、6字平仄相反之原則。

示意圖

正版

換骨

做一個類似的

示意圖

正版

奪胎

拿正版來加工

示意圖

正常

拗體

超乎尋常認知

UNIT 2-32

陸范楊尤號中興

江西詩派有「一祖三宗」之說，一祖是杜甫，三宗即黃庭堅、陳師道、陳與義。陳與義為南北宋之際的主要詩人。南渡後，以陸游、范成大、楊萬里、尤袤較傑出，號稱「中興四大詩人」。陸、范、楊三人皆師承自江西詩人曾幾，受到江西詩派影響。南宋初期，經歷了靖康之禍，詩歌中紛紛反映收復失地、洗雪國恥等民族氣節與愛國思想，詩風為之丕變。

陸游

陸游（1125~1210），字務觀，號放翁，越州山陰（今浙江紹興）人。據葉慶炳《中國文學史》載：「其早年詩作，確曾追隨呂（本中）、曾（幾）等，亦步亦趨。中年入蜀從戎，由於生活之磨練，時事之刺激，於是滿腔熱情，萬千悲慨，均發之於詩；不必再苦鍊字句，自然形成豪宕奔放之風格。」如〈九月一日夜讀詩稿有感走筆作歌〉：

> 四十從戎駐南鄭，酣宴軍中夜連日。……詩家三昧忽見前，屈賈在眼原歷歷。天機雲錦用在我，剪裁妙處非刀尺。

自述四十八歲入王炎幕府，戍守前線，為詩風轉變之關鍵。葉慶炳又說：「及至晚年，心情漸趨平淡，吟嘯湖山，流連景物，於是詩風亦歸閒淡圓潤。雖仍有憂國憂民之作，但辭氣已非中年時之慷慨激越。」

陸游秉性忠愛，酷似杜甫；其詩亦近杜詩之正格。如早年〈夜讀兵書〉：「平生萬里心，執戈王前驅。」中年〈三月十七日夜醉中作〉：「逆胡未滅心未平，孤劍床頭鏗有聲。」晚年〈老馬行〉：「一聞戰鼓意氣生，猶能為國平燕趙。」臨終仍賦〈示兒〉：「王師北定中原日，家祭無忘告乃翁。」終其一生，躬忠體國，素有「愛國詩人」之譽。

范成大

范成大（1126~1193），字致能，號石湖居士，吳郡（今江蘇蘇州）人。出使金國曾作絕句七十二首，反映中原遺民的悲慘生活。晚年多取材於田園山水，代表作為〈四時田園雜興〉，計六十首。如〈春日田園雜興〉之一：「柳花深巷午雞聲，桑葉尖新綠未成。坐睡覺來無一事，滿窗晴日看蠶生。」描寫悠閒情趣，清新婉麗，不假雕琢。

楊萬里

楊萬里（1127~1206），字廷秀，號誠齋，江西吉水人。葉慶炳說：其詩初學江西諸子，後學王安石及唐人；至五十二歲，始擺脫前人，自我創造。楊萬里作詩，選材不論精粗，用語不避俚俗，而一任自然，故能流轉圓美，飛動馳擲。如〈初入淮河〉 之四：「中原父老莫空談，逢著王人訴不堪。卻是歸鴻不能語，一年一度到江南。」寄寓故國之思，含蓄有味。然有時不免「頹唐粗俚」，如〈和王道父山歌〉之二：「種田不收一年事，娶婦不著一生貧。風吹白日漫山去，老卻郎時懊煞人。」則顯得過於俚俗。

尤袤

尤袤（1127~1194），字延之，號遂初居士，江蘇無錫人。其詩皆已散佚，後人輯有《梁溪遺稿》，風格以清新平淡見稱。其五言古詩〈淮民謠〉，描寫淮南人民悲慘的生活，別具現實意義。

南宋詩歌四大家

一祖　杜甫

三宗　黃庭堅、陳師道、陳與義

曾幾

南宋四大家　陸、范、楊3人皆師承自曾幾

陸游

其詩早年學江西詩派；中年入蜀後詩風丕變，不再苦鍊字句，豪宕奔放，自成一格。

〈示兒〉為其絕筆之作：「王師北定中原日，家祭無忘告乃翁。」道盡他愛國憂民的耿耿忠心，臨死前，仍不忘揮軍北上、收復失土的統一大業。

范成大

他出使金國，作絕句72首，充滿愛國思想；晚年多寫田園山水詩，抒發閒情，不假雕琢。

〈春日田園雜興〉之一：「坐睡覺來無一事，滿窗晴日看蠶生。」描寫春日閒居的樂趣，環境宜人，午睡香甜，心情更是無比愜意。

楊萬里

其詩初學江西諸子，後學王安石及唐人；52歲，始自我創造。選材用語，一任自然。

〈和王道父山歌〉之二：「風吹白日漫山去，老卻郎時懊煞人。」以通俗語氣，寫出男子歲月蹉跎，婚姻不能及時的懊悔：白了少年頭，新娘在哪裡？

尤袤

其詩皆已散佚，後人輯有《梁溪遺稿》，風格清新平淡。以五言古詩〈淮民謠〉為代表作。

〈淮民謠〉：「誰謂天地寬？一身無所依。……荒村日西斜，破屋兩三家。」摹寫淮南喪亂之後，家園殘破，人民流離失所的景象，別具現實意義。

UNIT 2-33
永嘉四靈江湖詩

後有徐照、徐璣、翁卷、趙師秀四人，因反對江西詩派，而以姚合、賈島為宗，世稱「永嘉四靈」。劉克莊、戴復古諸家，即所謂江湖詩人，隨之崛起於南宋詩壇。這期間，理學家朱熹、葉適等詩作亦各具特色，有別於永嘉詩、江湖詩之格調。如朱子〈觀書有感〉之一：「半畝方塘一鑑開，天光雲影共徘徊。問渠那得清如許？為有源頭活水來。」富含哲理，發人省思。

永嘉四靈

徐照（?~1211）一字靈暉、徐璣（1162~1214）號靈淵、翁卷（?~?）一字靈舒、趙師秀（1170~1220）號靈秀，由於他們字號中均有「靈」字，且都是永嘉（今浙江溫州）人，詩風又相近，故稱為「永嘉四靈」。

他們不滿江西詩派在古書中尋找詩歌題材，也排斥拗體的生硬艱澀，故上承田園、山水詩傳統，師法晚唐詩人姚合、賈島，進而開展出清麗詩風。在內容上，以歌詠自然景物、田園風光為主；在技巧上，講音律，重鍊句，尤善於白描法。如徐照〈衰柳〉：

> 風吹無一葉，不復翠成窠。枝脆經霜氣，根空入水波。寒棲江鷺早，暗出野螢多。廢苑荒堤外，人嗟舊跡過。

由於永嘉一帶山明水秀，而姚合、賈島詩最擅寫景，故此派亦以摹景見長。又徐璣〈憑高〉：「憑高散幽策，綠草滿春坡。楚野無林木，湘山似水波。……尚有溪西寺，斜陽未得過。」描摹生動，栩栩如繪。

然而，姚合、賈島輩已非唐詩上乘，永嘉四靈爭相仿效，不免每下愈況。清人《四庫提要》評云：「蓋四靈之詩，雖鏤心鉥腎，刻意雕琢，而取徑太狹，終不免破碎尖酸之病。」直指四靈詩作有雕鏤過甚、內容狹隘之弊病。

江湖詩人

臨安書商陳起集結一群失意文人的詩作，陸續刊印了《江湖集》、《江湖續集》等，於是繼永嘉四靈之後，形成江湖詩一派。江湖詩人，人數眾多，流品紛雜；其詩或排江西，或反四靈，由於本身缺乏明確主張，故成就不高。代表作家有姜夔、戴復古、劉克莊等，以劉克莊為此派領袖。

姜夔（1154~1221），字堯章，號白石道人，江西鄱陽人。屢試不第，浪跡江湖。《四庫提要》評其詩：「運思精密，而風格高秀，誠有拔於宋人之外者。」如〈湖上寓居雜詠〉之三：「秋雲低結亂山愁，千頃銀波疑不流。堤畔畫船堤上馬，綠楊風裡兩悠悠。」足見詩風高秀，不同流俗。

戴復古（1167~1248），字式之，號石屏，浙江黃岩人。曾從陸游學詩。《四庫提要》評云：「復古詩筆俊爽，……其精思研刻，實自能獨闢町畦。」其詩清健俊爽，自成一家。如五言律詩〈世事〉：「……利名雙轉轂，今古一憑欄。春水渡傍渡，夕陽山外山。吟邊思小范，共把此詩看。」

劉克莊（1187~1269），字潛夫，號後村居士，福建蒲田人。其詩近楊萬里，有淺露俚俗之病。亦見憂國憂民之作，如〈贈防江卒〉之一：「陌上行人甲在身，營中少婦淚痕新。邊城柳色連天碧，何必家山始有春？」繼承陸游、辛棄疾的愛國精神。

各展風華南宋詩

陸游、范成大、楊萬里、尤袤

陸、范、楊 3 人皆師承自江西詩人曾幾，受到江西詩派的影響。

永嘉四靈

徐照、徐璣、翁卷、趙師秀 4 人，均反對江西詩派，以姚合、賈島為宗，因其字或號中有「靈」字，又皆為永嘉人，且詩風相近，世稱「永嘉四靈」。

★特色：

1. 永嘉山明水秀，姚、賈詩最擅寫景，此派亦以摹景見長。
2. 歌詠自然風光，講音律，重鍊句，尤善於白描法，進而開展出清麗詩風。

★弊病：雕鏤過甚&內容狹隘

如徐照〈衰柳〉：「風吹無一葉，不復翠成窠。枝脆經霜氣，根空入水波。」白描衰柳的姿態，如狀目前。

朱熹、葉適等理學家詩作亦各具特色，有別於永嘉詩、江湖詩之格調。

如朱熹〈觀書有感〉之一：「半畝方塘一鑑開，天光雲影共徘徊。問渠那得清如許？為有源頭活水來。」此詩視讀書為心靈的源頭活水，立意新穎，耐人尋思。

江湖詩人

★書商陳起集結失意文人的詩作，刊印《江湖集》、《江湖續集》等，因而形成江湖詩一派。

★江湖詩人，人數眾多，流品紛雜；其詩或排江西，或反四靈，由於缺乏明確主張，故成就不高。

★姜夔、戴復古、劉克莊等為代表詩人，而劉克莊為此派領袖。

* 姜夔詩風格高秀，在宋詩中，能卓然自立。
* 戴復古詩學陸游，清健俊爽，自成一家。
* 劉克莊詩近楊萬里，有淺露俚俗之病。

如劉克莊〈贈防江卒〉之一：「陌上行人甲在身，營中少婦淚痕新。」寫征人思婦之邊情，充滿憂時傷亂之慨。

UNIT 2-34 孤臣遺老悲家國

南宋覆亡之際，忠臣義士，或奮戰到底，以身殉國；或起而抵抗，敗後歸隱；或隱姓埋名，遁跡山林。此輩詩人分別以文天祥、謝翱、林景熙為代表。他們多以沉痛之筆，抒發滿懷國仇家恨，描繪斑斑辛酸血淚，與南渡初期愛國詩歌相互輝映。

文天祥

文天祥（1236~1282），字履善，自號文山，廬陵（今江西吉安）人。年二十，舉進士第一，累官至右丞相兼樞密使。曾赴元軍議和，大義凜然，不失國體，遂遭拘執。逃回後，一再起兵抗元，終究不敵，最後誓死不屈，從容就義。葉慶炳《中國文學史》謂：「早期詩歌，不脫江湖派風氣；德祐以後，慷慨悲歌，不雕自工。」如〈過零丁洋〉：「惶恐灘頭說惶恐，零丁洋裡嘆零丁。人生自古誰無死？留取丹心照汗青。」其忠肝義膽，長存史冊，萬古流芳。又〈正氣歌〉：

> 天地有正氣，雜然賦流形。下則為河嶽，上則為日星。於人曰浩然，沛乎塞蒼冥。皇路當清夷，含和吐明庭。時窮節乃見，一一垂丹青。……是氣所磅礴，凜然萬古存。當其貫日月，生死安足論？……嗟哉沮洳場，為我安樂國。豈有他繆巧？陰陽不能賊。顧此耿耿在，仰視浮雲白。悠悠我心悲，蒼天曷有極？哲人日已遠，典型在宿昔。風簷展書讀，古道照顏色。

他兵敗被囚，於獄中賦此詩，正氣凜然，光耀百代。《宋詩鈔》評云：「去今幾五百年，讀其詩，其面如生，其事如在眼者，此豈求之聲調、字句間哉！」

謝翱

謝翱（1249~1295），字臯羽，號晞髮子，長溪（今福建浦霞）人。試進士不第，然倜儻有大節。曾散盡家財，招募鄉兵，投文天祥軍。宋亡，天祥被執以死，謝翱登嚴子陵釣臺，以酒酹祭天祥，悲慟哭號。楊慎《升庵詩話》評其詩：「精緻奇峭，有唐人風，未可例於宋視之也。」沈德潛《說詩晬語》亦云：「意生語造，古體欲獨闢町畦。方之元和時，在盧仝、劉義之列。」可見其詩風奇峭，具唐人習氣。如〈西臺哭所思〉：「殘年哭知己，白日下荒臺。淚落吳江水，隨潮到海迴。故衣猶染碧，后土不憐才。未老山中客，唯應賦〈八哀〉。」道盡國破家亡的悲慨。

林景熙

林景熙（1242~1310），字德暘，號霽山，浙江平陽人。咸淳進士，官至從政郎。宋亡不仕，隱居故里。有《白石樵唱》，為悽愴故舊之作，詩風幽婉。清人《四庫提要》云：「晚年英氣詘折，刻意矯尚風節。其詩文皆發抒性情，而一本之忠孝，要不徒吟嘯風月而已。」如〈夢中作〉之二：

> 一抔自築珠丘土，雙匣猶傳竺國經。獨有春風知此意，年年杜宇泣冬青。

入元後，相傳宋理宗頭顱曾遭人投入湖中。此詩作者藉夢記述僱用漁人撈獲先帝顱骨，盛以二匣，託言佛經，重葬於越山，並種冬青樹以為標誌。此類詩作，字字句句盡是遺民血淚，令人不忍卒讀！

國仇家恨遺民詩

文天祥

早期詩歌，不脫江湖派風氣；至德祐以後，慷慨悲歌，不求雕琢而詩意自工。

如〈過零丁洋〉：「人生自古誰無死？留取丹心照汗青。」其大義凜然形象，永存天地之間。

謝翱

其詩奇峭，有唐人之風；尤以古體為佳，意生語造，獨闢蹊徑，堪與盧仝等並駕。

如〈西臺哭所思〉：「故衣猶染碧，后土不憐才。未老山中客，唯應賦〈八哀〉。」道盡國破家亡的悲慨。

林景熙

晚年多為悽愴故舊之作，詩風幽婉。其抒發性情一本忠孝，非吟嘯風月而已。

如〈夢中作〉之二：「獨有春風知此意，年年杜宇泣冬青。」記重葬宋帝頭顱一事，盡是遺民血淚。

文學歇腳亭

南宋遺民林景熙〈題放翁卷後〉云：「青山一髮愁濛濛，干戈況滿天南東。來孫卻見九州同，家祭如何告乃翁？」以此呼應陸游臨終所賦〈示兒〉：「王師北定中原日，家祭無忘告乃翁。」孰料 70 年後南宋王師非但沒能一統中原，反讓九州淪落元軍手中？故詩人試問放翁子孫：「家祭如何告乃翁？」悲慟之情，溢於言表。此類遺民泣訴亡國的血淚之作，足以和南渡初期愛國詩歌相互輝映，一齊照亮宋代詩壇。

UNIT 2-35

遺山鐵崖承詩脈

金、元詩歌大致可分為三期：宋理宗端平元年（1234）蒙古滅金，至祥興二年（1279）崖山之役陸秀夫負帝昺投海殉國，蒙古人統一天下為止，金朝遺民之作，以元好問為代表。之後元朝有國九十年，又可分為前、後兩期：前期初以宋、金遺民的慷慨悲歌為主，後多宗唐人，講究辭采、對仗，了無新意。成就較高者，有劉因、虞集、楊載、范梈、揭傒斯等。後期則學晚唐穠豔之體，如薩都剌、楊維楨等，享有盛名；但也有不同流俗，自成一格者，如王冕，是元末最出色的詩人。

遺民詩歌

元好問（1190~1257），字裕之，號遺山，太原秀容（今山西忻州）人。金亡不仕。工詩文，為當時文壇領袖。其詩多反映社會現實，如〈癸巳五月三日北渡〉之三：「白骨縱橫似亂麻，幾年桑梓變龍沙。只知河朔生靈盡，破屋疏煙卻數家。」描寫汴京陷落後，沿途所見慘況。又〈續小娘歌〉之三：

> 山無洞穴水無船，單騎驅人動數千。直使今年留得在，更教何處過明年？

道出在蒙軍鐵騎下求生存的痛楚，充滿亡國血淚。他另有〈論詩絕句〉三十首，論述建安以來的詩歌，間接表明崇尚自然、反對雕琢的文學主張。而其詩正是此一主張的落實，精心錘鍊，卻不見雕琢痕跡，故冠絕時人。

前期詩歌

劉因（1247~1293），字夢吉，河北容城人。他是理學家，學問根柢深厚。其詩在藝術上受元好問影響，如〈過鎮州〉、〈入山〉諸作，風格與之近似；五言古詩則學陶淵明，有〈學陶詩〉一卷，都是詠懷之作。另有不少悼念南宋覆亡的詩歌，如〈白溝〉、〈書事〉五首、〈白雁行〉等，皆別具特色。

延祐年間，元詩推虞集、楊載、范梈、揭傒斯為四大家。虞集曾說：自己的詩如漢廷老吏，楊詩如百戰健兒，范詩如唐臨晉帖，揭詩如三日新婦。比喻未必盡屬恰當，卻點出四人不同的風格。他們大都追步唐詩，講法度，求工鍊，而無浮淺之病，但多寄贈題詠之作，內容趨於貧弱。

後期詩歌

王冕（1287?~1359），字元章，號煮石山農，諸暨（今浙江紹興）人。出身農家，刻苦力學，遂成通儒。其詩質樸奔放，題材廣闊，如〈傷亭戶〉寫鹽民、〈江南民〉寫役夫、〈勁草行〉寫捐軀的戰士，皆憂時傷世之作，真情流露，極具現實精神。他人品高潔，喜畫梅，畫成則賦詩，如〈梅花〉五首，頗能展現孤傲磊落的性格。又〈墨梅〉：「我家洗硯池頭樹，個個花開淡墨痕。不要人誇好顏色，只留清氣滿乾坤。」超塵絕俗，頗有可觀。

楊維楨（1296~1370），字廉夫，號鐵崖，會稽（今浙江紹興）人。身為元末詩壇領袖，其詩傳誦一時，號為「鐵崖體」。詩作多以史事、神話為題材，缺乏現實內容，且過分藻飾，炫奇鬥巧而已。如〈鴻門會〉仿李賀〈公莫舞歌〉而作，他十分自豪，後世評價卻不高。不過，他也有一些託意深遠的小詩、仿劉禹錫的〈竹枝詞〉等，格調清新，自然生動，深得風人之旨。

綜觀金元之詩歌

遺民詩歌

★時間：從蒙古滅金，至南宋陸秀夫背著幼帝趙昺跳海身亡，蒙古人統一天下為止，凡 40 餘年間。

★金朝遺民之作，以元好問為代表。

如元好問〈癸巳五月三日北渡〉之三：「只知河朔生靈盡，破屋疏煙卻數家。」描寫汴京陷落後，老百姓家毀人亡的慘況。

其〈論詩絕句〉30 首，論建安以來詩歌，間接表明尚自然、反雕琢的文學主張。其詩正此一主張之實現。

前期詩歌

元朝前期，初以宋、金遺民的慷慨悲歌為主；後多宗唐人，講究辭采、對仗，了無新意。

★代表詩人：劉因、虞集、楊載、范梈、揭傒斯等。

如劉因〈白雁行〉：「北風三起白雁來，寒氣直薄朱崖山。」悼念崖山之役宋室敗亡，至今想來，仍令人傷痛欲絕。

★元詩四大家：虞集、楊載、范梈、揭傒斯。

★他們追步唐詩，多寄贈題詠之作，內容貧弱。

後期詩歌

★元朝後期詩歌，學晚唐穠豔之體。

★代表詩人：薩都剌、楊維楨等。

★王冕是元末最出色的詩人。

如楊維楨〈鴻門會〉：「將軍呼龍將客走，石破青天撞玉斗。」氣勢雄健，炫奇鬥巧，為「鐵崖體」之特色。

王冕人品高潔，其詩則質樸奔放，題材廣闊，加以真情流露，極具現實精神，為元末詩歌成就最高者。

UNIT 2-36 剽竊模擬明人詩

明初詩

明初詩人大抵脫去元末纖穠浮豔之習，對當代文風有直接的影響。

劉基（1311~1375），字伯溫，浙江青田人。其長詩〈二鬼〉，透過光怪陸離的神話故事，抒發無法充分施展抱負的苦悶，帶有浪漫色彩。另有〈買馬詞〉、〈畦桑詞〉等樂府詩，頗能反映民生疾苦，成就較高。

高啟（1336~1374），字季迪，長洲（今江蘇蘇州）人。因與魏觀交好，受牽連，被腰斬。其詩眾體兼善，如古樂府〈將進酒〉，豪放豁達，堪與李白相媲美；七言律詩不論登臨、懷古、贈答等，或嚴肅，或委婉，風格近乎唐人。尚有不少諷刺之作，如〈田家行〉、〈養蠶詞〉、〈牧牛詞〉等，別具現實意義。

臺閣體

明永樂至成化（1403~1487）年間，詩壇出現以「三楊」為代表的「臺閣體」。楊寓（字士奇）、楊榮、楊溥先後官至大學士，其詩文不出歌功頌德、粉飾太平之作，風格平正，雍容典雅，卻極平庸乏味。後來館閣著作，皆以三楊為宗，沿為流派，稱「臺閣體」。

臺閣體盛行時，尚有解縉、于謙等，不同凡俗，寫出別具特色的詩歌。

茶陵詩

李東陽（1447~1516），字賓之，湖南茶陵人。繼三楊之後，以宰臣身分領導文壇，時人歙然宗之，稱為「茶陵詩派」。其詩深厚雄渾，較臺閣體略勝一籌，然表面典雅工麗，內容失之貧乏，與三楊作品實無二致。有《懷麓堂詩話》一卷，論詩主張法唐人，強調詩歌音節、格律和用字的重要。此論調明顯影響前、後七子的擬古作風。同派詩人，有謝鐸、張泰，及李東陽門生邵寶、何孟春等，盛極一時。

前七子

所謂「前七子」，指李夢陽、何景明、徐禎卿、邊貢、王廷相、康海、王九思七人。以李夢陽、何景明為代表。他們提倡擬古運動，主張「文必秦漢，詩必盛唐」，強調作詩文如習字臨帖，一字一句模擬下去，自成名家。

他們試圖挽救當時文壇的浮華、空洞，提出「文必秦漢，詩必盛唐」口號，確實新人耳目。但所學非秦漢、盛唐文學的精神，而流於字句模擬的形式技巧，結果必然走上剽竊模擬之路，對明代文壇造成不良影響。當然，其中不乏佳作，如李夢陽〈屯田〉二首、〈秋望〉，何景明〈官倉行〉等，筆力勁健，頓挫縱橫，仍值得稱許。

後七子

嘉靖年間，承李、何之餘緒，又有「後七子」興起，即李攀龍、王世貞、謝榛、宗臣、梁有譽、徐中行和吳國倫，而以李攀龍、王世貞為首。他們繼續發揮前七子的主張，結社宣傳，互相標榜，聲勢更為浩大。

《明史・文苑傳》載：李攀龍「為詩務以聲調勝，所擬樂府，或更古數字為己作。」可見其詩模擬過甚，形同抄襲，自然無足為觀。後王世貞獨掌文壇二十年。他才華特高，不以模擬為滿足，有〈袁江流鈐山岡當廬江小婦行〉，歷數嚴嵩父子的罪行，多至一千六百餘言，其才思筆力可見一斑。

明代前期擬古風

明初詩

其詩大抵脫去元末纖穠浮豔之習，對當代文風有直接的影響。

如劉基〈買馬詞〉云：「賣田買馬來納官，……歸來拊膺向隅泣，門前索錢風火急。」真實反映出民間疾苦。

如高啟〈牧牛詞〉云：「長年牧牛百不憂，但恐輸租賣我牛。」寫牧童與牛之間的情感，具有深刻現實意義。

臺閣體

明永樂至成化(1403~1487)年間，以「三楊」雍容典正的詩作為代表。

「臺閣體」詩文多歌功頌德，風格典雅雍容，內容卻極平庸乏味。

不同流俗者

如于謙〈石灰吟〉云：「千錘萬擊出深山，烈火焚燒若等閒。粉骨碎身全不怕，要留清白在人間。」藉詠石灰，道出鞠躬盡瘁、為國效忠的儒臣襟抱。

茶陵詩

三楊之後，由宰臣李東陽領導文壇，時人宗之，稱為「茶陵詩派」。

《懷麓堂詩話》1卷，論詩法唐人，注重音節、格律和用字。影響前、後七子之擬古作風。

茶陵派詩人，有謝鐸、張泰及李東陽門生邵寶、顧清、何孟春等，可謂盛極一時。

如李東陽〈遊岳麓寺〉：「萬樹松杉雙徑合，四山風雨一僧寒。」詩境雄渾，格調雍容。

前七子

指李夢陽、何景明、徐禎卿、邊貢、王廷相、康海、王九思七人。以李、何為代表。

主張「文必秦漢，詩必盛唐」，強調作詩文如習字臨帖，一字一句模擬下去，自成名家。

為挽救浮華文風提出擬古主張，而流於字句、形式之模仿，最後必然走上剽竊模擬之路。

如李夢陽〈秋望〉云：「客子過壕追野馬，將軍弢箭射天狼。」寫邊地風光，勁健流麗。

後七子

即李攀龍、王世貞、謝榛、宗臣、梁有譽、徐中行、吳國倫七人。以李、王為首腦。

他們繼續發揮前七子的擬古主張，並且善於結社宣傳，互相標榜，聲勢更為浩大。

李攀龍之詩模擬過甚，無足為觀。王世貞才高，不以模擬為滿足，成就較為傑出。

如王世貞〈袁江流鈐山岡當廬江小婦行〉：「湯湯袁江流，截嵲鈐山岡。……八十加殊禮，內殿敕肩輿。任子左司空，孽孫執金吾。……遺臭汙金石，所得皆浮雲。」歷數嚴嵩父子的諸多罪行。

UNIT 2-37

抒發性靈反擬古

吳中詩

正當前七子擬古運動如火如荼之際，也有一些詩人，以抒發性靈為主，不拘成格，卓然自立。如唐寅、祝允明、文徵明等都是吳人，而以唐寅為中心。唐、祝、文，加上徐禎卿，有「吳中四子」之稱。徐禎卿後來成為前七子之一，其他三人依然不屑依傍門戶。

過渡期

徐渭曾反對擬古派的剽竊模擬，並譏之為鳥學人言。其詩不避俚語俗物，又富於奇思，實開公安派之先路。

李贄〈童心說〉，認為唯有真摯的感情，才能產生天下之至文。三袁出自其門，直接啟迪公安派的文學思想。

湯顯祖極痛恨擬古詩文，詆之為「贗文」；強調創作精神，在於自然靈氣，已具備袁宏道「性靈說」之雛形。

公安派

萬曆年間，反擬古思潮大張旗幟而形成流派者，當推袁宗道、袁宏道、袁中道三兄弟的公安派。以袁宏道為代表。由於他主張文學進化論，故反對貴古賤今、抄襲剽竊；還提出「獨抒性靈，不拘格套」，即抒寫情感，重視創造的文學觀，是為「性靈說」。此外，強調戲曲、小說及民間文學的價值，在中國文學發展上具有進步意義。然而，公安派的創作成就主要在散文，對於詩歌並無多大建樹。

公安派的文學理論自有獨到之處，可惜在創作上無法與理論相配合。因此，三袁詩文不免給人內容空洞無物、風格輕佻淺露的印象。其羽翼如陶望齡、黃輝、江盈科等，也都沒有令人驚豔的作品問世。故清人《四庫提要》云：「學七子者，不過贗古。學三袁者，乃至矜其小慧，破律而壞度，名為救七子之弊，而弊又甚焉。」雖是如此，不過，公安派見解對清代袁枚的詩歌、詩論，仍具有一定影響力。

竟陵派

反擬古運動，與公安派大約同時，還有以竟陵（今湖北天門）人鍾惺、譚元春為首的竟陵派。《明史 ‧ 文苑傳》云：「自宏道矯王、李詩之弊，倡以清真；惺復矯其弊，變而為幽深孤峭。」是知鍾惺針對公安派而發，試圖以「幽深孤峭」的風格，拯救公安詩文過於輕率之弊。基本上，他並不排斥三袁反傳統、反擬古、「獨抒性靈，不拘格套」等主張，只想學習古人詩中「幽情單緒」、「孤行靜寄」的意境。由於鍾惺特別欣賞「造語森秀，思路崎嶇」的作品，所以專門用怪字，押險韻，故意顛倒字句，寫出艱澀隱晦之作，令人難以卒讀。其詩歌成就卻較公安派更低。

譚元春為後輩，但倡鍾惺之說，又合編《古詩歸》、《唐詩歸》二書，風行一時，故兩人齊名，時稱「鍾譚」。

明末詩

明末詩人感慨特深，但求直抒胸臆，不再講究聲調格律、唐宋法度，發而為詩，自然與前、後七子，公安、竟陵派有別，或慷慨激昂，或悲壯蒼涼，無不驚心動魄，詩風為之一變。主要作家有曹學佺、黃淳耀、陳子龍、吳應箕、夏完淳等，都在反抗清人入侵中表現出崇高的民族氣節。如夏完淳〈拜辭家恭人〉：「忠孝家門事，何須問此身？」年僅十七歲，便以身殉國。

明代後期談性靈

吳中詩

如唐寅〈言志〉：「不煉金丹不坐禪，不為商賈不耕田。閒來寫就青山賣，不使人間造孽錢。」以口語入詩，自然樸實。

正當前七子擬古運動如火如荼之際，「吳中四子」的詩作以抒發性靈為主，不拘成格，卓然自立。

吳中四子：唐寅、祝允明、文徵明及徐禎卿。徐禎卿後來成為前七子之一，其他 3 人依舊不屑依傍門戶。

過渡期

如徐渭〈懷陳將軍同甫〉：「飛將遠從戎，翩翩氣自雄。椎牛千嶂外，騎象百蠻中。」摹寫生動，別開生面，無須模擬前人佳句。

徐渭反對剽竊模擬、李贄〈童心說〉及湯顯祖強調創作精神，實為公安三袁「性靈說」之先聲。

此時，由於徐渭、李贄、湯顯祖諸公雖對擬古之風深表不滿，但並未形成文學流派，因此影響力有限。

公安派

如袁宏道〈巷門歌〉：「貓竹為牆杉作城，白日赤丸盜公行。……富見積財貧兒守，父老吞聲嘆未有。」關心民瘼，真情流露。

萬曆年間，公安袁宗道、宏道、中道3兄弟大張反擬古旗幟，並以陶望齡等為羽翼，形成 1 個文學流派。

以袁宏道為代表，主張文學進化論，反對貴古賤今、抄襲剽竊，並提出「獨抒性靈，不拘格套」的觀點。

竟陵派

如鍾惺〈舟晚〉：「漁樵昏後語，山水靜中音。莫數歸鴉翼，徒驚倦客心。」苦心雕鏤的結果，詩境晦澀，失之自然靈動。

鍾惺、譚元春試圖以幽深孤峭風格拯救公安詩文輕率之弊。他們想學古人詩中孤、怪、奇、僻的意境。

但他們專門用怪字，押險韻，故意顛倒字句，所創作詩文艱澀隱晦，成就反不如公安派。

明末詩

如夏完淳赴義時賦〈拜辭家恭人〉：「孤兒哭無淚」、「空堂白髮親」，只因「忠孝家門事，何須問此身？」大義凜然，可見一斑。

以其感慨特深，直抒胸臆，發為詩歌自與前、後七子，公安、竟陵派有別，或慷慨，或蒼涼，詩風為之一變。

明末主要作家如曹學佺、黃淳耀、陳子龍、吳應箕、夏完淳等，都在抗清中表現出崇高的民族氣節。

UNIT 2-38

漁洋歸愚尊唐詩

有清一代詩歌，不外乎尊唐、宗宋二大流派。大抵尊唐者，主神韻，講法度，倡格調，又有初、盛、中、晚唐之分；宗宋者，尚奇崛，好議論，用典故，又有蘇、黃、放翁之別。另有獨抒性靈者，不拘一格，自立於唐、宋之外，卓然成家。

吳梅村近唐音

吳偉業（1609~1671），字駿公，號梅村，江蘇太倉人。明亡，不得已仕清，後雖告歸，卻令他痛苦不堪。清人《四庫提要》評云：「格律本乎四傑，而情韻為深；敘述類乎香山（白居易），而風華為勝。」是知其詩出於初唐四傑、中唐白居易，為唐人之格調。代表作如〈圓圓曲〉，寫吳三桂「衝冠一怒為紅顏」，為了從李自成手中奪回愛妾陳圓圓，不惜引清兵入關之事。另有〈馬草行〉、〈堇山兒〉等反映現實的作品，堪稱明末清初之「詩史」。

王漁洋主神韻

王士禎（1634~1711），字貽上，號阮亭，又號漁洋山人，山東新城人。他論詩主張「神韻」，綜合司空圖《詩品》「不著一字，盡得風流」之說、嚴羽《滄浪詩話》作詩重「妙悟」之論，而提出詩歌以神情韻味為最高境界的看法。因此，反對重雕琢、尚典故、發議論之作，偏愛自然澹遠、清新蘊藉的情調，編有《唐賢三昧集》，以盛唐王、孟山水清音為學詩典範，追求詩中「言有盡而意無窮」之至境。其詩以七言絕句為佳，如〈雨中渡故關〉：

> 危棧飛流萬仞山，戍樓遙指暮雲間。西風忽送瀟瀟雨，滿路槐花出故關。

此詩沖和淡遠，頗富情韻。然而，神韻說作為一種風格，固無不可；倘若以此要求所有詩歌，未免太過狹隘，勢必為人所詬病。

趙秋谷講法度

趙執信（1662~1744），字仲符，號秋谷，晚號飴山老人，山東益都人。為王士禎之甥婿。據劉大杰《中國文學發展史》歸納：他論詩首重聲調，撰《聲調譜》，詳究古詩、近體之平仄格律。其次，不反對神韻說，但對漁洋縹緲玄虛之說、侷限一品之論，深表不滿。其三，推崇晚唐思路劖刻之作，以矯神韻說末流膚廓空虛之弊。《四庫提要》云：「王以神韻縹緲為宗，趙以思路劖刻為主。王之規模闊於趙，而流弊傷於膚廓；趙之才力銳於王，而末派病於纖小。使兩家互救其短，乃可以各見所長。」是為持平之論。

沈歸愚倡格調

沈德潛（1673~1769），字確士，號歸愚，長洲（今江蘇蘇州）人。其詩雍容雅正，為臺閣詩人之典型。曾編《古詩源》、《唐詩別裁》等書，風行一時；另有《說詩晬語》為其詩論專著。他論詩尊盛唐，主格調，對明代前、後七子多加偏袒，而於公安、竟陵、錢謙益、王士禎皆有所批評。沈德潛從儒家思想出發，具有復古傾向。在內容方面，強調言之有物，要求詩歌「必原本性情，關乎人倫日用及古今成敗興壞之故」。在風格方面，推崇溫柔敦厚，誠如厲鶚所說：「唐詩蘊藉，宋詩發露」，故歸愚力主尊唐貶宋。此外，他並不否定詩歌的諷刺功能，認為含蓄託諷，反而可以增強藝術力量。

神韻格調學唐人

吳梅村近唐音

★吳偉業詩出於初唐四傑、中唐白居易，情韻深致，風華絕勝，為唐人之格調。

★其〈圓圓曲〉、〈馬草行〉等反映現實之作，堪稱是明末清初的「詩史」。

如〈圓圓曲〉：「鼎湖當日棄人間，破敵收京下玉關。慟哭六軍俱縞素，衝冠一怒為紅顏。」諷刺吳三桂為救愛妾，引清兵入關，罔顧國家存亡。

王漁洋主神韻

★王士禎主張詩歌以情韻為最高境界，反對重雕琢、尚典故、發議論之作，偏愛自然澹遠、清新蘊藉的情調。

★《唐賢三昧集》奉盛唐山水詩為典範。

如〈雨中渡故關〉：「危棧飛流萬仞山，戍樓遙指暮雲間。西風忽送瀟瀟雨，滿路槐花出故關。」描繪一幅雨中渡故關的圖景，摹寫生動，歷歷在目。

趙秋谷講法度

★趙執信《聲調譜》，詳究詩歌之格律。

★不滿於神韻說之縹緲玄虛、侷限一品。

★想以晚唐劖刻詩作，力矯神韻說末流膚廓空虛之弊。

如〈甿入城行〉：「醉飽爭趨縣令衙，撤扉毀閣如風掃。縣令深宵匍匐歸，奴顏囚首銷兇威。」寫民不聊生，流民被迫衝撞縣衙，縣令狼狽不堪的情景。

沈歸愚倡格調

★沈德潛詩雍容雅正；論詩尊盛唐，主格調，具復古傾向。

★內容上，強調言之有物；風格上，主張溫柔敦厚；並不否定詩歌的諷刺功能。

如〈挽船夫〉：「挽船勞力聲邪許，趕船之吏猛於虎。例錢緩送即嗔喝，似役牛羊肆鞭楚。」揭發官吏欺壓百姓，挽船夫飽受淩虐的痛苦處境。

UNIT 2-39 牧齋初白宗宋人

錢牧齋尚宋詩

錢謙益（1582~1664），字受之，號牧齋，江蘇常熟人。明萬曆進士，官至禮部尚書。清兵南下，率眾出降，出任禮部侍郎。他論詩反對擬古剽竊，攻擊前、後七子不遺餘力，進而提倡宋、元詩歌，尤鍾情於蘇軾、元好問，一度帶動當時崇尚宋詩的風氣。晚年涉嫌叛逆（反清復明），詩作多被清廷燒燬。茲舉〈獄中雜詩〉之二十八為例：

> 良友冥冥恨夜臺，寡妻稚子尺書來。平生何限彈冠意？死後空餘掛劍哀。千載汗青終有日，十年碧血未成灰。白頭老淚西窗下，寂寞封題一雁回。

錢氏雖然有才無行，為人所不齒；但其詩風格沉鬱，兼贍藻麗，實為清初名家，不宜因人廢言。

查初白法東坡

查慎行（1650~1727），原名嗣璉，字夏重，號初白，浙江海寧人。有《補注東坡編年詩》五十卷。其詩得力於蘇軾、陸游二家，屬宋詩一派。優秀之作，如〈麻陽運船行〉寫西北用兵，人民輾轉運糧的苦難；〈養蠶行〉、〈麥無秋行〉則寫田家農作歉收，又遭到剝削的慘狀。此類關心國計民生之作，以白描見長，不尚藻麗，故能得宋人之長，而不染其弊。

厲樊榭沿宋習

厲鶚（1692~1752），字太鴻，號樊榭，浙江錢塘人。著有《宋詩紀事》一百卷，博洽詳贍，為士林所重。其詩亦取法宋人，袁枚《隨園詩話》云：「好用替代字，蓋始於宋人，而成於厲樊榭（厲鶚）。」他不僅喜用代字，近於宋人，連語言風格、用典、押韻各方面，都不出宋詩苑囿。然其才學深厚，發而為詩，莫不造語凝鍊、寄意悠遠，極富特色。至於末流，則以飣餖、撏撦為能事，反而失其真。

翁覃溪論肌理

翁方綱（1733~1818），字正三，號覃谿，大興（今河北北京）人。他是一位經史、考據及金石學者，故提出「肌理說」，想以學問為根柢，增加詩歌的骨肉。他試圖將思想意義之「義理」、詩文結構之「文理」與學問材料之「肌理」統一起來，強調作詩重在讀書，要有學問，有方法。此說固可力矯神韻說之膚廓、格調說之空疏，但終將作繭自縛，淪為一種學問詩。其詩宗江西詩派，質實充厚，但缺乏真情流露。

談性靈屬別調

袁枚（1716~1797），字子才，號簡齋，浙江錢塘人。未滿四十便退隱，專以詩文為事，為騷壇盟主四十餘年。他論詩反雕琢、模擬，而主性靈，上承自公安、竟陵派，接續清初金聖嘆、李漁，至此蔚為風尚，形成尊唐、宗宋之外的另一股潮流。其《隨園詩話》云：「人必先有芬芳悱惻之懷，而後有沉鬱頓挫之作。人但知杜少陵（杜甫）每飯不忘君，而不知其於友朋弟妹夫妻兒女間，何在不一往情深耶？……後人無杜之性情，學杜之風格，抑末也。」強調「詩者，人之性情也，性情之外無詩。」別有見地。其詩多直抒性情，如〈詠雪〉：「一生影落書窗好，半世身從玉案尊。」〈起早〉：「雨來蟬小歇，風到柳先知。」意境清新，饒富情趣。

才學議論承宋詩

錢牧齋尚宋詩

錢謙益論詩，反對擬古剽竊，攻擊前、後七子不遺餘力，進而提倡宋、元詩歌，尤鍾情蘇軾、元好問，一度帶動當時崇尚宋詩的風氣。

如〈獄中雜詩〉之二十八：「白頭老淚西窗下，寂寞封題一雁回。」寫獄中掛念妻小、故舊之情。

查初白法東坡

查慎行有《補注東坡編年詩》50卷。其詩得力於蘇軾、陸游，屬宋詩一派。其關心國計民生之作，以白描見長，不尚藻麗，得宋人之長。

如〈麻陽運船行〉：「脂膏已盡正輸租，皮骨僅存猶應役。」人民身家財產遭剝削殆盡，幾無立錐之地。

厲樊榭沿宋習

厲鶚著《宋詩紀事》100卷，為士林所重。其詩亦取法宋人，不僅喜用代字，近於宋人，連語言風格、用典、押韻各方面，都不出宋詩苑囿。

如〈晚過梁溪有感〉：「我見青山輒心喜，青山見我如為客。」用辛棄疾〈賀新郎〉「我見青山多嫵媚」典。

翁覃溪論肌理

翁方綱是經史、考據及金石學者，倡「肌理說」，強調作詩重在讀書，要有學問，有方法。其詩宗江西詩派，質實充厚，但缺乏真情流露。

獨樹一格

袁子才談性靈

★袁枚論詩反雕琢、模擬，而主性靈，上承自公安、竟陵派，接續清初金聖嘆、李漁，至此蔚為風尚，形成尊唐、宗宋之外的另一股潮流。

★他強調「詩者，人之性情也，性情之外無詩。」別有見地。其詩多直抒性情，意境清新，饒富情趣。

如〈詠雪〉：「東皇羃水正紛紛，吹上梅花不見痕。……一生影落書窗好，半世身從玉案尊。」歌詠白雪紛飛的姿態，意象空靈，清新可喜。

文學歇腳亭

名士錢謙益59歲時，以嫡妻之禮迎娶23歲的秦淮名妓柳如是；兩人婚後吟詩唱和，幸福美滿。錢氏降清，成為貳臣；不久，投身反清復明之列。如是更傾其所有，資助抗清活動。

史學家陳寅恪認為錢氏之於清朝先降後反，乃個性使然，其後來所為足以將功折罪。試圖為錢謙益洗脫「漢奸」的罪名。

UNIT 2-40 詩界革命推公度

清中葉以後，由於列強入侵，清廷腐敗，內憂外患頻仍，龔自珍、姚燮等始拋棄尊唐、宗宋的流派成見，以愛國傷亂的情懷，寫出關心民瘼、揭發時弊的作品，為清詩轉變之關鍵。

至戊戌變法前一、二年，梁啟超、譚嗣同等延續龔自珍以來的發展，提出「詩界革命」口號，要求詩歌必須與時代背景、社會現實結合，為政治而服務。他們並嘗試「撏扯新名詞」、「以舊風格含新意境」的方式創作「新詩」。如譚嗣同〈金陵聽說法〉之一：

> 綱倫慘以喀私德，法會盛於巴力門。

「喀私德」為 Caste 之譯音，指階級制度。「巴力門」為 Parliament 的譯音，即英國議會。這就是他們所謂的「新詩」，用新辭語、新意境來表達新的思想內容，反對擬古，力求獨創，同時對「同光體」詩歌表示不滿。

在「詩界革命」中，梁啟超極力推薦黃遵憲，說他無論在理論或創作上都有傑出的表現。

黃遵憲

黃遵憲（1848~1905），字公度，嘉應州（今廣東梅縣）人。他很早便立志從事詩歌改革，主要論點有三：一、向古人學習，棄其糟粕，而取其精華。二、取材必須廣泛，敘事務求充實。三、反對模擬，提出「我手寫我口」，要求「詩之外有事，詩之中有人」，而達到「古人未有之物、未闢之境」，極重視詩歌的寫實精神。

其詩進一步發揮「詩界革命」的主張，善於將文學創作與社會生活、政治事件緊密結合，展現出時代精神，以內容充實著稱。如〈哀旅順〉、〈臺灣行〉等，寫中日戰爭我方節節失敗，表達對清廷割地賠款、喪權辱國的憤慨。又〈度遼將軍歌〉，諷刺吳大澂購得「度遼將軍」漢印，自以為是吉兆，請纓殺敵，兵敗而回一事。此詩氣勢磅礴，結構嚴整，寄意遙深，語言凝鍊，堪稱黃遵憲詩歌的壓卷之作。

丘逢甲

丘逢甲（1864~1912），字仙根，號蟄仙，臺灣彰化人。光緒進士，後為工部主事。曾倡辦同文學堂，維護新學，不遺餘力。辛亥革命後，被舉為參議員。未數月，返家養病；隔年去世。臨終，遺言「葬須南向，吾不忘臺灣也！」其愛國之心，可見一斑。

他不僅是一位詩人，還曾領導臺灣人民抵抗日本侵略，故作品流露出濃厚的民族思想、充滿強烈的現實精神。如〈離臺詩〉之一：

> 宰相有權能割地，孤臣無力可回天。扁舟去作鴟夷子，回首河山意黯然。

之三：「捲土重來未可知，江山亦要偉人持。成名豎子知多少？海上誰來建義旗？」道盡無力回天的孤忠與悲憤，沉鬱蒼涼，具有鼓舞人心的力量。另如〈九龍有感〉：「忽憶去年春色裡，九龍還是漢家山。」〈珠江書感〉：「窄袖輕衫裝束新，珠江風月漾胡塵。」將國土淪陷的悲慟，化為一首首慷慨悲歌，讀之使人蕩氣迴腸。由於丘逢甲曾與黃遵憲交遊酬唱，詩文往返，過從甚密；故他雖未直接參加「詩界革命」，但其詩歌精神卻是一致的。

清代詩歌闢新局

清中葉以後，內憂外患頻仍，龔自珍、姚燮等拋棄詩歌尊唐或宗宋的流派成見，以愛國傷亂的情懷，寫出關心民瘼、揭發時弊的作品，為清詩轉變之關鍵。

如龔自珍〈己亥雜詩〉之一百二十五：「九州生氣恃風雷，萬馬齊喑究可哀。我勸天公重抖擻，不拘一格降人才。」有感於新時代來臨，需要新人才始能開創新局。

至戊戌變法前1、2年，梁啟超、譚嗣同等提出「詩界革命」口號，要求詩歌必須與時代背景、社會現實結合，為政治而服務。嘗試用新辭語、新意境來表達新思想內容，反對擬古，力求獨創，以矯**「同光體」**詩歌之弊。

＊所謂「同光體」，即清光緒9年（1883）至12年間，鄭孝胥、陳衍在北京宣傳的1個詩歌流派。他們不滿王士禎「神韻說」、沈德潛「格調說」，進而主張宗宋詩，貴新創，尚奇險，結合「詩人之言」與「學人之言」的詩歌。

黃遵憲

黃遵憲論詩主張：1. 向古人學習，去蕪而存菁。2. 取材須廣泛，敘事求充實。3. 反對模擬，提出「我手寫我口」，極重視詩歌的寫實精神。

如〈度遼將軍歌〉：「八千子弟半摧折，白衣迎拜悲風哀。幕僚步卒皆雲散，將軍歸來猶善飯。」諷刺吳大澂全軍覆沒，得漢印又如何？終究兵敗而回。此詩氣勢磅礡，寄意遙深，堪稱上品。

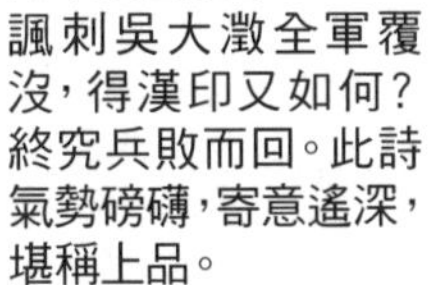

丘逢甲

愛國志士丘逢甲，曾與黃遵憲交遊酬唱，互動密切。他雖未直接參加「詩界革命」，但其詩歌精神卻相近。

如〈離臺詩〉之一：「宰相有權能割地，孤臣無力可回天。扁舟去作鴟夷子，回首河山意黯然。」寫身為臣子，面對清廷割讓臺灣的無奈與悲憤。此詩充滿民族思想，具有深刻的現實意義。

第3章
詞　曲

3-1　詞曲之別與轉變
3-2　詩莊詞媚曲俚俗
3-3　詞之別名和體製
3-4　隋唐宴樂敦煌詞
3-5　中唐小令文人詞
3-6　花間鼻祖溫飛卿
3-7　西蜀詞人韋端己
3-8　堂廡特大正中詞
3-9　亡國血淚傳千古
3-10　晏歐小詞詠相思
3-11　淺斟低唱愛柳七
3-12　大江東去豪放調
3-13　審音調律周美成
3-14　別是一家易安體
3-15　關河夢斷訴衷情
3-16　別立一宗辛稼軒
3-17　白石玉田善詠物
3-18　黍離之悲思故國
3-19　慘淡經營金元詞
3-20　陽羨詞派法蘇辛
3-21　浙西詞派宗姜張
3-22　婉麗清淒納蘭詞
3-23　常州詞派尊北宋
3-24　晚清詞壇現迴光
3-25　曲之由來與體製
3-26　瓊筵醉客關己齋
3-27　鵬摶九霄白仁甫
3-28　朝陽鳴鳳馬東籬
3-29　瑤天笙鶴張小山
3-30　灰容土貌鍾醜齋
3-31　明人散曲承元代
3-32　清代散曲漸衰竭

UNIT 3-1

詞曲之別與轉變

詞曲之界說

據李曰剛《中國文學史》的說法：詞，作為一種文體，即「調有定格，句有定言，韻有定聲」的詩歌之名。而曲之一體，取其「音節雜比」,「高下長短」,藉由歌曲迂迴地抒發情意的意思。由於詞、曲同為音樂文學，形式均為長短句，故名稱極易混淆。從宋代稱詞為「曲子」、「樂府」，明人又以《詞品》為評曲的著作命名，可窺知一二。

據宋翔鳳《樂府餘論》云：「宋元之間，詞與曲一也；以文寫之則為詞，以聲度之則為曲。」可知詞與曲是相對的名稱，曲辭曰「詞」，而歌譜即「曲」。其實，詩、詞、曲同為韻文之屬，隨著音樂變遷，詩至隋、唐始遞嬗為詞，詞至金、元則演變為曲，故詞又稱「詩餘」，曲亦名「詞餘」，皆合樂而產生，終因失樂而沒落。正因為詞、曲同源，故將二者合併論述。

詞曲之轉變

詞起源於民間，伴隨隋唐宴樂而興，傳唱於歌女伶工之間，充滿市井氣息，平易近人，故廣為社會大眾喜愛，作為宴席娛賓、歌詠抒懷之用。中唐以後，文士染指其中；至宋代，已蔚為大觀，成為一代文學主流。從此，作者日多，詞調日繁，內容日豐，音律、修辭也日益講究，文人學士逐漸將詞帶往典雅化、精緻化的境地，一去不復返。使詞開始注重審音調律、雕章琢句等，愈來愈與市井生活脫節，而顯得晦澀凝重、僵化不堪。

當詞發展到極致，便有一種新興的文體——曲，取而代之。

就詞調言，中唐文士填詞，多從單調小令著手。至北宋，長調漸興；後來單調之外，又有三疊、四疊之分。南宋時，更有所謂四疊之「序子」，如吳文英〈鶯啼序〉、(春晚感懷）竟有二百四十字，極盡慢詞長調之變，過於繁複，令人不耐。於是，清新活潑的散曲小令成為文人抒發懷抱的新文體。

就辭句言，引用俚言俗語入詞，北宋柳永已開其端。到南宋，辛棄疾、劉過、張孝祥等人進一步發揚光大。如此以口語化的文字表現出作者的真性情，既可擴大詞的範圍，又能提高其文學價值。故吳梅《曲學通論》云：「金元以來，士大夫好以俚語入詩詞；酒邊燈下，四字〈沁園春〉，七字〈瑞鷓鴣〉，粗豪橫決，動以稼軒（辛棄疾）、龍洲（劉過）自況，……於是雜劇作者，大率以諧俗之詞實之。」

就音樂言，首先，散曲的產生，和諸宮調關係最密切。如散曲中合諸曲以成一樂、用襯字、四聲通押等，皆濫觴於宋人的諸宮調。其次，北宋末，金兵南下，蒙古人入侵，間接使胡樂番曲，連同各種樂器一起傳入中原。如徐渭《南詞敘錄》所云：「今之北曲，蓋遼、金北鄙殺伐之音，壯偉狠戾，武夫馬上之歌，流入中原，遂為民間之日用。宋詞既不可被弦管，南人亦遂尚此，上下風靡。」可見曲的興起，深受外來音樂傳入的影響。

再就時代背景言，元朝社會有「七匠八倡九儒十丐」之說，讀書人地位一落千丈，為了謀求生路，自然轉而創作文辭淺白俚俗、音調活潑輕快的散曲，以迎合社會大眾之興味。

詞曲同源與分流

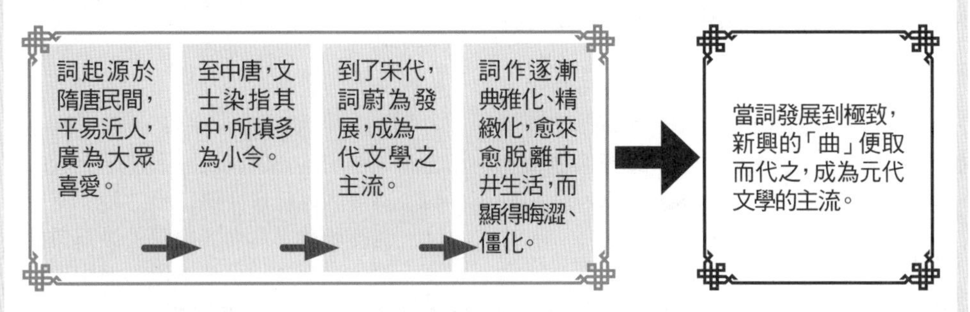

詞　音樂文學的曲辭		曲　音樂文學的歌譜
本義：詞，意內言外也。 引申義：詞，「調有定格，句有定言，韻有定聲」的詩歌名。	釋名	本義：曲，器曲受物之形。 引申義：曲，「音節雜比」，「高下長短，委曲以道其情」的意思。
1. 詞、曲皆音樂文學　2. 其形式均為長短句 → 故名稱極易混淆。		
詩　餘	別名	詞　餘
宋詞末流極盡慢詞長調之變，繁複不堪。	篇幅	散曲小令遂成為文士抒懷的新文體。
自柳永至辛棄疾、劉過等逐漸將俚言俗語寫入詞中，辭句已有通俗化的傾向。	辭句	曲的本質是通俗、率真，故不避俚語、俗諺，用市井辭彙描寫個人或群眾心聲。
宋詞為隋、唐以來新興宴樂的歌詞。此宴樂為傳統音樂、民間音樂與外族樂曲融合而成。	音樂	元代散曲濫觴於宋人諸宮調，加上胡樂、番曲的傳入，俚俗小曲便應運而生。
宋代文士享有極高的社會地位，在宴會酒席之間填寫婉約歌詞，藉愛情、相思以抒發個人細膩幽微的情思。	時代背景	元代讀書人地位一落千丈，轉而創作淺俗的散曲，以迎合大眾興味。

UNIT 3-2 詩莊詞媚曲俚俗

詞是隋、唐、五代以來新興宴樂的歌詞。既是當時流行宴樂的歌詞，可見先有音樂，然後按譜填詞，屬於音樂文學，故音樂的重要性更甚於文學。

如何倚聲填詞？

所謂「倚聲填詞」，指創作詞必須先選定一種音樂曲調，然後依樂譜上特有的格律，逐字逐句填寫。以〈調笑令〉為例，其在詞譜上顯示如次：〔按：○平聲，●仄聲，◎可平可仄，△押平聲韻，▲押仄聲韻。〕

○▲　○▲（疊句）　●◎◎○○▲

◎○◎●○△　◎●○○●△

○▲　○▲（疊句）　◎●◎○◎▲

此一詞調共有八句，每句字數、句法、平仄及用韻等都有嚴格的規定。因此，當我們選用此調填詞時，須按其固定的格律來創作。如王建〈調笑令・宮詞〉：

> 團扇，團扇，美人並來遮面。
> 玉顏憔悴三年，誰復商量管弦。
> 弦管，弦管，春草昭陽路斷。

是知一闋詞至少必須符合三個條件：一、字數句法固定，多為長短句；二、字句講求格律，受平仄限制；三、韻腳位置已定，用韻不自由。

韻文詩、詞、曲

詩、詞、曲雖為韻文家族的三大成員，然風格迥異，歷來有「詩莊」、「詞媚」、「曲俗」之說：詩主端莊，如大家閨秀，雍容得體，落落大方。詞尚柔媚，如小家碧玉，情思細膩，溫婉可人。曲偏俚俗，如鄉野村姑，質樸真摯，生動自然。

又有「唐詩」、「宋詞」、「元曲」之謂，明揭各為當代文學主流。大唐帝國，詩歌發展已臻登峰造極之境；至宋代，盛極而衰，宴席間演唱的歌詞遂應運而興。元朝文士沉居下僚，而發展出與民間風味結合的散曲及戲曲（雜劇）。足見一代有一代之文學，由盛而衰，終於沒落，被新興文體所取代。

詩、詞、曲之別

詩與詞的差異，如王國維《人間詞話》未刊手稿云：

> 詞之為體，要眇宜修，能言詩之所不能言，而不能盡言詩之所能言。詩之境闊，詞之言長。

因為詩是讀書人平日所思所想，如杜甫〈自京赴奉先縣詠懷五百字〉：「許身一何愚，竊比稷與契。」直抒胸臆，道出其經世濟民、獻身社稷的理想。而詞卻是文士閒居、宴饗時，以輕鬆的心態創作，如歐陽修〈玉樓春〉：「直須看盡洛城花，始共東風容易別。」雖寫吟風賞花之事，不經意間卻流露出擇善固執的品格，使人讀來意韻深長。是知詞務求柔媚蘊藉，首重弦外之音。至於曲，文人為了迎合市井口味，不避俚俗，如馬致遠〈雙調夜行船套・秋思〉：「天教你富，莫太奢，沒多時好天良夜。」淺顯易懂，樸實自然，以雅俗共賞為最高原則。

總而言之，詞是音樂文學，是搭配隋、唐以來新興宴樂的歌詞；形式上，必須受限於詞調，無論字句、格律、用韻等均已固定；風格上，則以柔媚蘊藉為本質，適於表達言外之意、深婉幽微的情思。

韻文三體詩詞曲

唐詩	宋詞	元曲
唐代文學主流	宋代文學主流	元代文學主流

詩莊　詞媚　曲俗

唐詩

詩主端莊，如大家閨秀，雍容得體，落落大方。

讀書人直抒胸臆，表達其思想、情感、識見、襟懷等。

如杜甫〈自京赴奉先縣詠懷五百字〉：「許身一何愚，竊比稷與契。」道出其經世濟民、獻身社稷的理想。

宋詞

詞尚柔媚，如小家碧玉，情思細膩，溫婉可人。

文士閒居時，藉描寫男女愛情、相思別離，以抒發懷抱。

如歐陽修〈玉樓春〉：「直須看盡洛城花，始共東風容易別。」不經意間，流露出其擇善固執的人格特質。

元曲

曲偏俚俗，如鄉野村姑，質樸真摯，生動自然。

書生沉居下僚，融入市井生活，展現雅俗共賞新風味。

如馬致遠〈雙調夜行船套・秋思〉：「天教你富，莫太奢，沒多時好天良夜。」淺白如話，風格樸實自然。

UNIT 3-3 詞之別名和體製

詞有別於漢朝樂府詩，一、所配的音樂不同：漢樂府配的是傳統國樂，而詞的音樂是隋、唐以來新興的宴樂，它結合了外族胡樂與民間俗樂，成為當時宴會中最時髦的音樂。二、寫作方式不同：漢樂府是先寫詩，然後到樂府機關配樂，所以音樂必須遷就詩的文學性；而詞先有音樂，再倚聲填詞，即為曲調配上適合的歌詞，可見以音樂為主、歌詞為輔。

詞之別名

一、曲子詞：是詞最早的名稱。五代、兩宋時，通稱詞為「曲子詞」；其中「曲子」指歌曲，「詞」指歌詞，說明其音樂與文學結合的特性。

二、詩餘：有人認為詞是繼詩之餘緒而發展出的一種文學體裁，是詩之餘事，故稱「詩餘」。

三、長短句：謂詞的句子長短不一，此乃針對歌詞而言，表示開始重視詞的文學性。

四、樂府：詞合樂可歌，故稱。

五、其他：如「樂章」、「琴趣」、「歌曲」、「倚聲」等，都強調詞的音樂性。

詞之體製

一、依毛先舒《填詞名解》云：「凡填詞五十八字以內，為小令；自五十九字始，至九十字止，為中調；九十一字以外者，俱長調也。」這種分法稍嫌武斷，不過可作為區分之參考。小令，又稱「令」或「小調」，以字句簡練、表達含蓄為主；中調，又稱「引」、「近」，較小令稍長，但不如長調之典雅莊重；長調，又稱「慢」，篇幅較大，故重視鋪述轉折的寫法。

二、詞一篇通稱為「一闋」。一篇當中的一段，也稱為「一闋」或「一片」。為了區別起見，一般習慣稱一篇為「一闋」，稱其中一段為「一片」。

三、一闋詞，只有一片，稱為「單調」；有上、下兩片者，稱「雙調」；分為三片者，稱「三疊調」；含有四片，則稱「四疊調」……；可依此類推。

四、詞曲調的名稱，是為「詞牌」；如〈調笑令〉、〈漁歌子〉、〈菩薩蠻〉、〈念奴嬌〉等即詞牌名。是知在一詞牌中，字數、句法、平仄、用韻等皆固定，作者必須按照詞譜，把自己的思想情意填入其中。所以同樣是〈菩薩蠻〉，溫庭筠寫女子「嬾起畫蛾眉」的閨思；韋莊寫男子「殘月出門時」的別情；李後主則寫小周后「衩襪步香階」赴約的情景。又早期詞牌名稱，與詞的內容相關，如張志和〈漁歌子〉：「青箬笠，綠蓑衣，斜風細雨不須歸。」寫漁夫逍遙自在的生活；白居易〈憶江南〉：「江南好，風景舊曾諳。」是對江南風光的追憶。到後來，由於依調填詞的人漸多，內容往往與詞牌無關；如〈菩薩蠻〉或寫閨思，或寫別情，或寫幽會，這些都與詞牌名「菩薩蠻」毫不相干。因此，後人填詞便在詞牌名下，另附詞題或小序，加以說明。如蘇軾〈念奴嬌・赤壁懷古〉，表示「赤壁懷古」才是詞的主題所在；又辛棄疾〈摸魚兒〉，小序云：「淳熙己亥，自湖北漕移湖南，同官王正之置酒小山亭，為賦。」闡明創作的緣由。

倚聲填詞知多少

配樂
- **漢樂府**：傳統國樂
- **詞**：隋、唐以來宴樂

寫作
- **漢樂府**：寫詩 ⇨ 配樂
- **詞**：按譜 ⇨ 填詞

詞的別名

曲子詞
詞最早的名稱；「曲子」指歌曲，「詞」指歌詞，為音樂與文學之結合。

詩餘
有人認為，詞為詩之餘緒，亦詩之餘事，故稱「詩餘」。

長短句
針對歌詞而言，詞的句子長短不一，故稱為「長短句」。

樂府
詞乃合樂可歌的音樂文學，故亦稱為「樂府」。

樂章　**琴趣**　**歌曲**　**倚聲** → 強調詞的音樂性

詞的體製

58 字以內的「小調」。

59 至 90 字的「引」、「近」。

91 字以上的「慢」。

詞之 1 篇，稱為 1 闋。

詞之 1 段，稱為 1 闋或 1 片。

1 闋詞，只有 1 片者。

1 闋詞，含上、下 2 片者。

1 闋詞有N片者。N ≧ 3

＊ 詞曲調的名稱，是為「詞牌」；如〈調笑令〉、〈菩薩蠻〉等即詞牌名。
＊ 早期詞牌與詞內容相關，如張志和〈漁歌子〉寫漁夫逍遙自在的生活。
＊ 後來詞內容與詞牌無關，如〈菩薩蠻〉或寫閨思，或寫別情，或寫幽會，都與詞牌名「菩薩蠻」無涉。

UNIT 3-4

隋唐宴樂敦煌詞

民間詞的出土

詞最早起源於隋、唐民間。從清光緒二十五年（1899）敦煌莫高窟出土的唐寫本《雲謠集》，發現其中共收入民間詞三十首，為現存最早的詞集。

敦煌莫高窟，俗稱「千佛洞」，是舉世聞名的藏經洞，其中保存了不少佛教經典。由於唐代佛教興盛，寺僧宣揚佛法時，採散韻並用、說唱兼施的方式，希望廣為群眾所接受。又因唱的部分，必須借助當時民間流行的曲調，所以在第十七號藏經洞內保留一些曲譜歌詞。這些民間詞出土後，經羅振玉、任二北等學者輯錄，讓後人得以一窺詞起源之初的樸素面貌。

敦煌詞的特色

敦煌曲子詞的特色有五：一、除了六篇標明作者姓名之外，其餘多為無名氏的民間作品。二、在內容方面，皆反映社會現實生活，道盡市井小民的心聲。三、在形式方面，小令、中調、長調並存，只是每調字數不定、格律寬鬆、用韻自由。四、在風格方面，婉約、豪放兼備，且不避俚俗，用語質樸，充滿民間文學風味。五、大多無確切寫作年代，約莫是七世紀中期至十世紀中期三百年間的作品。

敦煌詞的內容

這些詞反映層面極廣：或寫蕃將久仰大唐盛世，故而心存拋塞歸唐的想法，如〈贊普子〉：

> 本是蕃家將，年年在草頭。夏月披氈帳，冬天掛皮裘。　語即令人難會，朝朝牧馬在荒丘。若不為拋沙塞，無因拜玉樓。

或寫商旅臥病異鄉，被棄置路旁，臨死不得歸的哀痛，如〈長相思〉之三：

> 作客在江西，得病臥毫釐。還往觀消息，看看似別離。　村人曳在道傍（旁）西，耶（爺）娘父母不知。身上𠜱牌書字，此是死不歸。

不過，仍以描寫愛情、相思等題材為大宗。如〈鵲踏枝〉，仿思婦、喜鵲對話口吻，寫出望君早歸的平凡心願：

> 叵奈靈鵲多瞞語，送喜何曾有憑據？幾度飛來活捉取，鎖上金籠休共語。　比擬好心來送喜，誰知鎖我在金籠裡？欲他征夫早歸來，騰身卻放我向青雲裡。

又〈漁歌子〉，泣訴郎君薄倖，花天酒地，移情別戀，辜負她的一往情深：

> 繡簾前，美人睡，庭前猧子頻頻吠。雅奴白，玉郎至，扶下驊騮沉醉。　出屏幃，整雲髻，鶯啼濕盡相思淚。共別人好，說我不是，得莫辜天負地。

〈拋毬樂〉，則寫妓女追求愛情落了空，悔不當初：

> 珠淚紛紛濕綺羅，少年公子負恩多。當初姐妹分明道，莫把真心過與他。子（仔）細思量著，淡薄知聞解好麼？

從上述諸作中，不難發現敦煌曲子詞所表達的情感坦率而直接，語言自然生動、不假雕琢，充分展現出民間文學的素樸風味。

敦煌出土民間詞

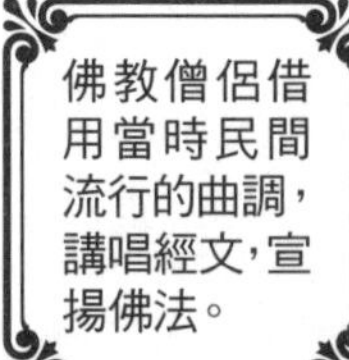

佛教僧侶借用當時民間流行的曲調，講唱經文，宣揚佛法。

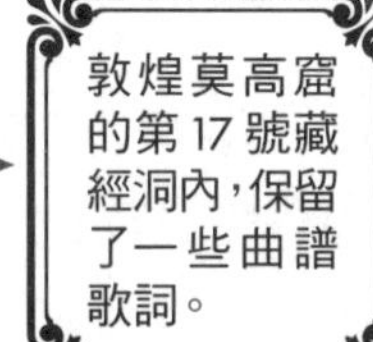

敦煌莫高窟的第 17 號藏經洞內，保留了一些曲譜歌詞。

清光緒 25 年敦煌出土《雲謠集》中，收入隋唐民間詞 30 首。

敦煌《雲謠集》是現存最早的詞集，保留詞之樸素面貌。

敦煌詞的特色

1. 除了6 篇詞作標明作者姓名之外，其餘多為無名氏的民間作品。
2. 在內容方面，皆反映出社會現實生活，道盡了市井小民的心聲。
3. 小令、中調、長調並存，每調字數不定、格律寬鬆、用韻自由。
4. 婉約、豪放之作兼備，且不避俚俗，用語質樸，充滿民間風味。
5. 多無確切寫作年代，約 7 世紀中至 10 世紀中 300 年間作品。

敦煌詞的內容

如〈贊普子〉：「若不為拋沙塞，無因拜玉樓。」描寫蕃將衷心仰慕大唐盛世。

如〈長相思〉：「身上劖牌書字，此是死不歸。」寫商旅至死不得歸的哀痛。

如〈漁歌子〉：「共別人好，說我不是，得莫辜天負地。」是女主角對郎君薄倖的泣訴。

如〈鵲踏枝〉：「欲他征夫早歸來，騰身卻放我向青雲裡。」藉由喜鵲之口，寫出望君早歸的平凡心願。

如〈拋毬樂〉：「珠淚紛紛濕綺羅，少年公子負恩多。」寫妓女愛情的落空。

UNIT 3-5

中唐小令文人詞

至中唐，文人逐漸加入倚聲填詞之列，如劉禹錫〈憶江南〉題下自注：「和樂天（白居易）春詞，依〈憶江南〉曲拍為句。」說明該詞為和白居易〈憶江南〉三首而作，為文士填詞之見證。除了白居易、劉禹錫，張志和、戴叔倫、韋應物等也都有長短句之作；不過都是偶爾染指，並未成為風尚。

李白未曾填詞

黃昇《花庵絕妙詞選》云：「（李白〈菩薩蠻〉、〈憶秦娥〉）二詞為百代詞曲之祖。」據此，李白（701~762）是唐代文士填詞的第一人，〈菩薩蠻〉、〈憶秦娥〉成為文人填詞最早的紀錄。然而，李白到底有沒有加入倚聲填詞之列？一、就詞調而言，據蘇鶚《杜陽雜編》云：

> 大中初，女蠻國貢雙龍犀，有二龍鱗鬣，爪角悉備……。其國人危髻金冠，瓔珞被體，故謂之「菩薩蠻」。當時倡優遂製〈菩薩蠻〉曲，文士亦往往聲其詞。

是知〈菩薩蠻〉創調於宣宗大中（847~860）年間，而李白卒於玄宗寶應元年（762），他早在詞調問世前一百年已然辭世，如何填寫〈菩薩蠻〉？二、就作品集言，李陽冰編《李太白集》十卷，輯錄李白所有詩文，為何獨不見〈菩薩蠻〉、〈憶秦娥〉二篇？三、就創作風氣言，任何一種文學創作的興起，都是時代風氣使然，文人相互唱和，彼此激盪，始能蓬勃發展，故盛唐不可能只有李白一人填詞。四、就文學演進而言，任何文體發展都是從幼稚到成熟，為何盛唐李白已填出如此高水準的詞作，時至中唐，反而退化回初嘗試的階段？可見〈菩薩蠻〉、〈憶秦娥〉二詞應是晚唐以後文士所作，為了拉抬身價，而嫁名於李白。

中唐文人小令

白居易（772~846）詞，有〈憶江南〉三首、〈長相思〉二首、〈花非花〉一首、〈如夢令〉一首等，皆以白描見長，風格明朗，語言率真，為文人填詞初期清新素樸之作。如〈長相思〉：

> 汴水流，泗水流，流到瓜州古渡頭。吳山點點愁。　思悠悠，恨悠悠，恨到歸時方始休。月明人倚樓。

抒發懷人念遠的相思之情。〈長相思〉，詞牌名，與詞旨相符，故知為創調初期的作品。上片以水流之悠長，喻相思之悠長，綿綿不絕。下片「思悠悠，恨悠悠」，承前「汴水流，泗水流」而來，意謂相思之情、離愁別恨一如流水之滔滔不絕，永無止境。

劉禹錫（772~842）〈憶江南〉二首，內容為抒發惜春之情；詞牌與詞旨已無關聯。此係作者六十七歲時，與白居易都住在洛陽，聞白氏〈憶江南〉三首傳誦一時，故於病中和作二闋。此二詞以擬人手法為之，藉由春天與洛陽女子道別，點出傷春、惜春之情，筆調哀婉，語言流麗，寫法十分高妙。故況周頤《蕙風詞話》評云：「劉夢得（劉禹錫）〈憶江南〉……流麗之筆，下開北宋子野（張先）、少游（秦觀）一派。唯其出自唐音，故能流而不靡。所謂『風流高格調』，其在斯乎！」流麗卻不浮靡，具有風流高格調，劉禹錫〈憶江南〉二首確是當之無愧！

文人填詞的發端

李白未曾填詞

❶ 李白早在〈菩薩蠻〉創調前100年已經過世，故無法填寫此詞。

❷ 李陽冰編《李太白集》10卷時，不見〈菩薩蠻〉、〈憶秦娥〉2篇。

❸ 盛唐不可能只有李白1人填詞，其他文士均無此類作品。

❹ 盛唐李白〈菩薩蠻〉、〈憶秦娥〉反而較中唐詞成熟，於理不合。

中唐文人小令

白居易

★白居易詞皆以白描見長，風格明朗，語言率真，為文人填詞初期清新素樸之作。

★如〈長相思〉抒發懷人念遠的相思之情，詞牌名與詞旨相符，為創調初期的作品。

〈長相思〉

「思悠悠，恨悠悠，恨到歸時方始休。月明人倚樓。」

劉禹錫

★劉禹錫〈憶江南〉2首，題下注：「和樂天春詞，依〈憶江南〉曲拍為句。」為文士填詞之見證。

★劉禹錫〈憶江南〉2首，寫春天與洛陽女子道別，點出傷春、惜春之情。其詞牌已與詞旨無關聯。

〈憶江南〉之一

「弱柳從風疑舉袂，叢蘭裛露似沾巾。獨坐亦含顰。」

UNIT 3-6

花間鼻祖溫飛卿

晚唐五代是詞的成熟期，溫庭筠為史上第一位全力填詞的文人，詞到他手中終於發展出獨立的生命，成為一種正式的文學體裁。溫詞專以穠豔、宛轉、細膩的筆調，描寫閨怨別情，確立了「詩莊」、「詞媚」迥異的風格，詞律也漸趨於嚴整。他是詩、詞過渡的橋梁，是晚唐詞人之代表，更為五代、兩宋詞開了先路，故贏得「花間鼻祖」的美譽。

有才無行，仕途坎坷

溫庭筠（812~866），原名歧，字飛卿，山西太原人。相貌奇醜，而有「溫鍾馗」之稱。精通音樂，擅長詩賦，且文思敏捷。晚唐科舉考律賦，八韻一篇，相傳他叉手一吟便成一韻，八叉手完成八韻，因此得到「溫八叉」的美名。然素行不檢，沉湎於歌舞酣飲之中，據《舊唐書・文苑傳》載：「士行塵雜，不修邊幅，能逐弦吹之音，為側豔之詞。公卿家無賴子弟裴誠、令狐縞（滈）之徒，相與蒱飲，酣醉終日，由是累年不第。」是知他雖博學多才，但品行不端，屢遭黜落，一生科場失意。

溫庭筠初至京師，與宰相令狐綯之子令狐滈友好，經常出入相府，頗得令狐綯賞識。據說當時唐宣宗甚喜歡〈菩薩蠻〉，但令狐綯不擅填詞，請他代作二十首，獻上邀寵。他卻到處宣揚，使令狐綯大感不悅。又曾與唐宣宗賦詩，他用「玉條脫」對皇上「金步搖」句，因而獲賞。令狐綯不知此典故，向他請教；事後，他竟以「中書省內坐將軍」，諷刺令狐綯不學無術。令狐綯遂奏他有才無行，不宜錄用。由於生性傲慢，一再得罪權貴，使他仕途不得意，為官止於國子助教。

閨怨小詞，精妙絕人

溫庭筠小詞多寫閨情，極盡穠麗之能事，與韋莊並稱「溫韋」。著有《金荃》、《握蘭》二集，均已亡佚。《花間集》把他列為唐代第一人，選詞六十六首。後人輯有《溫飛卿詩集》、《金荃詞》一卷，存詞七十六首。以〈菩薩蠻〉十四首為代表作，其中「小山重疊金明滅」是最膾炙人口的一首，風格穠麗，精妙絕倫，尤工於鍊字，以句秀見長。故葉嘉瑩《迦陵談詞》評云：「飛卿此詞，姑不論其含義如何，即以其觀察之細微，描寫之精美，層次之分明，鍼鏤之綿密而言，已大有不可及者矣。」可見此首描寫閨怨的小詞，詞藝精湛，別開生面，為溫詞最具典型的作品。

綜觀溫詞之特色，如劉熙載《藝概》云：「溫飛卿詞，精妙絕人。」王國維《人間詞話》亦云：「『畫屏金鷓鴣』，飛卿語也，其詞品似之。」又云：「溫飛卿之詞，句秀也。」故知穠麗精妙為其風格，在思想內容上並無多大建樹，然在藝術技巧上卻有獨到之處。溫氏閨怨小詞，實為晚唐詞之傑作、花間詞之源頭，開拓五代、宋詞發展的道路。

在溫詞中，除了〈菩薩蠻〉一類如「畫屏金鷓鴣」的穠豔之作，亦不乏〈夢江南〉等風格清麗的作品。該詞旨在敘寫女子望君早歸之情：「梳洗罷，獨倚望江樓。過盡千帆皆不是，斜暉脈脈水悠悠。腸斷白蘋洲。」語言清新，情意悠遠，足見作者在自創新局之餘，仍對中唐詞風有所繼承。

貌醜才高溫庭筠

相貌奇醜

人稱「溫鍾馗」。

文思敏捷

八叉手而成篇，故稱「溫八叉」。

素行不檢

沉緬於歌舞，酣醉終日，故屢試不第。

得罪權貴

生性傲慢，一再得罪宰相令狐綯。

仕途失意

官止國子助教，終生懷才不遇。

溫詞之貢獻

1. 溫詞如「畫屏金鷓鴣」是晚唐詞的代表，為花間詞人所仿效，故稱「花間鼻祖」。
2. 其閨怨小詞，辭藻穠麗，藝術超卓，精妙絕倫，開創婉約詞之先路。
3. 唐代第1位全力填詞的作家，使詞正式擺脫詩歌而獨立成一體。

代表作

穠豔之作

如〈菩薩蠻〉：「嬾起畫蛾眉，弄妝梳洗遲。照花前後鏡，花面交相映。」寫美人晨起梳妝的情形，宛若一幅仕女圖卷，栩栩如生。

清麗之作

如〈夢江南〉：「梳洗罷，獨倚望江樓。過盡千帆皆不是，斜暉脈脈水悠悠。腸斷白蘋洲。」敘寫女子望君早歸的心情，情景交融，自然渾成。

UNIT 3-7

西蜀詞人韋端己

韋莊雖為花間詞人之一，所寫仍不出相思離別的範疇，但詞風清疏淡雅，用語明白如話，與花間豔詞迥然有別。因此，後世咸推溫庭筠、韋莊為宋代婉約與豪放詞之初祖。

秦婦吟秀才

韋莊（836~910），字端己，京兆（今陝西西安）人。自幼孤貧力學，才思過人。他生於唐末，多次應舉，皆名落孫山。廣明元年（880），又入長安赴試，時值黃巢之亂，身陷重圍中。至中和二年（882）春，始得避禍洛陽。次年，作〈秦婦吟〉長詩，假託秦婦口吻，描寫由京至洛所見亂離景象，因而聲名大噪，人稱「秦婦吟秀才」。

不久，流寓江南。亂平後，又回長安應試。乾寧元年（894），時年五十九，終於及進士第，任校書郎。乾寧四年，隨李詢入蜀，得識王建；後又在朝任左、右補闕等職。天復元年（901），六十六歲，應王建之聘入川掌書記。隔年，得浣花溪畔杜工部草堂遺址，結茅為室，遂定居於此。唐亡，王建據蜀稱帝，史稱「前蜀」；對他十分倚重，任為宰相，開國制度多出其手。蜀高祖武成三年（910）八月，卒於成都花林坊，謚文清。後人輯有《浣花詞》一卷，存詞五十五首。

弦上黃鶯語

韋氏詞風清麗，如周濟《介存齋論詞雜著》所評：「端己詞清豔絕倫。初日芙蓉春月柳，使人想見風度。」王國維《人間詞話》亦云：「『弦上黃鶯語』，端己語也，其詞品亦似之。」又云：「韋端己之詞，骨秀也。」是知其詞善於以疏淡秀雅的筆調，摹寫真情實意，詞格甚高，為花間詞人之一，與溫庭筠齊名，世稱「溫韋」。

韋詞已擺脫溫詞之穠豔風格，溫韋詞風之異大抵有三：一、前者多為客觀之描寫，後者多為主觀之抒情。二、前者如「畫屏金鷓鴣」，描摹精緻華美，卻缺乏明顯個性及生命力；後者如「弦上黃鶯語」，用語清新淡雅，流露蓬勃生氣與個人情感。三、前者營造出一片華美意象，能予人豐富聯想，但人物情事難以確指；後者則善於敘寫真實情事，能給人真切的感動，人情事物呼之欲出。

韋詞以〈菩薩蠻〉五首為代表，一般以為此五首乃作者晚年在蜀，為追憶平生舊遊而作；表面上描寫美女愛情、相思離別，實則為其寄寓平生之作。第一首憶當年在洛陽與美人分別，此美人或有實指，或影射家國、故鄉、親友等，但礙於詞柔媚婉約之本質，故藉兒女私情以言之。第二首敘述遠遊江南後的生活。第三首追述在江南曾有過美好的遇合，此際遇未必純為才子佳人之戀，或隱含著達官貴人的器重。第四首敘及在蜀生活，由於受到蜀主王建重用，他欲去不能，欲歸又不得，莫可奈何下，只好故作曠達，強顏歡樂。第五首旨在抒發對洛陽的思念之情。詞中既透露對紅樓美人的思念，更隱藏無盡的家國之思、沉痛之情。

此五首〈菩薩蠻〉，一氣呵成，語意連貫，可視為一整體。又緊扣作者生平，直抒胸臆，情真意切，不假雕琢，清疏淡雅，堪稱韋詞的典型之作。

清疏淡雅韋莊詞

秦婦吟秀才

孤貧力學，才思過人 → 多次應舉，名落孫山 → 避禍洛陽，聲名大噪 → 流寓江南，亂平回京 → 年近花甲，進士及第 → 天復元年，應聘入川 → 王建稱帝，出任宰相 → 武成三年，卒於成都

韋詞的特色

1. 直抒胸臆，情真意切。
2. 不假雕琢，清新淡雅。
3. 以男子口吻寫作，為柳永羈旅行役詞之始祖，開蘇、辛豪放詞之先聲。

溫韋詞之比較

溫詞	韋詞
客觀之描寫。	主觀之抒情。
如「畫屏金鷓鴣」。	如「弦上黃鶯語」。
營造出華美的意象。	善於敘寫真實情事。

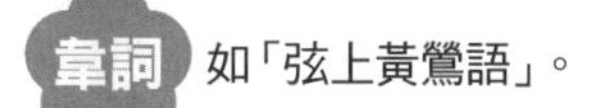

代表作

清麗疏雅之作

〈菩薩蠻〉之一：「琵琶金翠羽，弦上黃鶯語。勸我早歸家，綠窗人似花。」追憶當年紅樓美人的殷殷叮囑，他多想回到過去，但已經回不去了。

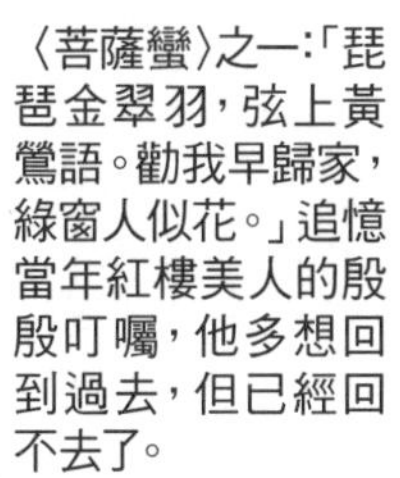

真摯率直小詞

如〈思帝鄉〉：「春日遊，杏花吹滿頭。陌上誰家年少，足風流。妾擬將身嫁與、一生休。縱被無情棄，不能羞。」寫少女春日出遊，盼能覓得如意郎君的心情。

UNIT 3-8 堂廡特大正中詞

南唐詞跳脫花間詞穠情麗句的範疇，而以詞人本身的生命、熱情等，讓人產生興發聯想，直接撼動人心。其中以中主李璟、後主李煜及馮延巳之作尤勝。如馮煦《唐五代詞選・敘》評曰：「吾家正中翁（馮延巳），鼓吹南唐，上翼二主，下啟歐晏。」實際上馮延巳年紀較大，跳脫君臣關係，應是近啟南唐二主，遠開北宋晏、歐之先河才是。

老臣襟抱，鞠躬盡瘁而已

馮延巳（903~960），又名延嗣，字正中，廣陵（今江蘇揚州）人。其父馮令頵為南唐吏部尚書，與宮中關係良好；加上馮延巳本身多才多藝，開國之初，先主李昪命為祕書郎，使與太子（李璟）交遊。中主李璟登基後，他幾度榮登相位，終因主戰失利，罷去。

葉嘉瑩《唐宋詞十七講》云：「馮延巳的詞是最有悲劇精神的。就是說他有一種在痛苦之前執著而且不放棄的這樣一種精神。」饒宗頤〈人間詞話評議〉從中看出「鞠躬盡瘁，具見開濟老臣襟抱。」馮詞執著的熱情，乃其個人情感、修養、襟抱等本質的呈現，無關乎歷史成敗。王國維《人間詞話》評云：「馮正中詞雖不失五代風格，而堂廡特大，開北宋一代風氣。」劉熙載《藝概》亦云：「馮延巳詞，晏同叔（晏殊）得其俊，歐陽永叔（歐陽修）得其深。」然而，無論展現才情韻致（俊）或深摯執著（深），馮詞中都蘊藏著一股堅持到底、永不放棄的熱情。

君臣儒雅，倚聲填詞不輟

據陸游《南唐書・馮延巳傳》載：

> 元宗（中主）嘗因曲宴內殿，從容謂曰：「『吹皺一池春水』，何干卿事？」延巳對曰：「安得如陛下『小樓吹徹玉笙寒』之句？」

中主欣賞馮延巳〈鵲踏枝〉「吹皺一池春水」句，他卻讚嘆中主〈山花子〉「小樓吹徹玉笙寒」之句，君臣同喜倚聲填詞，閒暇時一起談詩論詞，無限風雅。

馮氏《陽春集》收錄十四首〈鵲踏枝〉。「誰道閒情拋擲久」一首，敘每到春來，惆悵依舊，新愁舊恨，年年滋長。「梅落繁枝千萬片」一首，則寫酒醒花落，更添愁緒，憑欄念遠，暗自神傷。其中「獨立小橋風滿袖」、「樓上春山寒四面」句，頗有異曲同工之妙，都是他身為當朝宰相，高處不勝寒的寫照；但他還是要盡最後一分心力，承受來自四面八方的攻擊，明知不可而為之，試圖力挽狂瀾，拯救國家於危難之中，這是他執著的熱情。以上兩首詞都營造出一種情感的意境，讓讀者彷如置身其中，用文字直接打動人心，這是南唐詞的特色。

而中主〈山花子〉，沉鬱悽楚，情景交融，能引起讀者興發感動與聯想，此亦南唐詞之特質。故王國維《人間詞話》評云：

> 南唐中主詞：「菡萏香銷翠葉殘，西風愁起綠波間。」大有眾芳蕪穢，美人遲暮之感。乃古今獨賞其「細雨夢回雞塞遠，小樓吹徹玉笙寒」，故知解人正不易得。

指出古人欣賞此詞，著眼於主題——閨婦思念征夫；王國維卻從滿池花葉衰敗中，讀出美好事物瞬間凋殘的悲哀。這就是南唐詞發人省思、感人肺腑的興發感動的力量之所在。

興發感動南唐詞

馮延巳詞

執著的熱情

馮煦《唐五代詞選》云：「吾家正中翁鼓吹南唐，上翼二主，下啟歐晏。」馮延巳較南唐二主年紀大，應是近啟二主詞，遠開北宋晏、歐之先河才是。

俊

如〈拋毬樂〉：「逐勝歸來雨未晴，樓前風重草煙輕。……款舉金觥勸，誰是當筵最有情？」處處展現出個人的才情韻致。

深

如〈鵲踏枝〉：「梅落繁枝千萬片，猶自多情，學雪隨風轉。」不經意流露出開濟老臣試圖拯救國家於危難之中的深摯執著。

開北宋一代風氣

晏殊得其「俊」　　**歐陽修得其「深」**

★王國維《人間詞話》云：「馮正中詞雖不失五代風格，而堂廡特大，開北宋一代風氣。」

★劉熙載《藝概》云：「馮延巳詞，晏同叔（晏殊）得其俊，歐陽永叔（歐陽修）得其深。」

中主李璟詞

如〈山花子〉：「菡萏香銷翠葉殘，西風愁起碧波間。還與容光共憔悴，不堪看。」寫閨婦思念征夫，同時寄寓美好事物瞬間凋殘的悲哀。

後主李煜詞

最高成就　毫無節制

後主詞今存30餘闋，以39歲亡國為界，可分為前、後兩期：

前期：貴為一國之君，詞風溫馨浪漫，表達帝王詞人無節制的享受。

後期：淪為宋室戰俘，不到3年時間，卻是畢生創作的黃金期。他把亡國血淚化作動人詞章，傳達內心無節制的傷痛。

文學歇腳亭

史書上記載馮延巳與胞弟馮延魯、陳覺、魏岑、查文徽五人，與南唐王室關係密切；又因他們在政治上主張南征北討，以保家衛國，立場與國老宋齊丘相近，故被朝中主和人士稱為「五鬼」。

朝中另有主張向北朝求和以苟延國祚者，如孫晟、韓熙載、江文蔚、蕭儼等，與主戰之士可謂形同水火，誓不兩立。

南唐小國就在兩派人馬相互傾軋、鬥爭中，一步步走上覆亡之路。然當時無論主戰、主和派，想必都自許以救亡圖存為己任，政治立場雖有不同，但憂國愛民之心卻毋庸置疑。

UNIT 3-9 亡國血淚傳千古

李煜（937~978），原名從嘉，字重光，南唐末代君主，世稱「李後主」。其詞以三十九歲降宋為界，分為前、後兩期：前期身為一國之君，身邊雅士、美女環繞，享不盡的榮華富貴，故詞風溫馨浪漫，表達出帝王詞人無節制的享受。後期淪為亡國奴，囚居汴京三年，是一生最不堪的歲月，卻是創作最輝煌的時期；他把亡國血淚化作一闋闋悽愴動人的詞章，傳達出帝王詞人無節制的傷痛。王國維《人間詞話》云：「詞至李後主而眼界始大，感慨遂深，遂變伶工之詞而為士大夫之詞。」是知他使詞擺脫酒宴歌席娛賓之用，而成為讀書人抒發懷抱的文體，故在五代詞人中評價最高。周濟《介存齋論詞雜著》評云：「毛嬙、西施，天下美婦人也，嚴妝佳，淡妝亦佳，麤服亂頭，不掩國色。……後主，則麤服亂頭矣！」王國維亦云：「李重光之詞，神秀也。」足見其詞之渾然天成，不假雕琢，如絕世美人以神韻取勝，粗服亂頭，終不掩國色天香。

帝王詞人，無限風雅

李後主〈玉樓春〉（晚妝初了明肌雪）敘宮廷宴樂之歡愉。上片描繪春夜歌舞的繁華熱鬧，身為風流帝王，他觀賞歌舞，鳳簫要「吹斷」，《霓裳》要「重按」，沉浸在毫無節制的享樂中。下片描摹曲終醉歸之心滿意足，繁華宮宴後，還要感受月光下信馬奔馳的清幽寧靜。帝王生活、文士風雅，一動一靜，一華麗一樸素，將他那般無節制的享受傳達得淋漓盡致。

此外，其〈菩薩蠻〉（花明月黯飛輕霧），假託小周后口吻，描述婚前兩人幽會的情景。上片敘少女對此行的期待，來不及繫上開衩的襪子，便私自溜出宮門。下片則寫少女見到情郎的欣喜：「奴為出來難，教君恣意憐。」純用白描語氣，大膽率真，熱情奔放，流露出彼此間濃烈而真摯的愛意。

亡國之君，斑斑血淚

〈破陣子〉（四十年來家國），乃李後主亡國歸宋後，追憶當時辭廟被俘之作。上片回想故國昔時的盛況，從時間與空間具體勾勒出金陵故國的輪廓，三代帝王基業，江南秀麗之地，物阜民豐，內含無限眷戀之情。下片敘今日為囚的悲哀，末三句突然又轉為追述：「最是倉皇辭廟日，教坊猶奏別離歌，揮淚對宮娥。」想到肉袒出降之日，辭廟拜別列祖列宗，教坊還演奏別離歌曲，他與宮娥們揮淚道別，亡國之痛，離別之恨，情何以堪！

〈虞美人〉（春花秋月何時了），乃他被俘入宋，適值四十二歲生日，為懷念故國而作。上片敘對故國往事之眷戀，春花秋月，良辰美景，是天地間永遠恆存的景象，無窮無盡，永無止境；但美好的金陵往事，卻隨著歲月逐漸模糊，隨著記憶點滴流逝，而今還剩下多少？「故國不堪回首月明中」句，觸怒了宋太宗，使他一夕暴斃身亡，此詞遂成絕筆之作。下片抒發現實的愁恨：「雕欄玉砌應猶在，只是朱顏改。」美麗的故國宮殿應該還在吧？只可惜今非昔比。「問君能有幾多愁？恰似一江春水向東流。」此恨如洪流般滔滔不絕。他以一己有限的人生，去承擔那無止盡的亡國之痛，並用詞章寫出一切生命共同的傷悲。

詞中之帝李後主

溫庭筠詞	韋莊詞	李煜詞
溫飛卿之詞，句秀	**韋端己之詞，骨秀**	**李重光之詞，神秀**

如「畫屏金鷓鴣」

如「弦上黃鶯語」

生於深宮之中，長於婦人之手，而不失其赤子之心，是其為人君之所短，亦即為詞人之所長。

如美人之著嚴妝

如美人之著淡妝

如美人粗服亂頭，不掩其國色天香。

李後主詞

確立其詞史上的地位

前期：宮廷繁華事

如〈菩薩蠻〉：「衩襪步香階，手提金縷鞋。……奴為出來難，教君恣意憐。」描寫婚前與情竇初開的小周后幽會，流露出大膽、濃烈的愛意。

後期：亡國血淚史

如〈虞美人〉：「春花秋月何時了，往事知多少？……問君能有幾多愁？恰似一江春水向東流。」寫國仇家恨，如一江春水般綿綿不絕，亙古長存。

UNIT 3-10 晏歐小詞詠相思

北宋初代表詞家晏殊、歐陽修所作多為小令，以供宴會娛賓之用。

葉嘉瑩《唐宋詞十七講》云：「晏殊（詞）的特色表現的是一種圓融的觀照。」何謂「圓融的觀照」？又云：「對於自己的感情有一種節制，有一種反省，有一種掌握，有這樣的修養的能力。」晏殊（991~1055），字同叔，江西臨川人。身為承平宰相，一生富貴顯達，故詞中自然展現雍容大度的特質。

歐詞的特色，如葉嘉瑩云：「歐陽修表現的是一份遣玩的意興。……他懂得在苦難之中，用種種的美好的事物來自我遣玩。」就情感本質而言，所謂「遣玩的意興」，正是用種種美好的人情、風光、事物等，來排遣內心的憂愁、痛苦。就風格特徵而言，則為疏雋深婉。歐詞受五代詞人影響，不出「豔科」範疇，主要在抒發閒情逸致，或為宴飲遣興之作。

馮煦《宋六十一家詞選・例言》云：「其（歐）詞與元獻（晏殊）同出南唐，而深致則過之，……疏雋開子瞻（蘇軾），深婉開少游（秦觀）。」謂晏、歐之詞同出於南唐馮延巳。又歐詞疏雋處，下啟蘇軾；深婉者，為秦觀之先聲。可見其承先啟後，地位不容小覷。

晏詞俊逸，圓融觀照

晏殊〈浣溪沙〉（一曲新詞酒一杯），舊題「春恨」，上片寫對風雅生活的眷戀，下片敘說對春光易逝的愁悶，全詞旨在抒發感時傷春之情。當他看到落日西斜、春花飄落，固然為之悵然，但立刻想起人世間本來就是悲喜交加，有得必有失，有禍必有福，因此轉為對燕群歸來感到欣慰，這便是「圓融的觀照」。當他為無常而發愁，「夕陽西下幾時回」、「無可奈何花落去」，卻也體會出永恆的喜悅，「去年天氣舊亭臺」、「似曾相識燕歸來」，如此悲喜參半、禍福相倚，正是晏詞中圓融觀照的人生觀。

歐詞深摯，遣玩之興

歐陽修〈蝶戀花〉（庭院深深深幾許），亦收入馮延巳《陽春集》。李清照〈臨江仙〉題下自注：「歐陽公作〈蝶戀花〉，有『深深深幾許』之語，予酷愛之，用其語作『庭院深深』數闋。」由於李清照與歐公皆為宋人，又同是詞家，且年代相近，故其言可信。

此詞或題「春晚」，旨在敘說暮春時節傷春、惜春之情。上片由庭院深深，回憶當年冶遊生活。「玉勒雕鞍遊冶處，樓高不見章臺路。」就詞人來說，含有滄海桑田之感，昔日冶遊之地，如今物換星移，人事全非，再也難覓舊址；隱含年華老去之嘆，從前年少輕狂，縱情聲色，而今青春不再，心有餘而力不足，不覺悵然若失。下片因雨橫風狂，悵恨無計留住春光。「淚眼問花花不語，亂紅飛過秋千去。」俞陛雲《唐五代兩宋詞選釋》云：「此詞簾深樓迥及『亂紅飛過』等句，殆有寄託，不僅送春也。」蓋歐公有意藉歌詠美女傷春的小詞，寄寓平生政治失意之慨，想必他在參與新政時期，曾經試圖挽回春天，最後卻無力回天，只好任由春花殘落，真是莫可奈何！

此〈蝶戀花〉，是歐公上繼馮詞之深摯，下啟秦觀之深婉，且遙承花間詞風的作品，風格婉約，為詞之正宗。

宋初小詞承南唐

{ 源於馮延巳詞之「俊」 }

圓融的觀照

如〈浣溪沙〉：「一曲新詞酒一杯，去年天氣舊亭臺，夕陽西下幾時回。　無可奈何花落去，似曾相識燕歸來，小園香徑獨徘徊。」抒發感時傷春之情，展現出承平宰相圓融觀照的處世哲學。

{ 源於馮延巳詞之「深」 }

遣玩的意興

如〈蝶戀花〉：「庭院深深深幾許，楊柳堆煙，簾幕無重數。……淚眼問花花不語，亂紅飛過秋千去。」藉美女傷春的小詞，寄寓政治失意之慨，流露出一種遣玩的意興。

下開蘇軾豪放詞。

為秦觀詞之先聲。

文學歇腳亭

相傳宋仁宗並非劉太后的親生子，而是侍女李氏所生，後被當時的劉皇后奪以為己子，就是民間傳說「狸貓換太子」的故事。李氏臨終晉封為宸妃，劉后下令予以厚葬，並請晏殊撰寫墓誌銘，以表哀榮。晏殊隻字未提及皇上生母之事。直到劉后駕崩後，大臣才據實以告；皇上一時震怒，晏殊被貶出朝。不過在宰相呂夷簡的勸說下，仁宗念及劉后的養育之恩，非但未牽怒於劉氏一族，並厚葬劉后。一樁後宮恩怨，卻連累晏殊晚年罷相，離開京師。

UNIT 3-11 淺斟低唱愛柳七

詞至柳永，無論形式、內容等都有所突破。如開始大量創作慢詞（長調），以行役見聞、市井生活為主題，前者以鋪敘手法為之，把旅途中所見景物寫入詞裡，為蘇軾豪放詞之先聲；後者則不避俚語、俗諺，生動道出升斗小民的心聲，故形成「凡有井水飲處，即能歌柳詞」的盛況。

奉旨填詞柳三變

柳永（987~1053），初名三變，字耆卿，因排行第七，人稱「柳七」。福建崇安人。他前半生考場失利，大多在青樓妓院中度過，因而備受正統文士排擠。一回，他又落榜了，填〈鶴沖天〉詞，抒發名落孫山之慨。其中「青春都一餉，忍把浮名，換了淺斟低唱。」竟傳進宋仁宗耳裡。某次科考，皇帝御筆批示：「此人風前月下，好去淺斟低唱，何要浮名？且去填詞。」於是將他除名。他得知此事，實在太痛心了，從此填詞，自稱「奉旨填詞柳三變」。

之後他索性改名「柳永」，於景佑元年（1034）中進士，時年四十八，終於如願進入官場。但終其一生，屈居下僚，四處奔波，毫無遠景可言；曾任餘杭縣令、鹽場大使、睢州推官、屯田員外郎等職，世稱「柳屯田」。此時，他把羈旅行役途中見聞，名山大川、市井生活等寫入詞中，讓詞擺脫以往花前月下、美女閨怨的場景。

晚年，不堪行役之苦，棄官隱退。最後，卒於襄陽。歌妓們集資為他辦後事。每年清明，青樓姐妹還相約為他掃墓、祭拜，此即著名的「弔柳七」。有《樂章集》傳世，收入詞兩百多首。

雅俗共賞歌柳詞

柳永對詞壇的貢獻，在於雅俗共賞：文雅者，即把行役途中的高遠景物填入詞裡，拓展了詞的境界，成為蘇軾豪放詞之先驅，從而奠定柳詞在文學史上的地位；淺俗者，則為描寫市井生活、歌女心聲等，俚俗而淺白，柔媚而綺靡，使他成為當時流行音樂界的一朵奇葩。

柳永〈雨霖鈴〉（寒蟬淒切），以男子口吻寫成，敘作者秋日即將離京南行，與情人分別，淚眼相對，離情依依。上片採實筆，明寫別時光景；下片用虛筆，設想別後種種。上、下二片，連貫一氣，渾然成篇。就形式言，為雙調慢詞；到柳永才開始大量創作長調，這是詞史上〈雨霖鈴〉最早的作品。就內容言，寫相思之離情、旅途之景物，是柳詞在題材上的開拓。就表現手法言，運用鋪敘法，敘事摹景，寓情於其間，虛實相生，層層展開，針線綿密，刻劃入微。就風格言，淒美婉約，音韻諧和，如「楊柳岸曉風殘月」般，令人吟哦再三，愛不釋手。

其〈定風波〉（自春來，慘綠愁紅），假託女子口吻，述說閨婦思念郎君；是柳詞中淺俗之作。上片著眼於一個「恨」字，以實筆摹寫，勾勒出獨守空閨，百無聊賴的離恨；下片則聚焦在一個「悔」字，採虛筆鋪陳，描述未能留住情郎，落得青春虛擲的懊悔。其中「針線閒拈伴伊坐」句，連宰相晏殊都朗朗上口，足見其風靡一時。此類「俚詞」多採慢詞長調，描寫市井歌女風情，運用鋪敘手法、俗話口語，風格柔媚綺靡，聲韻和諧圓美，故成為當時家喻戶曉的流行歌詞。

雅俗共賞柳永詞

形式：開始大量創作慢詞（長調）

內容

文雅

描寫行役見聞：入仕後，飽受羈旅行役、飄泊四方之苦，故以鋪敘手法將途中所見江湖景物寫入詞裡，開蘇軾豪放詞之先聲，使他在詞史上占有一席之地。

代表柳詞之成就

如〈雨霖鈴〉：「多情自古傷離別，更那堪冷落清秋節？今宵酒醒何處？楊柳岸曉風殘月。」寫男子秋日離京，與情人分別，淚眼相對，依依不捨。

淺俗

刻劃市井生活：早年流連於青樓酒館，不避俚語、俗諺，生動道出升斗小民的心聲，故形成「凡有井水飲處，即能歌柳詞」的盛況，使他在當時紅透半邊天。

如〈定風波〉：「自春來，慘綠愁紅……。針線閒拈伴伊坐，和我，免使年少光陰虛過。」寫女子悔恨未能留住郎君，落得如今空閨寂寞，虛度青春。

文學歇腳亭

柳永出生書香世家，當然希望承此家風，在官場上嶄露頭角。然而，過人的音樂天賦、文學才華，加上生性浪漫，反倒成為晉身仕途的莫大阻力，讓他屢屢失意於科場。不過，他仍在當時流行音樂界闖出一片天，贏得歡場歌女、樂工們的青睞，因為他所創作的詞、曲都能紅遍大街小巷，傳唱一時。

柳永成天與歌妓、酒女廝混，自然格外瞭解她們的心聲，甚至與之結為知音。他的才華、他的多情深深吸引了那些才貌雙全卻淪落風塵的青樓女子，因此煙花巷陌盛傳一句話：「不願君王召，願得柳七叫；不願千黃金，願得柳七心；不願神仙見，願識柳七面。」他儼然成為所有妓女心中的「白馬王子」。

UNIT 3-12 大江東去豪放調

蘇軾進一步以詩為詞，直抒胸臆，且不拘泥於聲律，將詞的內容、境界與手法等推向另一個高度，開創豪放詞風。至此詞擺脫音樂的束縛，重視文學性更甚於一切，這是優點，也是缺點。因為詞成為一種獨立的文學作品，而非音樂之附庸，誠屬可喜！然詞既為流行音樂的歌詞，溫柔婉約、協律可歌是其特色；豪放詞卻背離了它的本質，縱使成就再高，僅能算是「別調」，終非詞之本色（本來風貌）。

豪放是特色

東坡詞的特色有三：一、以詩為詞：向來「詩莊詞媚」，風格迴異，他卻以作詩手法填詞，形成詩化的詞風。如陳師道《後山詩話》所云：「子瞻（蘇軾）以詩為詞，……雖極天下之工，要非本色。」其詞以豪放著稱，與傳統婉約詞風，大相逕庭。二、拓展詞境：詞原本只寫男女愛情、相思離別等題材；到柳永，把行役途中高遠的景物寫進詞裡；到蘇軾，無論登臨、詠史、言志、說理、議論……，任何題材，無所不寫，大大拓展了詞的思想、內容與境界。三、擺脫音樂的束縛：東坡詞不協律，使歌詞與音樂分離。優點在於詞不再依附音樂而存在，有其獨立之生命；缺點則是蘇軾所創豪放詞，終非詞之本色，且易折煞歌者的喉嚨，唱起來既拗口，又不夠動聽。

蘇軾〈念奴嬌・赤壁懷古〉堪稱古今豪放詞的壓卷之作。全詞借古抒懷，熔寫景、詠史、抒情於一爐，遙想三國周瑜而立之年已建立不朽功業，反觀自己年近半百仍一事無成，寄寓無限慨嘆之意。詞中超越時空，自由馳騁，從個人生命到歷史功業，乃至於無窮的宇宙，有早生華髮、人生如夢的傷感，有蓋世功名、雄姿英發的讚頌，更有江水長存、豪傑安在的感慨；既然人生如夢，功名如夢，英雄豪傑亦如夢一場，最後以「一樽還酹江月」自解，從一切苦悶與嘆賞中超脫出來。此詞大氣磅礴，格調雄渾，故葉嘉瑩《唐宋詞十七講》以為其情感本質，在於抒寫詞人的逸懷浩氣。

婉約為上乘

東坡詞雖以豪邁奔放著稱，亦兼擅婉約言情，如悼念亡妻之〈江城子〉、遊子傷春之〈蝶戀花〉等，均屬於婉約風格。故知豪放詞是蘇軾的特色，然有違詞家本色，終非上乘之作；其婉約詞或寓豪放於婉約中的作品，符合歌詞原貌，才是東坡詞首屈一指的佳作。

〈江城子〉（十年生死兩茫茫），乃蘇軾悼念亡妻之作；亦詞史上第一首悼亡之作。上片敘事：「十年生死兩茫茫，不思量，自難忘。」明明旨在思念亡妻，卻用逆筆「不思量」，再翻出「自難忘」，文勢欲揚故抑，跌宕生姿。後採懸想示現，謂自己官場失意，容顏憔悴，就算再與亡妻見面，亡妻恐怕也認不出他。下片記夢，結尾又採懸想示現：「料得年年斷腸處，明月夜，短松岡。」把對亡妻的思念，從原本單向相思寫成陰陽兩地，雙方斷腸，虛實相生，更能突顯彼此的情深義重，至死不渝。這一類婉約抒情、真摯動人的作品，充分展現出歌詞「要眇宜修」之本質，才是詞之正宗，才是公認蘇軾第一流的詞作。

另闢蹊徑東坡詞

豪放詞 東坡詞之特色

★以詩為詞：以作詩的手法填詞，形成詩化的詞風。
★拓展詞境：任何題材，無所不寫，拓展詞的思想、內容與境界。
★擺脫音樂的束縛：東坡詞不協律，使歌詞與音樂分離。

如〈念奴嬌・赤壁懷古〉：「大江東去，浪淘盡、千古風流人物。故壘西邊人道是，三國周郎赤壁。」藉三國史事，抒發一己之逸懷浩氣。

婉約詞 東坡詞之佳作

★上承花間詞風、南唐詞、晏歐詞，東坡婉約之作或寓豪放於婉約的作品才是詞家正宗，是公認第一流的佳作。
★此類婉約詞與約略同時的秦觀詞相互輝映，一齊照亮北宋詞壇。

如〈江城子〉：「十年生死兩茫茫，不思量，自難忘。千里孤墳，無處話淒涼。」悼念亡妻，寫盡 10 年來陰陽兩隔之思念、人世滄桑之變化。

文學歇腳亭

秦觀（1049~1100），字少游，號淮海居士，江蘇高郵人。元豐 8 年（1085）進士，官至祕書省正、國史院編修官。因新舊黨爭，屢遭貶謫，紹聖 3 年（1096）徙官郴州（湖南郴縣），明年 2 月編管橫州。他在赴橫州前，曾於旅舍中作〈踏莎行・郴州旅舍〉詞，抒發寓居異鄉、流放不得歸的苦悶心情。

「霧失樓臺，月迷津渡，桃源望斷無尋處。可堪孤館閉春寒，杜鵑聲裡斜陽暮。」春寒客宿孤館，黃昏時在杜鵑悲鳴中，牽動無限鄉關之思。結尾：「郴江幸自繞郴山，為誰流下瀟湘去？」沉痛至極，而作無理之問。相傳蘇軾對此 2 句情有獨鍾，秦觀辭世後，他特將之書於扇面，時時玩味，云：「少游已矣，雖萬人何贖！」

秦觀與張耒、晁補之、黃庭堅並稱「蘇門四學士」。他當是蘇軾的學生無疑，但民間傳說他還是東坡的妹婿，謂他娶蘇小妹為妻，見馮夢龍〈蘇小妹三難新郎〉。據考證蘇小妹為一虛構人物，而秦觀妻為高郵富商徐成甫之女，可見此說之穿鑿附會，不足採信。

UNIT 3-13 審音調律周美成

北宋末徽宗創設大晟府，任命精通音樂的周邦彥為提舉官，專務審音調律、創新曲調之事，轉而講究詞的音律諧和、技巧精工，形成格律詞興盛的局面。在題材上，又恢復蘇軾以前閨閣相思的內容；但在形式上，卻不乏貢獻，對南宋、清代詞影響頗大。

大晟詞人

周邦彥（1056~1121），字美成，號清真居士，浙江錢塘人。自幼遍讀群書，學識淵博，然年少輕狂，行為放蕩，不為鄉里喜愛。曾遊汴京，在太學讀了幾年書；後向宋神宗獻〈汴都賦〉，由諸生擢為太學正，任教於太學。〈汴都賦〉描寫京城的繁華熱鬧，間接歌頌王安石新法。哲宗即位，由太皇太后高氏輔政，起用舊黨人士，周氏遂被調離京師。歷任廬州教授、溧水知縣、國子主簿，輾轉於州縣之間，不再意氣風發，轉為低調、保守。

哲宗親政，又起用新黨之士，他再度被召回京；但已看透政海波瀾，不再求進取。徽宗時，入為祕書監，進徽猷閣待制，提舉大晟府，為朝廷制禮作樂，為大晟詞人之魁首。著有《清真集》，存詞二百餘首，又名《片玉集》。據劉肅序云：「猶獲崑山之片珍，琢其質而彰其文，豈不快夫人之心目也！因命之曰《片玉集》云。」

格律宗匠

周氏精通音樂，能自度曲，審訂詞調，在音律上貢獻良多。如〈六醜〉、〈蘭陵王〉等都是他所創，豐富了詞的音樂牌調。周詞以敘戀情、離愁和詠物為主，題材狹窄，乏善可陳。不過，在表現手法上卻能推陳出新，窮極工巧，為北宋婉約詞之集大成者，亦南宋格律詞之奠基者。

周詞向來被推為詞家正宗，在宋詞發展上具有承先啟後之地位。其特徵有三：一、體裁形式：喜填慢詞長調，由於本身熟諳音樂，又任職於大晟府，故詞律至此更趨嚴整。二、表現手法：喜用典故，善於刻劃勾勒，鍛鍊字句，形成典麗精工的風格。三、內容題材：其詞不出於豔情、寫景、詠物範疇，回復詞之原貌，歌詠情思與離愁，故內容狹隘，境界不高。如王國維《人間詞話》云：「美成詞深遠之致，不及歐、秦，唯言情體物，窮極工巧，故不失為第一流之作者，但恨創調之才多，創意之才少耳。」指出周詞在形式、技巧方面的貢獻。

如〈渡江雲〉（晴嵐低楚甸），敘春日還朝所見所聞，並寄寓看透政海波瀾，抒發前程堪虞之嘆。上片寫返京途中，重遊荊州，春回大地，氣象萬千。下片寫搭乘官船還朝，卻憂心政壇風波再起，殃及自身，為此一夜無眠。全篇摹景、敘事、抒情，彷彿皆針對眼前無邊春色，有感而發，極力鋪陳勾勒，用心安排託意，其實委婉寫出一己的身世之感、仕途之憂。故葉嘉瑩《唐宋詞十七講》說他「以『思力為詞』」，精心鋪排，蘊藏深意。

又〈少年遊〉，詞題或作「為道君李師師作」，然周氏與宋徽宗、李師師年紀相差甚大，故藏匿床下，竊見帝王與名妓謔語之說不可信，一般認為此詞係作者年少時流連青樓妓院之作，旨在描寫士子與妓女間的濃情蜜意。

大晟詞人周邦彥

詞人生平

學問淵博，年少輕狂，不為鄉里喜愛。 → 作〈汴都賦〉，歌頌新法，被擢為太學正。 → 神宗駕崩，調離京師，輾轉於州縣間。 → 哲宗親政，被召回京，看透政海波瀾。 → 徽宗之世，任大晟府，受命制禮作樂。

美成詞之特色

集北宋婉約詞之大成

1. 體裁形式：喜填慢詞長調，加以熟諳音樂，詞律至此更趨嚴整。
2. 表現手法：喜用典故，善於刻劃、鍊字，形成典麗精工的詞風。
3. 內容題材：回復詞之婉約風貌，歌詠離愁相思，內容較狹隘。

思力的安排

如〈渡江雲〉：「晴嵐低楚甸，暖回雁翼，……借問何時，委曲到山家。」委婉道出一己的身世之感、仕途之憂。

傳統婉約詞

如〈少年遊〉：「并刀如水，吳鹽勝雪，纖手破新橙。……馬滑霜濃，不如休去，直是少人行。」為作者年少冶遊的經驗。

南宋格律詞之奠基者

文學歇腳亭

詞發展至北宋末年，上有徽宗設立大晟府，下有周邦彥受命審音調律、創作新曲，在表現技巧方面可謂推陳出新，窮極工巧。如此依新曲調而填的詞，世稱「大晟詞」。

大晟詞人以周邦彥為魁首，另有万俟詠、晁端禮等為羽翼，因而形成格律詞興盛的局面。

別是一家易安體

李清照有〈詞論〉一篇，見於《苕溪漁隱叢話》。她主張詞「別是一家」，特別強調填詞須協律，並提出鋪敘、典重、情致、故實等要求，進而批評柳永詞「雖協音律，而詞語塵下」，晏、歐、蘇詞則「句讀不葺之詩爾，又往往不協音律」，可見當時詞壇的趨勢，與蘇軾豪放詞風背道而馳。

婉約宗主

李清照（1084~1141？），號易安居士，山東濟南人。生長於書香門第，自幼耳濡目染，加上天生才情，使她成為名垂千古的女詞人。十八歲，嫁與太學生趙明誠，夫婦倆志趣相投，詩詞唱和，蒐集古玩字畫，生活幸福美滿。有時夫婿外出，她獨守家中，心繫遠方，往往藉填詞以排遣相思、寂寞。早期詞作，或寫閨中之樂，天真浪漫，溫馨甜美；或寫別離之思，委婉纏綿，傷感而不沉痛。

靖康之禍爆發後，中原淪陷，北宋覆亡。倉促間，她隨夫載書十五車，流亡至南方。趙明誠旅途中積勞成疾，一病不起，不久辭世。喪夫之痛，令她痛不欲生。日後謹遵丈夫遺願，盡力守護僅存的金石圖籍，但晚年孀居，顛沛流離，昔日珍藏又流失不少。她晚期詞作，風格轉為沉鬱悲愴，主要與家國淪亡、孤苦無依息息相關。

著有《漱玉詞》，存詞六十餘首。其詞以情真意摯取勝，在技巧上，精通音律，長於鍊句，更善用白描手法，以淺白清新的語句，描繪鮮明生動的意象。詞風淒婉悲愴，自成一家，人稱「易安體」。沈謙《填詞雜說》評云：「男中李後主，女中李易安，極是當行本色。」讚譽其詞為本色之作，堪與李後主詞並駕齊驅。又王士禎《花草蒙拾》云：「僕謂婉約以易安為宗，豪放唯幼安（辛棄疾）稱首。」稱許她為婉約宗主，足以和豪放宗師辛棄疾分庭抗禮。易安詞之成就與地位，可見一斑。

白描絕技

〈醉花陰〉（薄霧濃雲愁永晝），婚後，丈夫負笈遠行，她深閨寂寞，又逢重陽佳節，故填此詞以抒發離愁別緒：上片敘獨守空閨，秋涼情景；下片敘東籬把酒，別後消瘦。姑且不論友人陸德夫為其評優劣之事是否屬實，總是作者重九懷思之作，尤其「莫道不銷魂，簾捲西風，人比黃花瘦」三句成為千古絕唱，更是不爭的事實。

〈聲聲慢〉（尋尋覓覓）是易安詞最膾炙人口的一首，共計九十七字，為慢詞。詞中藉由描寫秋天景物，抒發她歷經國破家亡、流離失所後的悲苦心情：上片藉秋風蕭瑟，引發內心悽苦；下片藉雨打梧桐，觸動無限秋愁。開端「尋尋覓覓，冷冷清清，淒淒慘慘戚戚。」連用十四個疊字，劈空而下，語意層層遞進，深刻細膩，歷來佳評如潮。「愁」字是詞旨所在，卻到末句才點明。前面藉由天氣、淡酒、曉風、雁群、黃花、梧桐、細雨等之鋪陳，具體描繪出冷清的秋天景象，一天中從早到晚的變化。並以「淒淒慘慘戚戚」、「正傷心」、「憔悴」、「獨自怎生得黑」等情緒字眼穿插其間，委婉表達出內心深處的愁情，曲盡其妙，細膩入微。足見作者精湛的白描功力，運用尋常語句，卻能形塑出孀婦悲秋的情境與氛圍，娓娓道來，令人感同身受。

婉約詞宗李清照

早期

☆書香門第女，自幼才情高。

☆ 18 歲，嫁與太學生趙明誠，夫妻品賞古玩，志趣相投。

☆有時她心繫遠方夫婿，藉填詞以排遣獨守空閨的寂寞。

☆或寫閨中之樂，天真浪漫，溫馨甜美；或寫別離之思，委婉纏綿，傷感而不沉痛。

☆如〈醉花陰〉：「莫道不銷魂，簾捲西風，人比黃花瘦。」她藉此詞抒發深閨寂寞，為情消瘦，意象鮮活。

據《瑯嬛記》載，李清照重陽節寄〈醉花陰〉詞給遠行的趙明誠。明誠讀之愛不釋手，遂廢寢忘食作 50 闋，雜妻子此作，請友人陸德夫品評高下。德夫吟哦再三，說只有「莫道不銷魂，簾捲西風，人比黃花瘦」句最佳。從此，明誠甘拜下風。

晚期

★中原淪陷，隨夫流亡南方。

★趙明誠病逝，中年喪夫，令她痛不欲生。

★晚年孀居，顛沛流離，昔日珍藏金石圖籍多半流失。

★國破家亡，孤苦無依，詞風轉為沉鬱悲愴。

★如〈聲聲慢〉：「守著窗兒，獨自怎生得黑？梧桐更兼細雨，到黃昏點點滴滴。這次第，怎一個愁字了得？」寫出她流落異鄉的悲秋情懷。

★易安詞晚年更趨純熟，情真意切，白描功力，皆已臻爐火純青之境。

★另她提出詞「別是一家」之說，為其詞論主張。

❶ 著有《漱玉詞》，存詞 60 餘首。詞風淒婉悲愴，自成一家，人稱「易安體」。

❷ 其詞以情真意摯取勝，精通音律，長於鍊句，善用白描法，以淺白清新的語句，描繪出鮮明生動的意象。

UNIT 3-15 關河夢斷訴衷情

放翁詞傳世者計有一百四十餘闋，題材宏富，風格多變，既有委婉細膩之作，如〈釵頭鳳〉(紅酥手)，描寫他的愛情悲歌，真摯動人，傳唱千古；也有慷慨激昂之作，如〈訴衷情〉(當年萬里覓封侯)，是他報國無門、英雄末路的慨嘆。故楊慎《詞品》云:「纖麗處似淮海(秦觀)，雄慨處似東坡。」毛晉〈放翁詞跋〉亦云:「超爽處更似稼軒(辛棄疾)耳。」足見其詞或婉約，或豪放，不拘一格，卓然成家。

自許封侯在萬里

〈訴衷情〉(當年萬里覓封侯)，即作者辭官後，追憶南鄭生活，有感而發之作：上片:「當年萬里覓封侯，匹馬戍梁州。關河夢斷何處？塵暗舊貂裘。」回憶當年豪情，滿懷報國的熱忱。下片:「胡未滅，鬢先秋，淚空流。此生誰料？心在天山，身老滄州。」則抒發年華老去，壯志無成的喟嘆。末三句承前文「淚空流」而來，說明空自流淚的緣由，是為篇中警策之語。「心在天山，身老滄州。」則巧妙運用借代法，以天山借指前線，以滄州代稱江湖，道盡烈士暮年、壯心未已的憤慨。

放翁詞中，有不少感慨報國無路的豪放之作，另如〈夜遊宮〉:「自許封侯在萬里。有誰知，鬢雖殘，心未死！」〈漢宮春〉:「君記取、封侯事在，功名不信由天！」故夏承燾《放翁詞編年箋注》評云:「陸游這些詞，比之兩宋諸大家：姿態橫生，層見間出，不及蘇軾；磊塊幽折，沉鬱淒愴，不及賀鑄；縱橫馳驟，大聲鏜鞳，也不及辛棄疾。但是他寫這種寤寐不忘中原的大感慨，不必號呼叫囂為劍拔弩張之態，稱心而言，自然深至動人，在諸家之外，卻自有其特色。」指出陸氏豪放詞直抒報國赤忱，用語平淡，自然生動，在宋詞中別具特色。

已是黃昏獨自愁

紹興二十五年(1155)春，陸游外出踏青，在禹跡寺南沈園，巧遇前妻唐琬偕夫出遊。唐琬夫婦邀他共飲，他藉幾分酒意，信手題〈釵頭鳳〉詞於園壁上。字字句句，如泣如訴，道盡造化弄人、鴛鴦夢碎的無奈與悲哀。上片以自己的口吻，敘沈園重逢的情景：用「東風」呼應前文「滿城春色」。「錯！錯！錯！」則傳達出沉痛的悔恨之意。下片再從自己的角度，敘唐琬之為情消瘦：「桃花落」呼應上片「東風惡」，除了寫景之外，亦暗用杜牧〈嘆花〉詩典故，兼指唐琬如桃花飄零，花落趙家，嫁作他人婦。彼此已無緣再續舊情，只能將此情永埋心底。

他平生鍾愛梅花，詠梅諸作，尤以〈卜算子〉(驛外斷橋邊)最為人所稱道。詞中藉驛館外一株野梅自比：上片寫黃昏時，梅花孤單寂寞、無依無靠，獨自面對外界淒風苦雨的摧殘。一如作者宦海浮沉，壯志難酬之餘，又飽受誹謗纏身的處境。下片謂梅花孤芳勁節，既無意與群芳爭奇鬥豔，亦不屑理會繁花的妒嫉；即使一朝凋零了，化成泥土，碾作埃塵，那抹淡雅幽香依舊飄送如故，歷久不散。象徵詞人擇善固執，潔身自愛，不因失意而媚俗，不以貧困而改節的品格操守。故馮煦《宋六十一家詞選》云:「其逋峭沉鬱之概，求之有宋諸家，無可方比。」對之評價甚高。

不拘一格放翁詞

豪放詞

其雄慨處似東坡（蘇軾）；超爽處更似稼軒（辛棄疾）。

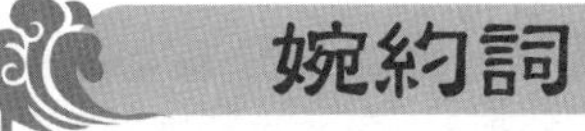

婉約詞

其纖麗處似淮海（秦觀）。

如〈訴衷情〉：「當年萬里覓封侯，匹馬戍梁州。關河夢斷何處？塵暗舊貂裘。」追憶當年戍守前線的豪情壯志。

如〈釵頭鳳〉：「紅酥手，黃縢酒，滿城春色宮牆柳。東風惡，歡情薄。一懷愁緒，幾年離索。錯！錯！錯！」寫春日沈園重逢，鴛鴦夢碎的深悲沉恨。

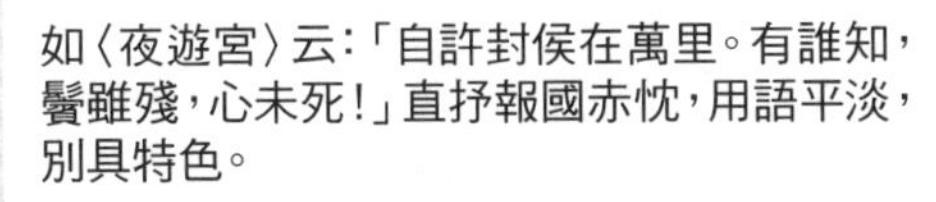

如〈夜遊宮〉云：「自許封侯在萬里。有誰知，鬢雖殘，心未死！」直抒報國赤忱，用語平淡，別具特色。

如〈卜算子〉：「驛外斷橋邊，寂寞開無主。……無意苦爭春，一任群芳妒。零落成泥碾作塵，只有香如故。」藉詠梅花，象徵詞人擇善固執、潔身自愛的品格操守。

UNIT 3-16 別立一宗辛稼軒

辛棄疾（1140~1207），字幼安，號稼軒。南宋紹興年間，出生於歷城（今山東濟南）；二十二歲，率義勇軍起兵抗金。投奔南宋後，曾獻〈美芹十論〉、〈九議〉等，提出恢復中原方略，可惜未獲採納。歷任地方官期間，格外重視革除時弊，整軍經武，積極準備北伐。四十二歲遭彈劾，賦閒長達十餘年；晚年，一度被韓侂胄起用，仍得不到信任，最後含恨而終。著有《稼軒長短句》，收詞六百餘首。他是南宋全力填詞的作家，也是宋詞之集大成者。其詞的主要成就，在於承沿東坡豪放風格，繼以發揚光大；同時也創作不少符合歌詞本色的婉約之作。

稼軒詞之特色有四：一、詩、詞、散文合流，比東坡以詩為詞，在形式上更為開放。二、取材寬廣，各種題材皆可入詞，進一步發揮東坡詞「無意不可入，無事不可言」的精神。三、筆下自有一股豪傑之氣，加以平生壯志無成，忠憤之情，溢於言表，故其詞風格豪壯沉鬱。如清人《四庫提要》評云：「其詞慷慨縱橫，有不可一世之槩，於倚聲家為變調，而異軍特起，能於翦紅刻翠之外，屹然別立一宗。」稼軒詞雖以豪放為主，卻又不拘一格，風格婉麗、質樸、沉鬱、明快等兼而有之。四、表現手法上，善用比興，或藉自然山水，或用歷史掌故，以寄託思想情感；辛棄疾更精於鎔鑄俗諺、俚語入詞，使人耳目一新。

豪放詞宗

〈水龍吟・登建康賞心亭〉作於淳熙元年（1174），作者由滁州改調建康任江東安撫使參議官。他已南歸十餘年，備受冷落、閒置，再度登臨建康賞心亭，滿腔悲慨傾瀉而出。該詞是稼軒早期名作之一，在藝術上已臻於純熟，詞風沉鬱頓挫，豪而不放，壯中見悲。上片以一望無際的楚天、秋水為背景，觸發心中的家國之恨與鄉關之思；雄渾卻不失清麗，又能融情入景，以意境高遠取勝。下片則藉張翰、許汜、劉備、桓溫四典故，抒發滿腔壯志難酬的憤慨，曲折蘊藉，餘韻無窮。綜觀全篇豪壯而有沉鬱之情，雄渾不失蘊藉之法，展現出稼軒詞善於活用古書的特色。

婉約聖手

葉嘉瑩《唐宋詞十七講》云：「辛詞的特色，常是……忠義奮發的進的力量和遭到的讒毀、罷廢的反面壓抑的力量，這兩種力量的激盪盤旋，就是他詞裡的一份本質。」又說：「使辛棄疾……達到詞……最高成就的……是……有一種委婉曲折含蓄蘊藉之美。」可見豪放詞為其特色，而真正登峰造極之作，卻是寓託忠愛志意於兒女私情的婉約詞。

如〈摸魚兒〉（更能消、幾番風雨），藉惜春、宮怨，抒發對國勢衰微的感傷，曲折有致，一唱三嘆。上片敘春意闌珊，引起無限惜春之情；下片敘蛾眉遭妒，引發美人遲暮之感。他無意與楊玉環、趙飛燕輩爭寵，但「斜陽正在，煙柳斷腸處」，隱喻君主為群小蒙蔽，國家前途風雨飄搖，那一份如影隨形的閒愁始終令他痛苦不堪。通篇藉暮春景物、歷史典故，以感傷國事，抒發壯懷，格調柔婉，含蓄蘊藉，這才是稼軒詞中評價最高的作品。

宋詞之最辛棄疾

稼軒詞的特色

1. 詩、詞、散文合流，比東坡以詩為詞，在形式上更為開放。
2. 取材寬廣，各種題材，皆可入詞。
3. 其忠憤之情，溢於言表，故詞風豪壯沉鬱。雖以豪放為主，卻又不拘一格；婉麗、質樸等詞作，兼而有之。
4. 善用比興技巧，精於鎔鑄俗諺、俚語入詞，使人耳目一新。

豪放詞

如〈水龍吟・登建康賞心亭〉：「楚天千里清秋，水隨天去秋無際。……落日樓頭，斷鴻聲裡，江南遊子。把吳鉤看了，欄干拍遍，無人會，登臨意。」描寫登高臨遠，遙望故國河山，因而觸發內心無限的家國之思。

承沿東坡豪放詞，繼以發揚光大。

婉約詞

如〈摸魚兒〉：「君不見、玉環飛燕皆塵土。閒愁最苦。休去倚危欄，斜陽正在，煙柳斷腸處。」藉楊玉環、趙飛燕影射朝中弄臣，「斜陽」則象徵南宋朝廷。暗示群小為禍，使國家步上衰途，而這份「閒愁」令他柔腸寸斷。

格調柔婉，含蓄蘊藉，才是稼軒詞的極品。

UNIT 3-17
白石玉田善詠物

南宋詞可分為兩派：一派近於蘇軾，如辛棄疾、張孝祥、陸游、劉克莊等，由於偏安江左，戰鼓頻傳，其詞慷慨激昂，風格豪邁，流露出濃烈的愛國思想。一派近於周邦彥，如姜夔、史達祖、王沂孫、吳文英等，由於文網極嚴，動輒罹禍，其詞寄興深微，音律工整，寫下許多精緻的詠物作品。後者承沿北宋末周邦彥格律詞風，又走上琢句審音之路，不但在南宋盛極一時，足以與稼軒豪放詞平分秋色；甚至影響到清代浙西詞派，而形成「家白石（姜夔）戶玉田（張炎）」的風氣。

姜夔詠梅花

姜夔少年孤貧，學詩於蕭德藻，頗受賞識，後以侄女妻之。早有文名，然懷才不遇，終生以清客身分，往來於張鑑、張鎡、吳潛等顯宦門第；又與辛棄疾、范成大、楊萬里等名士過從甚密。其人清高耿介，始終過著以文自娛的生活。有《白石道人歌曲》傳世，其中十七首自度曲，註有工尺譜，是現存唯一完整的南宋樂譜資料。

據夏承燾《姜白石詞編年箋校》考證，詞人早年曾與一位合肥女子結下不解之緣，後來遊食四方，無法長相廝守。因此，詞中凡寫到梅花，皆隱藏對舊情的追憶，如〈江梅引〉、〈鬲溪梅令〉、〈暗香〉、〈疏影〉等。尤其〈暗香〉、〈疏影〉，善用梅花典故，援引前人佳句入詞，從不同角度來詠梅，寫出對舊愛的懷念，同時寄託家國之思。此類託物詠懷之作，詞旨隱約，內容虛空，成為姜詞的最大特色。

又〈揚州慢〉，乃詞人見到揚州城荒涼景象，引發感時傷亂之作。據萬樹《詞律》云：「白石因遊揚州而作，皆創為新調，即以詞意名題，其所言即揚州之事。」該篇亦姜氏自製之曲。上片描寫揚州城戰後荒蕪，以景寓情，抒發黍離之悲；下片多化用唐人杜牧詩句，借古傷今，令人不勝唏噓。

姜詞講究音調諧婉、辭句精美及意境清幽峭拔，為南宋格律詞之代表作。他繼承周邦彥詞傳統，又不滿周詞柔媚乏力，於是用詩的句法入詞，辭語精緻，散句單行，故創造出清新剛勁的語言風格。其詠物詞多有寄託，用暗喻、聯想等手法，進行側面烘托，因此格外空靈含蓄、脫俗高雅，被評為「清空」。

張炎詠孤雁

張炎（1248~1320？），字叔夏，號玉田，晚號樂笑翁。原籍甘肅天水，寄籍杭州。為南宋大將張俊六世孫，早年家境富裕，過著湖山清賞、詩詞酬唱的生活；亡國後，遭抄家，家財一空，轉而流落江湖，故所作往往蒼涼激越，多寫身世之慨。有詞集《山中白雲詞》，及詞學專著《詞源》傳世。

他論詞力主清空，因此極推崇姜夔，詞風亦與之相近，實踐了「清空」的詞學理論。其詞集不乏詠物之作，以〈南浦〉詠春水、〈解連環〉詠孤雁最著名，他因此贏得「張春水」、「張孤雁」的美稱。如〈解連環〉（楚江空晚），藉由失群的孤雁，象徵自身的飄泊無依。詞中雖未點明「孤」字，而形單影隻的孤獨形象已躍然紙上；且善於以物喻人、託物言志，使遺民的孤寂愁苦與孤雁的孑然一身，水乳交融，天然渾成，堪稱是詠物詞的傑作。

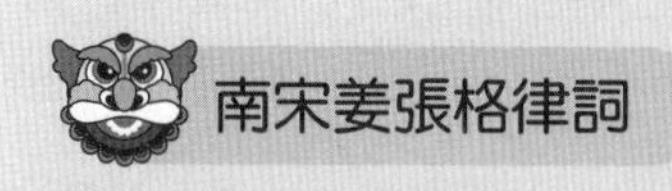

南宋姜張格律詞

北宋周邦彥大晟詞

南宋格律詞

姜夔

★他浪跡江湖，為豪門清客，一生與名士過從甚密。

★善於歌詠梅花，詞旨隱約，內容虛空，寫對舊愛合肥女的追憶，並寄託家國之思。

如〈揚州慢〉：「過春風十里，盡薺麥青青。自胡馬、窺江去後，廢池喬木，猶厭言兵。」描寫揚州城戰後的荒涼景象。

☆南宋格律詞代表作家。

☆其詠物詞多有寄託，格外空靈含蓄、脫俗高雅，被評為「清空」。

張炎

★早年家境富裕，過著風雅、愜意的生活。

★亡國後，慘遭抄家，轉而流落江湖，故所作往往蒼涼激越，多寫身世之慨。

如〈解連環〉：「自顧影、欲下寒塘，正沙淨草枯，水平天遠。寫不成書，只寄得、相思一點。」藉孤雁寫自身飄泊無依之感。

☆著有《詞源》一書，論詞力主清空。

☆詞風與姜夔相近，皆善於詠物之作。

UNIT 3-18 黍離之悲思故國

南宋覆亡前夕，詞人多受姜夔、吳文英等影響，致力於鍊字琢句，詠物逞才。元兵南下以後，或繼承南宋初豪放詞風，如劉辰翁、文天祥、汪元量等，以激昂筆調，抒發滿腔悲憤；或藉詠物以寄意，含蓄寫出亡國血淚、遺民心聲，如周密、王沂孫、蔣捷、張炎四大家之作，皆力求純正典雅，雕章鏤句，成為遺民詞的代表。

草窗沉咽淒楚

周密（1232~1308），字公謹，號草窗。原籍山東濟南，寄籍浙江吳興。曾出為義烏令，宋亡不仕，頗以著述自娛，有《齊東野語》、《武林舊事》等傳世。又與張炎、王沂孫諸君結詞社，相互唱和。其詞集《蘋洲漁笛譜》，一名《草窗詞》；詞作清麗精巧，工於詠物，與吳文英（號夢窗）相近，故並稱「二窗」。周密晚年多作沉咽淒楚之音，詞風又近於張炎。

其詠物之佳作，有〈水龍吟〉詠白蓮、〈國香慢〉詠水仙、〈齊天樂〉詠蟬等。又〈一蕚紅〉（步深幽），詞題作「登蓬萊閣有感」，填於景炎元年（1276）冬。該年正月元兵攻破臨安城，作者冬日登閣，不覺弔古傷今，發為悽愴之詞。上片描寫登臨感懷，歸結到「一片清愁」，濃情淡寫，顯得格外含蓄。下片抒發故國之思，一如王粲登樓，發出憂國懷鄉之浩嘆；末句「為喚狂吟老監，共賦銷憂。」強自寬解：擬喚四明狂客賀知章，共同痛飲、賦詩，滿懷憂思，噴薄而出，淒惻動人，是為草窗詞的壓卷之作。

碧山隱晦紆曲

王沂孫（?~?），字聖與，號碧山，會稽（今浙江紹興）人。元至正中，任慶元路學正。有《花外集》一卷，又名《碧山樂府》。存詞約五十一闋，多詠物之作。如〈眉嫵〉詠新月、〈高陽臺〉詠梅花等，皆採比興手法，藉詠外物，以寄寓黍離之思。故周濟《宋四家詞選・序論》云：「詠物最爭托意，隸事處以意貫串，渾化無痕，碧山勝場也。」

又〈齊天樂〉（一襟餘恨宮魂斷），藉詠蟬，託物寄意，抒發國破家亡的悲哀。上片用齊王后化蟬典故，比擬南宋后妃，象徵社稷淪亡，引發無限的故國哀思；下片藉金銅仙人辭漢之典，暗示江山易主，使蟬頓失清露，抒發亡國的深悲沉恨。通篇藉由秋蟬悲鳴，寫出亡國哀音，詞意雖隱晦紆曲，卻也深婉有致。如周濟所云：「碧山思筆可謂雙絕。」謂其詞在內容情意（思）與結構安排（筆）方面，已臻於極致。

竹山憂思沉痛

蔣捷（1245?~1310），字勝欲，號竹山，陽羨（今江蘇宜興）人。咸淳十年（1274）進士，入元後不仕。著有《竹山詞》一卷。其詞多傷時悼國，憂思沉痛，又受姜夔、辛棄疾等啟迪，往往能突破窠臼，純任白描，故後世評價甚高，劉熙載《藝概》譽為「長短句之長城」。

如〈虞美人〉（少年聽雨歌樓上），以「聽雨」為主題，寫盡少年浪漫生活、壯年飄泊歲月，及老年國破家亡的不同心境。了悟「悲歡離合總無情」後，再來聽雨，也只能「一任階前、點滴到天明」，末三句為所謂「超脫語，往往是沉痛語」作了最佳註腳。

詠物託意遺民詞

周密、王沂孫、蔣捷與張炎，並稱「宋末四大家」。

周密

★宋亡不仕，著述自娛。

★與張炎、王沂孫等結詞社，相互唱和。

★其詞清麗精巧，工於詠物，風格近似吳文英。

★晚年亡國，多沉咽淒楚之音，詞風近張炎。

如〈一萼紅〉：「回首天涯歸夢，幾魂飛西浦，淚灑東州。故國山川，故園心眼，還似王粲登樓。最憐他、秦鬟妝鏡，好江山、何事此時遊？為喚狂吟老監，共賦銷憂。」抒發故國之思，淒惻動人。

王沂孫

★存詞約 51 闋，多詠物之作。

★其詞多採比興手法，藉詠外物，寄寓黍離之思。

★周濟《宋四家詞選》云：「詠物最爭托意，隸事處以意貫串，渾化無痕，碧山勝場也。」

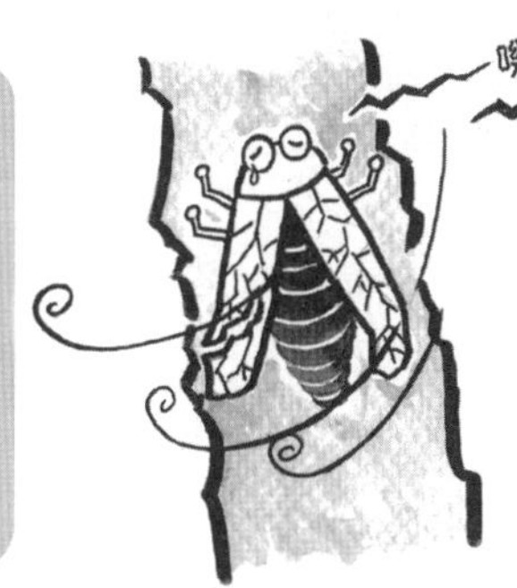

如〈齊天樂〉：「銅仙鉛淚似洗，嘆攜盤去遠，難貯零露。病翼驚秋，枯形閱世，消得斜陽幾度？餘音更苦。甚獨抱清高，頓成淒楚。謾想薰風，柳絲千萬縷。」藉秋蟬寫亡國哀音，可謂思筆雙絕。

蔣捷

★咸淳年間進士，因其〈一剪梅〉名句：「紅了櫻桃，綠了芭蕉。」故人稱「櫻桃進士」。

★其詞多傷時悼國，憂思沉痛，又受姜、辛詞啟迪，而能突破窠臼，純任白描，素有「長短句之長城」的美譽。

如〈虞美人〉：「少年聽雨歌樓上，紅燭昏羅帳。壯年聽雨客舟中，江闊雲低、斷雁叫西風。而今聽雨僧廬下，鬢已星星也。悲歡離合總無情，一任階前、點滴到天明。」追述人生各階段的際遇。

UNIT 3-19

慘淡經營金元詞

遼國是契丹在東北成立的政權，從後梁貞明二年（916）至北宋宣和七年（1125）為金所滅，和北宋（960~1127）對峙達一百六十六年。宣懿皇后蕭觀音（1040~1075），工詩，擅琵琶，能自製歌曲。曾作〈回心院〉詞十首，以抒發宮闈生活的苦悶。之五：「裝繡帳，金鉤未敢上。解卻四角夜光珠，不教照見愁模樣。」據說她後來將這些詞交給宮廷藝人趙惟一製曲，甚至兩人還發生不倫關係，事發後，雙雙被賜死。從先作詞再製曲，可見與我們熟知的倚聲填詞有別。不過，依蕭皇后的才情，填詞想必也難不倒她。

金詞之最元遺山

金國為女真族在政和五年（1115）所建，至端平元年（1234）亡於蒙古止，和南宋（1127~1279）對立了一百零八年。金代文學家以元好問最為傑出。其詞取法蘇、辛，大多在國難方殷、民不聊生的時代背景下，抒發其壯懷激烈。如〈木蘭花慢．遊三臺〉：

> 擁岧岧雙闕，龍虎氣，鬱崢嶸。想暮雨珠簾，秋香桂樹，指顧臺城。臺城，為誰西望？但哀弦淒斷似平生。只道江山如畫，爭教天地無情？　風雲奔走十年兵，慘淡入經營。問對酒當歌，曹侯墓上，何用虛名？青青，故都喬木，悵西陵，遺恨幾時平？安得參軍健筆，為君重賦蕪城？

寫出十年戰火蔓延，三臺景象荒涼，令人不勝唏噓。通篇弔古傷今，格調悲壯，頗得豪放詞之真傳。

而他最著名的卻是〈摸魚兒．雁丘詞〉：「問世間、情是何物？直教生死相許！」相傳他早年應試途中，曾經買下一對雁子，據捕雁人說一隻被網獲，另一隻見狀卻以身相殉，彷彿一對殉情的愛侶。多情的詞人，特地為這雙痴心雁兒安葬，並立下一塊「雁丘」碑，以供後人憑弔。這闋〈雁丘詞〉寫得蕩氣迴腸，道盡世間痴情兒女至死不渝的愛戀，值得低迴品味！

元詞第一仇山村

元詞相較於散曲而言，自然遜色不少，但絕非完全不值一提。如白樸有詞集《天籟集》二卷，其詞清雋婉逸，意愜韻諧，可惜曲名掩蓋了詞名。同時的散曲家，如姚燧、盧摯、貫雲石等，也都有相當不錯的詞作。

仇遠（1247~1326），字仁近，浙江錢塘人。至元中，為溧陽儒學教授，自號近村，又號山村，有《山村遺稿》。其詞雋雅清新，後世推為元人第一。如〈點絳唇〉：

> 黃帽稜鞋，出門一步為行客。幾時寒食？岸岸梨花白。　馬首山多，雨外青無色。誰禁得，殘鵑孤驛，撲地春雲黑？

真是清新雋永，令人百讀不厭。又如顧德輝（1310~1369）〈蝶戀花〉：「春江暖漲桃花水，畫舫珠簾，載酒東風裡。四面青山青似洗，白雲不斷山中起。」亦為詞風清麗之佳作。

時至明代，在詩文復古與反復古風潮及小說、戲曲的爭輝下，詞幾乎成為絕響，但這並不代表明人沒有倚聲填詞之作，只是被淹沒在時代洪流裡，鮮少引起關注而已。

忝為旁枝金元詞

金詞之最 元好問

其詞取法蘇、辛，大多為抒發壯懷激烈之作，是金詞中成就最高者。

〈木蘭花慢・遊三臺〉：「風雲奔走十年兵，慘淡入經營。問對酒當歌，曹侯墓上，何用虛名？青青，故都喬木，悵西陵，遺恨幾時平？安得參軍健筆，為君重賦蕪城？」寫戰火蔓延下，三臺景象荒涼，弔古傷今，格調悲壯，頗得豪放詞之真傳。

〈摸魚兒・雁丘詞〉：「天南地北雙飛客，老翅幾回寒暑？歡樂趣，離別苦，就中更有痴兒女。君應有語：渺萬里層雲，千山暮雪，隻影向誰去？」寫出孤雁的感受：痛失愛侶，前途茫茫，天地之大，卻不知該何去何從？江山之美，竟再也無所眷戀。

元詞第一 仇遠

★其詞散佚不全，現存者多寫景詠物之作。

★詞風雋雅清新，承沿周邦彥、姜夔而來，尚雕琢，詞意隱晦，後世推為元人第一。

如〈點絳唇〉：「黃帽椶鞋，出門一步為行客。幾時寒食？岸岸梨花白。　馬首山多，雨外青無色。誰禁得，殘鵑孤驛，撲地春雲黑？」寫春遊所見風光，岸邊梨花、雨外青山、殘鵑孤驛、漫天暮雲等，美景如畫，令人神往。

UNIT 3-20 陽羨詞派法蘇辛

元、明是詞的衰落期，承宋詞之餘緒，毫無建樹。明末清初，雲間詞人陳子龍、李雯和宋徵輿等歷經亡國之痛，不自覺將幽微隱曲的情思，寫進訴說離別相思的小詞中，故具「寄興深微」之特質，使詞恢復喪失已久的生命力，為清詞復興之契機。清初陽羨派，崇尚蘇、辛豪放詞風，以陳維崧為首，曹貞吉、萬樹等為羽翼。

迦陵詞氣魄絕大

陳維崧（1625~1682），字其年，號迦陵，江蘇宜興人。少負才名，其人清臞多鬚，故人稱「陳髯」。年過五十，始中博學鴻詞，由諸生授檢討，纂修《明史》。他工詩及駢文，以詞最為擅長。不論小令、長調，皆以豪放雄俊為主；氣魄之大，堪與蘇、辛並駕。故陳廷焯《白雨齋詞話》云：「國初詞家，斷以迦陵為巨擘。……迦陵詞氣魄絕大，骨力絕遒，……不及稼軒（辛棄疾）之渾厚沉鬱。然在國初諸老中，不得不推為大手筆。」又云：「迦陵詞沉雄俊爽。論其氣魄，古今無敵手。」如其代表作〈賀新郎・縴夫詞〉：

> 戰艦排江口。正天邊、真王拜印，蛟螭蟠鈕。徵發櫂船郎十萬，列郡風馳雨驟。嘆閭左、騷然雞狗。里正前團催後保，盡纍纍鎖繫空倉後。捽頭去，敢搖手？　稻花恰趁霜天秀。有丁男、臨歧訣絕，草間病婦。此去三江牽百丈，雪浪排檣夜吼。背耐得、土牛鞭否？好倚後園楓樹下，向叢祠亟倩巫澆酒。神佑我，歸田畝。

描寫邊陲戰禍起，軍隊徵募男丁拉縴，弄得鄰里雞飛狗跳。男子不得不與病婦辭行，並求神明保佑早日解甲歸田的悲痛之情。此類詞不但風格豪放，且能反映出民間疾苦，具有社會現實意義。故龍沐勛《中國韻文史》云：「詞體之解放，蓋至維崧而達於最高頂矣。……迦陵詞中，不特開蘇辛未有之境，且以社會思想，發之於詞。」

珂雪詞最為大雅

曹貞吉（1634~1698），字升六，號實庵，山東安丘人。康熙三年（1664）進士，官禮部郎中。善詩工詞，著有《珂雪詩》、《珂雪詞》。他論詞主張獨創，反對模擬，寧失之粗豪，不甘於描寫。王煒〈珂雪詞序〉云：「珂雪詞骯髒磊落，雄渾蒼茫，是其本色，而語多奇氣，惝恍傲睨，有不可一世之意。」《白雨齋詞話》亦云：「珂雪詞，在國初諸老中，最為大雅，才力不逮朱（彝尊）、陳（維崧），而取徑較正。」如〈賀新郎・再贈柳敬亭〉：

> 咄汝青衫叟！閱浮生、繁華蕭索，白衣蒼狗。六代風流歸抵掌，舌下濤飛山走。似易水、歌聲聽久。試問於今真姓字，但回頭、笑指蕪城柳。休暫住，譚天口。　當年處仲東來後，斷江流、樓船鐵鎖，落星如斗。七十九年塵土夢，才向青門沽酒。更誰是、嘉榮舊友？天寶琵琶宮監在，訴江潭、憔悴人知否？今昔恨，一搔首！

藉由說書叟柳敬亭，點出六朝舊事、千古興亡全在搔首之間，以感慨人世的無常、歷史的變遷。足見其詞雄渾蒼茫，格調豪放。

效法蘇辛豪放詞

陽羨詞派

陳維崧

工詩及駢文，以詞最為擅長。不論小令、長調，皆以豪放雄俊為主；氣魄之大，堪與蘇、辛並駕，為清初豪放詞之巨擘。

曹貞吉

善詩工詞，著有《珂雪詩》、《珂雪詞》。其詞雄渾蒼茫，語多奇氣。他論詞主張獨創，反對模擬，寧失之粗豪，不甘於描寫。

如〈賀新郎・縴夫詞〉：「此去三江牽百丈，雪浪排檣夜吼。背耐得、土牛鞭否？好倚後園楓樹下，向叢祠亟倩巫澆酒。神佑我，歸田畝。」描寫丁男受召為縴夫，不得不離家行役，前途茫茫，生死未卜的沉痛心情，深刻反映出民間疾苦。——此為迦陵詞之代表作。

如〈賀新郎・再贈柳敬亭〉：「……當年處仲東來後，斷江流、樓船鐵鎖，落星如斗。七十九年塵土夢，才向青門沽酒。更誰是、嘉榮舊友？天寶琵琶宮監在，訴江潭、憔悴人知否？今昔恨，一搔首！」藉由說書叟柳敬亭，感慨歷史興亡、人事滄桑，詞風雄渾豪邁。

文學歇腳亭

相傳陳維崧有斷袖之癖，與男伶徐紫雲之間「交情匪淺」。徐紫雲，外貌俊美，善吹簫，人稱「雲郎」。

陳維崧其實有家室，仍對男色情有獨鍾。從迦陵詞中，有不少與雲郎相關的作品，可見他在詞人心中的分量。如〈賀新郎・雲郎合巹為賦此詞〉：

> 六年孤館相偎傍。最難忘、紅蕤枕畔，淚花輕揚。了爾一生花燭事，宛轉婦隨夫唱。努力做、藁砧模樣。只我羅衾寒似鐵，擁桃笙、難得紗窗亮。休為我，再惆悵。

寫出雲郎成婚，詞人心中的落寞，「只我羅衾寒似鐵，擁桃笙、難得紗窗亮。」刻劃細膩，迥異於其氣魄絕大之豪放詞。「最難忘、紅蕤枕畔，淚花輕揚。」描寫同性之戀，極露骨，頗具婉約風味。不過，據說徐紫雲婚後，仍與陳維崧過從甚密，經常一起出遊；並未因為各自有了家庭，而疏於往來。

UNIT 3-21 浙西詞派宗姜張

清詞創作，如前述陳維崧等尊蘇、辛，風格豪放，人稱陽羨派。朱彝尊等尊姜夔、張炎，以清空為宗，衍為浙西詞派。陳、朱齊名，清初詞壇莫不受其影響。納蘭性德異軍突起，頗有李後主之風，以小令著稱。嘉慶以降，清空詞風漸為人所厭，張惠言、周濟等出，倡言寄託，陳義較高，而成為常州詞派。繼起詞家，多承其學，因此常州遺韻，延續至清末。

朱竹垞

朱彝尊（1629~1709），字錫鬯，號竹垞，浙江秀水人。康熙年間舉博學鴻詞，授檢討；又曾出典江南省試。罷歸後，致力於學術研究、詩詞創作。他工詩，尤長於詞，標榜南宋姜夔、張炎，選輯《詞綜》一書，數十年間，浙西填詞的人，群起效法，幾乎到了「家白石（姜夔）而戶玉田（張炎）」的地步。由於他論詞偏重格律和技巧，否定蘇、辛一派的作品和歷史地位，忽視詞的思想內容，為日後詞壇帶來不良影響。

其詞佳作，大都收入《江湖載酒集》、《靜志居琴趣》二集中。而後者多為情詞，描寫與妻妹馮壽常（字靜志）間的情愫，真情流露，宛轉而細膩。故陳廷焯《白雨齋詞話》評云：「唯《靜志居琴趣》一卷，盡掃陳言，獨出機杼。豔詞有此，匪獨晏、歐所不能，即李後主、牛松卿（牛嶠）亦未嘗夢見，真古今絕構也。」如〈南樓令〉：

> 疏雨過輕塵，圓莎結翠茵，惹紅襟乳燕來頻。乍暖乍寒花事了，留不住，塞垣春。　歸夢苦難真，別離情更親，恨天涯芳信無因。欲話去年今日事，能幾個，去年人？

此類歌詠兒女私情、相思離別的小詞，情真意切，句琢字鍊，確有幾分姜白石「清空」、「騷雅」之風味。又〈賣花聲・雨花臺〉：

> 衰柳白門灣，潮打城還。小長干接大長干。歌板酒旗零落盡，剩有漁竿。　秋草六朝寒，花雨空壇。更無人處一憑欄。燕子斜陽來又去，如此江山。

足見其雕琢字句，風格醇雅，頗得南宋詞之真傳。然不免顯得精巧有餘，而沉厚不足。

厲樊榭

厲鶚（1692~1752），號樊榭。幼年喪父，靠兄長賣菸草維生；後寄居佛門。康熙五十九年（1720）舉人，但屢試進士不第。中年客居揚州，執教於鹽商馬曰琯小玲瓏館。馬氏藏書甚富，他因而得以飽覽群書。著有《宋詩紀事》、《樊榭山房集》。

其詞大多審音協律，語言清雋，琢字鍊句，特見功力。《白雨齋詞話》評云：「厲樊榭詞，幽香冷豔，如萬花谷中，雜以芳蘭。在國朝詞人中，可謂超然獨絕者矣！……然其幽深處在貌而不在骨，……色澤甚饒，而沉厚之味終不足也。」如〈謁金門・七月既望湖上雨後作〉：

> 凭畫檻，雨洗秋濃人淡。隔水殘霞明冉冉，小山三四點。　艇子幾時同泛？待折荷花臨鑑。日日綠盤疏粉豔，西風無處減。

寫怨情，意境幽深，卻缺乏沉厚蘊藉。

浙西詞派

朱彝尊

論詞標榜南宋姜夔、張炎，選輯《詞綜》1書；數10年之間，浙西填詞者群起效法，幾至「家白石而戶玉田」的盛況。

屢試不第，因能詩善詞，常被豪門延為上客。其詞如芳蘭，幽香冷豔；大多審音協律，語言清雋，琢字鍊句，特見功力。

如〈南樓令〉：「歸夢苦難真，別離情更親，恨天涯芳信無因。欲話去年今日事，能幾個，去年人？」諸如此類歌詠兒女私情、相思離別之作，情真意切，句琢字鍊，頗得南宋姜詞之神髓，清空騷雅，別有一番風味。

如〈謁金門・七月既望湖上雨後作〉：「凭畫檻，雨洗秋濃人淡。隔水殘霞明冉冉，小山三四點。　艇子幾時同泛？待折荷花臨鑑。日日綠盤疏粉豔，西風無處減。」描寫怨情，意境極幽深，色澤頗豐富，卻缺乏沉厚蘊藉之味。

文學歇腳亭

朱彝尊家貧，17歲時入贅於馮家，婚後長期住宿岳父家中。當時他的妻妹壽常只有10歲，天真無邪，活潑可愛，又喜愛文藝。對於情竇初開的少女而言，生活中出現1位才華洋溢、亦師亦友的姐夫，傾慕之情，可想而知。然而，自古英雄難過美人關，朱彝尊又豈能例外？於是，他們極自然地墜入了愛河。

但好景不長，9年後，壽常長大了。在家裡的安排下，她無緣效法娥皇、女英姐妹倆共事1夫，必須傷心地出嫁。從此，愛情夢碎，蜚短流長，始終如影隨形糾纏著她、折磨著她，使她長年鬱鬱寡歡，33歲便撒手人寰。

心碎的朱彝尊，作〈風懷二百韻〉懷念她，並以其小字靜志，為自己的著作命名：《靜志居詩話》、《靜志居琴趣》。後者為1本詞集，多收錄一些情詞，描寫的對象當然是壽常，筆觸宛轉而細緻，含有無限思念、綿綿情意。如〈桂殿秋〉：

　　思往事，渡江干，青蛾低映越山看。共眠一舸聽秋雨，小簟輕衾各自寒。

寫兩人間的情愫，透過一「看」、一「聽」、一「寒」，分別從視覺、聽覺、觸覺感受著手，含蓄蘊藉，餘韻無窮。道盡兩人「共眠一舸」，卻「各自寒」，禮教規範成為彼此間無法跨越的鴻溝，也許這正是世上最遙遠的距離吧！

UNIT 3-22 婉麗清淒納蘭詞

清初詞壇，陳、朱二派以外，還有以南唐詞風見稱的納蘭性德及其詞友顧貞觀。尤其納蘭性德雖未成一派，但譚獻《篋中詞》稱其作品為「詞人之詞」，與朱、厲二家，同工異曲。

容若，南唐李重光後身

納蘭性德（1655~1685），原名成德，字容若，滿洲正黃旗人。大學士納蘭明珠長子。康熙年間進士，官侍衛。自幼敏悟，飽讀詩書。善書法，能騎射。工詩，尤長於詞。與顧貞觀、陳維崧、朱彝尊等交遊不輟；又與陳、朱並稱為「清詞三大家」。容若為人孤高，卻頗重義氣。吳兆騫（字漢槎，號季子）因罪流放寧古塔，他不惜重金贖還；且不時接濟京師落第失職的士子。

其詞以小令見長，風格清婉。顧貞觀《通志堂詞・序》評云：「容若天資超逸，悠然塵外，所為樂府小令，婉麗清淒。」周之琦亦云：「納蘭容若，南唐李重光（李後主）後身也。……容若長調多不協律，小令則格高韻遠，極纏綿婉約之致，能使殘唐墜緒，絕而復續。」其中以悼亡諸詞，格外悽惋動人。如〈南鄉子・為亡婦題照〉：

> 淚咽卻無聲，只向從前悔薄情。憑仗丹青重省識，盈盈，一片傷心畫不成。　別語忒分明，午夜鶼鶼夢早醒。卿自早醒儂自夢，更更，泣盡風檐夜雨鈴。

悼念亡婦，純用白描，情真意摯，極為淒楚。一如況周頤《蕙風詞話》評云：「容若……一洗雕蟲篆刻之譏，……其所為詞，純任性靈，纖塵不染，甘受和，白受采，進於沉著渾至何難矣！」又王國維《人間詞話》云：「納蘭容若以自然之眼觀物，以自然之舌言情。此由初入中原，未染漢人風氣，故能真切如此。北宋以來，一人而已！」可見納蘭詞尤擅長白描手法，生動自然，絕無雕鏤之弊。

梁汾，獨不落宋人圈禬

顧貞觀（1637~1714），字華峰，號梁汾，江蘇無錫人。康熙年間舉人。有《彈指詞》。其詞多重白描，不假雕琢，善於抒情。如〈金縷曲〉（一名〈賀新郎〉）二首，據小序云：「寄吳漢槎寧古塔，以詞代書，丙辰冬寓京師千佛寺，冰雪中作。」之一：

> 季子平安否？便歸來，平生萬事，那堪回首？行路悠悠誰慰藉，母老家貧子幼。記不起、從前杯酒。魑魅搏人應見慣，總輸他、覆雨翻雲手。冰與雪，周旋久。　淚痕莫滴牛衣透。數天涯、依然骨肉，幾家能夠？比似紅顏多命薄，更不如今還有。只絕塞、苦寒難受。廿載包胥承一諾，盼烏頭馬角終相救。置此札，君懷袖。

此詞字字肺腑之言，平白如話，卻宛轉反覆，真切動人。據詞後自注：「二詞容若見之，為泣下數行，……懇之太傅，亦蒙見許，而漢槎果以辛丑入關矣。」足見顧詞之真摯感人，以及納蘭性德之仗義營救好友，傳為千古美談。而陳廷焯《白雨齋詞話》評云：「華峯〈賀新郎〉兩闋，只如家常說話，而痛快淋漓，宛轉反覆，兩人心跡，一一如見，雖非正聲，亦千秋絕調也。」

詞人之詞南唐風

納蘭性德

其詞以小令見長，風格婉麗清淒；悼亡諸詞，格外悽惋動人。或言納蘭詞純任性靈，工於白描，實南唐李後主之後身也。

如〈南鄉子・為亡婦題照〉：「別語忒分明，午夜鶼鶼夢早醒。卿自早醒儂自夢，更更，泣盡風檐夜雨鈴。」這是他為亡婦畫像所作。婚後3年，其妻盧氏因難產身亡，鶼鰈情深，留給詞人無限的哀慟。

顧貞觀

其詞善於抒情，著重白描，不假雕琢。吳兆騫流放寧古塔，他作〈金縷曲〉2首寄之；納蘭性德讀後十分感動，幫忙設法營救。

如〈金縷曲〉之一：「季子平安否？……廿載包胥承一諾，盼烏頭馬角終相救。置此札，君懷袖。」寄給遠徙寧古塔的友人，設想對方「行路悠悠」、「母老家貧子幼」、「絕塞苦寒」等處境艱難，並承諾一定盡力奔走、營救。

文學歇腳亭

納蘭性德，原名成德，後因避皇太子胤礽（幼名保成）之諱，而改名。依滿人習俗，常以名之第1字為姓，又以字為名，故亦稱「成容若」。

「納蘭」即滿語「那拉」之音譯。容若出自葉赫那拉氏，家族十分顯赫。他的曾祖姑母是清太祖努爾哈赤的大福晉，也是清太宗皇太極的生母。但後來清太祖滅了葉赫，據說當時葉赫領袖金臺什兵敗身亡前，曾憤慨道：「我葉赫那拉氏，就算只剩下1個女子，也要滅你們滿洲國！」

清太祖與葉赫那拉氏畢竟是姻親，因此非但未趕盡殺絕，還恩養了金臺什兩個兒子德爾勒格、倪迓韓，他們可是大福晉的侄子，皇太極的表兄弟。倪迓韓即容若的祖父。從此，那拉氏與滿清皇室始終關係密切。

清末，把持朝政大權的慈禧太后也出自葉赫那拉氏。根據民間傳言：這正好應驗了金臺什臨終的詛咒；因為慈禧干政，無疑是加速滿清亡國的罪魁禍首。

UNIT 3-23

常州詞派尊北宋

浙西詞派發展到了乾隆末，逐漸衰頹，由於一味強調清空醇雅，興寄不高，至其末流，枯寂委靡，大為時人所詬病。嘉慶年間，張惠言、周濟等，以〈風〉、〈騷〉之旨為號召，反對內容空虛、無病呻吟之作，蔚為風尚，故形成常州詞派。其影響力，直到清末仍不衰。

開山祖師張皋文

張惠言（1761~1802），字皋文，江蘇武進人。嘉慶年間進士，官至翰林院編修。能文，與惲敬等為陽湖派。尤以詞著名，為常州詞派開山祖師。據其《詞選 · 序》云：「其緣情造端，興於微言，以相感動，極命風謠，里巷男女哀樂，以道賢人君子幽約怨悱不能自言之情，低徊要眇以喻其致。蓋《詩》之比、興、變風之義，騷人之歌，則近之矣。……然要其至者，莫不惻隱盱愉，感物而發，……非苟為雕琢曼辭而已。」主張詞要以比興為重，緣情造端，感物而發，與〈風〉、〈騷〉同類，反對雕琢、靡麗之作。由於當時浙西詞派強調清空、醇雅，偏重形式；而張惠言提出寄託，在理論上重視內容，自然容易脫穎而出。

其詞集《茗珂詞》，僅四十六闋，足見創作態度之審慎。代表作如〈水調歌頭・春日賦示楊生子掞〉之一：

> 東風無一事，妝出萬重花。閒來閱遍花影，唯有月鉤斜。我有江南鐵笛，要倚一枝香雪，吹澈玉城霞。清影渺難即，飛絮滿天涯。　飄然去，吾與即，泛雲槎。東皇一笑相語，芳意在誰家？難道春花開落，更是春風來去，便了卻韶華？花外春來路，芳草不曾遮。

譚獻《篋中詞》評云：「胸襟學問，醞釀噴薄而出，賦手文心，開倚聲家未有之境。」陳廷焯《白雨齋詞話》亦云：「熱腸鬱思，若斷仍連，全自〈風〉、〈騷〉變出。」平心而論，張惠言詞論、詞作，自有特色，但不似譚獻、陳廷焯諸人推崇到高不可攀之境地。因為他們都屬於常州詞派，囿於門戶之見，特此虛張聲勢，相互標榜而已。

發揚光大周介存

周濟（1781~1839），字保緒，一字介存，晚號止庵，荊溪（今江蘇宜興）人。好讀史，精騎射，通兵家之言。嘉慶年間進士，官淮安府學教授。後隱居於金陵，潛心著述。有《詞辨》、《介存齋論詞雜著》等書傳世，並輯周邦彥、辛棄疾、王沂孫、吳文英等詞作，為《宋四家詞選》。

據劉大杰《中國文學發展史》歸納，周濟繼張惠言之後，提出：一、強調寄託，以北宋周邦彥為詞之集大成者，而輔以南宋辛棄疾、王沂孫、吳文英三家，一改浙西詞派獨宗南宋姜、張之體。二、倡言「非寄託不入，專寄託不出」，即詞要有寄託，但要寫得隱約含蓄，不要把意思說盡。看似注重內容，實仍落入形式的漩渦中。

儘管嘉慶、道光以降，常州詞派盛極一時，幾乎壓過浙西詞派鋒芒，但其詞作同樣流於擬古之弊，只是以周邦彥為止境取代以姜夔為止境，用尊北宋反對宗南宋而已。他們高唱比興寄託，但其末流之作，仍不免內容空虛，詞旨隱晦，弊病百出。

嘉慶年間至清末

常州詞派

開山祖師 張惠言

論詞主張源於〈風〉、〈騷〉，比興寄託，緣情造端，感物而發，反對雕琢靡麗之作。相較於浙西詞派偏重形式，他更重內容。

如〈水調歌頭・春日賦示楊生子掞〉之一：「我有江南鐵笛，要倚一枝香雪，吹澈玉城霞。清影渺難即，飛絮滿天涯。」寫細膩幽微的情思，屬於婉約格調，為詞家正宗。其詞雖自有特色，但絕非如同派諸君所評之無懈可擊。

發揚光大 周濟

★論詞宗周邦彥，輔以辛棄疾、王沂孫、吳文英 3 家。

★強調寄託，但又要隱約含蓄。

→看似注重詞作內容，實仍落入形式的漩渦中。

如〈蝶戀花〉：「柳絮年年三月暮，斷送鶯花，十里湖邊路。萬轉千回無落處，隨儂只恁低低去。　滿眼頹垣欹病樹，縱有餘英，不值風姨妒。煙裡黃沙遮不住，河流日夜東南注。」抒發惜春情懷，摹景鮮活靈動，別具巧思。

文學歇腳亭

張惠言幼年家境貧困。據其〈先妣事略〉描述，他 4 歲時父親過世，寡母帶著 8 歲的姐姐和他，不久又產下 1 名遺腹子。他 5 歲那年，母親很無助天天哭，突然某日不哭了，大白天卻蒙著被子睡覺。他一如往常在屋裡嬉戲，直到族中長輩來了，才發現母親上吊自殺，所幸撿回一命。

大伯父可憐孤兒寡母謀生不易，總是省吃儉用，分點錢糧周濟他們。他 9 歲被大伯父找去城裡，跟堂兄一起讀書，因此不住家中，大約每個月回去 1 次。某次回家，根本沒晚餐吃，全家人就上床睡覺；隔天，他餓到起不來。母親說：「你不習慣挨餓，我和你姐姐、弟弟在家經常沒東西吃，早已經習慣了！」然後，1 家 4 口相擁而泣。

他讀了 4 年書回來，母親就讓他教弟弟讀書。每天早、晚母親和姐姐做針線活兒，他帶著幼弟溫書。一家人相對而坐，琅琅書聲與做針黹、女紅的聲音相互應和，那是兒時最溫馨、美好的回憶！

UNIT 3-24

晚清詞壇現迴光

吳梅《詞學通論》云：「嘉慶以來，詞家大抵為其年（陳維崧）、竹垞（朱彝尊）所牢籠，皋文（張惠言）、保緒（周濟）標寄託為幟，不僅僅攀南宋之壘，隱隱與樊榭（厲鶚）相敵，此清朝詞派之大概也。至鹿潭（蔣春霖）而盡掃葛藤，不傍門戶，獨以〈風〉〈雅〉為宗，蓋託體更較皋文、保緒高雅矣。」又云：「鹿潭律度之細，既無與倫，文筆之佳，更為出類。而又雍容大雅，無搔首弄姿之態。有清一代，以《水雲》為冠，亦無愧色焉。」認為蔣春霖為清詞第一，恐怕無法使人信服，但若推他為「第一流」詞人，應該沒有異議。由此可見，蔣氏在晚清詞壇的地位。

蔣鹿潭清詞壓軸

蔣春霖（1818~1868），字鹿潭，江蘇江陰人。曾為官東臺富安場鹽大使。善詩，中年悉焚去，致力於詞。因慕納蘭性德《飲水詞》、浙西詞派項鴻祚《憶雲詞》，故名其詞集曰《水雲樓詞》。他一生坎坷，如〈卜算子〉，抒發生活困頓、志意無成之慨：

> 燕子不曾來，小院陰陰雨。一角欄杆聚落花，此是春歸處。　彈淚別東風，把酒澆飛絮。化了浮萍也是愁，莫向天涯去。

悽愴之言，出自肺腑，故具真情實感，不作無病呻吟。陳廷焯《白雨齋詞話》評云：「鹿潭窮愁潦倒，抑鬱以終，悲憤慷慨，一發於詞，如〈卜算子〉……，何其淒怨若此！」譚獻《篋中詞》亦云：「《水雲樓詞》，固清商變徵之聲，而流別甚正，家數頗大，與成容若（納蘭性德）、項蓮生（項鴻祚），二百年中，分鼎三足。」的確，蔣詞較之浙派、常派之競尚技巧，更具價值，但於反映社會現實方面，則稍嫌不夠深刻。

王靜安詞意深婉

王國維（1877~1927），字靜安，號觀堂，浙江海寧人。曾以諸生留學日本。早年致力於詞曲，所著《人間詞話》、《宋元戲曲史》二書，為後世研究詞曲者必讀之文獻。晚年鑽研經、史、古文字之學，並任教於清華大學。民國十六年（1927），在北京頤和園投昆明湖自盡，享年五十一歲。

其《人間詞話》云：「古今之成大事業、大學問者，必經過三種之境界：『昨夜西風凋碧樹。獨上高樓，望盡天涯路』，此第一境也。『衣帶漸寬終不悔，為伊消得人憔悴』，此第二境也。『眾裡尋他千百度，回頭驀見，那人正在燈火闌珊處』，此第三境也。」他從豔情小詞中，讀出成大事業、大學問的三種境界，真是善讀書者也！

其詞今存百餘首，他嘗託名「樊志厚」，自序其詞：「言近而旨遠，意決而辭婉，自永叔（歐陽修）之後，殆未有工如君者也。」自認歐公以後，無人能出其右。如〈臨江仙〉：

> 聞說金微郎戍處，昨宵夢向金微。不知今又過遼西。千屯沙上暗，萬騎月中嘶。　郎似梅花儂似葉，朅來手撫空枝，可憐開謝不同時。漫言花落早，只是葉生遲。

兩個有情無緣的人，總是陰錯陽差，失之交臂。他把這種幽怨比喻成梅花與梅葉，同生長在梅樹上，卻永遠不相見，怪誰呢？一切莫非是天意！

晚清詞壇二名家

晚清詞人

蔣春霖 蔣詞較浙西、常州詞派之競尚技巧，更能反映社會現實面，故別具價值；堪與納蘭性德、項鴻祚，鼎足而三。

王國維 著有《人間詞話》，詞論提出「境界說」，頗具創見。其詞今存百餘闋，自認歐陽修以後，無人能出其右。

如〈卜算子〉：「彈淚別東風，把酒澆飛絮。化了浮萍也是愁，莫向天涯去。」為詞人一生窮愁潦倒的寫照，如無根之飛絮、浮萍，飄泊無依，萬千愁緒。句句肺腑之言，化為詞章，格外真切動人。

如〈臨江仙〉：「郎似梅花儂似葉，朅來手撫空枝，可憐開謝不同時。漫言花落早，只是葉生遲。」以梅的花與葉為喻，象徵兩人今生注定無緣相見，一切莫非是命，該怨誰呢？取譬生動，深婉而有味。

文學歇腳亭

一代學人王國維學貫中、西，與梁啟超、陳寅恪、趙元任號稱清華國學研究院的「四大導師」。據胡適回憶：「他的人很醜，小辮子，樣子真難看，但光讀他的詩和詞，以為他是個風流才子呢！」這段話的確讓人跌破眼鏡，其實才高貌陋者大有人在，王粲貌寢體弱、左思貌醜口訥、鍾嗣成更是以灰容土貌著稱，世上哪有兩全其美的事呢？

說到王國維（號觀堂），就不能不提起同為「甲骨四堂」的羅振玉（號雪堂），他們兩人糾結了一輩子，從知音好友、事業夥伴到兒女親家，最後卻反目成仇。早年王曾獲羅的賞識、提攜，開啟往後數 10 年的友誼；甚至受羅影響，盡棄前學（文學）而專攻經、史、小學，兼治金石、甲骨之學。中年合夥做生意，結果虧了錢，造成王欠羅 1 筆鉅款，更加深兩人間的嫌隙。此外，王的長子娶羅女為妻，長子過世後，羅女返回娘家為丈夫守節，羅逼迫王支付龐大的生活費，導致王、羅關係澈底決裂。

最後，王投湖自盡，至今死因成謎。或說他一介書生，債務纏身，羞憤交集，便尋了短見，將矛頭指向羅。當然也有仿效屈原投江之說，認為他是以自殺來勸阻溥儀東渡日本避難。一說是他體弱多病、性格憂鬱使然。另有殉清說、殉學術說；或北伐軍進逼北京，他驚懼致死等等，眾說紛紜，莫衷一是。

UNIT 3-25 曲之由來與體製

曲之由來

由於宋詞之衰落、胡樂之輸入，使曲在內、外環境的刺激下，蛻變成一種能適應新時代的文體，繼晚唐、五代、兩宋詞之後，一躍成為元朝文學的主流。如王世貞《曲藻》云：

> 詞不快北耳而後有北曲，北曲不諧南耳而後有南曲。……曲者，詞之變。自金、元入主中國，所用胡樂，嘈雜淒緊，緩急之間，詞不能按，乃更為新聲以媚之。……而諸君如貫酸齋（貫雲石）……白仁甫（白樸）輩，咸富有才情，兼喜聲律，以故遂擅一代之長。所謂「宋詞」、「元曲」，殆不虛也。

是知曲在語言、音樂方面，受到北方民族文化入侵的影響，形成顯著的南北差異，故有南曲與北曲之分。大抵南曲的內容與風格較接近宋詞，北曲則具有鮮明的時代色彩，更足以作為元代文學的代表。

此外，宋人宴席之間，無不歌詞以助興、歡唱以娛賓，然往往徒歌而不舞。及詞變而為散曲，始出現載歌載舞的情景，至此文學、音樂與舞蹈遂合流為一。

曲之體製

一般所謂曲者，包括散曲、雜劇與傳奇。探討曲之源流，當先論散曲之「小令」與「套曲」，而後及於雜劇、傳奇。本書特依性質之異，將散曲歸為「詞曲」之屬；至於雜劇、傳奇為「戲曲」，則應另當別論。

散曲與戲曲之別，在於：前者無論寫景狀物、言情記事，均不須科（記動作）、白（記語言）相連貫，故又名為「清曲」；即可用清唱、不必鑼鼓，又無賓白之意。而後者記事，必須首尾完整，且有「科」、「白」。

散曲的體製，包含「小令」與「套曲」兩大類：

一、**小令**，即散曲之單調者。別名「葉兒」。為元時風行之調，其中不演故事者，計有五種：

1. 尋常小令：指單調之曲，猶詩之一首、詞之一闋。在曲中體製最短小，通篇只能一韻到底，不可換韻。

2. 摘調：摘取套曲中一調為小令。

3. 帶過曲：即二支或二支以上之曲湊合而成，亦名「合調」。有北曲帶過北曲，有南曲帶過南曲，有南北兼帶。

4. 集曲：從宮調相合的各調中摘取數句，集合成一新曲，如詩中之集句。

5. 重頭：以首尾相同之調，一再重複使用，來歌詠一個故事或同類景物。

而演故事者，有「同調重頭」、「異調間列」二體；前者可多至百首，後者則重在問答。

二、**套曲**，全套取宮調相同之曲連貫而成，首尾一韻，無科、白。又稱「套數」、「散套」、「雜套」、「大令」等。其長短可視情節繁簡而定，短者只有三、四調，長者甚至多達三十餘調。套曲又分為有尾聲者、無尾聲者兩大類：前者包括尋常散套（有南北分套、南北合套之別）、重頭加尾聲之套；後者含尋常散套無尾聲、重頭無尾聲。凡此諸體，詳見任訥《散曲概論》。

詩詞末流是為曲

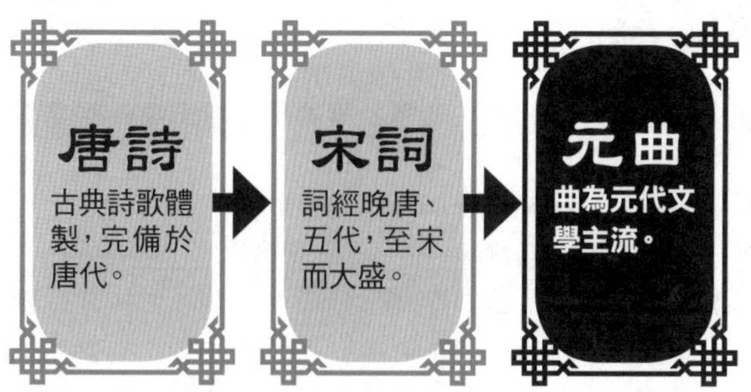

★由於宋詞之衰落、胡樂之輸入，使曲蛻變成1種新文體。

★曲有顯著的南北差異：
北曲——具鮮明的時代色彩。
南曲——內容與風格近宋詞。

★宋人宴席間，歡唱歌詞以助興，往往徒歌而不舞。及變為元代散曲，始出現載歌載舞的情景，文學、音樂與舞蹈遂合流為一。

曲之體製

★所謂「曲」，包括散曲、雜劇與傳奇。後2者屬於「戲曲」。
★散曲與戲曲之別：
1. 散曲又名「清曲」，清唱即可，無須科、白。
2. 戲曲記事必須首尾完整，且有科、白。

散　曲

小令

指散曲中的單調而言。別名「葉兒」，即不演故事者。

尋常小令	指單調之曲。體製最短小，通篇1韻到底，不可換韻。
帶過曲	即2支或2支以上之曲湊合而成，亦名「合調」。
集曲	從宮調相合的各調中摘取數句，集合成1支新曲，如詩中之集句。
重頭	以首尾相同之調，一再重複，來歌詠1個故事或同類景物。

套曲

全套取宮調相同之曲連貫而成，首尾1韻，無科、白。

又稱為「套數」、「散套」、「雜套」、「大令」等。

長短可視情節繁簡而定，短者只有3、4調，長者甚至多達30餘調。

- **有尾聲者**：包括：尋常散套（有南北分套、南北合套之別）、重頭加尾聲之散套。
- **無尾聲者**：含尋常散套無尾聲、重頭無尾聲。

詳見任訥《散曲概論》

UNIT 3-26 瓊筵醉客關己齋

元人散曲可分為前、後兩期：前期指金末至元大德年間（約1234~1300），此期作家被鍾嗣成《錄鬼簿》歸為「前輩已死名公」之列；後期則從大德年間至元末（1300~1367），相當於鍾嗣成所處的時代。前期作品充滿通俗性、口語化，展現出北方文學樸實、直率的自然美；而後期散曲受南方文學影響，以及技巧上愈來愈精進，逐漸步上騷雅典麗一途。

前期曲家可依風格不同，分為清麗、豪放二派。清麗派，即曲風清麗雋美者，以關漢卿、王實甫、白樸等為代表；豪放派，則以豪放奔逸為特色，代表作家如馬致遠、張養浩等。

浪子班頭

關漢卿（?~?），號一齋，晚號已齋叟，大都（今河北北京）人。約生於金末，卒於元大德年間（1297~1307），被《錄鬼簿》列為「前輩已死名公」。金末解元，做過太醫院尹。郗經〈青樓集序〉載：「金之遺民，若……關已齋輩，皆不屑仕進，乃嘲弄風月，流連光景。」熊自得《析津志》亦載：「關一齋，字漢卿，燕人。生而倜儻，博學能文，滑稽多智，蘊藉風流，為一時之冠。」據其套曲〈南呂一枝花・不伏老〉之〈黃鐘煞〉：

> 我玩的是梁園月，飲的是東京酒，賞的是洛陽花，攀的是章臺柳。我也會圍棋，會蹴踘，會打圍，會插科，會歌舞，會吹彈，會嚥作，會吟詩，會雙陸。……則除是閻王親自喚，神鬼自來勾。三魂歸地府，七魄喪冥幽，天那！那其間才不向煙花路兒上走。

完全是關漢卿自己的寫照。可見他生活浪漫，多才多藝，不愧是「郎君領袖」、「浪子班頭」！又不伏老、不肯休，執意「眠花宿柳」，「四海遨遊」，真是「蒸不爛煮不熟搥不扁炒不爆響璫璫一粒銅豌豆」！該套曲信手拈來，痛快淋漓，氣勢豪壯，極盡情致。也是研究作者生平最珍貴的第一手資料。

曲家翹楚

關漢卿是元曲大家，散曲、雜劇同享盛名，其曲風被朱權《太和正音譜》評為「瓊筵醉客」，且與馬致遠、白樸、鄭光祖，並稱「元曲四大家」。

其散曲今存小令四十餘首、套曲十餘套，數量雖不多，但地位極重要。曲風除了前述〈南呂一枝花〉之豪宕潑辣者，大抵以清麗見長。如〈仙呂一半兒・題情〉之四：

> 多情多緒小冤家，迤逗得人來憔悴煞，說來的話先瞞過咱。怎知他，一半兒真實一半兒假！

這是一組套曲，由四支曲子聯綴而成。第四首描寫女子的相思之苦，患得患失，為情憔悴，都怪那小冤家「一半兒真實一半兒假」！又〈南呂四塊玉・閒適〉之二：

> 舊酒沒，新醅潑。老瓦盆邊笑呵呵，共山僧野叟閒吟和。他出一對雞，我出一個鵝，閒快活！

描述他與鄉村野老飲酒談笑，純用口語，一味白描，自然生動，而閒適之情已躍然紙上。由此可見，元代前期散曲崇尚質樸率真的特色。

元曲之祖關漢卿

元代散曲

前期

★指金末至元大德年間（約1234~1300），曲家入《錄鬼簿》「前輩已死名公」。

★曲作充滿通俗性、口語化，展現出北方文學樸實、直率的自然美。

後期

★從元代大德年間至元末（1300~1367），即鍾嗣成所處的時代。

★散曲受南方文學影響，及技巧上愈來愈形精進，而逐漸步上騷雅典麗一途。

關漢卿：曲風清麗質樸

浪子班頭

關漢卿為金末解元，做過太醫院尹。入元後，不屑仕進，嘲弄風月，流連光景。其人博學能文，滑稽多智，生性風流倜儻。

曲家翹楚

其散曲、雜劇同享盛名，曲風如「瓊筵醉客」。今存小令40餘首、套曲10餘套。風格除了豪宕潑辣者之外，多以曲辭清麗見長。

如套曲〈南呂一枝花・不伏老〉：「我是個蒸不爛煮不熟搥不扁炒不爆響璫璫一粒銅豌豆，……天賜與我這幾般兒歹症候，尚兀自不肯休。」為其平生之寫照、內心之獨白。

如〈南呂四塊玉・閒適〉：「舊酒沒，新醅潑。老瓦盆邊笑呵呵，共山僧野叟閒吟和。他出一對雞，我出一個鵝，閒快活！」寫與野老飲酒閒談，為元曲前期質樸率真之代表作。

UNIT 3-27 鵬摶九霄白仁甫

白樸（1226~1306），字仁甫，號蘭谷。生於金末，本為隩州（今山西河曲）人，居真定（今河北正定），故鍾嗣成《錄鬼簿》說他是真定人。其父仕於金朝，他幼年與母親在戰亂中失散，得詩人元好問救助，故受好問影響，博學多聞，頗具文藝素養。亡國後，頗以詩酒自娛，絕意仕進。元人統一天下，遂移居金陵（今江蘇南京），流連山水間，平淡度日。至暮年，始北返故里。

白樸除了以詞著稱之外，散曲、雜劇尤為出名。據任訥輯《天籟摭遺》，得其小令三十六首，套曲四套。其散曲風格屬於清麗派，清俊飄逸、豪放清新兼而有之。由於學問根柢深厚，故較關漢卿之作多了幾許典雅氣息。其散曲成就凌駕雜劇之上，故朱權《太和正音譜》評云：「白仁甫之詞，如鵬摶九霄。風骨磊塊，詞源滂沛，……有一舉萬里之志，宜冠於首。」對之評價甚高。

清俊飄逸之曲

白樸曾作四首〈越調天淨沙〉描寫四時景色，其中摹寫秋景：

> 孤村落日殘霞，輕煙老樹寒鴉，一點飛鴻影下。青山綠水，白草紅葉黃花。

開篇給人深秋蕭瑟之感，至「一點飛鴻影下」，始讓整幅秋景鮮活起來。最後，再以五彩繽紛的景致作收，備覺賞心悅目。這是最著名的一首，公認堪與馬致遠〈越調天淨沙・秋思〉相媲美。又描摹春日佳景，而曲風俊美者，如〈雙調慶東原〉：

> 暖日宜乘轎，春風堪信馬，恰寒食有二百處秋千架。對人嬌杏花，撲人飛柳花，迎人笑桃花。來往畫船邊，招颭青旗掛。

把春回大地，人們外出踏青所見風光，描寫得繪影繪聲，活色生香。尤其用擬人法，勾勒出杏花、柳花、桃花的千姿百態，彷彿花比人更多情，真是春光爛縵，美不勝收！

豪放清新之曲

另有一些看破世俗功名，忘卻人間寵辱的作品，則流露出一股豪邁之氣。如〈雙調沉醉東風・漁父詞〉：

> 黃蘆岸白蘋渡口，綠楊堤紅蓼灘頭。雖無刎頸交，卻有忘機友。點秋江白鷺沙鷗。傲煞人間萬戶侯，不識字煙波釣叟。

描寫漁父生活在大自然之中，逍遙自得的心境。這種愉悅與滿足，又豈是「傲煞人間萬戶侯」所能相比？而「煙波釣叟」正是作者自己的寫照。他終生不仕，寄情於山水之間，就過這樣與白鷺、沙鷗為友的悠閒歲月。又〈仙呂寄生草・飲〉：

> 長醉後方何礙，不醒時有甚思？糟醃兩個功名字，醅渰千古興亡事，麴埋萬丈虹霓志。不達時皆笑屈原非，但知音盡說陶潛是。

元代文人有志不得伸的悲痛，只能借酒澆愁，把功名利祿、朝代興亡、豪情壯志等全埋進酒杯裡，似乎永遠長醉不醒，才可體會人生的真諦。何必學屈原以身殉國，又挽回了什麼？不如效法陶淵明棄官歸隱，任真自得，還成為千古好酒者的知音！這類散曲看似灑脫，其實隱含更多的情非得已。

白樸散曲主清麗

★白樸今存小令 36 首，套曲 4 套。其散曲風格屬於清麗派，然清俊飄逸、豪放清新兼而有之。

★由於學問根柢深厚，故其曲作比關漢卿多了幾許典雅氣息。白樸散曲成就凌駕於雜劇，曲風如鵬摶九霄，朱權以為宜列元曲諸家之首。

第3章 詞曲

清俊飄逸之曲

〈雙調慶東原〉

「暖日宜乘轎，春風堪信馬，恰寒食有二百處秋千架。對人嬌杏花，撲人飛柳花，迎人笑桃花。來往畫船邊，招颭青旗掛。」

採擬人手法，描繪出杏花、柳花、桃花的千姿百態，彷如一幅活色生香的春日風情畫。

豪放清新之曲

〈雙調沉醉東風 · 漁父詞〉

「雖無刎頸交，卻有忘機友。點秋江白鷺沙鷗。傲煞人間萬戶侯，不識字煙波釣叟。」

世上「忘機友」比「刎頸交」可貴，因為人與自然和諧共處，彼此再也沒有利害衝突，只有各得其所，陶然忘機，這樣的情誼才能天長地久。。

UNIT 3-28 朝陽鳴鳳馬東籬

馬致遠（1250~1321），號東籬，大都（今河北北京）人。鍾嗣成《錄鬼簿》列為「前輩已死名公」，謂曾任浙江行省務官。賈仲明〈凌波仙〉詞：「元貞書會李時中、馬致遠、花李郎、紅字公，四高賢合捻《黃粱夢》。」可見元貞年間（1295~1297）他曾與人組書會。據其〈南呂金字經〉之二：「空巖外，老了棟梁材。」之三：「困煞中原一布衣。悲，故人知不知？登樓意，恨無上天梯。」知其平生懷才不遇。又〈南呂四塊玉・恬退〉：「本是個懶散人，又無甚經濟才。歸去來！」同調〈嘆世〉：「種春風二頃田，遠紅塵千丈波，倒大來閒快活！」足見歸隱田園，放意林泉之間，正是他平居生活的寫照。

其散曲較戲曲著名，任訥輯有《東籬樂府》，得小令一百零四首，套曲十七套。東籬散曲屬於豪放一派，風格豪放奔逸，文辭老練而清雋。羅忼烈《元曲三百首箋》云：「散曲至東籬，而後境愈高，藩籬始擴，洗去諸謔狎褻之習，感慨無端，清雄踔厲，似詞中東坡，無事不可言，無意不可入，於是曲體始尊。」任訥《曲諧》亦云：「雜劇推元四家，余謂散曲必獨推東籬，小山（張可久）……終是別調耳。」足見其散曲成就之高。而朱權《太和正音譜》評云：「馬東籬之詞，如朝陽鳴鳳。其詞典雅清麗，……宜列群英之上。」是知他也有曲風清麗之作。

秋思之祖

其小令，以〈越調天淨沙・秋思〉最享盛名：

> 枯藤老樹昏鴉，小橋流水人家，古道西風瘦馬。夕陽西下，斷腸人在天涯。

描寫遊子因秋晚蕭瑟之景，而興起無限思鄉愁緒。作者專取枯瘦意象，以襯托旅人飄泊無依的淒苦。周德清《中原音韻》云：「極妙，秋思之祖也。」任訥《作詞十法疏證》卻說：「詞境多而曲境少也。……曲中非無其位置，特未容過推此種靜雅者，致喧賓奪主耳。」的確，由於境界典雅，較像是詞；就曲而言，倒嫌太過含蓄幽渺。

一代之冠

〈雙調夜行船套・秋思〉為一套曲，共由七曲組成。《中原音韻》評為「萬中無一」，堪稱一代之冠。由於筆墨縱橫，酣暢淋漓，故為東籬豪放曲風的代表作，也是元人散曲的壓卷之作。如〈夜行船〉：

> 百歲光陰一夢蝶，重回首往事堪嗟。昨日春來，明朝花謝，急罰盞夜闌燈滅。

總寫秋思，點出人生如夢，轉眼成空，為全套的主旨所在。故王世貞《曲藻》評云：「放逸宏麗，而不離本色。」又〈喬木查〉：

> 想秦宮漢闕，都做了衰草牛羊野。不恁麼漁樵沒話說。縱荒墳橫斷碑，不辨龍蛇。

寫歷史興亡的感慨，帝王宮闕，英雄人物，如今安在哉？而〈撥不斷〉：

> 利名竭，是非絕。紅塵不向門前惹，綠樹偏宜屋角遮，青山正補牆頭缺，更那堪竹籬茅舍。

既是如此，何不拋開紅塵俗事？退隱山林，逍遙度日。通篇充滿了消極避世的思想。

東籬散曲本豪放

★元貞年間（1295~1297），馬致遠曾與李時中等人籌組書會。

★平生懷才不遇，歸隱田園，放意林泉之間，是他日常生活的寫照。

★今存小令 104 首，套曲 17 套，屬於豪放派，風格豪放奔逸，文辭老練而清雋。其散曲成就較戲曲高。朱權評其曲風如朝陽鳴鳳，又謂曲辭典雅清麗者，宜列群英之上；可見其散曲豪放、清麗之作，兼而有之。

秋思之祖

〈越調天淨沙．秋思〉

「枯藤老樹昏鴉，小橋流水人家，古道西風瘦馬。夕陽西下，斷腸人在天涯。」

藉黃昏蕭瑟之秋景，引發遊子無限的思鄉愁緒。由於曲辭太過典雅，比較像詞而不像曲。

一代之冠

〈雙調夜行船套．秋思〉之〈喬木查〉

「想秦宮漢闕，都做了衰草牛羊野。不恁麼漁樵沒話說。縱荒墳橫斷碑，不辨龍蛇。」

秦宮漢闕只剩荒墳斷碑，成為漁樵閒聊的話題；那些不可一世的帝王將相、英雄豪傑，而今安在哉？

UNIT 3-29

瑤天笙鶴張小山

後期曲家，除了楊朝英、鍾嗣成、劉庭信三人可勉強歸為豪放派之外，其餘都屬於清麗派。他們多為南方人，創作散曲已成為文士的專業，加上曲評、曲律的出現，於是曲家開始修飾辭藻，考究格律，如張可久、喬吉、徐再思、周德清等的作品，皆以騷雅蘊藉為主，散曲因而走上唯美之路。

不羈之才

張可久（1270？~1348？），字小山，浙江慶元人。生平多不可考。只知曾做過路吏（掌稅收）、首領官（省署管文書）及桐廬典吏。仕途不得意，轉而漫遊各地，廣結文士，以飽讀書史、工於散曲，遠近馳名。他集畢生之精力創作散曲，故數量居元人之冠。其散曲集，元時已刊行《小山北曲聯樂府》三卷、《今樂府》、《蘇堤漁唱》、《吳鹽》、《新樂府》等。今任訥輯有《小山樂府》，得小令七百五十一首，套曲七套。後經學者搜集、增補，計有小令八百五十五首，套曲九套。

他在馬致遠清麗風格上，加以發揮，又能不落俳諧，工於鍛句，錘鍊自然，終於確立了元曲與唐詩、宋詞並駕齊驅的地位。遂與馬致遠並稱為「曲中雙絕」。其散曲內容包羅萬象，風格亦十分多元，大抵以清麗為宗，是為名副其實的清麗派曲家。故朱權《太和正音譜》評云：「張小山之詞，如瑤天笙鶴。其詞清而且麗，華而不豔，有不吃煙火食氣，真可謂不羈之才。」

曲風清麗

張可久專力於散曲，小令尤多，如〈中呂賣花聲・懷古〉：

> 美人自刎烏江岸，戰火曾燒赤壁山，將軍空老玉門關。傷心秦漢，生民塗炭，讀書人一聲長嘆。

此曲借古諷今，寫英雄豪傑為了爭奪天下，不惜大動干戈，只有苦了老百姓。表達出書生關懷民瘼的一面。又〈越調憑闌人・江夜〉：

> 江水澄澄江月明，江上何人搊玉箏？隔江和淚聽，滿江長嘆聲。

好一幅月夜江上聽箏圖！將江景與人情、彈者與聽者巧妙融合為一，渾然天成，是相當出色的抒情小品。

其套曲，如〈南呂一枝花・湖上晚歸〉，由三曲組成，描寫與佳人攜手同遊西湖。首先，〈一枝花〉：

> 長天落彩霞，遠水涵秋鏡。花如人面紅，山似佛頭青。生色圍屏，翠冷松雲徑，嫣然眉黛橫。但攜將旖旎濃香，何必賦橫斜瘦影？

開頭先化用王勃名句：「落霞與孤鶩齊飛，秋水共長天一色。」隨即帶出與佳人遊湖的情景，結尾點明只要有伊相伴，何必羨慕林和靖以梅為妻、賞梅賦詩之樂呢？〈梁州〉寫夜裡與佳人在湖邊散步、吟詩、賞月、看花、彈琴、唱曲，格外浪漫而愜意！〈尾〉先寫西湖夜半的清幽寧靜，再寫湖邊歡宴，結句：「笑歸來彷彿二更，煞強似踏雪尋梅灞橋冷。」道出二更歸來後的心滿意足。此套被李開先《詞謔》譽為「古今絕唱」，可見張可久無論小令或套曲都獲得後人極高的評價。

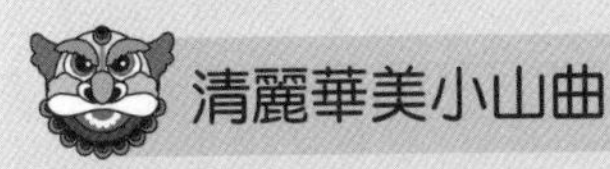

清麗華美小山曲

★張可久仕途失意，漫遊各地，飽讀書史，工於散曲，遠近馳名。

★平生致力於散曲創作，故數量居元人之冠；今存小令 855 首，套曲 9 套。

★承馬致遠清麗曲風，繼以發揚光大，終於使元曲得以與唐詩、宋詞並駕齊驅。其散曲內容包羅萬象，風格多元，朱權以為如瑤天笙鶴，清而且麗，華而不豔，是名副其實的清麗派曲家。

V.S.

曲中雙絕

由於元散曲豪放派以東籬為代表，清麗派以小山為代表，因此馬、張 2 人並稱為「雙絕」。

喬吉 V.S.

曲中雙璧

然而，元代後期散曲，以張可久、喬吉成就較高，且同為清麗派曲家，故合稱為「雙璧」。

小令

〈中呂賣花聲．懷古〉：

「美人自刎烏江岸，戰火曾燒赤壁山，將軍空老玉門關。傷心秦漢，生民塗炭，讀書人一聲長嘆。」

寫讀書人的感慨：歷史上英雄豪傑爭奪天下，大動干戈，生靈塗炭，受苦的都是老百姓。

套曲

〈南呂一枝花．湖上晚歸〉第 1 首：

「長天落彩霞，遠水涵秋鏡。花如人面紅，……嫣然眉黛橫。但攜將旖旎濃香，何必賦橫斜瘦影？」

謂與佳人出遊，湖光山色，伊人相伴，浪漫而愜意，自然勝過林和靖「梅妻鶴子」之樂。

UNIT 3-30

灰容土貌鍾醜齋

鍾嗣成（1279?~1360?），字繼先，號醜齋，大梁（今河南開封）人，後寓居杭州。據賈仲明《續錄鬼簿》云：「以明經累試於有司，數與心違，因杜門養浩然之志。其德業輝光，文行溫潤，人莫能及。善音律，工隱語，所編小令、套數極多，膾炙人口。」是知他屢試不第，故居家著述。著有雜劇《章臺柳》、《蟠桃會》、《錢神論》等七種，今皆已不傳。其散曲多表達對黑暗社會的不滿，風格豪放，不時流露出詼諧、頹放的趣味。現存小令五十一首，套曲一套。至順元年（1330），他完成了《錄鬼簿》二卷，記述一百五十二位元曲家的生平事跡，及四百餘種劇目，保存不少元曲相關資料。

狀貌醜怪

〈南呂一枝花・自序醜齋〉是鍾嗣成成名的套曲，由九曲組成。他自以為相貌奇醜無比，故以「醜齋」為號，此套曲便從「醜」字上大作文章。通篇詼諧幽默，一吐胸中悶氣，堪稱為絕妙之作。如〈梁州〉：

> 子為外貌兒不中抬舉，因此內才兒不得便宜，半生未得文章力。空自胸藏錦繡，口唾珠璣，爭奈灰容土貌，缺齒重頦，更兼著細眼單眉，人中短髭鬢稀稀。那裡取陳平般冠玉精神，何晏般風流面皮，那裡取潘安般俊俏容儀？自知，就裡，清晨倦把青鸞對，恨煞爺娘不爭氣。有一日黃榜招收醜陋的，準擬奪魁！

謂天生才、貌不能兩全，枉費自己空有錦繡文采，卻生得灰容土貌，醜陋不堪，只恨爹娘不爭氣。如果哪天朝廷以醜貌取士，想必奪魁沒問題。〈哭皇天〉則寫世態炎涼，「有錢的高貴，無錢的低微」，擁有美貌也不見得吃香，如果沒錢，照樣沒人理你。〈收尾〉以夢見「揑胎鬼」的一番話作結：「一時間，失商議，既成形，悔不及。子教你，請俸給，子孫多，夫婦宜，貨財充，倉廩實，福祿增，壽算齊，我特來，告你知。」寫得妙趣橫生，雋永有味。足見其自我解嘲，立意不俗，詼諧諷刺之餘，不免帶有些許頹放氣息。

曲風豪放

小令中，也不乏詼諧、頹放之作，如〈雙調凌波仙〉：

> 燈前撫劍聽雞聲，月下吹簫引鳳鳴，功名兩字原無命，學神仙又不成，嘆吳儂何處歸耕？日月閑中過，風波夢裡驚，造物無情。

反映出作者科場失意，自嘆功名無分，求仙不成，只好退隱歸耕，悠閒度日。面對造物者無情，除此之外，他也莫可奈何！又〈正宮醉太平・落魄〉：

> 繞前街後街，進大院深宅。怕有那慈悲好善小裙釵，請乞兒一頓飽齋。與乞兒繡副合歡帶，與乞兒換副新鋪蓋，將乞兒攜手上陽臺，設貧咱波奶奶！

好個貪得無厭的乞丐！上門乞討居然奢望遇見小娘子請他飽餐一頓，還要合歡帶、新鋪蓋，甚至幻想再來一段纏綿悱惻的幽會。將乞丐心願揣摩得維妙維肖，傳神生動，詼諧之中，別具諷刺意味，真是難得的佳作。

豪放詼諧醜齋曲

★鍾嗣成屢試不第，居家著述。著有雜劇《章臺柳》、《蟠桃會》、《錢神論》等 7 種，今皆不傳。

★現存小令 51 首，套曲 1 套。其散曲多表達對黑暗社會的不滿，風格豪放，且不時流露出詼諧、頹放的趣味。

★元至順元年（1330），完成《錄鬼簿》2 卷，記述 152 位元曲家的生平事跡，及 400 餘種劇目，保存不少元曲相關資料。

狀貌醜怪

〈南呂一枝花・自序醜齋〉之〈梁州〉：

「爭奈灰容土貌，缺齒重頦，更兼著細眼單眉，人中短髭鬢稀稀。……有一日黃榜招收醜陋的，準擬奪魁！」

他相貌奇醜無比，故以醜齋為號，在「醜」字上大作文章。詼諧幽默，一吐胸中悶氣。

曲風豪放

〈正宮醉太平・落魄〉：

「繞前街後街，進大院深宅。怕有那慈悲好善小裙釵，請乞兒一頓飽齋。與乞兒繡副合歡帶，與乞兒換副新鋪蓋，將乞兒攜手上陽臺，設貧咱波奶奶！」

寫活了乞兒貪婪的心理，詼諧之中，別具諷刺意味。

UNIT 3-31 明人散曲承元代

元末明初之際，散曲風格已由質樸走向華麗，代表作家有汪元亨、唐以初及明初寧獻王朱權、周憲王朱有燉等。如汪元亨〈雙調折桂令・歸隱〉：

> 自休官遁跡山林，喜氣洋洋，生意津津。事要知機，交須知己，詩遇知音。桑繞宅供山妻織紝，水投竿遣稚子敲針。澤畔行吟，滌盡塵襟。閒看浮雲，出岫無心。

描寫歸隱後的生活，行吟澤畔，閒看浮雲，無處不悠閒快活！

前期曲家

明代前期的散曲家，豪放派遙承馬致遠，有康海、王九思、李開先等，至馮惟敏而達於頂峰；清麗派則遠宗張可久，有陳鐸、王磐、唐寅等，至沈仕而臻於絢爛。

馮惟敏（1511~1578），字汝行，號海浮，山東臨朐人。其小令、套曲兼善。如〈北中呂朝天子・自遣〉：

> 海翁，命窮，百不會千無用。知書識字總成空，浮世乾和閧。笑俺奔波，從他搬弄。你乖滑，俺懵懂。就中，不同，誰認的雞和鳳？

其散曲氣魄頗大，意境更高，又擅長引用方言俗語，筆鋒犀利，活潑生動，是明代最出色的豪放派曲家。

沈仕（1488~1586），字懋學，號青門山人，仁和（今浙江杭州）人。能詩善畫。其散曲多寫豔情及享樂生活，時稱「青門體」。如〈南呂懶畫眉・春怨〉：

> 倚欄無語掐殘花，驀然間春色微烘上臉霞。相思薄倖那冤家，臨風不敢高聲罵，只教我指定名兒暗咬牙。

寫活了小女子嬌羞嫵媚，含情脈脈的神態。自此，為香豔曲風揭開序幕。

後期曲家

後期曲家可分三派：一、梁辰魚等的辭藻派；二、沈璟等的格律派；三、獨樹一幟的施紹莘。

辭藻派散曲家，以梁辰魚為首，鄭若庸、張鳳翼、馮夢龍等屬之。他們大多崇尚華麗的辭藻，精雕細琢，專務華美。梁辰魚有許多近於詩、詞的散曲，甚至借用前人詩句入曲，而竟能化用無跡，渾然天成，此乃其文學修養深厚、寫作技巧純熟的緣故。

格律派散曲家，以沈璟為首，王驥德、卜世臣、沈自晉等屬之。他們主要講究格律嚴正，雖也要求文辭典雅，但太遵守韻律的結果，反而喪失了散曲清新活潑的氣息。沈璟精通音律，善於南曲，且好翻北曲為南曲，如〈仙呂八聲甘州〉（姻緣簿冷），雖然音律和諧，卻沉滯晦澀，了無生氣。

施紹莘（1581~1640？），字子野，號峰泖浪仙，華亭（今江蘇上海）人。精通音律，善於詞及散曲，著有《花影集》四卷。其散曲融合元曲豪放與清麗風格，進而發展出清麗、蒼莽兼備的新曲風，完全擺脫辭藻、格律二派的束縛，自成一格，可謂明人散曲之集大成者。在題材方面，更是包羅萬象，俊逸、爽利、哀婉、老辣、雄渾等，應有盡有，不愧是明代嘉靖以後最具代表性的曲家！

有明一代的散曲

★元末明初，散曲風格已由質樸走向華麗。

★代表作家：元末——汪元亨、唐以初；明初——朱權、朱有燉。

明代散曲

前期

豪放派

遙承馬致遠，曲家康海、王九思、李開先等，至馮惟敏而達於頂峰。

馮惟敏〈北中呂朝天子・自遣〉：「笑俺奔波，從他搬弄。你乖滑，俺懵懂。就中，不同，誰認的雞和鳳？」寫出「百無一用是書生」的悲哀，世人就是分不清野雞與鸞鳳。

清麗派

遠宗張可久，曲家陳鐸、王磐、唐寅等，至沈仕而臻於絢爛。

沈仕〈南呂懶畫眉・春怨〉：「相思薄倖那冤家，臨風不敢高聲罵，只教我指定名兒暗咬牙。」寫戀愛中女子的嬌憨神態，明明心裡想著他，嘴裡卻罵著他，還深怕被人聽見。

後期

辭藻派

重雕琢，務華美。以梁辰魚為首，鄭若庸、張鳳翼、馮夢龍等屬之。

梁辰魚〈南中呂駐馬聽〉：「獨倚危樓，極目鄉關不斷愁。……我故園原住在石橋頭，來時可帶得家書否？」此為作者登黃鶴樓，遠眺懷鄉之作。風格含蓄蘊藉，較近於詩、詞。

格律派

講格律，尚典雅。以沈璟為首，王驥德、卜世臣、沈自晉等屬之。

沈璟〈仙呂八聲甘州〉：「姻緣簿冷，嘆鴛鴦被捲，枉怨銀箏。……曾留汗衫餘馥在，漫哭香囊兩淚盈。柳眉蹙雙峰，為才子留情。」格律嚴正，文辭典雅，卻有沉滯晦澀之病。

獨樹一幟

施紹莘清麗、蒼莽之作兼而有之，自成一家，集明人散曲之大成。

施紹莘套曲〈南大石念奴嬌序〉：「萬古這冰輪不改，凭人覆雨翻雲。……一點山河，三千世界，人間萬事總虛影！」因明月亙古長存，而興起「人間萬事總虛影」的喟嘆。

UNIT 3-32 清代散曲漸衰竭

清人散曲，作者不少，但多模擬之作，注重文采，故成就不如元、明。茲舉朱彝尊、厲鶚、趙慶熺三家之作，以說明清代散曲漸趨衰竭之大勢。

朱彝尊

朱彝尊為詩詞名家，亦作散曲，著有《葉兒樂府》。他由明入清，一度窮途潦倒，故其散曲中不乏揭露社會黑暗面，刻劃官僚可憎嘴臉的作品，如〈雙調折桂令〉：

> 鬧紅塵袞袞公侯，白璧黃金，肥馬輕裘。蟻陣蜂衙，鼠肝蟲臂，蝸角蠅頭。神仙侶淮王雞狗，衣冠隊楚國沐猴。歸來去休，選個溪亭，伴作沙鷗。

用蟻、鼠一窩，沐猴而冠，寫活了那群衣冠禽獸爭權奪勢的醜態，筆鋒犀利，強烈表達對現實的不滿。又〈北仙呂一半兒〉二十五首，歌詠靈隱、西湖、虎丘等地風光，在短小的篇幅中，具體描繪出各地景色之美，概括精當，足以引人入勝。如第八首〈九峰〉：

> 一峰低映一峰高，十里沙連十里橋，曾記小船迎晚潮。冷蕭蕭，一半兒蘆花一半兒草。

信手拈來，清新俊爽，別具自然之致。

厲鶚

厲鶚有《北樂府小令》一卷，存曲八十餘首。他自稱以詞筆創作散曲，故被稱為「詞人之曲」。其詞以清麗俊逸取勝，然時有模擬、堆砌之病，其曲亦是如此。其集中，有〈春思效張小山體〉、〈秋思用張小山春思韻〉等的曲題，可見他頗喜模擬張可久，故屬於清麗一派。如〈黃鐘人月圓・長安某氏廢園〉之二：

> 行人指點城南路，往事半模糊。烏衣門巷，平泉樹石，金谷笙竽。　當時深貯，娘名御史，妾號尚書。而今但有，空池飛燕，破瓦奔狐。

描寫大戶人家「樹倒猢猻散」，如今但見「空池飛燕，破瓦奔狐」的殘敗景象，令人不勝唏噓。又〈雙調清江引・菜貴戲作〉：

> 晚菘一筐堪適口，莫笑貧家陋。求添轉不能，問價高於舊。宜州老人空肚久。

除了清麗工鍊之作，厲鶚也有質樸生動的小令，像這首寫菜價太貴，自我解嘲，亦清新可喜。

趙慶熺

趙慶熺（1792~1847），字秋舲，仁和（今浙江杭州）人。道光年間進士。能詩詞，工散曲，有《香銷酒醒詞》、《香銷酒醒曲》。其散曲自然清新，有別於「詞人之曲」，故任訥《清人散曲・提要》云：「其作能融元人北曲之法入南曲，故雖為南曲，而不病萎靡，……斯乃曲人之曲。」如套曲〈南商調二郎神・謝文節公遺琴〉之〈黃鶯兒〉：

> 壯志已消磨，剩枯桐三尺多。松風一曲有人兒和。痛江山奈何，戀生涯怎麼？淚珠兒齊向冰弦墮。可憐他，一聲聲應是，應是〈采薇歌〉。

通篇情致悲涼，格外真切動人。透過謝枋得遺琴餘韻，傳達出作者對其人氣節、愛國精神的無限尊崇之意。

清代詞人亦曲家

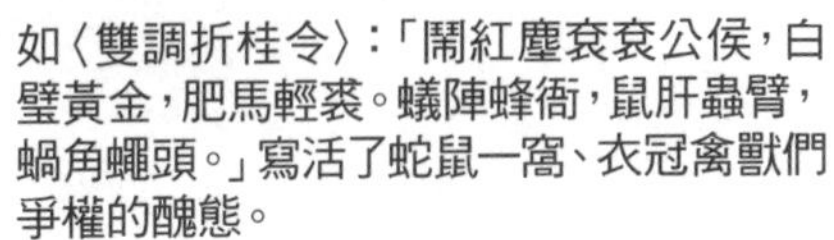

如〈雙調折桂令〉：「鬧紅塵袞袞公侯，白璧黃金，肥馬輕裘。蟻陣蜂衙，鼠肝蟲臂，蝸角蠅頭。」寫活了蛇鼠一窩、衣冠禽獸們爭權的醜態。

又〈北仙呂一半兒 · 九峰〉：「一峰低映一峰高，十里沙連十里橋，曾記小船迎晚潮。冷蕭蕭，一半兒蘆花一半兒草。」摹山繪水，情景交融。

★存曲 80 餘首。

★自稱以詞筆創作散曲，故被稱為「詞人之曲」。

★其詞以清麗俊逸取勝，時有模擬堆砌之病，其曲亦如此。喜模擬元人張可久，屬於清麗派曲家。

如〈黃鐘人月圓 · 長安某氏廢園〉：「當時深貯，娘名御史，妾號尚書。而今但有，空池飛燕，破瓦奔狐。」寫大戶人家「樹倒猢猻散」的衰景。

★能詩詞，尤工散曲，有《香銷酒醒曲》。

★任訥評云：「大概其能融元人北曲之法入南曲，故雖為南曲，而不病萎靡，……斯乃曲人之曲。」是知趙慶熺散曲有別於詞人之曲的清麗與雕琢。

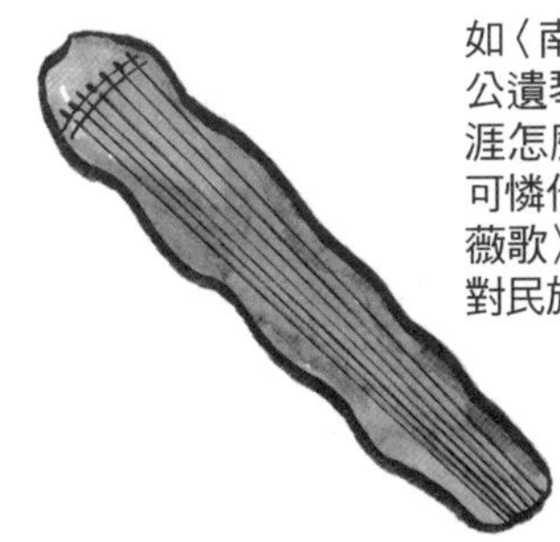

如〈南商調二郎神 · 謝文節公遺琴〉：「痛江山奈何，戀生涯怎麼？淚珠兒齊向冰弦墮。可憐他，一聲聲應是，應是〈采薇歌〉。」藉謝枋得遺琴，寫出對民族興亡的無限感慨。

第4章 戲曲

4-1 戲曲淵源及演進
4-2 樂曲戲文興於宋
4-3 元人雜劇真戲曲
4-4 本色當行竇娥冤
4-5 元劇之冠西廂記
4-6 清麗動人梧桐雨
4-7 辭采俊美漢宮秋
4-8 倩女離魂亦佳作
4-9 強弩之末明雜劇
4-10 南戲源流及特徵
4-11 高明改編琵琶記
4-12 荊釵白兔極質樸
4-13 拜月殺狗尚本色
4-14 明人傳奇與崑曲
4-15 浣紗紅拂二名劇
4-16 吳江臨川各專擅
4-17 南洪北孔享盛名
4-18 花部諸腔曰亂彈

UNIT 4-1 戲曲淵源及演進

戲曲之淵源

阮元《揅經堂集》云：「三〈頌〉各章皆有舞容，……若元以後戲曲，歌者、舞者與樂器全動作也。」可見早在周代載歌載舞的戲曲已經萌芽。而擔任此歌舞的腳色，即當時之巫覡，專以取悅鬼神為能事。故王國維《宋元戲曲史》云：「歌舞之興，其始於古之巫乎？」下及春秋楚、越之間，巫風甚熾，屈原所作《九歌》，即整套的宗教舞曲。古代巫覡，又稱「靈」或「靈保」。王國維亦云：「靈之為職，或偃蹇以象神，或婆娑以樂神，蓋後世戲劇之萌芽，已有存焉者矣。」

隨著社會經濟發展，戲曲藝術由媚事神靈之專業，轉為人事娛樂的用途，而巫覡、靈保一類腳色逐漸為倡優、侏儒所取代。如《史記 ‧ 滑稽列傳》載：「優孟……為孫叔敖衣冠，抵掌談語。歲餘，像孫叔敖，楚王及左右不能別也。」「優孟衣冠」故事，當為「模仿秀」最早的文字紀錄。「優孟搖頭而歌」，適時提醒楚莊王：孫叔敖功在楚國，其後代應從優撫恤。

至漢代，俳優已成為獻君媚主以謀生的職業。如《漢書 ‧ 禮樂志》載：「朝賀置酒，陳前殿房中，……常從倡三十人，常從象人四人，詔隨常從倡十六人，秦倡員二十九人，秦倡象人員三人，詔隨秦倡一人。」從此，由巫覡、靈保所演出之樂神舞曲，已進化為伶人、倡優娛人之滑稽表演。

漢武帝元封三年（108B.C.），由西域傳入角觝戲，熔俳優、歌舞、角力、技藝、射御、雜耍於一爐，此即後世所謂「百戲」也。

戲曲之演進

古代涉及腳色扮演的戲劇，有文獻可考者，凡四種：

一曰「代面」，模仿北齊蘭陵王高長恭戴面具出征，並演此故事者。

二曰「踏搖娘」，扮北齊蘇郎中酒醉毆妻；飾演蘇妻者，還要一面搖擺身體，一面悲歌。

三曰「撥頭」，從西域拔豆國輸入；演父親被老虎吃掉，兒子親手殺虎為父報仇。

四曰「參軍戲」，一人穿綠衣，執笏，號參軍；一人著鶉衣，髽髻，號蒼鶻。兩人專門負責滑稽、調笑，以博取觀眾歡心。

以上諸劇雖未見劇本，但從創作動機、內容取材來看，均屬於有意識娛人的性質，已較漢代百戲更進一步。

真正演戲始於唐代，亦歌舞相合而已，無所謂劇本。唐玄宗設左、右教坊，當時梨園子弟除了扮演前代的代面、踏搖娘、撥頭、參軍戲等，尚有唐人自創「樊噲排君難戲」一種，演項羽、劉邦鴻門宴歷史故事。此類戲雖然在表演上已有具體的故事，情節也更繁複；但唐代歌舞戲發展僅止於此。

滑稽戲則更進步，優人可以當前的情景，自由發揮，不必表演故事，不必雜以歌舞，大多以語言動作、諷刺戲謔為主。然或扮演事實過於簡單，或針砭時事而不能合於歌舞，故都不能稱之為純粹的戲曲。

真正搬演故事的戲曲，必須直到宋、金以後才出現。

傳統戲曲之演進

淵源

載歌載舞，取悅鬼神

★周代，載歌載舞的戲曲已經萌芽。

★擔任此歌舞的腳色，即當時之巫覡，事以取悅鬼神為能事。

春秋時代，娛樂人主

楚國的優孟穿戴孫叔敖衣冠，透過歌唱提醒楚莊王，從優撫恤忠良後代。

漢代俳優，一種職業

★由巫覡、靈保演出之樂神舞曲，進化為伶人、倡優娛人之滑稽表演。

★元封 3 年（108B.C.）時，由西域傳入角觝戲，即後世所謂之「百戲」。

後世表演，專以娛人

演進

古代扮演之劇

代面

模仿北齊蘭陵王高長恭戴著面具出征，並演此故事。

踏搖娘

扮北齊蘇郎中酒醉毆妻；演蘇妻者，一面搖擺身體，一面悲歌。

撥頭

從西域拔豆國輸入；演父親被老虎吃掉，兒子殺虎報仇。

參軍戲

1 人穿綠衣，執笏，號參軍；1 人著鶉衣，髽髻，號蒼鶻。兩人專門搞笑，以取悅觀眾。

唐代戲劇

歌舞戲

★真正演戲始於唐代，亦歌舞相合而已，無所謂劇本。

★玄宗時，梨園子弟扮演代面、踏搖娘、撥頭、參軍戲等，尚有自創「樊噲排君難戲」1 種，演鴻門宴史事。

滑稽戲

★優人以當前情景，自由發揮，不必表演故事，不必雜以歌舞，以語言動作、諷刺戲謔為主。

★或事實過於簡單，或不合於歌舞，皆非純粹之戲曲。

宋、金以後，才有真正搬演故事的戲曲。

UNIT 4-2 樂曲戲文興於宋

樂曲之源流

宋代無論滑稽戲、歌舞戲或講唱戲等，在腳色與故事方面均較唐代為進步。當時所謂「雜劇」，乃諸戲之總稱，至金人始名曰「院本」，範圍之廣，與元雜劇相去無幾。兩者差異在於：宋代樂曲，為敘事體之講唱；而元人雜劇，已轉變成代言體之扮演。

一、歌舞戲，合樂曲、歌舞、語言、動作為一體，以表演故事。其組織與形式已相當複雜，可分為三種：

一曰「轉踏」，用一曲連續歌唱，或每首詠一事，或多首合詠一事，開始為一小段駢文，此後以一曲一詩相間，詩為七言，曲則以調笑為主。

二曰「大曲」，為一曲多遍，諸部合奏之舞曲。

三曰「曲破」，至宋代藉以表演故事，有念白、化妝、指揮、表演，且為男女合演之場面，次序、姿勢均極完備，堪稱當時舞曲中最為進步者。北宋時，大曲、曲破仍有所區別；至南宋，二者已混而為一。

二、講唱戲，以歌唱與故事為主，伴以音樂，其中雖有表情之動作，然大抵歌而不舞。因唱詞之繁簡不一，及其混合之故事性質不同，亦分三種：

一曰「鼓子詞」，用同一詞調重疊之，夾以散文，詠敘一事。如趙令畤〈商調蝶戀花〉詠〈會真記〉故事。

二曰「諸宮調」，聯合數宮調中各曲，襯以說話，可隨意講唱一個或長或短的故事。現存董解元《西廂記諸宮調》一種，被視為古今傳奇之鼻祖。

三曰「賺詞」，乃取一宮調之若干曲，合之以成一整體，外貌略似諸宮調，亦可敷演故事，但已失傳。

南宋時戲曲規模已漸次完備。至於劇本，則多撰自教坊。據王國維《宋元戲曲史》載：「（宋）官本雜劇段數，多至二百八十本。……（金）院本名目六百九十種……」，皆已不存。所謂「院本」，即行院之劇本。行院為倡妓所居之所，故院本乃倡妓演唱諸戲之劇本。

戲文之發展

「樂曲」與「戲文」同為宋代戲曲之產物。前者屬北曲，興起於北宋中葉（約十一世紀），為元雜劇之前身；後者則屬南曲，產生於北宋末（約十二世紀初），至南宋咸淳年間大盛，實為明傳奇之先聲。

據《宋元戲曲史》考證，宋代戲文有《趙貞女蔡二郎》、《王煥》、《王魁負桂英》、《樂昌分鏡》、《陳巡檢梅嶺失妻》五種。

如《趙貞女蔡二郎》，作者無可考。敘趙貞女千里尋夫，蔡二郎忘恩負義，竟避不見面。最後以夫妻雙雙慘死收場。此即高明《琵琶記》之祖本，後被改寫成歡喜團圓大結局。此戲殘文，今已不存。

又《王魁負桂英》，乃宋代永嘉人所作，姓名不詳。《永樂大典》有《王俊民休妻記》，疑即此劇。元代柳貫《王魁傳》，敘王魁與妓女桂英私訂終生，王魁中第得官後竟別娶；桂英憤而自刎身亡。其魂魄終向王魁索命，兩人同歸陰司。或以為柳貫即據該戲文本事而作。其殘文，見諸《南九宮譜》。

宋代戲曲面面觀

樂曲：北曲

一、歌舞戲：合樂曲、歌舞、語言、動作為一體，以表演故事。

★其組織與形式已相當複雜，包括：

1. 轉踏：用1曲連續歌唱，有每首詠1事者，有多首合詠1事者，開始為1小段駢文，此後以1曲1詩相間，詩為七言，曲則以調笑為主。

2. 大曲：為1曲多遍，諸部合奏之舞曲。

3. 曲破：至宋代藉以表演故事，有念白、化妝、指揮、表演，且為男女合演之場面，次序、姿勢均極完備，堪稱當時舞曲中最為進步者。北宋時，大曲、曲破仍有區別；至南宋，二者混而為一。

二、講唱戲，以歌唱與故事為主，伴以音樂，其中雖有表情之動作，然大抵歌而不舞。包含：

1. 鼓子詞：即用同1詞調而重疊之，夾以散文，詠敘1事。如趙令時之〈商調蝶戀花〉詠〈會真記〉故事。

2. 諸宮調：係聯合數宮調中的各曲，襯以說話，可隨意講唱1個或長或短的故事。現今僅存宋末金初董解元《西廂記諸宮調》1種，被視為古今傳奇之鼻祖。

3. 賺詞：乃取1宮調之曲若干，合之以成1整體，外貌略似諸宮調，亦可敷演故事，但已經失傳。

戲文：南曲

據《宋元戲曲史》考證，宋代戲文有《趙貞女蔡二郎》、《王煥》、《王魁負桂英》、《樂昌分鏡》、《陳巡檢梅嶺失妻》5種。

如《趙貞女蔡二郎》，作者無可考。敘趙貞女尋夫，蔡二郎負義，後以夫妻慘死收場。此即高明《琵琶記》祖本。然此戲殘文，今不存。

《王魁負桂英》，宋永嘉人所作，姓名不詳。元代柳貫《王魁傳》，敘王魁負桂英，桂英自刎身亡，其魂魄向王魁索命，兩人同歸陰司。或以為柳貫即據該戲文本事而作。

樂曲

1. 屬北曲。
2. 興起於北宋中葉（約11世紀）。
3. 為元雜劇之前身。

戲文

1. 屬南曲。
2. 產生於北宋末（約12世紀初）至南宋咸淳間大盛。
3. 為明傳奇之先聲。

UNIT 4-3 元人雜劇真戲曲

雜劇之產生

中國真正的戲曲，始於元代雜劇。據李曰剛《中國文學史》云：

> 蓋宋代歌舞戲中之大曲、曲破等項，原已具備歌唱、舞蹈，亦有各種腳色，唯不曾為「代言」體之搬演，與夫插入散文或口語、對白而已。迨南戲盛行以後，於是由舞蹈而變為搬演，由第三身之敘事，變而為第一身之代言。且宋代流行之傀儡戲、影戲，皆有話本，諸宮調、賺詞已粗具戲曲規模，影響雜劇體製之完成，更為勢所必然之事也。

可見雜劇的來源極複雜，包括宋代歌舞戲之大曲、曲破，講唱戲之諸宮調、賺詞，及宋戲文、傀儡話本、影戲話本等。據合理推測，雜劇出現的時間，最早大約在金末（1234 年以前），而初期作家應不出大都（今河北北京）一帶。因此，金末大都雜劇作家關漢卿，歷來被公認為雜劇之首創者。

雜劇之結構

雜劇，蓋合歌唱、語言、動作，以搬演故事者也。所謂「元雜劇」，指北雜劇而言，是為元代劇壇之主流。其結構略述如次：

1. 歌曲：雜劇中的歌曲，以散曲之套曲組成。以宮調之曲一套稱為「一折」，相當現代劇中之一幕。元雜劇以每本四折，由一人獨唱為通則。大抵負責歌唱者，多為劇中之要角，如「末本」或「旦本」，分別為男主角（正末）、女主角（正旦）主唱。

另有「楔子」，在雜劇之前，可加入一、二支曲子，用來引出正文；或於折與折之間，作為銜接劇情之用。

2. 賓白：即臺詞也。兩人以上對話，為「賓」。一人自說，稱「白」。元雜劇中，通常只有一人獨唱，其餘腳色必須透過賓白來傳達思想情意。

3. 科：即舞臺上表演的動作。如元雜劇中會載明：某某哭科、某某醉科等，藉以提示演員該有的動作或表情。

4. 腳色：元雜劇主要的腳色有五：一曰「末」，就是男角，故男主角稱為「正末」。二曰「旦」，亦即女角，而女主角便稱為「正旦」。三曰「淨」，即俗稱的「花面」。四曰「丑」，即俗稱之「丑角」。五曰「雜」，除了上述四類腳色之外，依劇情需要而出現的人物，如行人、雜役等，統稱為「雜」。

5. 砌末：指演戲時所用的道具。如焦循《易餘籥錄》載：「元曲《殺狗勸夫》，只從取砌末上，謂所埋之死狗也。《貨郎旦》，外旦取砌末付淨科，謂金銀財寶也。」

6. 散場：元雜劇末尾有對語數句，曰「題目正名」。此乃劇本寫成後，將該劇內容以整齊字句摘出，表示全劇表演的綱目，再取其中最精鍊的文字作為劇名。以白樸《梧桐雨》為例：

題目：安祿山反叛兵戈舉
陳玄禮拆散鸞鳳侶
正名：楊貴妃曉日荔枝香
唐明皇秋夜梧桐雨

於是，這齣雜劇便以「正名」中的「梧桐雨」來命名。

雜劇	元雜劇	出現時間	活動範圍
合歌唱、語言、動作，以搬演故事者。	指北雜劇而言，為元代劇壇之主流。	最早大約在金末（1234年以前）。	初期作家不出大都（今北京）一帶。

元雜劇的結構

❶ 歌曲

★元雜劇中的歌曲，以散曲之套曲組成；以宮調之曲1套稱為「1折」。
★元雜劇以每本4折，由1人（正末、正旦）獨唱為通則。
★另有「楔子」，在雜劇之前，用來引出正文；或於折與折之間，用以銜接劇情。

❷ 賓白

★賓白，即臺詞也。
★兩人以上對話，為「賓」。1人自說，稱「白」。
★元雜劇中，通常只有1人獨唱，其餘腳色必須透過賓白來傳達思想情意。

❸ 科

★科，即舞臺上表演的動作。
★如元雜劇中會載明：某某哭科、某某醉科等，藉以提示演員該有的動作或表情。

❹ 腳色

★元雜劇主要的腳色：1.末：就是男角，故男主角稱為「正末」。2.旦，亦即女角，女主角便稱為「正旦」。3.淨，即俗稱的「花面」。4.丑，即俗稱之「丑角」。5.雜，除上述4類腳色外，依劇情需要出現的人物，如行人、雜役等，統稱為「雜」。

❺ 砌末

★砌末，指演戲時所用的道具。
★如《殺狗記》中，所埋之死狗為道具，即砌末也。《貨郎旦》，張玉娥取金銀財寶付姦夫，金銀財寶為道具，亦砌末也。

❻ 散場

★元雜劇末尾有對語數句，曰「題目正名」。
★以白樸《梧桐雨》為例：題目：安祿山反叛兵戈舉　陳玄禮拆散鸞鳳侶
正名：楊貴妃曉日荔枝香　唐明皇秋夜梧桐雨

UNIT 4-4 本色當行竇娥冤

雜劇之祖關漢卿

關漢卿無論雜劇創作數量冠居元代（作品多達六十餘種），內容上更無人能出其右，堪稱是元雜劇的始祖。故朱權《太和正音譜》評云：「觀其詞語，乃可上可下之才。蓋所以取者，初為雜劇之始，故卓以前列。」又臧懋循《元曲選・序》說他：「躬踐排場，面敷粉墨，以為我家生活，偶倡優而不辭。」可知他不僅編劇，同時也是個舞臺上的表演者。由於長期生處歌場劇院中，一面吸收豐富的舞臺經驗，一面發掘多元的創作題材，一面又融入民間語言的辭彙；久而久之，自然加深了戲劇的思想內容、提高其藝術技巧。在取材上，無論揭露政治黑暗、批判現實醜陋，或描述英雄事跡、兒女私情、家庭問題、官場公案等，題材廣泛，頗能反映出元代社會現實。

此外，關劇結構一向緊湊，文辭則以本色為主，且能適應各種題材，如《單刀會》的慷慨激昂、《救風塵》的笑中帶淚、《竇娥冤》的悲憤哀怨，都是元雜劇中的上乘之作。王國維《宋元戲曲史》評云：「關漢卿一空倚傍，自鑄偉詞，而其言曲盡人情，字字本色，故當為元人第一。」本色當行，為關劇之特點。又劉大杰《中國文學發展史》云：「關漢卿在中國戲曲史上的地位，有同於莎士比亞在英國戲曲史上的地位。」肯定關劇具有現實主義精神，深刻揭露時代黑暗、百姓痛苦，一如莎翁戲劇之批判現實，撫慰人心。

六月飛雪竇娥冤

《感天動地竇娥冤》（簡稱《竇娥冤》）是一齣社會悲劇。故《宋元戲曲史》以為，將之列在世界大悲劇中亦無愧色。戲中敘述秀才竇天章家貧，本利欠下四十兩銀子，無力償還，只好將七歲的竇娥（原名端雲）送給債主蔡婆婆當童養媳。後又得蔡家十兩銀為盤纏，進京趕考。竇娥長大、成婚，不久便守寡，與婆婆相依為命。

蔡婆婆以放高利貸為生。某日，前往向賽盧醫討債，被騙到郊外；賽盧醫見四下無人想勒死她老人家。幸有張驢兒父子路過，救她一命。她感激之餘，說出婆媳倆的遭遇。張氏父子仗此救命之恩，竟要求至蔡家同住。張驢兒甚至提議：把蔡婆婆許給父親，自己與竇娥配成一對；竇娥誓死不從。後來，蔡婆婆身體不適，想吃羊肚湯；竇娥細心料理。張驢兒竟偷偷在湯中加入毒藥，想趁機除掉蔡婆婆，強逼竇娥允婚。

陰錯陽差下，居然是張父喝了那碗湯，一命歸陰。張驢兒見狀，便誣告竇娥毒死他父親。官府不分青紅皂白，嚴刑逼供，並以拷打蔡婆婆作威脅，竇娥只好畫押招認。竇娥含冤莫白，臨刑前，對天立下三誓：一要血灑白練，二要六月飛雪，三要楚州亢旱三年。結果都一一應驗了。後竇天章得第，官任廉訪使，巡訪至楚州；竇娥的鬼魂前來投訴，終於得以沉冤昭雪。

其曲辭生動自然，字字本色，很能打動讀者。如第二折〈感皇恩〉：「……恰消停，才蘇醒，又昏迷。捱千般打拷，萬種凌逼。一杖下，一道血，一層皮。」又〈採茶歌〉：「打的我肉都飛，血淋漓，腹中冤枉有誰知？」寫活了竇娥身受苦刑，遍體鱗傷的慘狀，形象鮮明，歷歷在目。

戲曲大師關漢卿

★元雜劇的始祖：創作數量多、內容豐富。
★兼具劇作家與演員雙重身分。
★其雜劇之藝術價值極高：融合了豐富的舞臺經驗、多元的創作題材及民間語言的辭彙。
★其雜劇能反映社會現實：揭露政治黑暗、批判現實醜陋、描述英雄事跡、兒女私情、家庭問題、官場公案等，題材十分廣泛。

★關漢卿在中國戲曲史上的地位，一如英國戲劇大師莎士比亞。
★其雜劇之特色：結構緊湊，本色當行，且能適應各種題材，如《單刀會》的慷慨激昂、《救風塵》的笑中帶淚、《竇娥冤》的悲憤哀怨，都是元雜劇中的上乘之作。

《竇娥冤》

〈楔子〉

蔡婆婆出場簡介故事背景：蔡家頗有些錢財，只剩她與8歲兒子相依度日。竇秀才欠她40兩銀子，無力償還，她想要他那7歲女兒作童養媳抵債。

第1折

竇娥年紀輕輕便守寡，婆媳倆相依為命。

蔡婆婆出門討債險些送命，所幸遇上張驢兒父子相救。她竟把張氏父子帶回家來同住。

第2折

張驢兒娶不成竇娥，竟在羊肚湯裡下毒，想毒死蔡婆婆。誰知竟害得自己的父親命喪黃泉？他卻反過來誣告竇娥毒殺他父親。

第3折

官府收賄，竇娥被嚴刑拷打，屈打成招，含冤莫白。臨刑前，對天立下3誓，結果都一一應驗了。

第4折

竇娥的鬼魂前來向官任廉訪使的父親竇天章申冤，終於沉冤昭雪，大快人心！

UNIT 4-5 元劇之冠西廂記

抒情能手王實甫

王實甫（1260~1336），名德信，以字行，大都（今河北北京）人。賈仲明〈凌波仙〉詞：

> 風月營密匝匝列旌旗，鶯花寨明颼颼排劍戟，翠紅鄉雄糾糾施謀智。作詞章、風韻美，士林中、等輩伏低。新雜劇、舊傳奇，《西廂記》天下奪魁。

是知他亦經常出入歌場劇院，從事編劇、導演等工作，為當時文士所稱服。所作雜劇凡十四本，文字華麗，以《西廂記》為最佳，後世推為元劇之冠。

據朱權《太和正音譜》評云：「王實甫之詞如花間美人，鋪敘委婉，深得騷人之趣。」他擅於寫情，至於其他類作品，相形遜色不少。故王驥德《曲律》云：「人之賦才，各有所近。……王實甫……於《西廂》、《絲竹芙蓉亭》之外，作他劇多草草不稱。」此外，王劇還有缺點，就是一味雕字琢句，追求辭藻華美，唱辭多不合律，而淪為「案頭之曲」，不利於實際演出。

才子佳人西廂記

《崔鶯鶯待月西廂記》（簡稱《西廂記》，或《王西廂》），以董解元《西廂記諸宮調》（簡稱《董西廂》）為底本，改寫成五本二十一折的雜劇，算是元劇中罕見的長篇。《董西廂》以唐傳奇元稹〈會真記〉（一名〈鶯鶯傳〉）、宋人鼓子詞趙令時〈商調蝶戀花〉中崔鶯鶯故事進行改寫，主要有三大突破：一、改成大團圓的結局。二、突顯紅娘的重要性。三、加強劇情的發展性。

《王西廂》則描述：書生張君瑞赴考途中，寄宿普救寺，巧遇前宰相之女崔鶯鶯。鶯鶯喪父不久，將隨母親扶柩歸葬故鄉，暫時棲身寺中。鶯鶯與母親侄子鄭恆已有婚約，但與張生吟詩唱和，情意相通，互有好感。

叛將孫飛虎聽聞鶯鶯貌美，兵圍普救寺，欲強娶為妻。情急下，老夫人允諾：誰能退去賊兵，就把鶯鶯許配給他！張生昔日同窗好友杜君實，如今鎮守蒲江，人稱「白馬將軍」。於是，張生立刻修書一封，派小和尚突出重圍去討救兵。

白馬將軍火速派兵解普救寺之圍。老夫人設宴感謝張生搭救之恩，席間，絕口不提兩人婚事，竟要張生與鶯鶯以兄妹相稱。張生大失所望，不久，病倒。鶯鶯在婢女紅娘幫助下，私自往西廂與張生幽會，互許終生。

老夫人察覺異狀，拷打紅娘，嚴加逼問。沒想到紅娘為小姐據理力爭，義正辭嚴，說得老夫人自知理虧，啞口無言。最後，老夫人不得不答應：只要張生進京趕考，一舉得第，就讓他與鶯鶯拜堂完婚。考期將近，鶯鶯長亭送別，強忍滿腔離愁，只盼張生早日蟾宮折桂，衣錦榮歸。

張生果然不負眾望，金榜題名。但鄭恆搶先來報，說張生已被尚書大人招贅為婿。鶯鶯心灰意冷，只好奉母命與鄭恆成親。所幸張生及時趕回，揭穿鄭恆的謊言，鄭恆羞愧難當，一頭撞死。張生與鶯鶯總算苦盡甘來，有情人終成眷屬。

崔鶯鶯故事至此，戲劇結構最完整，人物刻劃最精彩，曲辭描寫最清麗，已臻極高之藝術成就。

花好月圓人團圓

《董西廂》

董解元《西廂記諸宮調》，以唐傳奇元稹〈會真記〉、宋人鼓子詞趙令時〈商調蝶戀花〉中崔鶯鶯故事進行改寫，主要有 3 大突破：

1. 改成大團圓的結局。 2. 突顯紅娘的重要性。 3. 加強劇情的發展性。

《王西廂》

★王實甫《崔鶯鶯待月西廂記》，以《董西廂》為底本，改寫成 5 本 21 折的雜劇。

《王西廂》在《董西廂》基礎之上進行改寫：前 3 本敘述張生、鶯鶯經歷種種波折而結合。至第 4 本達於高潮，出現長亭送別、草橋驚夢的場面，感人肺腑。末本，則以鄭恆之死、「有情人終成眷屬」作結。

★長亭送別，張生離家赴考，鶯鶯為他送行，唱出滿腔的離愁別緒，如〈收尾〉：「遍人間煩惱填胸臆，量這些大小車兒如何載得起？」

人物形象分析

典型的書生，透過「聯吟」、「請兵」、「琴挑」等方式，表達出對愛情的執著專一。

張君瑞

崔鶯鶯

寫她「賴婚」的憤慨、「琴心」的幽怨、「鬧簡」的狡黠等，無不曲盡其妙。

如鶯鶯焚香拜月時，她首先揭開小姐內心的祕密；「拷紅」時，她侃侃而談，說得老夫人自知理虧；真是1位大膽機智、聰明可愛的婢女！

紅娘

崔母

本是1位慈祥和藹的老太太，但為了維持家風，又要表現出嚴肅、冷酷的一面。

UNIT 4-6 清麗動人梧桐雨

白樸所作雜劇凡十六種，多已亡佚。據盧前《元人雜劇全集》云：「《梧桐雨》與《牆頭馬上》，俊語如珠，是元曲中所罕覯者。」可見白劇文辭俊美，風格近於王實甫。

梧桐夜雨

《唐明皇秋夜梧桐雨》（簡稱《梧桐雨》），描述唐明皇與楊貴妃的愛情悲劇。第一折，敘明皇寵愛貴妃，對之呵護備至。第二折，安祿山上場，先托出：「統精兵直指潼關，料唐家無計遮攔。單要搶貴妃一個，非專為錦繡江山。」表明為美人奪江山之企圖。正當安祿山整軍經武之際，明皇仍與貴妃在宮中歡宴享樂。當李林甫來報：「大勢軍馬殺將來了」，明皇還怪他壞了行樂的興致。第三折，明皇倉皇幸蜀途中，眾兵士殺害楊國忠，復請賜死貴妃；明皇不得已，命高力士引她至佛堂自縊身亡。第四折，敘亂平之後，明皇回到長安，退居西宮，日夜思念貴妃。一夕，兩人在夢中相會，卻為梧桐雨聲所驚醒，如〈黃鐘煞〉：

> ……斟量來這一宵，雨和人緊廝熬。伴銅壺點點敲，雨更多淚不少。雨濕寒梢，淚染龍袍，不肯相饒，共隔著一樹梧桐直滴到曉。

作者有意透過扮演唐明皇的正末之口，唱出夜聽雨打梧桐的情境，藉以傳達男主角內心的孤獨與淒楚。

該劇雖能反映出朝政腐敗、君主昏庸、權貴荒淫等現實問題，但涉及楊貴妃與安祿山有私情一段，處理不當，造成女主角形象受損，連帶使此愛情悲劇失去堅固的基礎。因此，前人稱讚《梧桐雨》，大都著重於曲辭藝術方面；其文字清麗，描摹細膩，足見作者鎔字鑄句之功力。然而，劇中對白多為文言，且夾雜不少駢儷句，或許置之案頭閱讀較搬上舞臺演出更為合適。

牆頭馬上

《裴少俊牆頭馬上》（簡稱《牆頭馬上》），敘裴少俊與李千金相戀，私奔至長安，生下一雙兒女。少俊將妻小藏匿後花園七年，後被父親裴尚書發現，盛怒下，痛罵千金是倡妓，逼兒子休了她，但須留下兩個孩子。她與兒女分別時，唱〈甜水令〉：「……孩兒也啼哭的似痴呆，這須是我子母情腸，廝牽廝惹，兀的不痛煞人也！」

千金黯然返回洛陽，父母已歿，獨自守節於家。直到少俊中進士，官拜洛陽令，親自登門探視，並說服她重返裴府。裴尚書夫婦也帶著孫兒來勸媳婦回家。千金想到昔日離開裴家的恥辱，反唇相譏，唱〈鬥鵪鶉〉：

> ……我本是好人家孩兒，不是倡人家婦女，也是行下春風望夏雨。待要做眷屬，枉壞了少俊前程，辱沒了你裴家上祖！

結果不敵兩個孩子的哭聲，她無法割捨下母子親情，終於回心轉意，返家與少俊、兒女團圓。

該劇結構完整，曲辭俊美，但較《梧桐雨》通俗，頗多本色。劇中對李千金刻劃最為著力，她勇於追求幸福，不惜私奔，過著匿名不見人的生活。相對於裴少俊的懦弱、裴尚書的迂腐，更突顯出她勇敢、果斷的性格。

牆頭馬上定終生

《梧桐雨》

《唐明皇秋夜梧桐雨》，描寫唐明皇以為太平無事，赦免死囚安祿山。時楊貴妃方寵幸，收安祿山為義子，賜與洗兒錢，兩人關係曖昧。後安祿山與楊國忠不睦，出為范陽節度使。

七夕明皇賜與貴妃金釵鈿盒，兩人對著牛郎織女星盟誓，願生生世世結為夫妻。

明皇與貴妃御園小宴，吃著荔枝，跳著《霓裳羽衣舞》，無限愜意。卻驚傳安祿山叛軍攻陷潼關，皇族貴冑倉皇逃出長安。

明皇欲往四川，途經馬嵬坡，陳玄禮請誅罪魁禍首楊國忠兄妹。明皇無奈，不得不依其言。於是貴妃自縊身亡，屍骸任由馬蹄踐踏。

亂平後，明皇返回長安，退居西宮，日夜思念貴妃。一夕，與貴妃夢中相會，卻為梧桐雨聲驚醒。雨打梧桐，點點滴滴，彷彿訴不盡的相思與孤寂。

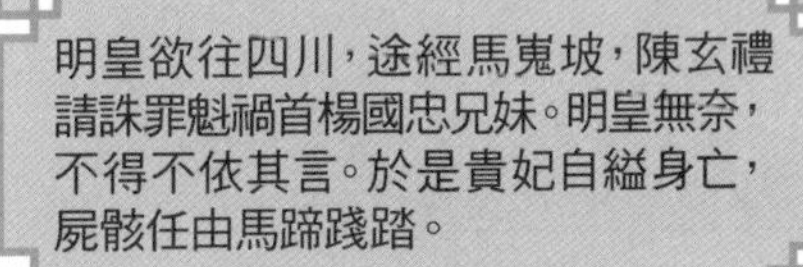

《牆頭馬上》

《裴少俊牆頭馬上》，敘裴尚書之子少俊奉命到洛陽買花，路過李府，偶然瞥見李世傑之女千金。郎才女貌，一見傾心，於是隔牆以詩贈答。其實兩人早有婚約，只是雙方皆不知情而已。

少俊踰牆而入，與千金私會，卻被乳母發現。乳母不忍為難千金，竟放任她與少俊私奔。

兩人到長安，生下 1 雙兒女。少俊將妻小藏匿後花園 7 年。清明節，少俊陪母親去掃墓。裴尚書身體微恙在家，無意間發現 2 個小孩子。得知真相後，裴尚書怒不可遏，不但出言辱罵千金，還逼少俊休了她，不過須留下 2 個孩子。

千金黯然返回洛陽，父母已歿，獨自守節於家。

後少俊高中，任洛陽令，登門請千金回去。裴尚書夫婦得知千金即李世傑之女，也帶孫兒來勸媳婦回家。儘管千金餘怒未消，終究敵不過兩個孩子的哭聲，還是決定返家團圓。

UNIT 4-7

辭采俊美漢宮秋

王國維《宋元戲曲史》將元雜劇發展分為三期：一曰蒙古時代，二曰一統時代，三曰至正時代。為了方便敘述，吾人將第一期歸為「前期」，第二、三期合併為「後期」。元代雜劇前期，作家輩出，作品豐富，除了關、王、馬、白外，尚有石君寶、高文秀、紀君祥等，無論質與量上均較後期略勝一籌。

破幽夢孤雁漢宮秋

馬致遠《破幽夢孤雁漢宮秋》（簡稱《漢宮秋》），敘漢元帝和王昭君的愛情悲劇，以辭采俊美取勝。第一折，毛延壽索賄不成，故意將美人圖點上破綻。昭君獨居永巷，彈琵琶解悶；元帝循聲見到她，並為之迷戀不已。第二折，敘毛延壽見狀，帶著原版美人圖投奔番邦。單于見色心喜，遣使來索昭君和親，否則便威脅要率兵入侵；元帝無計可施下，答應和番之議。第三折，描述元帝送昭君出塞，與之訣別的情景。如〈梅花酒〉：

> 他、他、他傷心辭漢主，我、我、我攜手上河梁。他部從入窮荒，我鑾輿返咸陽。返咸陽，過宮牆；過宮牆，繞迴廊；繞迴廊，近椒房；近椒房，月昏黃；月昏黃，夜生涼；夜生涼，泣寒螿；泣寒螿，綠紗窗；綠紗窗，不思量！

此曲善用對比與頂真手法，形象鮮活，情感悲壯，由正末主唱，唱出元帝心中的無奈與悲痛，在舞臺上表演必能贏得滿堂彩。第四折，則敘昭君投江自盡後，元帝相思成夢，醒來徒聞孤雁悲鳴，增添無限淒清之感。如〈堯民歌〉：「呀呀的飛過蓼花汀，孤雁兒不離了鳳凰城。畫檐間鐵馬響丁丁，寶殿中玉榻冷清清。寒也波更，蕭蕭落葉聲，燭暗長門靜。」劇中以孤雁夜啼作結，與《梧桐雨》收在雨打梧桐，頗有異曲同工之妙。如青木正兒《元人雜劇序說》評云：「神韻縹緲，洵為妙絕。」

如羅浮梅雪石君寶

石君寶（1191~1276），名德玉，以字行，平陽（今山西臨汾）人。所作雜劇十種，以《魯大夫秋胡戲妻》（簡稱《秋胡戲妻》）、《李亞仙花酒曲江池》（簡稱《曲江池》）二本為代表，皆描寫下層婦女反抗封建壓迫、爭取婚姻自主的作品。前者敘秋胡與羅梅英成婚後，即去從軍。李大戶覬覦梅英美貌，誆稱秋胡已死，欲強娶；她抵死不從。十年後，秋胡以軍功得官，返鄉省親；途中，於林間調戲一採桑女。回到家後，才發現此女即妻子梅英。梅英羞丈夫之無行，欲自盡；眾人勸慰下，秋胡也向她賠罪，夫婦倆始合好如初。

《曲江池》，取材於唐傳奇白行簡〈李娃傳〉，敘宦門子弟鄭元和與青樓名妓李亞仙的故事。元和對亞仙一見鍾情，為她千金散盡，被鴇母逐出倡門，淪落唱輓歌維生。父親鄭府尹得知，怒不可遏，將他毒打後丟棄千人坑。亞仙前往搭救，卻不見容於鴇母，元和落得行乞度日。亞仙傾畢生之積蓄，為自己贖身，覓屋與他同居，並督促他讀書。元和一舉成名，授官洛陽縣令。最後在亞仙苦勸下，元和與父親盡棄前嫌，一家團圓。石劇以結構緊湊、曲白自然見稱，故朱權《太和正音譜》云：「如羅浮梅雪」，可見他遣辭造句雖重本色，卻時有清新俏麗之風。

昭君出塞辭漢主

馬致遠

《漢宮秋》

★漢元帝後宮寂寞，命毛延壽選秀女入宮。毛先將美女姿容繪成圖像以進，元帝再按圖臨幸。

★毛向昭君索賄，不依；美人圖被點上破綻，因此久未得幸。

★昭君困居冷宮，彈琵琶解悶。元帝循聲見到她，驚為天人，封明妃。兩情繾綣，濃情蜜意。

★毛見狀，投奔匈奴，向單于獻昭君美人圖。單于以出兵為要脅，遣使向漢朝索昭君和親。元帝與滿朝文武大臣無計可施下，只能勉為其難答應。

★元帝送昭君出塞。昭君來到漢番交界，投江自盡。單于感其節義，遣毛返漢。元帝斬毛。

★元帝相思成夢，卻被孤雁悲鳴驚醒，一聲比一聲淒厲，彷彿他內心的哀號，無限淒涼。

石君寶

《秋胡戲妻》

★第 3 折，秋胡返鄉，撞見正在採桑的羅梅英，但夫妻多年未見，已互不相識。他見色心喜，竟公然調戲她。

★由於此劇為旦本，藉梅英之口，唱出秋胡的囂張行徑，如〈堯民歌〉：「桑園裡只待強逼做歡娛，嚇得我手兒腳兒滴羞蹀躞戰篤速。他便相偎相抱扯衣服，一來一往當攔住。」在她眼中，秋胡看似「峨冠士大夫」，其實是個衣冠禽獸！

《曲江池》

★李亞仙曾阻止鄭元和到她家「使一把鈔」，因為她素知鴇母貪婪、無情的天性。

★元和床頭金盡，被鴇母驅逐出門；亞仙為此茶不思、飯不想。

★當亞仙見到元和淪落唱輓歌維生時，非但毫無輕視、嫌棄之意，反而說他是身貧志不貧。

★元和死裡逃生之際，她道出了真實的心聲：「我怕你死在逡巡，拋在荊榛，又則怕傍（旁）人奪了你個俊郎君。」好 1 個深情、可愛的女子！

UNIT 4-8 倩女離魂亦佳作

元代後期雜劇發展已經南移，不再以大都為中心；此期雜劇中心，則為繁華的杭州。劇作家亦多南方人，如金仁傑（?~1329）、范康（?~?）等；也有部分是流寓南方的北人，如鄭光祖、喬吉、宮天挺等。他們大多注重采藻，鮮少展現本色。

倩女離魂

鄭光祖（1260?~1320?），字德輝，平陽襄陵（今山西襄汾）人。其雜劇以《迷青鎖倩女離魂》（簡稱《倩女離魂》）為代表作。他與關、馬、白，號稱元曲四大家。有人不以為然；但朱權《太和正音譜》評云：「鄭德輝（鄭光祖）之詞，如九天珠玉。其詞出語不凡，若咳唾落乎九天，臨風而生珠玉，誠傑作也。」王國維《宋元戲曲史》亦云：「鄭德輝清麗芊綿，自成馨逸，不失為第一流。」可見如以辭采論，其曲采藻清麗，亦屬佳作。

《倩女離魂》，以唐傳奇陳玄祐〈離魂記〉為底本，但故事稍有改動。描述張倩女與王文舉曾經指腹為婚，文舉赴考途中，順道探視岳母；岳母嫌其貧寒，命女兒以兄妹相稱；倩女卻偷偷愛上一表人才的文舉，為此鬱鬱寡歡。文舉辭別後，倩女一病不起。當晚，她的魂魄追上了文舉，要求一同進京。文舉狀元及第，修書給岳母，說將與小姐同歸。在家病中的倩女軀殼見信，以為未婚夫已另娶，竟為之氣蹶。直到文舉帶著倩女魂魄返家向岳母請罪時，兩個倩女竟合而為一。隨之，小姐的病體痊癒，倩女離魂之事亦真相大白。小倆口終於如願以償，拜堂完婚。

該劇以靈魂出竅來鋪陳情節，內容雖然荒誕，但著力於倩女形象的塑造，突顯出一位追求婚姻自主的女性腳色。如第一折〈柳葉兒〉：

> 見淅零零滿江千樓閣，我各剌剌坐車兒懶過溪橋，他矻蹬蹬馬蹄兒倦上皇州道。我一望望傷懷抱，他一步步待迴鑣，早一程程水遠山遙。

送別文舉時，倩女唱出心中的離情依依，難分難捨。曲文清麗婉轉，堪稱絕妙好辭。

范張雞黍

宮天挺（1260?~1330?），字大用，河北大名人。所作雜劇六種，今存《死生交范張雞黍》（簡稱《范張雞黍》）、《嚴子陵垂釣七里灘》（簡稱《嚴子陵垂釣》）兩本，皆取材於歷史故事。前劇敘范式與張劭為生死之交，兩人皆因權奸當道，絕意仕進，一心歸隱。如第一折〈那吒令〉：

> 國子監裡助教的，尚書是他故人；祕書監裡著作的，參政是他丈人；翰林院應舉的，是左丞相的舍人。……則《春秋》不知怎的發，…………制詔誥是怎的行文？

范式唱出讀書人的憤慨，在權臣操弄下，靠關係、走後門成為晉身仕途的敲門磚。庸才趨炎附勢，賢才慘遭埋沒，情何以堪？一日，范式將歸里，與張劭訂下兩年之約；范式果然如期赴約。後張劭亦赴范家雞黍會。不久，張劭病逝，棺材重不可移；所幸亡魂已向好友託夢，范式及時趕來奔喪，始可安葬。朝廷訪賢，范式被舉薦為官。

生死之交雞黍會

鄭光祖

《倩女離魂》

〈楔子〉

王文舉與張倩女經父母指腹為婚；成年後，張母嫌棄文舉功名未就，命倩女以兄長待之。但小倆口卻一見鍾情。

第 1 折 敘文舉黯然進京應試，倩女送文舉啟程。

第 2 折 文舉赴考途中，倩女的魂魄連夜趕來相會，並執意追隨他上京。

第 3 折 文舉高中，得官，寄信回張家說將與小姐同歸。在家病倒的倩女軀體，竟以為他及第後另娶他人，大為悲痛。

第 4 折 文舉偕妻（倩女魂魄）返家請罪，與家中臥病的倩女遂合而為一。倩女隨之病癒，兩人終於如願喜結連理。

宮天挺

《范張雞黍》

〈楔子〉

范式從太學將返鄉，與張劭訂有 2 年後雞黍之約。

第 1 折 范式如期赴張家，與老友相會，並議論時政。

第 2 折 丞相來聘范式為官，范式因弊端叢生，拒絕。張劭亡魂來託夢，范式趕往弔唁。

第 3 折 張劭出殯日，棺木重不可移。直到范式趕到，痛哭、奠酒後，始可順利安葬。

第 4 折 范式在好友墳前栽種松柏，聊表心意。丞相又來聘請范式，范式終於答應出仕。

元雜劇的發展

蒙古時代	一統時代	至正時代
元代雜劇前期	元代雜劇後期	
以大都為中心	以繁華的杭州為中心	
代表作家：關、王、馬、白及石君寶、高文秀、紀君祥等。	代表作家：多為南方人士，如金仁傑、范康等；也有部分劇作家為流寓南方的北人，如鄭光祖、喬吉、宮天挺等。	
此期劇作家輩出，作品豐富，無論質與量上均較後期略勝一籌。	元雜劇發展的重心已移向南方，此期劇作家多注重采藻，鮮少展現本色。因此，雜劇逐漸脫離舞臺與群眾，而走向案頭文學。精緻化、文學化的結果，使它漸失戲曲藝術之原來風貌。	

UNIT 4-9
強弩之末明雜劇

明初雜劇尚能保持一定的聲勢，如寧獻王朱權（1378~1448）有《卓文君私奔相如》等雜劇；及《太和正音譜》一書，提供研究元、明雜劇極珍貴的資料。宗室朱有燉（1379~1439）所創作三十一本雜劇，如《群仙慶壽蟠桃會》等，不出神仙慶壽、美人賞花的戲碼。明中葉出現較有成就的雜劇作家，如康海、王九思等；之後更有徐渭以其霸才，完全突破雜劇的藩籬，創作出諷刺現實的作品，為雜劇開闢新徑。但晚明雜劇多出於文人之手，一味追求雅潔脫俗，而逐漸遠離觀眾與舞臺，形同強弩之末，後繼乏力。

康海《中山狼》

康海（1475~1540），字德涵，號對山，陝西武功人。弘治年間狀元及第，為「前七子」之一。所著《東郭先生誤救中山狼》雜劇，取材於馬中錫〈中山狼傳〉，皆為譏刺李夢陽忘恩負義而作。該劇敘述東郭先生冒險將被射傷的中山狼藏進書囊裡，讓他逃過趙簡子的搜查，保住一命。誰知危機解除後，中山狼出來竟要吃人。東郭先生性命堪憂，不知所措。幸好巧遇杖藜老人，設法把狼再騙進書囊中，二人聯手殺了這忘恩負義的傢伙。其曲文流暢，語言本色，如〈沽美酒〉：

> 休道是這貪狼反面皮，俺只怕盡世裡把心虧，少什麼短箭難防暗裡隨，把恩情翻成仇敵。只落得自傷悲！

譴責中山狼恩將仇報。另東郭先生又動了惻隱之心說：「雖然是他負俺，俺卻不忍殺了他也。」寫活了書呆子的形象，別具教育意義。劇中狼、老杏、老牛都開口說話，情態逼真，饒富童話趣味，使人耳目一新。

徐渭《四聲猿》

徐渭（1521~1593），字文長，號天池山人、青藤道士，山陰（今浙江紹興）人。天才超逸，鄙棄禮法，為生員，屢試不第。曾入浙閩總督胡宗憲幕下，出奇計，破倭寇。後因胡宗憲獲罪自盡，他懼而發狂，殺妻，入獄七年，潦倒終生。有詩文集《徐文長集》、戲曲論著《南詞敘錄》傳世。

其戲曲代表作《四聲猿》，包括四個短劇，依創作先後次序：一、《玉禪師翠鄉一夢》二折，敘述月明和尚度柳翠的故事，揭示佛門腐敗與官場黑暗。二、《雌木蘭替父從軍》二折，內容出自北朝樂府〈木蘭詩〉，描述木蘭代父從軍之事。三、《狂鼓史漁陽三弄》一折，敘禰衡擊鼓痛罵曹操之史事，藉機披露權臣借刀殺人的狠毒與虛偽。四、《女狀元辭凰得鳳》五折，寫黃崇嘏女扮男裝，進京赴考，高中狀元一事。而《雌木蘭》、《女狀元》二劇，挑戰傳統重男輕女思想，別具進步意義。至於總名為《四聲猿》，暗示此四雜劇皆微不足道，如猿啼四聲而已。

徐渭《四聲猿》雜劇完全擺脫南北曲的界限，打破一本四折之慣例，所用曲調，時而北曲套曲，時而南北兼用，寫法自由。如王驥德《曲律》云：「《四聲猿》，故是天地間一種奇絕文字，《木蘭》之北，與《黃崇嘏》之南，尤奇中之奇。」陳棟《關隴輿中偶憶編》亦云：「青藤（徐渭）音律雖不諧，然其詞如怒龍挾雨，騰躍霄漢。千古來不可無一，不能有二。」誠為的評！

忘恩負義中山狼

★明初雜劇保有一定聲勢，如寧獻王朱權有《卓文君私奔相如》等雜劇；宗室朱有燉所創作 31 本雜劇，如《群仙慶壽蟠桃會》等，不出乎神仙慶壽、美人賞花的戲碼。

★明中葉較有成就的雜劇作家，如康海、王九思等；之後更有徐渭完全突破雜劇的藩籬，創作出諷刺現實的作品。

★晚明雜劇多出於文人之手，一味追求雅潔脫俗，而遠離觀眾與舞臺，形同強弩之末，後繼乏力。

敘春秋時晉國的趙簡子獵殺中山狼，東郭先生搭救中箭的狼；狼脫險後，忘恩負義，竟要吃掉東郭先生。幸好遇上聰明的杖藜老人把狼引進書囊內，兩人合力殺死這匹惡狼。

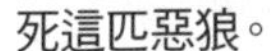

總名為《四聲猿》，暗示此四雜劇皆微不足道，如猿啼四聲而已。

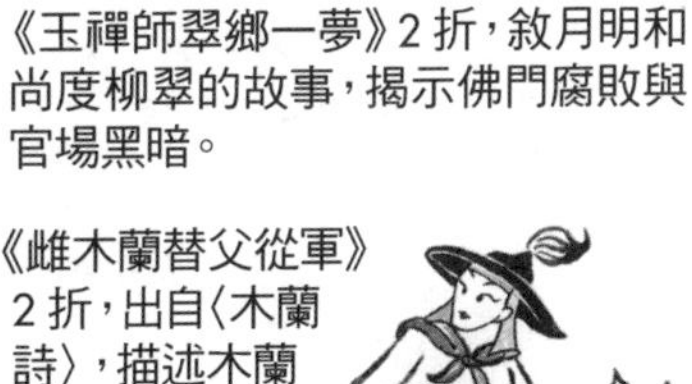

《玉禪師翠鄉一夢》2 折，敘月明和尚度柳翠的故事，揭示佛門腐敗與官場黑暗。

《雌木蘭替父從軍》2 折，出自〈木蘭詩〉，描述木蘭代父從軍之事。

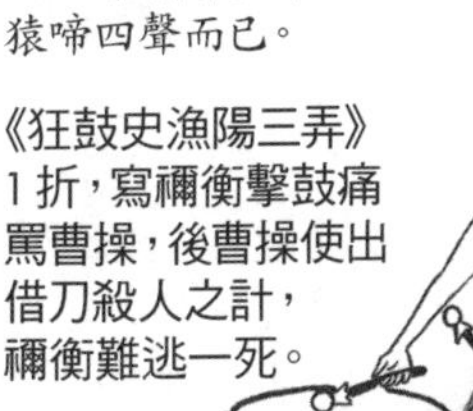

《狂鼓史漁陽三弄》1 折，寫禰衡擊鼓痛罵曹操，後曹操使出借刀殺人之計，禰衡難逃一死。

《女狀元辭凰得鳳》5 折，寫黃崇嘏女扮男裝，進京赴考高中狀元一事。

文學歇腳亭

明正德三年（1508），李夢陽為宦官劉瑾所陷，入獄，託人帶信向康海求救，信上寫道：「對山（康海，號對山）救我，救我！」康海知劉瑾好名，陪他暢飲通宵，佯稱：「關中有三才，劉公、夢陽和康某，如今若殺夢陽，則關中少一才！」果然成功救出李夢陽。

後劉瑾事敗，康海坐劉黨削職，李夢陽居然譏諷他。康海氣不過，作《東郭先生誤救中山狼》雜劇，藉此影射李夢陽之忘恩負義。

UNIT 4-10

南戲源流及特徵

所謂「南戲」，就是南曲戲文，即用南方語言、歌曲所組成的一種民間戲曲。宋代戲文，至元末明初之際，因受到雜劇影響，逐漸發展成長篇鉅製、組織嚴密、情節曲折的傳奇。故知明傳奇的前身，乃宋、元之南曲戲文。

南戲之源流

南戲的起源甚早，據祝允明《猥談》載：「南戲出於宣和之後，南渡之際，謂之溫州雜劇。」徐渭《南詞敘錄》亦載：

> 南戲始於宋光宗朝，永嘉人所作《趙貞女》、《王魁》二種實首之。……或云：宣和間已濫觴，其盛行則自南渡，號曰「永嘉雜劇」……。其曲，則宋人詞而益以里巷歌謠，不叶宮調，故士大夫罕有留意者。

是知南戲當產生於北宋徽宗宣和（1119~1125）年間，至南宋光宗紹熙（1190~1194）年間開始流行。而《趙貞女》、《王魁》二種，可視為南戲之祖。南戲的組成，包含宋詞與當時流行的小曲，由於沒有嚴整的宮調組織，故極適合民間演出及社會大眾觀賞。這種通行於民間的戲曲，又稱「溫州雜劇」、「永嘉雜劇」。

南戲的劇目，據後人輯佚所得，有一百餘種，可參見陳萬鼐《元明清戲曲史》。其中除了《趙貞女蔡二郎》等五種確定出於宋代之外，絕大部分都是元人的作品。足見到了元代，即使雜劇發展如日中天之際，南戲並沒有因此衰竭，它在南方仍然頗受歡迎，且持續地發展著。

南戲之特徵

今日所見曲選、曲譜中，僅保留南戲的一些曲文，沒有說白、動作等，因此無法藉以釐清其真相。只可歸納出南戲的一些特徵：

一、曲文無論用詞牌或流行小曲，在語言、風格上，皆與雜劇不同。

二、南戲歌曲中每個腳色皆可以唱，不像雜劇全由一人獨唱。

三、南戲在宋、元時期，多以小曲俚歌雜揉而成，各曲之間相聯，但求聲調和諧即可，不甚講究宮調韻律，故韻律宮調不如雜劇嚴明。

一九二〇年，葉恭綽在倫敦發現第一三九九一卷《永樂大典》。其中保存了《小孫屠》、《張協狀元》、《宦門子弟錯立身》三種戲文全本，是後世研究中國戲曲史的重要文獻。這些作品皆出自書會才人，即民間無名氏作家。其創作時間，應在元代。其藝術價值雖不高，但有助於吾人瞭解南戲的體製與組織。茲條述如次：

一、題目正名：南戲放在前面，不像雜劇置之劇末。

二、家門：此三本戲文中雖不見「家門」二字，但已具備這種形式。南戲開場便有「家門」，用詞牌，先簡介全劇劇情；因此，沒有「楔子」。

三、南戲受諸宮調影響，不分折，也不分齣，長短不拘，不像雜劇通常以四折為限。

四、南戲也有「科」（動作）、「白」（賓白）。但科多作「介」，時作「科介」。賓白則多駢偶句子，較雜劇典雅。

傳奇前身是南戲

★南戲，即南曲戲文，用南方語言、歌曲所組成的一種民間戲曲。

★宋代戲文，至元末明初因受到雜劇影響，逐漸發展成長篇鉅製、組織嚴密、情節曲折的傳奇。

★宋、元南曲戲文為明代傳奇的前身。

南戲之源流

1. 南戲當產生於北宋徽宗宣和（1119~1125）年間，至南宋光宗紹熙（1190~1194）年間開始流行。

2. 《趙貞女》、《王魁》2種，可視為南戲之祖。

3. 南戲的組成，包含宋詞與當時流行小曲，由於沒有嚴整的宮調組織，故極適合民間演出及社會大眾觀賞。這種通行於民間的戲曲，又稱「溫州雜劇」、「永嘉雜劇」。

4. 南戲的劇目，據後人輯佚所得，有100餘種，可參見陳萬鼐《元明清戲曲史》。其中除《趙貞女蔡二郎》等5種確定出於宋代外，絕大部分都是元人的作品。

5. 足見到元代，即使雜劇發展如日中天，南戲並未因此衰竭，它在南方仍廣受歡迎，且持續地發展著。

南戲之特徵

據曲選、曲譜中所保留南戲的一些曲文，沒有說白、動作等，故無法釐清其真相。只可歸納出幾項特徵：

1. 曲文無論用詞牌或流行小曲，在語言、風格上，皆與雜劇不同。

2. 南戲歌曲中每個腳色皆可以唱，不像雜劇全由1人獨唱。

3. 南戲在宋、元時期，多以小曲俚歌雜揉而成，各曲之間相聯，但求聲調和諧即可，不甚講究宮調韻律。

據第13991卷《永樂大典》所保存3種戲文全本，有助於瞭解南戲的體製與組織。

1. 題目正名：南戲放在前面。

2. 家門：南戲開場有「家門」，用詞牌，先簡介全劇的劇情。

3. 南戲受諸宮調影響，不分折，也不分齣，長短不拘。

4. 南戲也有「科」（動作）、「白」（賓白）。但科多作「介」，時作「科介」。賓白則多駢偶句子，較為典雅。

UNIT 4-11 高明改編琵琶記

隨著雜劇發展南移，與南戲競爭激烈。南戲遂吸取雜劇的優點，力求精進。元末明初，高明作《琵琶記》，與同時的《荊釵記》、《白兔記》、《拜月亭》、《殺狗記》，合稱「五大傳奇」。於是，南戲正式邁向傳奇的時代。

元雜劇&明傳奇

所謂「傳奇」，唐代指短篇文言小說；宋人指諸宮調；元代則用以稱呼戲曲，如鍾嗣成《錄鬼簿》云：「前輩已死名公才人有所編傳奇行於世者。」此指雜劇。至明代，傳奇便成為南戲的專稱。雜劇與傳奇之別，試歸納如次：

一、雜劇通常一本四折；傳奇不限齣數，可多至數十齣。（一折即一齣）

二、雜劇每折一調，一韻到底；傳奇每齣不限一調，且可換韻。

三、雜劇用北曲，全劇由一人獨唱；傳奇則用南曲，凡劇中人皆可唱。

四、雜劇多用「楔子」；傳奇則無楔子，第一齣名曰「開場」或「家門」，用以簡介劇情。

五、雜劇最後有「題目正名」，而傳奇放在前面，篇末只見下場詩。

六、雜劇腳色中之「正末」，相當於傳奇之「生」。其餘大同小異，但傳奇腳色名目較多。

此外，所用樂器有別，北曲以琵琶為主，南曲多用鼓板，故形成風格之異，前者勁切雄麗、後者清峭柔遠。

趙五娘&蔡伯喈

高明（1305~1359），字則誠，號菜根道人，瑞安（今浙江溫州）人。由於與南戲有些淵源，又做過幾任地方官，因此頗熟悉當地風土民情。《琵琶記》共計四十二齣，一般認為是南戲分齣之始，可說是南戲與傳奇間的分野。故事源於南戲《趙貞女蔡二郎》，但高明注重戲曲的教化功能，而將蔡伯喈改成全忠全孝的正派腳色，最後與節義雙全的趙五娘有個圓滿大結局。

其劇情大意，如第一齣之〈沁園春〉：「趙女姿容，蔡邕文業，兩月夫妻。奈朝廷黃榜，遍招賢士，高堂嚴命，強赴春闈。一舉鰲頭，再婚牛氏，利綰名牽竟不歸。飢荒歲，雙親俱喪，此際實堪悲！ 堪悲！趙女支持，剪下香雲送舅姑。把麻裙包土，築成墳墓，琵琶寫怨，逕往京畿。孝矣伯喈，賢哉牛氏，書館相逢最慘悽。重廬墓，一夫二婦，旌表門閭。」全劇以蔡伯喈求取功名、趙五娘遭逢變故雙線進行，交叉發展，十分引人入勝。劇中腳色除了男、女主角，還有善良的蔡公、蔡婆，熱心助人的張太公、飛揚跋扈的牛丞相，以及賢慧的牛小姐等，性格鮮明，人物刻劃極其成功。

至於曲辭，以第二十一齣〈糟糠自厭〉，最膾炙人口。如〈孝順歌〉：

> 嘔得我肝腸痛，珠淚垂，喉嚨尚兀自牢嘎住。糠哪！你遭礱被舂杵，篩你簸揚你，吃盡控持。好似奴家身狼狽，千辛萬苦皆經歷。苦人吃著苦味，兩苦相逢，可知道欲吞不去。

趙五娘窮困，嚥糠果腹，苦不堪言。作者善用淺顯的語言，描寫最苦、最深的感情，層層貼近，故使觀眾感同身受，不禁為之掬一把同情淚！

長篇戲曲明傳奇

元雜劇	明傳奇
通常1本4折	不限齣數，可多至數10齣
每折1調，1韻到底	每齣不限1調，可換韻
用北曲，全劇由1人獨唱	用南曲，凡劇中人皆可唱
樂器以琵琶為主	樂器多用鼓板
風格勁切雄麗	風格清峭柔遠
多用「楔子」，於前作故事介紹；或於折與折之間，以銜接劇情。	無「楔子」。第1齣為「開場」或「家門」，用以簡介劇情。
最後有「題目正名」	「題目正名」放於前，篇末只有「下場詩」
「正末」為男主角	「生」為男主角

高　明

《琵琶記》

★《琵琶記》計42齣，一般認為是南戲分齣之始，可說是南戲與傳奇的分野。

★故事源於南戲《趙貞女蔡二郎》，但高明注重戲曲的教化功能，故將蔡伯喈改成全忠全孝的正派腳色，最後與節義雙全的趙五娘有個圓滿結局。

❶ 劇情敘述伯喈與五娘新婚，父母命伯喈進京求功名。家鄉飢荒，五娘典當衣衫、糟糠自厭，盡心照顧公婆，兩老仍相繼過世。

❷ 五娘得鄰里張太公之助，安葬雙親後，沿路彈琵琶行乞，到京城千里尋夫。

❸ 伯喈一舉得第，又被牛府招贅為婿。心中掛念家人，卻辭官未果、辭婚未成，滯留京師。書館與五娘重逢，百感交集。幸得牛小姐賢慧，接納五娘，2女共事1夫。

❹ 伯喈向朝廷告假，攜眷返鄉掃墓，歡喜大結局。

UNIT 4-12 荊釵白兔極質樸

明代五大傳奇，除了《琵琶記》，又有「荊、劉、拜、殺」之稱，即《荊釵記》、《白兔記》、《拜月亭》和《殺狗記》。由於《白兔記》，全名為《劉知遠白兔記》，所以取劇名之首字，即作「劉」也。

《荊釵記》

《荊釵記》作者，歷來有元人柯丹邱、明代寧獻王朱權（號丹邱）二說；但經近人考證，前者為是。柯丹邱，生平不詳，故有此異說。據徐渭《南詞敘錄》記載，《王十朋荊釵記》有兩本，一為宋、元間無名氏所撰，一為明代李景雲所作。是知南戲早有《荊釵記》的故事，今日所見流行本，乃元人柯丹邱所改編。

《荊釵記》全劇四十八齣，敘王十朋、錢玉蓮、孫汝權之間的三角戀情。十朋與玉蓮相愛，但汝權從中作梗，逼得玉蓮投江自盡；所幸遇人救起。十朋狀元及第，被權相万俟逼婚；不從，貶為廣東潮陽僉判。十朋、玉蓮經歷種種波折，終於夫妻團圓。全劇旨在歌頌男、女主角堅貞的愛情，並對當時權貴富豪、婚姻制度有所批判，頗能反映社會現實。如第三十五齣之〈沽美酒〉：

> ……睹物傷情越慘悽，靈魂恁自知，……俺不是負心的，……我呵！徒然間早起晚寐，想伊念伊。妻，要相逢除非是夢兒裡再成姻契。

藉由扮演十朋的「生」，唱出對女主角玉蓮的思念之情。其曲辭本色當行，佳句較少，但也不乏動人之處。如王世貞《曲藻》所云：「《荊釵》近俗而時動人。」呂天成《曲品》亦云：「以真切之調，寫真切之情，情文相生，最不易及。」良有以也！

《白兔記》

該劇為元、明之際的民間作品，作者已不可考。《白兔記》故事起源甚早：金時，已有《劉知遠諸宮調》；宋、元話本中，也有一段劉知遠的故事；元雜劇，則有劉唐卿所作《李三娘麻地捧印》一本；至於南戲，《南詞敘錄》載有《劉知遠白兔記》，列入「宋元舊篇」。足見《白兔記》傳奇，是在這些基礎上改編而成。

全劇據通行的《六十種曲》本為三十三齣，其劇情如第一齣之〈滿庭芳〉：「五代殘唐、漢劉知遠，生時紫霧紅光。李家莊上，招贅做東床。二舅不容完聚，生巧計拆散鴛行。三娘受苦，產下咬臍郎。 知遠投軍，卒發跡到邊疆。得遇繡英岳氏，願配與鸞凰。一十六歲，咬臍生長，因出獵識認親娘。知遠加官進職，九州安撫，衣錦還鄉。」劇中對李三娘的形象、心理等，多所著墨，如第十九齣之〈鎖南枝〉：

> 叫天不應地不聞，腹中遍身疼怎忍？料想分娩在今宵，沒個人來問。望祖宗陰顯應，保母子兩身輕。

這是三娘磨房產子時所唱，唱出她身心備受煎熬，痛苦難當。五大傳奇中，以該劇曲文最樸素，故《曲品》評云：「詞極古質，味亦恬然，古色可挹。」點出《白兔記》曲辭的特色，在於質樸無華，不假雕琢。

衣錦還鄉慶團圓

《荊釵記》

★據考證，今日流行本《荊釵記》，乃元人柯丹邱所改編。

★《南詞敘錄》載，《王十朋荊釵記》有2本：一為宋、元間無名氏所撰，一為明代李景雲所作。

★全劇48齣。敘窮書生王十朋以荊釵為聘，娶錢玉蓮為妻。

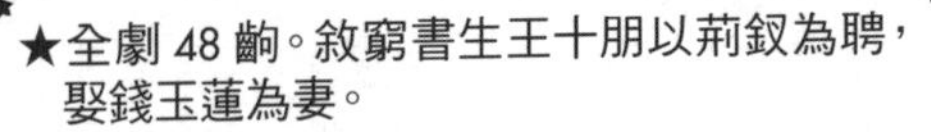

★十朋高中狀元，丞相万俟欲招他為婿；他婉拒了，故遭貶謫。

★富商孫汝權仰慕玉蓮美貌，藉機騙取十朋書信，並篡改家書為休書。使玉蓮誤以為十朋已入贅相府，逼她改嫁。

★玉蓮不肯就範，投江殉節，幸遇錢安撫搭救，收為義女。

★多年後，十朋夫妻再度相遇，終於苦盡甘來，歡喜團圓。

《白兔記》

★該劇為元、明之際的民間作品，作者已不可考。

★《白兔記》傳奇改編的基礎：金代《劉知遠諸宮調》→宋、元話本中劉知遠的故事→元雜劇之劉唐卿《李三娘麻地捧印》1本→南戲之「宋元舊篇」《劉知遠白兔記》。

★全劇33齣。敘五代劉知遠生有異相，後招贅入李家，不見容於二舅，恩愛夫妻慘遭拆散。

★知遠離家投軍。李三娘在家受盡苦楚，於磨房獨自咬斷臍帶，產下1子，取名「咬臍郎」。

★三娘託人將咬臍郎送由知遠撫養。知遠發跡後，又與岳繡英成婚。咬臍郎16歲，外出狩獵，因追趕1隻白兔，得與在井邊汲水的親娘相遇。

★最後，知遠升官晉爵，衣錦還鄉，一家團聚。

UNIT 4-13 拜月殺狗尚本色

《拜月亭》

關於該劇作者，或說出於元代施惠（字君美）之手，但無確切證據；一般仍以為是元末無名氏原作，後經由明人修訂而成。《拜月亭》之劇名，最早見於南戲：《南詞敘錄》「宋元舊篇」中有《蔣世隆拜月亭》；《永樂大典》錄有《王瑞蘭閨怨拜月亭》；而《六十種曲》則改稱《幽閨記》。此《拜月亭》傳奇，又受關漢卿《閨怨佳人拜月亭》雜劇影響而作。全劇共四十齣，如第一齣之〈沁園春〉：

> 蔣氏世隆，中都貢士，妹子瑞蓮。遇興福逃生，結為兄弟。瑞蘭王女，失母為隨遷。荒村尋妹，頻呼小字，音韻相同事偶然。應聲處，佳人才子，旅館就良緣。　岳翁瞥見生嗔怒，拆散鴛鴦最可憐。嘆幽閨寂寞，亭前拜月，幾多心事，分付與嬋娟。兄中文科，弟登武舉，恩賜尚書贅狀元。當此際，夫妻重會，百歲永團圓。

敘述元兵入侵金國，蔣世隆、王瑞蘭在離亂中相遇，結為夫妻。後瑞蘭被父親帶回，兩人從此斷了音訊。與家人失散的王母，於逃亂途中收一名義女，即沿路尋找兄長的瑞蓮。最後，世隆與結拜兄弟陀滿興福分別考中文、武狀元，世隆與瑞蘭團聚，興福娶瑞蓮為妻。

通篇曲文本色自然，對白亦描摹逼真，如〈遇盜〉、〈旅婚〉、〈請醫〉等齣，描寫市井人物，善用江湖語言，故有「科白俚俗，聞之噴飯」的評語。

《殺狗記》

該劇作者，或作元末明初徐畛（字仲由），或有人不以為然。全名《楊德賢婦殺狗勸夫》，改編自蕭德祥《楊氏女殺狗勸夫》雜劇，後又經明人馮夢龍潤飾修改。全劇三十六齣，據第一齣之〈鴛鴦陣〉：

> 孫華家富貴，東京住、結義兩喬人。誑語讒言，從中搬鬥，將孫榮趕逐，投奔無門。風雪裡救兄一命，將恩作怨，妻諫反生嗔。施奇計，買王婆黃犬，殺取扮人身。　夫回驀地驚魂，去挽龍卿、子傳，託病不應承。再往窰中，試尋兄弟，移屍慨任，方辨疏親。清官處喬人妄告，賢妻出首，發狗見虛真。重和睦，封章褒美，兄弟感皇恩。

內容敘述孫氏兄弟失和，兄嫂以死狗佯裝成屍體。哥哥見狀，怕受牽連，因而請朋友協助處理；朋友不願蹚此混水。只好去找弟弟，弟弟義不容辭幫忙埋屍。朋友居然還跑去報官，官府來查案，兄嫂命人挖出狗屍，真相大白。從此，兄弟終於合好如初。

由於《殺狗記》曲文俚俗、調律不明，竟是五大傳奇中評價最低的一本。但劇中將嫂子楊月貞、孫華和孫榮兄弟，及友人柳龍卿、胡子傳五人的形象，刻劃得活靈活現。賢慧的楊氏、放蕩的孫華、正直的孫榮，和兩位流氓惡漢的損友，各自性格分明。其次，全劇曲辭、賓白，無不明白如話，自然流暢，出於本色。儘管前人對它印象不佳，但就演出觀點來看，其淺顯通俗，似乎更具舞臺魅力。

殺狗勸夫施巧計

《拜月亭》

★全劇 40 齣。敘元兵入侵金國，蔣世隆與陀滿興福患難見真情，結為兄弟。

★金主下令遷都。蔣氏世隆與瑞蓮兄妹途中失散。兵部尚書王鎮奉命出使，在家的王夫人與女兒瑞蘭也在半路走失了。

★瑞蘭與世隆在離亂中相遇，惺惺相惜，結為夫妻。王夫人逃亂時巧遇瑞蓮，便收她為義女。

★王鎮尋獲瑞蘭，強行將女兒帶回，留下臥病的世隆。

★元兵撤退後，王鎮舉行「太平家宴」，慶祝一家團聚。瑞蘭卻獨自在拜月亭對月祝禱。瑞蓮無意間發現原來「姐夫」正是自己的兄長世隆，於是一起禱告。

★亂平後，世隆與興福分別高中文、武狀元。王鎮為 2 女招親，瑞蘭與世隆夫妻團圓，而瑞蓮嫁興福為妻，玉成兩對佳偶。

《殺狗記》

★該劇作者，或作元末明初徐畛；不過，也有人不以為然。

★確定的是，此《殺狗記》傳奇，改編自蕭德祥《楊氏女殺狗勸夫》雜劇，後又經明人馮夢龍潤飾修改。

★全劇 36 齣。敘孫華、孫榮兄弟失和，兄嫂楊氏以死狗佯裝成死人。

★孫華見狀，怕受到牽連，請來柳龍卿、胡子傳兩位朋友協助善後。

★沒想到這兩位損友非但沒伸出援手，還跑去報官。只有弟弟孫榮義不容辭幫忙埋屍。

★官府來查案。楊氏命人挖出狗屍，真相大白。

★從此，孫華、孫榮兄弟前嫌盡釋，重修舊好。

UNIT 4-14 明人傳奇與崑曲

元末明初五大傳奇之後，雜劇一度復興，傳奇出現中衰之勢。但由於雜劇始終無法推陳出新，而南戲情節曲折變化，音樂宛轉動人，深受觀眾青睞。因此，成化以後，傳奇再度興盛，邱濬、邵燦、沈采等紛紛加入創作行列。至魏良輔改良崑山腔，傳奇於是大盛，成為明、清戲曲主流，稱霸劇壇超過二百年（約 1552~1779）之久。

邱濬、邵燦與沈采

邱濬（1421~1495），字仲深，號深庵，祖籍福建泉州。景泰年間進士，遷翰林院侍講，官至禮部右侍郎。他是元末明初以來，重振傳奇衰微風氣的第一人。所著傳奇四種：一曰《投筆記》，衍班超投筆從戎故事；二曰《舉鼎記》，寫伍子胥舉鼎事；三曰《羅囊記》，已佚；四曰《五倫全備忠孝記》，敘伍倫全、伍倫備兄弟忠孝友悌之事。邱濬身為理學家，尤精於朱子之學，自然要在傳奇中大肆宣揚禮教、綱常等思想。故其文字迂腐，道學氣息濃厚，文學價值不高，自是不待言。

邵燦（?~?），字文明，號宏治，江蘇宜興人。其《香囊記》，描寫宋代張九成與妻、母、弟間悲歡離合之事。〈家門〉中明言：「因續取《五倫全備》新傳，標記《紫香囊》。」足見該劇為《五倫全備忠孝記》之續篇。由於他與邱濬皆為儒生，故同樣具有以劇載道、教化觀眾的創作動機。此外，其曲辭專事雕琢、對偶，喜用典故，賓白中更是大作駢文、大講經義，充滿酸腐氣息。故王世貞《曲藻》云：「《香囊》近雅而不動人。」此一作法，使傳奇漸趨典麗，而成為案頭之作。

沈采（?~?），字練州，生平不詳。著有傳奇三種：一、《千金記》，藉韓信一飯千金事，敘楚漢相爭歷史。二、《還帶記》，寫裴度拾帶、還帶，因而改變命運的故事。三、《四節記》，已佚；分別以《杜子美曲江記》、《謝安石東山記》、《蘇子瞻赤壁記》、《陶秀實郵亭記》來描寫四季景色，呂天成《曲品》云：「一記分四截，是此始也。」

魏良輔改造崑山腔

傳奇源自南戲，就音樂論，屬於南曲。由於地域不同，各處唱腔亦有所區別，而當時最著名的地方聲腔為弋陽腔、餘姚腔、海鹽腔三種。弋陽腔流行地域最廣，明初即已遠及雲、貴一帶；餘姚腔盛行於江、浙二省，後流入安徽；海鹽腔則不出江、浙地區。海鹽腔早在南宋末，已傳入蘇州；弋陽、餘姚二腔，則形成於元代。隨著戲班在各地演唱，這三種腔調，自然又融合當地一些土調民歌，而形成新穎動聽的新聲腔。如崑山腔（亦稱崑曲）就是這幾種腔調混合、改訂而成。

改造崑山腔的功臣，首推魏良輔（1489~1566），字尚泉，原籍江西豫章，流寓江蘇太倉。他被奉為「立崑之宗」，素有「曲聖」之譽。據其所著《南詞引正》記載，元人顧堅時已有崑山腔。後經魏良輔和與他交遊的曲師、樂工等長期鑽研，嘔心瀝血，終於鎔鑄南曲的優點，並吸收北曲新腔調，成功改良崑山腔，使之成為最受歡迎的聲腔。故沈德符《顧曲雜言》云：「自吳人重南曲，皆祖崑山魏良輔，而北詞幾廢。」從此，崑山腔遂統一南、北曲，獨霸劇壇，盛況空前。

立崑之宗魏良輔

	雜劇	傳奇
元末明初	雜劇：復興 朱有燉、朱權及康海、徐渭等名家輩出。	傳奇：中衰 繼五大傳奇之後，欲振乏力呈現衰勢。
成化以後	雜劇：／ 始終無法推陳出新，而逐漸沒落。	傳奇：興盛 情節曲折，音樂宛轉，深受觀眾青睞。 邱濬、邵燦、沈采等加入創作行列。
正德、嘉靖年間	雜劇：／ 自崑曲一統劇壇後，傳奇、雜劇從曲調的南北之分，轉為篇幅的長短之別。	傳奇：大盛 至正德、嘉靖年間，魏良輔改良崑山腔。 使傳奇成為明、清戲曲的主流。

邱濬

道學氣息濃厚，文字迂腐

★邱濬是元末明初，重振傳奇衰微風氣的第1人。

★所著傳奇4種：1.《投筆記》，衍班超投筆從戎故事；2.《舉鼎記》，寫伍子胥舉鼎事；3.《羅囊記》，已佚。4.《五倫全備忠孝記》，敘伍倫全、伍倫備兄弟倆忠孝友悌之事。

邵燦

漸趨典麗，適合案頭閱讀

★邵燦《香囊記》，描寫宋代張九成與妻、母、弟間悲歡離合之事；為《五倫全備忠孝記》之續篇。

★創作動機：以劇載道，教化觀眾。

★其曲辭尚雕琢、對偶、用典，賓白作駢文、講經義，充滿酸腐氣息。

沈采

可惜《四節記》今已亡佚

沈采有傳奇3種：

1.《千金記》，藉韓信一飯千金事，敘楚漢相爭歷史。

2.《還帶記》，寫裴度拾帶、還帶而改變命運的故事。

3.《四節記》，以《杜子美曲江記》、《謝安石東山記》、《蘇子瞻赤壁記》、《陶秀實郵亭記》來描寫四季的景色。

魏良輔改造崑山腔

傳奇源自南戲，屬於南曲。

因地域不同，唱腔亦有區別。而當時最著名的地方聲腔：弋陽腔、餘姚腔、海鹽腔3種。

腔調	說明	
弋陽腔	流行最廣，明初已遠及雲、貴一帶。	形成於元代
餘姚腔	盛行於江、浙2省，後流入安徽。	
海鹽腔	流行較不廣，不出江、浙地區。	早在南宋末，已傳入蘇州。

★弋陽、餘姚、海鹽3種腔調，自然又融合當地一些土調民歌，而形成動聽的新聲腔。

★如崑山腔就是這幾種腔調混合、改訂而成。

★元人顧堅時，已經創有崑山腔（亦稱崑曲）。

★大約在正德、嘉靖年間，經魏良輔等人長期鑽研，終於鎔鑄南曲之優點，吸收北曲新腔調，成功改良崑山腔。

★從此，崑山腔統一南、北曲，獨霸劇壇，盛況空前。

UNIT 4-15 浣紗紅拂二名劇

自崑曲一統劇壇以後，南、北曲對立的狀態已消弭於無形。而傳奇、雜劇之名，也從曲調的南北之分，轉為篇幅的長短之別。長篇的傳奇從此躍居明、清戲曲之主流，其間作家輩出，佳作如林，又以梁辰魚《浣紗記》、張鳳翼《紅拂記》為代表。

梁辰魚《浣紗記》

梁辰魚（1521?~1594），字伯龍，號少伯、仇池外史，江蘇崑山人。性格豪爽任俠，好遊覽，喜戲曲，曾與友人鄭思笠、唐小虞等，苦心鑽研魏良輔的聲腔。其散曲有《江東白苧》二卷、《續江東白苧》二卷；另有《紅線女》等雜劇，但以《浣紗記》傳奇最享盛名。據朱彝尊《靜志居詩話》云：「邑人魏良輔……為崑腔，伯龍填《浣紗記》付之。……傳奇家別本，弋陽子弟可以改調歌之，唯《浣紗》不能，固是詞家老手。」足見該劇為崑曲的典範，梁辰魚賦予了崑腔舞臺生命，加以曲辭精麗，膾炙人口，無形中促進崑曲廣為流傳。

《浣紗記》共四十五齣，情節本於明傳奇《吳越春秋》中西施的故事。一面著力描寫吳、越興亡，一面刻劃西施與范蠡間真摯的愛情，同時又批判吳王夫差荒淫誤國的歷史教訓。第四十五齣〈泛湖〉之〈北清江引〉：「人生聚散皆如此，莫論興和廢。富貴似浮雲，世事如兒戲。唯願普天下做夫妻，都是咱共你。」見舞臺上西施與范蠡泛舟，從湖面飄然遠去，充滿了詩情畫意，使人備感餘味無窮。

然而，《浣紗記》亦不無缺點，如呂天成《曲品》評云：「羅織富麗，局面甚大，第恨不能謹嚴。事跡多，必當一刪耳。」直指其結構鬆散之失。又凌濛初《譚曲雜札》云：

> 自梁伯龍出，而始為工麗之濫觴，……蓋其生嘉、隆間，正七子雄長之會，崇尚華靡，……以故吳音一派，競為剿襲。靡詞如繡閣羅幃……，千篇一律。甚者使僻事，繪隱語，詞須累詮，意如商謎。不唯曲家一種本色語抹盡無餘，即人間一種真情話，埋沒不露已。

指出受梁辰魚曲辭駢儷化，及前、後七子講擬古、崇綺靡的影響，導致崑曲末流，尚藻飾、好僻典、用隱語等，不具本色，毫無真情，每下愈況。

張鳳翼《紅拂記》

張鳳翼（1527~1613），字伯起，號靈虛，長洲（今江蘇蘇州）人。與弟張獻翼、張燕翼皆有才名，世稱「三張」。所著傳奇數種，以《紅拂記》最為流行。該劇情節本於唐人傳奇〈虬髯客傳〉，又牽合孟棨《本事詩》樂昌分鏡的故事，遂成為兩家門。也因此而有內容蕪雜之弊，為識曲者所譏。如第十齣〈俠女私奔〉之〈北二犯江兒水〉：

> 重門朱戶，恰離了重門朱戶，深閨空自鎖。正瓊樓罷舞，綺席停歌。改新妝，尋鴛侶。西日不揮戈，三星又起途。鸞馭偷過，鵲駕臨河。握兵符，怕誰行來問取？……聽更籌戍樓中漏下玉壺。

唱出紅拂女離開楊家，連夜趕路，前往投奔情郎李靖的心聲，辭藻優美，頗能曲盡其妙。

風塵三俠傳佳話

梁辰魚 《浣紗記》45 齣，敘范蠡與浣紗女西施間淒美的愛情故事。

《浣紗記》

★越國戰敗，越王句踐淪落在吳國為奴。范蠡為了復國，提議向吳王夫差獻上美人計，於是遊說女友西施進吳宮，色誘吳王。

★西施憑著美貌與智慧，果然不負眾望，深得吳王寵愛。她藉機為越國蒐集情報，誘導吳王荒淫享樂，並離間吳國的君臣關係。

★越國表面臣服，實則暗地整軍經武，養精蓄銳，志在一雪前恥。

★10 年後，吳弱越強，越王興兵伐吳。吳國兵敗如山倒。西施得償所願，但與吳王多年情分，尤其夫差至死仍對她愛護有加，怎不令她為之動容？

★復興越國後，范蠡毅然決然拋下榮華富貴，帶著西施泛舟湖上，就此飄然遠去。

張鳳翼 虬髯客、李靖與紅拂女並稱為「風塵三俠」。

★全劇 34 齣，寫李靖投謁楊素途中結識劉文靜。他到司徒府，陳述文韜武略，雖未得楊素拔擢，卻擄獲紅拂婢芳心。當晚，紅拂女連夜來奔，2 人結為夫婦。他倆欲往太原尋劉文靜，轉投秦王李世民麾下，半路又遇見虬髯客，3 人肝膽相照，遂為刎頸之交。

★虬髯客胸懷大志，但自知才不及李世民，便遠走他鄉，另謀出路。李靖赴太原，紅拂女留守西京。

★西京兵起，紅拂女避亂荒村，卻巧遇昔時女伴樂昌公主（南朝陳的公主）。原來紅拂女離開楊府後，樂昌頓失密友，更加思念其夫徐德言；楊素不想落人話柄，特准她離去。樂昌憑半面破鏡，與夫婿重逢，隱居於此。紅拂女勸徐德言投奔李世民共謀大業。

★徐德言投入李靖帳下，他們聯合扶餘國夾擊東國。李靖與虬髯客戰場相逢，並肩抗敵。凱旋歸朝，李靖封衛國公，虬髯客率扶餘國歸順；眾人高呼萬歲，拜謝明主。

文學歇腳亭

南朝陳亡國後，樂昌公主與駙馬徐德言被迫分離，兩人各持半面銅鏡，約好以後每年正月 15 日到街上賣銅鏡，藉機打聽彼此的消息。公主後被俘入楊素府中，果然靠著銅鏡尋獲失散多年的駙馬，夫妻倆得以「破鏡重圓」。後世用「破鏡重圓」，形容夫妻 2 人曾經分開，現在又重新在一起的意思。

UNIT 4-16 吳江臨川各專擅

明萬曆以後，無論傳奇或雜劇，莫不改用崑腔演唱，崑曲成為劇作家創作的主流。當時劇壇出現二大曲家：吳江沈璟、臨川湯顯祖，前者推崇格律，後者專尚文辭，他們各有擁護者，形成壁壘分明的兩派。

平心而論，湯顯祖才情較高，然沈璟崇格律、重本色，力挽日趨綺麗的曲風，則更具振興之功。但最理想的狀況，卻是以臨川之筆，協吳江之律，融合二家優點，成為後世曲家共同努力的目標。

沈伯英與吳江派

沈璟（1553~1610），字伯英，號寧庵，別署詞隱生，江蘇吳江人。因此所創格律一派，亦稱「吳江派」。著有《屬玉堂傳奇》十九種，今存《義俠記》等七種。另有《南九宮十三調曲譜》、《古今詞譜》等曲學相關著作。他對於戲曲，主張崇格律、重本色，尚真樸而戒雕飾，與湯顯祖「不妨拗折天下人嗓子」的論調針鋒相對。此外，沈璟十分強調戲曲的社教功能，如《埋劍記》、《奇節記》、《十孝記》等，都是教忠教孝的作品。

沈璟提倡格律之說，開一世風氣，當時追隨的曲家不少，如沈自晉在《望湖亭》第一齣〈家門〉之〈臨江仙〉云：「詞隱（沈璟）登壇標赤幟，休將玉茗（湯顯祖）稱尊。鬱藍（呂天成）繼有槲園（葉憲祖）人，方諸（王驥德）能作律，龍子（馮夢龍）在多聞。香令（范文君）風流成絕調，幔亭（袁于令）彩筆生春。大荒（卜世臣）巧構更超群，鯫生（沈自晉之謙稱）何所以？顰笑得其神。」除了呂天成、葉憲祖、王驥德、馮夢龍、范文君、袁于令、卜世臣、沈自晉八人之外，再加上顧大典等，都信服於沈璟格律之說，可見吳江派曲家人數之多，聲勢浩大，盛極一時。其中尤以呂天成《曲品》二卷、王驥德《曲律》四卷，堪稱為明代曲學之雙璧。

湯義仍與臨川派

湯顯祖（1550~1616），字義仍，號海若，齋名玉茗堂，江西臨川人。其文學主張近乎公安三袁，強調「獨有性靈」，「以意、趣、神、色為主」，故反對格律，注重文辭，但與專尚駢辭儷句者迥異，一般稱為「臨川派」。其作品文不如詩，詩又不如戲曲，故以傳奇名世。所作傳奇，有《紫釵記》（據《紫簫記》改寫）、《還魂記》（一名《牡丹亭》）、《邯鄲記》、《南柯記》，俱存，都與夢相關，故合稱《玉茗堂四夢》。

其中以《牡丹亭》尤具影響力。全劇凡五十五齣，描寫少女杜麗娘傷春之餘，夢見一書生，醒後相思成疾而死。三年後，書生柳夢梅借宿梅花庵，麗娘魂魄前來相會，幾經周折，得以死而復生，結為夫婦。誠如卷首題詞所云：「情不知所起，一往而深。生者可以死，死可以生。生而不可與死，死而不可復生者，皆非情之至也。」認為愛情可以超越生死，到達永恆之境界。其曲辭優美，生動自然，難怪沈德符《顧曲雜言》評云：「《牡丹亭夢》一出，家傳戶誦，幾令《西廂》減價。」

臨川派標榜文辭，又稱文辭派，以湯顯祖為首，而阮大鋮、吳炳、孟稱舜、李玉等為羽翼，影響力一直持續到清季仍未衰頹，不可謂不深遠！

格律文辭二流派

吳江派

沈璟＞推崇格律

首領：沈璟
羽翼：呂天成、葉憲祖、王驥德、馮夢龍……
影響力：盛極一時

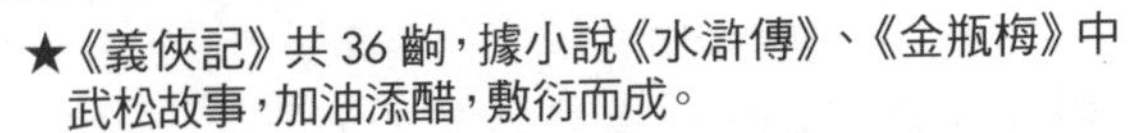

★《義俠記》共 36 齣，據小說《水滸傳》、《金瓶梅》中武松故事，加油添醋，敷衍而成。

★武松與兄長武大失散多年，此次他為尋兄長，路過景陽崗，赤手空拳殺死傷人無數的猛虎，為民除害。大夥兒正簇擁著打虎英雄遊街時，居然讓他與武大不期而遇，兄弟團聚。

★嫂子潘金蓮天生淫蕩，勾引武松不成，透過鄰居王婆牽線，竟與豪紳西門慶私通。後又與情夫設局謀害親夫武大。

★武松手刃潘金蓮、西門慶這對姦夫淫婦，為亡兄報仇。

以臨川之筆，協吳江之律。

曲家共同努力的目標

臨川派

湯顯祖＞專尚文辭

首領：湯顯祖
羽翼：阮大鋮、吳炳、孟稱舜、李玉……
影響力：持續到清末

★《牡丹亭》，原名《還魂記》，又名為《杜麗娘慕色還魂》。全劇共 55 齣，描寫少女杜麗娘與書生柳夢梅的生死之戀。

★其中以〈驚夢〉（俗稱〈遊園驚夢〉）1 齣最著名，寫麗娘在婢女春香慫恿下，私自遊後花園。見春色如許，她感春、傷春之餘，才會在夢中與書生相遇，共成雲雨之歡。

★湯顯祖所作傳奇有《紫釵記》、《還魂記》、《邯鄲記》、《南柯記》，合稱為《玉茗堂四夢》。

★當她從無邊春夢驚醒後，悵然若失。又因尋夢，再度到後花園，發現景物依舊，人事全非，遂一病不起，驟然辭世。

★當她一縷芳魂飄蕩，驚覺夢中書生竟借宿在庵裡，從此夜夜前來相會。後來在書生等人幫助下，她居然死而復生了。

UNIT 4-17

南洪北孔享盛名

清初戲曲，以吳偉業、尤侗、嵇永仁較具特色。而李漁（1610~1680），字謫凡，號笠翁，浙江蘭溪人。他既是戲曲理論家，也是劇作家，著有《奈何天》、《比目魚》等傳奇，合稱《笠翁十種曲》。至康熙年間，劇壇出現兩位戲曲大師，即洪昇與孔尚任，世稱「南洪北孔」，名震一時。

洪昉思《長生殿》

洪昇（1645~1704），字昉思，號稗畦，浙江錢塘人。康熙七年（1668），進北京國子監。康熙二十七年，完成《長生殿》傳奇；隔年，因於皇后喪葬期間演出，引起軒然大波，其國子監生身分亦遭除名。他的戲曲創作極多，現存《四嬋娟》雜劇、《長生殿》傳奇二種。《四嬋娟》仿徐渭《四聲猿》而作：第一折〈詠雪〉，敘謝道韞與叔父隆冬詠雪；第二折〈簪花〉，衍衛夫人傳授王羲之書法絕技；第三折〈鬪茗〉，述李清照與夫婿閨中品茗；第四折〈畫竹〉，演管仲姬與丈夫泛舟畫竹之事。

《長生殿》計五十齣，寫唐明皇、楊貴妃故事。其間歷時十年，三易稿而成。據焦循《劇說》云：「《長生殿》雜劇（傳奇亦可稱為雜劇）薈萃唐人諸說部中事，及李、杜、元、白、溫、李數家詩句，又剌取古今劇部中繁麗色段以潤色之，遂為近代曲家第一。」該劇著眼於生死不渝的愛情，故盡刪楊妃穢事，把她塑造成純情又美麗的形象，因此，較白樸《梧桐雨》、吳世美《驚鴻記》更易引起觀眾的同情與共鳴。

劇中透過樂工雷海青之口，唱〈上馬嬌〉：「平日家張著口將忠孝談，到臨危翻著臉把富貴貪。早一齊兒搖尾授新銜，把一個君親仇敵當作恩人感，咱，只問你蒙面可羞慚？」間接把國家興衰的責任，歸咎於貪官汙吏、漢奸走狗，而非全盤推諉至一介弱女子楊貴妃身上。洪昇生處明末清初，何嘗不是有意藉劇中人物道出黍離之悲？

孔季重《桃花扇》

孔尚任（1648~1718），字聘之，又字季重，號東塘，山東曲阜人，孔子六十四世孫。三十七歲，被任為國子監博士。此後三年，奉命往淮安、揚州二府協助治水，結識諸位明代遺老，又親遊《桃花扇》本事所在地，故引起其創作動機。康熙三十八年，完成《桃花扇》傳奇；其間費時九年，凡三易稿。隔年，因事罷官，或許與創作《桃花扇》有關。

《桃花扇》共四十四齣，以名士侯方域、名妓李香君的愛情故事為主線，真實反映出南明王朝的分崩瓦解與平民百姓的思想情感。劇中權臣田仰欲強娶香君，她誓死不從，以頭撞地，鮮血濺於與侯生定情的詩扇。此時好友楊龍友趕來搭救，並把扇面染血處畫成一枝桃花，此即《桃花扇》命名的由來。隨後清兵南下，香君逃至棲霞山道觀，侯生尋至，然她已大徹大悟，決定斬斷情絲，拜師修道。

第三十八齣〈沉江〉，眾人在合唱聲中，唱出對史可法殉國由衷的敬意與哀悼。如〈古輪臺〉：「走江邊，滿腔憤恨向誰言？……長江一線，吳頭楚尾路三千。盡歸別姓，……精魂顯，〈大招〉聲逐海天遠。」足見其曲辭慷慨悲涼，多警策句，且具有強烈的民族意識，自非一般泛泛之作可比。

清初戲曲的雙璧

★清初戲曲，以吳偉業、尤侗、嵇永仁3家較具特色。而李漁既是戲曲理論家，也是劇作家，著有《笠翁十種曲》。

＊至康熙年間，出現洪昇、孔尚任2位戲曲大師，世稱「南洪北孔」，名震一時。

洪昇《長生殿》

★《長生殿》50齣，寫唐明皇、楊貴妃故事。明皇與貴妃七夕夜對著牛郎織女星密誓，但願兩人生生世世永不分離。

★但他倆終日遊樂，引起了安祿山叛變。明皇攜眷倉皇逃出長安，行至馬嵬坡，兵士譁然，要求處死紅顏禍水楊貴妃。明皇無奈，貴妃自縊身亡。

★貴妃死後深切痛悔，得天孫織女、馬嵬土地神之助，飛升蓬萊，名列仙班。

★亂平後，明皇返回長安，日夜思念貴妃，於是派方士到海外蓬萊仙山尋訪貴妃。

★最後，在天孫織女協助下，徵求玉皇大帝同意，特許他倆飛升月宮，做1對真正的神仙伴侶。

孔尚任《桃花扇》

★《桃花扇》44齣，以侯方域、李香君的愛情故事為主，穿插南明興亡史事，敷衍而成。

★復社文士侯生與秦淮歌妓香君以詩扇訂情，墜入愛河。阮大鋮為了拉攏侯生，致贈豐厚妝奩，香君堅決退回；大鋮懷恨在心。

★大鋮藉機陷害侯生，並假弘光帝之手，強將香君許配他人。香君不從，血濺詩扇，後經楊龍友點染成1枝桃花。

★清兵南下，史可法在揚州殉國。此時，拜大鋮所賜，侯生身陷獄中，而香君受困宮闈。

★香君、侯生先後逃至棲霞山道觀，在道場中重逢。最後，張道士藉由撕毀桃花扇，點醒2人；兩人頓時了悟，毅然斬斷塵緣。

UNIT 4-18 花部諸腔曰亂彈

清乾隆年間，崑曲開始衰落，然雜劇、傳奇作家尚多，其中以楊潮觀、蔣士銓較為有名。

楊潮觀（1712~1791），字宏度，號笠湖，江蘇無錫人。所作雜劇三十二種，如《窮阮籍醉罵財神》等，俱為一折短劇，合稱《吟風閣雜劇》。其短劇成就較高，內容多半具有現實意義，曲文跌宕爽朗，賓白通俗流暢，時帶詼諧，時見諷意，極能引人入勝。

蔣士銓（1725~1784），字心餘、苕生，號藏園，江西鉛山人。其戲曲以《藏園九種曲》最著名，包括《四弦秋》等雜劇三種、《冬青樹》等傳奇九種。他富於才思，所作曲辭蘊藉文雅，直追湯顯祖，又能謹守曲律，真正做到「以臨川之筆，協吳江之律」，故在乾隆曲家中堪稱第一把交椅。

崑曲式微

明末清初，崑曲已有日漸式微之勢。至康熙年間，由於洪昇《長生殿》、孔尚任《桃花扇》出現，始露復興的契機。但自乾隆四十四年（1779）以後，隨著花部諸腔興起，觀眾紛紛轉移陣地，不得不讓出獨占二百多年的寶座。

關於崑曲式微、花部諸腔興起之因，據焦循《花部農譚》加以歸納：一、就內容言，崑曲「多男女猥褻，……殊無足觀」；花部「原本於元劇，其事多忠孝節義，足以動人」。二、就曲辭言，崑曲以吳音為主，然「吳音繁縟，其曲雖極諧於律，而聽者使未睹本文，無不茫然不知所謂。」是說崑曲唱法特殊，令人聽不懂。不像花部「其辭直質，雖婦孺亦能解；其音慷慨，血氣為之動盪。」三、就觀眾言，崑曲曲高和寡，始終只流行於文人雅士間；不似花部「郭外各村，二、八月間，遞相演唱，農叟漁父，聚以為歡」，何況近年來如焦循等文士都轉而支持花部，導致崑曲觀眾群大量流失。

花部興起

李斗《揚州畫舫錄》載：「兩淮鹽務例蓄花、雅兩部，以備大戲。雅部即崑山腔。花部為京腔、秦腔、弋陽腔、梆子腔、羅羅腔、二簧調，統謂之『亂彈』。」可見乾隆年間崑曲稱為「雅部」，而各地方聲腔統稱為「花部」或「亂彈」。如前述花部諸腔多演節義故事、曲文俚質、雅俗共賞，故廣受歡迎，逐漸動搖崑曲定於一尊的地位。

《揚州畫舫錄》又載：「郡城演唱，皆重崑腔，謂之堂戲。本地亂彈只行之禱祀，謂之臺戲。……自四川魏長生以秦腔入京師，……於是京腔效之，京、秦不分。迨長生還四川，高朗亭入京師，以安慶花部，合京、秦兩腔，名其班曰三慶，而曩之宜慶、萃慶、集慶遂湮沒不彰。」是知秦腔演員魏長生（1744~1802）、徽調演員高朗亭（1774~？）曾在乾隆年間入京演出，對於促進各地方戲曲交流，截長補短，改革創新，貢獻良多。

道光、咸豐年間，演員程長庚、余三勝、張二奎等進京表演，使漢調西皮與徽調二黃相融合，並吸取諸腔之長，形成所謂的「皮黃劇」。由於此一戲曲在京師形成，帶有北京音腔，後來他們到上海演出，被稱為「京戲」或「京劇」。北京改名北平後，又稱「平劇」。更因它是中國傳統戲曲的精華，故今稱為「國劇」。

崑曲國劇求發展

崑曲式微

明末清初	崑曲已有日漸式微之勢	
至康熙年間	「南洪北孔」出現，始露復興的契機	
乾隆年間	崑曲開始衰落，然雜劇、傳奇作家尚多	
	楊潮觀的短劇成就較高，內容多具有現實意義。	蔣士銓「以臨川之筆，協吳江之律」，為乾隆曲家第一。
乾隆 44 年以後	崑曲讓出獨占 200 多年的寶座	

崑曲式微、花部諸腔興起之因

1. 內容	崑曲	多男女猥褻，無足為觀
	花部	多忠孝節義，足以動人
2. 曲辭	崑曲	吳音繁縟，唱法特殊，令人聽不懂
	花部	其辭直質，其音慷慨，容易感動人
3. 觀眾	崑曲	曲高和寡，只流行於文人雅士之間
	花部	獲農叟漁父青睞，又有焦循等支持

乾隆年間	雅部	崑曲
	花部／亂彈	各地方聲腔如京腔、秦腔、弋陽腔、梆子腔、羅羅腔、二簧調等
花部興起的原因	由於花部諸腔多演節義故事、曲文俚質、雅俗共賞，故廣受歡迎，進而逐漸動搖崑曲定於一尊的地位。	
乾隆年間改良聲腔	秦腔演員魏長生、徽調演員高朗亭曾入京演出，對於促進各地方戲曲交流，改革創新，貢獻良多。	
皮黃劇	道光、咸豐年間，演員程長庚、余三勝、張二奎等進京表演，使漢調西皮與徽調二黃相融合，並吸取諸腔之長，形成「皮黃劇」。	
‖ 京戲／京劇／平劇	由於在京師形成，帶有北京音腔，後來他們到上海演出，被稱為「京戲」或「京劇」。北京改名北平後，又稱「平劇」。	
‖ 國劇	更因它是中國傳統戲曲的精華，故今稱為「國劇」。	

文學歇腳亭

「國光劇團」是目前中華民國國家級的京劇表演團體，隸屬於文化部（前文化建設委員會）。其歷史可上溯至國民政府撤退來臺早期，由於軍方政治作戰系統為了從事思想、宣傳及文藝工作而成立的戲曲表演團隊。民國 84 年（1995），由國防部移至教育部轄下。民國 97 年（2008），再改隸於行政院文化建設委員會，並更為今名。

該劇團致力於傳統戲曲的永續經營，近年來不但演出大型京劇、豫劇，也將崑曲劇目重新搬上舞臺，曾多次應邀至法國、義大利、俄羅斯、中國大陸等地表演，促進文化交流之餘，進一步將戲曲藝術發揚光大。

附錄：歷代重要文學家生平簡表

先秦				
序號	文學家	生卒年	字、號	里籍
1	屈原	340？B.C.~278？B.C.	羋姓，屈氏；名平，字原	楚國（今湖北秭歸）
2	荀子	336？B.C.~236？B.C.	名況	趙國（今河北邯鄲）

兩漢				
序號	文學家	生卒年	字、號	里籍
1	賈誼	200 B.C.~168 B.C.		河南洛陽
2	司馬相如	179？B.C.~117 B.C.	本名犬子；字長卿	四川成都
3	司馬遷	145 B.C.~？	字子長	左馮翊夏陽（今陝西韓城）
4	枚乘	？~140 B.C.	字叔	淮陰（今江蘇淮安）
5	鄒陽	？~120 B.C.		山東臨淄
6	揚雄	53 B.C.~18 A.D.	字子雲	四川成都
7	班固	32~92	字孟堅	扶風安陵（今陝西西安）
8	張衡	78~139	字平子	河南南陽
9	蔡邕	133~192	字伯喈	陳留圉（今河南杞縣）
10	曹操	155~220	字孟德	沛國譙（今安徽亳縣）
11	王粲	177~217	字仲宣	高平（今山東鄒縣）
12	蔡琰	177？~249？	字昭姬，後作文姬	陳留圉（今河南杞縣）
13	陳琳	？~217	字孔璋	廣陵（今江蘇揚州）
14	劉楨	？~217	字公幹	山東東平
15	趙壹	不詳	字元叔	漢陽西縣（今甘肅禮縣）

魏晉南北朝				
序號	文學家	生卒年	字、號	里籍
1	邯鄲淳	132？~221	一名竺；字子淑	潁川陽翟（今河南禹州）
2	諸葛亮	181~234	字孔明	瑯琊陽都（今山東臨沂）
3	曹丕	187~226	字子桓	沛國譙（今安徽亳縣）
4	曹植	192~232	字子建	沛國譙（今安徽亳縣）
5	阮籍	210~263	字嗣宗	陳留尉氏（今河南開封）
6	傅玄	217~278	字休奕	北地泥陽（今陝西耀縣）
7	嵇康	223~263	字叔夜	譙國銍（今安徽宿縣）
8	李密	224~287	字令伯	犍為武陽（今四川彭山）

魏晉南北朝				
序號	文學家	生卒年	字、號	里籍
9	張華	232~300	字茂先	范陽方城（今河北固安）
10	潘岳	247~300	字安仁	河南中牟
11	左思	250？~305	字太沖	山東臨淄
12	陸機	261~303	字士衡	吳郡（今江蘇蘇州）
13	劉琨	270~317	字越石	中山魏昌（今河北無極）
14	郭璞	276~324	字景純	山西聞喜
15	葛洪	283~343	字稚川；號抱朴子	江蘇句容人
16	干寶	286~336	字令升	河南新蔡人
17	王羲之	303~361	字逸少	山東臨沂
18	孫綽	314~371	字興公	中都（今山西平遙）
19	陶淵明	365~427	一名潛；字元亮	潯陽柴桑（今江西九江）
20	謝靈運	385~433		陳郡陽夏（今河南太康）
21	范曄	398~445	字蔚宗	順陽（今河南淅川）
22	劉義慶	403~444		彭城（今江蘇徐州）
23	鮑照	414？~466	字明遠	東海（今江蘇漣水）
24	江淹	444~505	字文通	河南考城人
25	謝朓	464~499	字玄暉	陳郡陽夏（今河南太康）
26	丘遲	464~508	字希範	浙江吳興
27	吳均	469~520	字叔庠	吳興故鄣（今浙江安吉）
28	徐陵	507~583	字孝穆	山東郯城
29	王褒	513？~576	字子淵	山東臨沂
30	庾信	513~581	字子山	河南新野
31	何遜	？~518	字仲言	山東郯城
32	酈道元	？~527	字善長	范陽涿縣（今河北涿州）
33	裴啟	不詳	名榮；字榮期	河東聞喜（今山西運城）
34	陰鏗	不詳	字子堅	武陵姑臧（今甘肅武威）
35	楊衒之	不詳		北平（今河北滿城）

隋唐五代				
序號	文學家	生卒年	字、號	里籍
1	虞世南	558~638	字伯施	浙江餘姚
2	李百藥	565~648	字重規	定州安平（今河北深縣）
3	王績	585？~644	字無功	絳州龍門（今山西河津）

隋唐五代				
序號	文學家	生卒年	字、號	里籍
4	上官儀	608~665	字游韶	陝州（今河南陝縣）
5	盧照鄰	634？~689	字昇之	幽州范陽（今河北涿州）
6	駱賓王	640~？	字觀光	浙江義烏
7	王勃	650~676	字子安	絳州龍門（今山西河津）
8	楊炯	650~693		陝西華陰
9	賀知章	659~744		會稽（今浙江紹興）
10	張若虛	660？~720？		江蘇揚州
11	陳子昂	661~702	字伯玉	四川射洪
12	張說	667~730	字道濟、說之	原籍范陽（今河北涿州）
13	蘇頲	670~727	字廷碩	陝西武功
14	王之渙	688~742		并州（今山西太原）
15	孟浩然	689~740	名浩；字浩然	湖北襄陽
16	王昌齡	698~757	字少伯	京兆（今陝西西安）
17	王維	699~759	字摩詰	山西太原祁人
18	李白	701~762	字太白	祖籍隴西成紀(今甘肅天水)
19	高適	702~765	字達夫	滄州渤海（今河北滄縣）
20	劉長卿	709？~780	字文房	河北河間
21	杜甫	712~770	字子美	祖籍湖北襄陽
22	岑參	715~770		河南南陽
23	韋應物	737？~790		京兆長安（今陝西西安）
24	孟郊	751~814	字東野	浙江武康
25	陸贄	754~805	字敬興	浙江嘉興
26	令狐楚	766~837	字殼士	宜州華原（今陝西耀縣）
27	韓愈	768~824	字退之	河陽（今河南孟縣）
28	劉禹錫	772~842	字夢得	彭城（今江蘇徐州）
29	白居易	772~846	字樂天	下邽（今陝西渭南）
30	柳宗元	773~819	字子厚	河東解縣（今山西永濟）
31	李翺	774~836	字習之	汴州陳留（今河南開封）
32	皇甫湜	777~835	字持正	睦州新安（今浙江淳安）
33	元稹	779~831	字微之	河南洛陽
34	賈島	779~843	字浪仙	范陽（今河北涿州）
35	李賀	790~816	字長吉	河南福昌
36	杜牧	803~852	字牧之	京兆萬年（今陝西西安）

隋唐五代

序號	文學家	生卒年	字、號	里籍
37	溫庭筠	812~866	原名岐；字飛卿	山西太原
38	李商隱	813~858 ?	字義山；號玉谿生	懷州河內（今河南沁陽）
39	皮日休	834 ? ~883	字逸少、襲美	湖北襄陽
40	韋莊	836~910	字端己	京兆（今陝西西安）
41	司空圖	837~908	字表聖	河中郡虞鄉（今山西永濟）
42	杜荀鶴	846~904	字彥之	池州石埭（今安徽石台）
43	馮延巳	903~960	又名延嗣；字正中	廣陵（今江蘇揚州）
44	李煜	937~978	原名從嘉；字重光	祖籍彭城（今江蘇徐州）

兩宋

序號	文學家	生卒年	字、號	里籍
1	徐鉉	916~991	字鼎臣	廣陵（今江蘇揚州）
2	柳開	948~1001	字仲塗；自號東郊野夫	河北大名
3	王禹偁	954~1001	字元之	山東鉅野
4	劉筠	971~1031	字子儀	河北大名
5	楊億	974~1020	字大年	福建浦城
6	錢惟演	977~1034	字希聖	臨安（今浙江杭州）
7	柳永	987~1053	初名三變；字耆卿	福建崇安
8	晏殊	991~1055	字同叔	江西臨川
9	宋祁	998~1061	字子京	湖北安陸
10	梅堯臣	1002~1060	字聖俞	安徽宣城
11	石介	1005~1045	字守道	袞州奉符（今山東泰安）
12	歐陽修	1007~1072	字永叔；號醉翁、六一居士	廬陵（今江西吉安）
13	蘇舜欽	1008~1049	字子美	梓州銅山（今四川中江）
14	蘇洵	1009~1066	字明允；號老泉	四川眉山
15	周敦頤	1017~1073	字茂叔；號濂溪	湖南道縣
16	曾鞏	1019~1083	字子固	江西南豐
17	王安石	1021~1086	字介甫；號半山	江西臨川
18	蘇軾	1036~1101	字子瞻；號東坡	四川眉山
19	蘇轍	1039~1112	字子由；晚號潁濱遺老	四川眉山
20	黃庭堅	1045~1105	字魯直；號山谷	洪州分寧（今江西修水）
21	秦觀	1049~1100	字少游；號淮海居士	江蘇高郵
22	陳師道	1053~1101	字履常、無己；號後山	彭城（今江蘇徐州）

兩宋				
序號	文學家	生卒年	字、號	里籍
23	周邦彥	1056~1121	字美成；號清真居士	浙江錢塘
24	李清照	1084~1141 ?	號易安居士	山東濟南
25	陸游	1125~1210	字務觀；號放翁	越州山陰（今浙江紹興）
26	范成大	1126~1193	字致能；號石湖居士	吳郡（今江蘇蘇州）
27	周必大	1126~1204	字子充	廬陵（今江西吉安）
28	尤袤	1127~1194	字延之；號遂初居士	江蘇無錫
29	楊萬里	1127~1206	字廷秀；號誠齋	江西吉水
30	朱熹	1130~1200	字元晦；號晦庵	江西婺源
31	辛棄疾	1140~1207	字幼安；號稼軒	歷城（今山東濟南）
32	陳亮	1143~1194	字同甫；號龍川先生	浙江永康
33	葉適	1150~1223	字正則；號水心	永嘉（今浙江溫州）
34	姜夔	1154~1221	字堯章；號白石道人	江西鄱陽
35	徐璣	1162~1214	號靈淵	永嘉（今浙江溫州）
36	戴復古	1167~1248	字式之；號石屏	浙江黃岩
37	趙師秀	1170~1220	號靈秀	永嘉（今浙江溫州）
38	劉克莊	1187~1269	字潛夫；號後村居士	福建蒲田
39	周密	1232~1308	字公謹；號草窗	原籍山東濟南
40	文天祥	1236~1282	字履善；號文山	廬陵（今江西吉安）
41	林景熙	1242~1310	字德暘；號霽山	浙江平陽
42	蔣捷	1245 ? ~1310	字勝欲；號竹山	陽羨（今江蘇宜興）
43	張炎	1248~1320 ?	字叔夏；號玉田、樂笑翁	甘肅天水
44	謝翺	1249~1295	字皐羽；號晞髮子	長溪（今福建浦霞）
45	徐照	? ~1211	字靈暉	永嘉（今浙江溫州）
46	翁卷	不詳	字靈舒	永嘉（今浙江溫州）
47	王沂孫	不詳	字聖與；號碧山	會稽（今浙江紹興）

遼金元				
序號	文學家	生卒年	字、號	里籍
1	趙秉文	1159~1232	字周臣；晚號閒閒老人	磁州滏陽（今河北磁縣）
2	元好問	1190~1257	字裕之；號遺山	太原秀容（今山西忻州）
3	石君寶	1191~1276	名德玉；以字行	平陽（今山西臨汾）
4	許衡	1209~1281	字仲平	河內（今河南沁陽）
5	郝經	1223~1275	字伯常	山西陵川

遼金元				
序號	文學家	生卒年	字、號	里籍
6	白樸	1226~1306	字仁甫；號蘭谷	隩州（今山西河曲）
7	姚燧	1239~1314	字端甫；號牧庵	河南洛陽
8	戴表元	1244~1310	字帥初；號剡源	浙江奉化
9	劉因	1247~1293	字夢吉	河北容城
10	仇遠	1247~1326	字仁近	浙江錢塘
11	吳澄	1249~1333	字幼清；號草廬	江西崇仁
12	馬致遠	1250~1321	號東籬	大都（今河北北京）
13	鄭光祖	1260？~1320？	字德輝	平陽襄陵（今山西襄汾）
14	宮天挺	1260？~1330？	字大用	河北大名
15	王實甫	1260~1336	名德信；以字行	大都（今河北北京）
16	柳貫	1270~1342	字道傳	浙江浦江
17	張可久	1270？~1348？	字小山	浙江慶元
18	虞集	1272~1348	字伯生	祖籍四川仁壽
19	黃溍	1277~1357	字文晉	浙江義烏
20	鍾嗣成	1279？~1360？	字繼先；號醜齋	大梁（今河南開封）
21	王冕	1287？~1359	字元章；號煮石山農	諸暨（今浙江紹興）
22	楊維楨	1296~1370	字廉夫；號鐵崖	會稽（今浙江紹興）
23	吳萊	1297~1340	字立夫	浙江浦江
24	關漢卿	不詳	號一齋、己齋叟	大都（今河北北京）

明代				
序號	文學家	生卒年	字、號	里籍
1	高明	1305~1359	字則誠；號菜根道人	瑞安（今浙江溫州）
2	宋濂	1310~1381	字景濂；號潛溪	浙江浦江
3	劉基	1311~1375	字伯溫	浙江青田
4	羅本	1320~1400	字貫中；號湖海散人	山東東平
5	高啟	1336~1374	字季迪	長洲（今江蘇蘇州）
6	瞿佑	1341~1427	字宗吉；號存齋	浙江錢塘
7	方孝孺	1357~1402	字希直；號正學	浙江海寧
8	李禎	1403~1424	字昌祺	廬陵（今江西吉安）
9	邱濬	1421~1495	字仲深；號深庵	祖籍福建泉州
10	李東陽	1447~1516	字賓之	湖南茶陵
11	李夢陽	1472~1529	字獻吉；號空同子	祖籍河南扶溝

明代				
序號	文學家	生卒年	字、號	里籍
12	康海	1475~1540	字德涵；號對山	陝西武功
13	何景明	1483~1521	字仲默；號大復山人	河南信陽
14	沈仕	1488~1586	字懋學；號青門山人	仁和（今浙江杭州）
15	吳承恩	1501~1582	字汝忠；號射陽居士	江蘇淮安
16	唐順之	1507~1560	字應德；號荊川	江蘇武進
17	歸有光	1507~1571	字熙甫；別號震川	江蘇崑山
18	王慎中	1509~1559	字道思；號遵岩居士	福建泉安
19	馮惟敏	1511~1578	字汝行；號海浮	山東臨朐
20	茅坤	1512~1601	字順甫；別號鹿門	歸安（今浙江吳興）
21	李攀龍	1514~1570	字于鱗；號滄溟	山東歷城
22	徐渭	1521~1593	字文長；號天池山人、青藤道士	山陰（今浙江紹興）
23	梁辰魚	1521？~1594	字伯龍；號少伯、仇池外史	江蘇崑山
24	王世貞	1526~1590	字元美；號鳳洲、弇州山人	江蘇太倉
25	李贄	1527~1602	字宏甫；號卓吾	福建晉江
26	張鳳翼	1527~1613	字伯起；號靈虛	長洲（今江蘇蘇州）
27	焦竑	1540~1620	字弱侯；號澹園	江寧（今江蘇南京）
28	湯顯祖	1550~1616	字義仍；號海若	江西臨川
29	趙南星	1550~1627	字夢白；號儕鶴	河北高邑
30	江盈科	1553~1605	字進之；號逯蘿	湖南桃源
31	沈璟	1553~1610	字伯英；號寧庵	江蘇吳江
32	陳繼儒	1558~1639	字仲醇；號眉公	華亭（今江蘇上海）
33	袁宗道	1560~1600	字伯修	湖北公安
34	袁宏道	1568~1610	字中郎；號石公	湖北公安
35	袁中道	1570~1623	字小修	湖北公安
36	馮夢龍	1574~1646	字猶龍；號墨憨齋主人	長洲（今江蘇蘇州）
37	凌濛初	1580~1644	字玄房；號初成、即空觀主人	烏程（今浙江吳興）
38	鍾惺	1581~1624	字伯敬；號退谷	湖北竟陵
39	施紹莘	1581~1640？	字子野；號峰泖浪仙	華亭（今江蘇上海）
40	譚元春	1586~1637	字友夏	湖北竟陵
41	徐弘祖	1587~1641	字振之；號霞客	江蘇江陰
42	張岱	1597~1679	字宗子；別號陶庵	山陰（今浙江紹興）
43	邵燦	不詳	字文明；號宏治	江蘇宜興

清代				
序號	文學家	生卒年	字、號	里籍
1	錢謙益	1582~1664	字受之；號牧齋	江蘇常熟
2	吳偉業	1609~1671	字駿公；號梅村	江蘇太倉
3	李漁	1610~1680	字謫凡；號笠翁	浙江蘭溪
4	侯方域	1618~1655	字朝宗；號雪苑	河南商丘
5	吳綺	1619~1694	字園次；號綺園	江都（今江蘇揚州）
6	魏禧	1624~1681	字冰叔；號裕齋	江西寧都
7	汪琬	1624~1691	字苕文；晚號堯峰	長洲（今江蘇蘇州）
8	陳維崧	1625~1682	字其年；號迦陵	江蘇宜興
9	朱彝尊	1629~1709	字錫鬯；號竹垞	浙江秀水
10	曹貞吉	1634~1698	字升六；號實庵	山東安丘
11	王士禎	1634~1711	字貽上；號阮亭、漁洋山人	山東新城
12	顧貞觀	1637~1714	字華峰；號梁汾	江蘇無錫
13	蒲松齡	1640~1715	字留仙；別號柳泉居士	山東臨淄
14	洪昇	1645~1704	字昉思；號稗畦	浙江錢塘
15	孔尚任	1648~1718	字聘之、季重；號東塘	山東曲阜
16	查慎行	1650~1727	原名嗣璉；字夏重；號初白	浙江海寧
17	納蘭性德	1655~1685	原名成德；字容若	滿洲正黃旗
18	趙執信	1662~1744	字仲符；號秋谷、飴山老人	山東益都
19	方苞	1668~1749	字鳳九；晚號望溪	安徽桐城
20	沈德潛	1673~1769	字確士；號歸愚	長洲（今江蘇蘇州）
21	厲鶚	1692~1752	字太鴻；號樊榭	浙江錢塘
22	劉大櫆	1698~1779	字才甫；號海峰	安徽桐城
23	吳敬梓	1701~1754	字敏軒、文木；號粒民	安徽全椒
24	楊潮觀	1712~1791	字宏度；號笠湖	江蘇無錫
25	曹雪芹	1715~1763	名霑；字夢阮；號雪芹、芹圃	漢軍正白旗
26	袁枚	1716~1797	字子才；號簡齋	浙江錢塘
27	紀昀	1724~1805	字曉嵐；晚號石雲	河北獻縣
28	蔣士銓	1725~1784	字心餘、苕生；號藏園	江西鉛山
29	姚鼐	1731~1815	字姬傳；世稱惜抱先生	安徽桐城
30	翁方綱	1733~1818	字正三；號覃谿	大興（今河北北京）
31	汪中	1745~1794	字容甫；號頌父	江都（今江蘇揚州）
32	洪亮吉	1746~1809	字稚存；號北江	安徽歙縣
33	惲敬	1757~1817	字子居；號簡堂	陽湖（今江蘇常州）

清代				
序號	文學家	生卒年	字、號	里籍
34	張惠言	1761~1802	字皋文	江蘇武進
35	李汝珍	1763？~1830	字松石；號松石道人	直隸大興（今河北北京）
36	周濟	1781~1839	字保緒、介存；晚號止庵	荊溪（今江蘇宜興）
37	趙慶熺	1792~1847	字秋舲	仁和（今浙江杭州）
38	曾國藩	1811~1872	字伯涵；號滌生	湖南湘鄉
39	蔣春霖	1818~1868	字鹿潭	江蘇江陰
40	李慈銘	1830~1895	字炁伯；號蓴客	浙江紹興
41	王闓運	1833~1916	字壬秋；號湘綺	湖南湘潭
42	薛福成	1838~1894	字叔耘；號庸庵	江蘇無錫
43	黃遵憲	1848~1905	字公度	嘉應州（今廣東梅縣）
44	林紓	1852~1924	字琴南；號畏廬；別署冷紅生	福建閩縣（今福州）
45	嚴復	1854~1921	字又陵、幾道	福建閩縣（今福州）
46	劉鶚	1857~1909	字鐵雲；筆名洪都百鍊生	江蘇丹徒
47	丘逢甲	1864~1912	字仙根；號蟄仙	臺灣彰化
48	吳沃堯	1866~1910	字趼人、繭人	廣東南海
49	李寶嘉	1867~1906	字伯元；號南亭亭長	江蘇武進
50	曾樸	1871~1935	原名曾樸華；字太樸；筆名東亞病夫	江蘇常熟
51	王國維	1877~1927	字靜安；號觀堂	浙江海寧
52	章藻功	不詳	字豈績	浙江錢塘
53	文康	不詳	姓費莫氏；字鐵仙；號燕北閒人	滿族鑲紅旗

主要參考書目

一、古代典籍（依朝代先後排列）

1.〔南朝梁〕劉勰《文心雕龍》，臺北：世界書局景印摛藻堂《四庫全書薈要》本，1988 年
2.〔南朝梁〕蕭統《昭明文選》，臺北：藝文印書館，2003 年
3.〔北宋〕李昉《太平御覽》，上海：上海古籍出版社，2008 年
4.〔北宋〕李昉《太平廣記》，北京：中華書局，2011 年
5.〔北宋〕李昉《文苑英華》，北京：中華書局，2003 年
6.〔北宋〕郭茂倩《樂府詩集》，臺北：里仁書局，1999 年
7.〔明〕王世貞《藝苑卮言》，臺北：廣文書局，1967 年
8.〔明〕朱權《太和正音譜》，上海：上海古籍出版社，1995 年
9.〔清〕永瑢《武英殿本四庫全書總目提要》，臺北：臺灣商務印書館，1983 年
10.〔清〕李調元《賦話》，臺北：臺灣商務印書館，1965 年
11.〔清〕沈德潛《說詩晬語》，臺北：新文豐出版公司，1989 年
12.〔清〕周濟《介存齋論詞雜著》，上海：上海古籍出版社，2002 年據中國科學院圖書館藏清光緒四年（1878）刻本影印《續修四庫全書》本
13.〔清〕陳廷焯《白雨齋詞話》，臺北：臺灣開明書店，1954 年

二、今人著作（依姓氏筆畫排列）

1. 王忠林等《中國文學史初稿》，臺北：福記文化圖書公司，1998 年
2. 王國維《人間詞話》，上海：上海古籍出版社，1998 年《蓬萊閣叢書》本
3. 任訥《散曲概論》，上海：中華書局，1931 年《散曲叢刊》本
4. 李曰剛《中國文學史》，出版資料不詳
5. 李曰剛《辭賦流變史》，臺北：文津出版社，1987 年
6. 孟瑤《中國小說史》，臺北：傳記文學出版社，1996 年
7. 袁行霈《中國文學史》，臺北：五南圖書公司，2003 年
8. 馬積高《賦史》，上海：上海古籍出版社，1987 年
9. 張仁青《中國駢文發展史》，臺北：文史哲出版社，2012 年
10. 游國恩等《中國文學史》，臺北：五南圖書公司，2006 年
11. 葉嘉瑩《唐宋詞十七講》，臺北：桂冠圖書公司，2000 年
12. 葉慶炳《中國文學史》，臺北：臺灣學生書局，1987 年
13. 劉大杰《中國文學發展史》，臺北：華正書局，2006 年
14. 魯迅《中國小說史略》，杭州：浙江文藝出版社，2000 年
15. 錢念孫《中國文學史演義》，臺北：正中書局，2009 年
16. 簡恩定等《中國文學專題》，新北：國立空中大學，2000 年
17. 羅宗濤《敦煌變文》，臺北：時報出版公司，1987 年

國家圖書館出版品預行編目資料

圖解中國文學史(上)——詩歌・倚聲・戲曲大觀園／簡彥姈著. ——初版. ——臺北市：五南, 2018.10
面； 公分
ISBN 978-957-11-9926-9 (平裝)

1.中國文學史

820.9 107014801

1X31

圖解中國文學史(上)——詩歌・倚聲・戲曲大觀園

作　　者— 簡彥姈（403.4）
發 行 人— 楊榮川
總 經 理— 楊士清
副總編輯— 黃文瓊
責任編輯— 吳雨潔
封面設計— 姚孝慈
美術設計— 劉好音
出 版 者— 五南圖書出版股份有限公司
地　　址：106台北市大安區和平東路二段339號4樓
電　　話：(02)2705-5066　傳　真：(02)2706-6100
網　　址：http://www.wunan.com.tw
電子郵件：wunan@wunan.com.tw
劃撥帳號：01068953
戶　　名：五南圖書出版股份有限公司
法律顧問　林勝安律師事務所　林勝安律師
出版日期　2018年10月初版一刷
定　　價　新臺幣360元

凝煉知識品味閱讀